우한일기

우한일기

코로나19로 봉쇄된 도시의 기록

팡팡 지음 조유리 옮김

문학동네

추천의 말

팡팡의 『우한일기』는 2020년 초 코로나19 발생 초기의 은폐와 침묵을 고통스럽게 추적하고 있다. 중난산과 리원량[*], 그리고 동료 의사들의 경고와 호소에도 불구하고 중국 정부는 "사람 간에는 전염되지 않는다"[**]며 현실을 은폐했고, '괴담'을 유포한 의사 8명을 처벌했다. 언론은 연일 태평세월의 뉴스를 전했고, 코로나19는 팽창하고 있었다. 정부는 바이러스를 통제하지 않고, 감염병이 돌고 있다는 '말'을 통제했다. 이 코로나19의 지옥은 '거짓말'에서 비롯되었다고 팡팡은 결론지었다. 정치권력은 원하지 않는 사실을 믿지 않고, 원하는 환영幻影을 믿는다. 그래서 고해의 파도는 더 높아진다.

희망은 선한 다수의 마음과 행동 속에 있었다. 봉쇄된 대도시에서 시민들은 끊임없이 신호를 주고받으며 서로를 격려하고 위로했고, 진실을 요구했다. 돌절구에 고인 빗물을 마시는 까치를 보면서, '살 수 있겠구나'라는 희망을 느꼈다고 팡팡은 썼다.[***]

_김훈(소설가)

[*] 리원량은 신종 코로나바이러스의 존재와 위험성을 세상에 처음 알린 우한시 중신병원의 의사이다. 사회 질서를 해친다는 혐의로 당국에 끌려가 처벌을 받았다. 이후 코로나19 환자를 돌보다가 본인도 감염되어 2020년 2월 7일 사망했다. 향년 34세.

[**] 人不傳人 可控可防.
사람 간에는 전염되지 않는다. 막을 수 있고 통제 가능하다. (본문 101쪽)

[***] 이 글은 한겨레 신문 「거리의 칼럼」(2020년 9월 21일자)에 실린 글을 손본 것이다.

중국 우한은 코로나19 첫 확진자가 발생한 비극의 도시이면서, 그 비극을 기록할 작가를 길러낸 행운의 도시다. 소설가 팡팡은 우한에서 60년을 산 토박이다. 그는 인구 천만 도시가 전염병 때문에 76일간 봉쇄됐을 때 어떤 일이 일어나는가를 침착하게 기록한다. 현상 아래 원인까지 파헤친다. 직무를 다하지 않는 공무원과 전문가를 매섭게 질책하기를 마다하지 않음으로써 작가의 임무를 다한다.

팡팡에게 말할 용기를 준 것은 배달청년들, 환경미화원들이다. 죽음을 무릅쓰고 제자리에서 묵묵하게 일하는 노동자들의 모습을 보고 그 또한 용기를 얻어 갖은 협박에도 글을 쓴다. 그렇게 팡팡이 인터넷에 올린 일기를 보고서야 우한 사람들은 불안과 함께 잠이 든다.『우한일기』는 재난에 빠진 공동체가 '믿음의 벨트'를 이루어 써내려간 공동창작물이다. 이 귀한 증언을 제출하며 팡팡은 인류에게 외친다. "집단의 침묵, 그게 제일 무서운 것이야."

_은유(작가)

○

팡팡의 일기는 코로나19의 가장 자세한 문학적 기록이 될 것이고, 이번 역병 재난에 대한 기억의 화석이 될 것이다. 팡팡 같은 우한의 작가와 시인들, 그리고 다른 유형의 창작자들의 일기가 결국에는 이번 역병의 재난에서 가장 독특하고 세밀한 기억이자 문학이 될 것이다. 이러한 일기들이야말로 시대의 가장 견고한 디테일이다. 이런 일기들이 없다면 역병이 물러가고 몇 년만 지나도 이 재난에서 죽어가야 했던 무고한 사람들의 귀중한 생명은 오래지 않아 기억의 공백으로 변하고 말 것이다. 17년 전에도 사스가 창궐했지만 당시에는 팡팡의 일기 같은 기억의 작품을 찾아볼 수 없었다.

역사는 항상 이정표의 방식으로 지나간 시간의 윤곽을 개괄한다. 팡팡의 일기처럼 양심과 지성을 갖춘 수많은 기록자들의 글쓰기는 이 이정표에 새겨지는 가장 구체적인 문자가 될 것이다. 그런 의미에서 우리는 땅바닥에 쓰러진 작가와 문학의 얼굴을 다시 일으켜세워준 팡팡에게 감사해야 한다.

_옌롄커(소설가)

차
례

추천의 말 _04

작가의 말_ 바이러스는 인류 공동의 적이다 _10

우한일기

바이러스는
인류 공동의 적이다

1
○

나의 신랑망新浪網* 웨이보 계정에 첫번째 글을 올릴 때, 나는 그뒤로 연속해서 59편의 글을 더 올리게 될 거라고는 생각하지 못했다. 수천만 독자가 매일 한밤중까지 기다렸다가 내 하루의 기록을 읽어주리라고도 전혀 생각하지 못했다. 수많은 이가 내 글을 읽은 후에야 안심하고 잠들 수 있었다고 말해주었다. 더 예상치 못한 것은 이 기록을 엮어 책으로 내고 이렇게 빨리 해외에서도 출판하게 되리라는 사실

● 시나닷컴을 이르는 말로 중국판 트위터인 웨이보를 운영하는 사이트. _옮긴이 주(이하 각주는 옮긴이 주이다. 일부 원주는 주석 끝에 별도 표기했다.)

이었다.

내가 60번째 글을 끝마쳤을 때, 공교롭게도 정부는 4월 8일에 우한의 봉쇄를 해제한다고 선포했다.

우한이 봉쇄된 기간은 총 76일이다. 4월 8일 봉쇄가 해제된 그날, 또 묘하게도 영문판 『우한일기』의 예약판매가 시작되었다는 소식을 들었다.

모든 것이, 마치 꿈만 같다. 하느님의 손이 어둠 속에서 움직인 것 같다.

2
○

1월 20일, 중국의 전문가 중난산鍾南山• 원사의 폭로로 우한의 신종 코로나바이러스가 사람 간 전염이 되고 이미 14명의 의료진이 감염되었다는 사실이 알려진 후 나는 큰 충격을 받았고, 이어 분노했다. 이건 우리가 지금까지 듣고 보았던 것과는 완전히 달랐다. 관영매체는 지금까지 우리에게 이 병은 '사람 간 전염되지 않으며, 막을 수 있고 통제 가능하다'고 말해왔다. 하지만 민간에서는 더 많은 이야기가 떠돌며 이 병이 사스SARS(중증급성호흡기증후군)와 같다고 했다.

바이러스의 잠복기가 약 14일이라는 사실을 알고 나서, 나는 침착

• 중국 과학기술 분야 최고의 학술기구인 중국공정원의 원사로, 저명한 호흡기질병학 전문가이다. 원사는 과학 발전에 크게 이바지한 학자들 가운데서 선출된 과학원의 성원을 이르는 말이다.

하게 내가 최근에 누구와 접촉했는지, 감염되었을 가능성이 있는지 정리해보았다. 아차 싶었던 건, 이때 동료가 병이 나서 내가 세 번이나 병원을 방문했다는 것이었다. 두 번은 마스크를 하지 않았고 한 번은 마스크를 썼다. 그리고 1월 7일 이전에 친구네 집에서 열린 모임에 참석했고, 또 가족들과 식당에서 함께 밥을 먹었다. 1월 16일, 난방 보일러 설치 기사님이 우리집에 와서 기계를 설치하고 테스트해주었다. 19일, 내 조카딸네 모자가 귀국해서 큰오빠와 올케가 나와 막내오빠네 부부를 초대해 함께 식사를 했다. 다행히 바로 이날 민간에서 사스가 퍼지고 있다는 소문이 광범위하게 돌았고, 그래서 우리도 오갈 때 모두 마스크를 썼다.

내 평소 작업방식과 생활로 보자면, 이렇게 짧은 기간에 몰아서 외출하는 건 정말 드문 일이다. 그 시기가 딱 중국의 춘절* 연휴 전이었기 때문에 많은 모임이 열렸다. 그래서 나는 내가 그 기간 동안 감염되었는지 아닌지 판단할 수가 없었다. 할 수 없이 나의 감염 여부를 확인하기 위해서는 14일 동안 날짜를 하루씩 지워가며 기다려볼 수밖에 없었다. 이렇게 날을 세는 동안 내 마음은 슬프고 또 처량했다.

도시가 봉쇄되기 전날인 22일 밤, 내 딸이 일본에서 돌아왔다. 밤 10시, 나는 공항으로 딸을 마중나갔다. 길에는 이미 차도 사람도 거의 보이지 않았다. 공항 출구에 서 있는 사람 대부분은 마스크를 쓰

---

* 중국의 가장 큰 명절인 정월 초하룻날을 가리킨다.

고 있었고, 분위기는 무거웠다. 사람들은 모두 하나같이 위축되어 보였고, 예전의 번잡과 웃음소리는 전혀 찾아볼 수 없었다. 그즈음이 우한 사람들의 긴장과 두려움이 최고조에 달했던 시기다. 나는 집을 나서기 전에 친구에게 인터넷으로 댓글을 남기며, "바람은 소슬하고 역수는 차가운"● 느낌이 든다고 말했다. 비행기가 연착하여 딸을 만났을 때는 이미 밤 11시가 넘어 있었다.

내 전남편이 딸과 밥을 먹은 건 일주일 전이다. 그런데 며칠 전에 그가 내게 폐에 문제가 생겼다고 말했다. 나는 심장이 철렁했다. 만일 그가 신종 코로나바이러스에 감염된 것이라면, 딸도 감염되었을 가능성이 있다. 나는 이 사실을 딸에게 알려주었고, 둘이 상의한 끝에 딸은 자신의 거처로 돌아가 자가격리하고 적어도 일주일은 문밖으로 나서지 않기로 했다. 명절도 서로 떨어져서 각자 보내기로 결정했다. 나는 낮에 딸네 집으로 먹을거리를 보내주었다(딸이 여행을 다니다보니, 집안에 구비해놓은 식료품이 없다). 차에서 우리는 둘 다 마스크를 썼고, 딸도 예전처럼 신나게 여행중에 생긴 일을 들려주지 않았다. 우리는 거의 아무 말도 하지 않았다. 우리의 차 안에도 우한 전체를 뒤덮은 압박감과 긴장이 가득했다.

딸을 집에다 데려다주고 돌아오는 길에 나는 차에 기름을 가득 넣었다. 집에 왔을 때는 이미 새벽 1시였다. 나는 오자마자 컴퓨터를 켰

● 중국 전국시대 진시황을 암살하러 떠난 자객 형가荊軻가 비장하게 읊은 시 「도역수渡易水」의 한 구절을 인용한 것이다.

고, 내일 곧 도시가 봉쇄된다는 뉴스를 보았다. 물론 이전에도 누군가 도시 봉쇄를 건의하긴 했지만, 나는 이렇게 큰 도시를 어떻게 봉쇄할 수 있을까 싶었다. 그런데 뜻밖에도 정말 봉쇄령이 떨어졌다. 봉쇄령을 보고 우한의 전염병이 매우 심각한 상황인 게 분명하다는 느낌을 받았다.

이튿날 나는 마스크와 식료품을 사러 나갔다. 날은 춥고 거리는 한산했다. 우한의 역사 속에 길거리가 이렇게 텅 비었던 적은 없었다. 이렇게 한산한 도시의 모습에 가슴이 아팠고, 내 마음도 이 텅 빈 거리처럼 허전했다. 내 인생에서 한 번도 느껴본 적이 없는 감정이었다. 도시의 운명, 그리고 나와 내 가족의 감염 여부 및 미래의 모든 것에 대한 불확실성에 나는 알 수 없는 곤혹감과 긴장감을 느꼈다.

하지만 이어진 이틀 동안 나는 계속 문밖으로 나가 마스크를 샀다. 골목마다 환경미화원만이 외로이 길을 쓸고 있었다. 행인이 적어서 길이 지저분하지 않았지만 그들은 여전히 빈틈없이 청소를 했다. 나는 그 모습을 보고 큰 위안을 받았고, 마음도 많이 안정되었다.

회상하는 과정에서 나도 반성했다. 12월 31일에 이미 그 소식을 들었으면서도, 거의 20일 동안 왜 이렇게 중대한 사건을 해이한 태도로 바라봤던가. 특히 우리는 2003년에 사스를 몸소 겪었기 때문에 분명 여기서 얻은 교훈이 있는데 말이다. 많은 사람이 스스로에게 물었다. 왜 그랬을까?

솔직히 말하자면 나 스스로 부주의했던 까닭도 있고, 전체적으로 보았을 때 바이러스에 취약할 수밖에 없는 객관적인 상황들도 있었다. 하지만 더 중요한 것은, 우리가 지나치게 정부를 믿었다는 점이다. 후베이성의 주요 공무원들이 사람 목숨과 관련된 이렇게 중대한 사안을 절대로 경솔하고 무책임하게 처리하지 않을 거라 믿었고, 그들이 수천수만 인민의 생명에 영향을 미칠 가능성이 있는 일을 정치적으로 판단하고 음모로 몰아가지는 않을 거라 믿었고, 그들이 상식을 무시하지 않고 판단능력이 그렇게 떨어지지 않을 거라고도 믿었다. 이런 믿음이 있었기에 나는 위챗^{WeChat●} 단체대화방에 이런 말을 올리기도 했다. 이렇게 큰 일을 정부가 숨길 리 없어. 그 사람들이 그렇게 간이 크지는 않아. 하지만 실제로는 사태가 오늘에까지 이르렀고, 그 과정에 인재^{人災}가 어느 정도의 비중을 차지했는지 우리는 이미 두 눈으로 목격했다.

좋은 일만 보도하고 나쁜 일은 숨기고, 사람들이 진실을 이야기하는 것을 막고, 대중이 진상을 알지 못하게 하고, 개인의 생명을 하찮게 여기는 이런 관습적인 행동 때문에, 사회는 어마어마한 대가를 치렀고 인민들은 엄청난 상처를 입었으며 공무원 스스로도 크나큰 대가를 치러야 했다(현재 후베이성의 주요 공무원 중 일부가 이미 면직되었지만, 반드시 책임져야 할 사람들이 여전히 자리에 남아 있다). 이로 인해 우한은 76일 동안 봉쇄되었고, 그 영향을 받은 사람의 수와 지역은

● 중국 최대 인터넷 기업인 텐센트가 서비스하는 모바일 메신저.

이루 다 헤아릴 수 없을 정도다. 이후에 책임자를 추궁하는 일 역시, 반드시 이루어져야 한다.

3

○

우한 사람들은 1월 20일부터 공황과 긴장 상태로 사흘을 지내다 불시에 봉쇄령을 맞닥뜨렸다. 인구 천만의 도시가 전염병 때문에 봉쇄된다는 건 역사상 전례가 없는 일이다. 게다가 이렇게 짧은 시간에 이런 결정을 내린다는 것도 쉽지 않은 일이다. 도시 봉쇄는 모든 거주민의 생활에 영향을 미치기 때문이다.

하지만 전염병 확산을 막기 위해, 우한시 당국은 이를 악물고 결정을 내렸다. 우한의 천 년 역사상 극히 이례적인 결정이다. 그러나 전염병이 확산되는 과정을 토대로 보자면 이는 확실히 옳은 결정이었다. 물론 조금 늦었지만 말이다.

봉쇄령을 내리기 전 사흘과 봉쇄령을 내린 후 이틀, 총 닷새 동안 대부분의 우한 사람들은 두려움에 벌벌 떨었다. 너무나 길고 긴장되는 닷새였다. 바이러스는 도시 안에서 급속도로 번지고 있는데, 정부마저도 속수무책인 듯 보였다.

정월 초하루, 즉 양력 1월 25일이 되자 사람들의 마음이 조금씩 가라앉기 시작했다. 중국 고위층이 우한의 전염병 상황을 주시하고 있고, 첫번째 의료지원팀도 상하이에서 출발해 우한으로 온다는 소식이 매체를 통해 전해졌기 때문이다. 이런 소식들 덕분에 우한 사람들의 마음은 서서히 안정을 되찾아갔다. 모두들 일단 국가가 나서면 기본적으로 중국의 모든 사람이 최선을 다한다는 것을 알고 있었다. 따라서 며칠간 공황 상태에 빠졌던 우한 사람들도 이날을 기점으로 더는 두려워하지 않았다. 내 기록도 바로 이날부터 시작된다.

하지만 가장 슬픈 시기도 이때였다. 감염자 수가 명절 기간에 집중적으로 폭증하며, 우한의 의료시스템이 물밀듯 밀려드는 환자를 감당하지 못하고 거의 붕괴 수준에 이른 것이다. 원래는 집집마다 온 가족이 모여 화기애애한 시간을 보냈을 명절 연휴였다. 하지만 혹한의 날씨에 무수한 감염자들이 약을 구하고 의사를 만나기 위해 빗속에서 사방을 뛰어다녀야 했다. 봉쇄 후에는 모든 교통수단의 운행이 정지되었다. 우한의 일반 인민들 대부분은 차를 갖고 있지 않아서, 집에서 병원까지 갈 때, 그리고 또다른 병원으로 갈 때, 그 과정이 힘들었던 것을 말로 다할 수 없다. 도움을 요청하는 영상이 인터넷상에 속속 올라왔다. 진료받기 위해 병원에서 밤새 줄을 서는 사람들과 거의 쓰러지기 직전에 이른 의료진의 모습을 담은 영상도 있었다. 우리는 이 환자들의 호소와 절망에 아무런 힘도 보태줄 수 없었다. 내가 가장 고통스러웠던 시기가 이때이기도 하다. 나는 매일 글을 쓸 수밖에 없었다. 그렇게 쓰고 또 썼다. 마치 내 마음의 짐을 덜어내려는 듯이.

우한 사람들의 고통은 후베이성과 우한의 주요 공무원들이 물러나고 전국 열아홉 개 성에서 후베이성으로 의료지원팀을 파견하고 팡창병원方艙醫院*이 건립된 후에야 끝이 났다. 새로운 격리방식이 도입되며, 혼란과 비통함에 젖어 있던 우한의 상황은 완전히 새로운 국면을 맞이했다. 모든 환자는 네 부류로 나뉘었다. 첫번째는 중증 환자, 두번째는 경증 환자, 세번째는 의심환자, 네번째는 밀접 접촉자다. 중증 환자는 지정병원으로 보내지고, 확진을 받은 경증 환자는 팡창병원으로 갔다. 의심환자는 전부 호텔에 격리하고, 밀접 접촉자 역시 각각의 장소, 예를 들면 호텔 혹은 학교 기숙사 등으로 나누어 격리했다. 이런 방법들 모두 단기간에 효과가 나타났다. 확진자들이 입원해서 치료받게 되자 경증 환자들은 대체로 빠른 시일 안에 회복이 가능해졌다. 우리도 우한의 상황이 하루하루 좋아지는 것을 눈으로 볼 수 있었다. 내 일기에서 이 변화 과정을 하나하나 살펴볼 수 있다.

일상생활에 대한 문제는 처음엔 집안에 갇힌 900만 우한 사람들이 자발적으로 모여 인터넷 공동구매로 물건을 사며 생필품을 해결했다. 이후 정부에서 우한의 모든 공무원들을 각 마을로 내려보내 그곳에서 주민들을 위해 봉사하도록 했다. 900만 우한 사람들은 정부의 각종 요구에 한마음으로 협력했다. 그들의 자제력과 인내력은 이번 전염병 상황을 통제하는 데 가장 강력한 기반이었고, 세상의 어떤 아름다운 말로 칭찬한다 해도 지나치지 않다. 76일을 갇혀 지낸다는 건 결코 쉽게 해낼 수 있는 일이 아니다. 그리고 뒤늦게나마 정부가

● 중국에서 코로나19에 감염된 경증 환자를 수용하기 위해 공공시설을 개조해 만든 임시 병원.

방역에 힘쓰며 내놓은 각종 격리조치와 처리방식 역시 확실히 효과가 있었다.

내가 60번째 일기를 마무리했을 때, 우한의 상황은 이미 완전히 달라져 있었다. 봉쇄 76일째인 4월 8일, 우한 전체가 개방되었다. 잊을 수 없는 날이다. 도시가 개방되던 순간, 우한의 모든 사람들이 뜨거운 눈물을 흘렸다.

4

우한의 코로나19 상황이 조금씩 나아지기 시작했을 때, 뜻밖에 유럽과 미국 등에서 코로나19가 확산되기 시작했다. 육안으로는 보이지도 않을 만큼 작고 약한 바이러스가 순식간에 전 세계를 휩쓸었다. 동서양 할 것 없이 모두 이 바이러스 때문에 차마 눈뜨고 볼 수 없을 만큼 참혹한 상황을 겪었다.

그리고 양쪽의 정치가들은 서로를 비난하면서도 자신들 각자의 문제에 대해서는 생각하지 않았다. 중국이 초기에 보인 안이함과 중국의 방역 경험을 믿지 않은 서양 국가들의 자만심으로 인해 무수한 생명이 사라졌고 수많은 가정이 순식간에 산산조각났으며, 인류 사회 전체가 막대한 손해를 입었다.

한 외국인 기자가 내게 물었다. "코로나19가 지나간 후, 중국이 어떻게 이 교훈을 받아들여야 할까요?" 나는 대답했다. "코로나19는 중국에서만 유행한 것이 아니고, 전 세계에서 유행하고 있습니다. 코로나19는 중국에만 교훈을 준 것이 아니라, 전 세계에 교훈을 주었고 전 인류에게 교훈을 주었습니다. 그 교훈은 바로, 우리가 이렇게 오만해서는 안 되고 잘난 척해서는 안 되며 자신을 천하무적이라 생각해서도 안 되고, 작고 약한 것 예를 들면 바이러스의 파괴력을 우습게 봐서는 안 된다는 것입니다."

바이러스는 인류 공동의 적이므로, 이 교훈은 전 인류에게 해당된다. 인류는 힘을 합쳐야만 바이러스와 싸워 이길 수 있고, 바이러스로부터 벗어날 수 있다.

5
○

나의 의사 친구 네 명에게 진심으로 감사의 말을 전한다. 내 기록에서 그들은 내게 전염병 소식과 의학적 지식을 제공해주었다.

내게 도움을 주고 관심 가져준 세 오빠에게 감사하고, 내 가족과 친척들의 전폭적인 지지에도 감사하다. 내 사촌오빠는 누군가 나를 공격하는 것을 보고, 집안 사람들 모두가 내 후원자라며 걱정 말라고 말해주었다. 사촌언니는 시시각각 내게 각종 소식을 전해주었다. 친척들이 해준 격려의 말이 내게 온기를 주었다.

내 대학교와 중고등학교 동창들에게도 감사하다. 그들 역시 나의 가장 강력한 지지자였다. 그들은 사회의 여러 소식을 내게 전해주었고, 내가 위축되어 있을 때는 격려해주었다. 그리고 내 동료와 이웃들은 내가 기록을 쓰는 동안 일상생활에 많은 도움을 주었다.

마지막으로 번역가 마이클 베리^{Michael Berry}에게도 감사 인사를 전한다. 그의 제의가 없었다면, 나는 이 책을 외국에서 출판할 생각조차 못했을 것이고, 이렇게 빨리 출간하는 것도 불가능했을 것이다.

이건 우한 사람들에게 바치는 책이다. 나아가 우한이 가장 힘들었던 시기에 우한을 도와주었던 분들에게 바치는 책이다. 이 책의 인세 수익 역시 우한을 위해 목숨걸고 일한 이들에게 전부 기부할 것이다.

2020년 4월 13일

팡팡

우한일기

武漢封鎖日記

첨단 기술을
악용하면
전염병보다 무섭다

아직 내 웨이보가 포스팅이 가능한지 모르겠다. 일전에 청년들이 단체로 길에 모여 욕설한 걸 비판하는 글을 올린 일로 내 계정은 차단되었다. (지금도 내 생각에는 변함이 없다. 아무리 나라를 위한 일이라 해도, 길거리에서 욕지거리하는 것을 자랑스럽게 여길 수는 없다. 이건 교양의 문제다!) 하소연할 곳도, 고소할 곳도 없다. 나는 이 일로 신랑망에 너무 실망해서 다시는 웨이보를 켜지 않으려 했다.

하지만 지금 우한은 상상도 못했던 엄청난 재난에 처해 있다. 나라 전체가 우한에서 어떤 일이 벌어지는지 주목하게 되었고, 도시는 폐쇄되었으며, 우한의 시민들은 곳곳에서 버림받았다. 그리고 나 역시 이 도시에 갇혀버렸다. 정부는 또다시 오늘밤 자정부터 우한의 중심 구역에서 차량 통행을 금지한다는 명령을 내렸다. 하필 내가 살고 있는 곳이 우한의 중심지다. 다들 안부를 묻고 연락도 주고, 모두 이렇게 관심을 주니 집안에 갇혀 있는 우리에게는 큰 위안이 된다. 방금 전에 문학잡지 〈수확收穫〉의 편집자 청융신程永新*이 내게 '우한 봉쇄일기'를 써보는 게 어떻겠느냐며 연락해왔다. 이 말을 듣고 나는 만일 내 웨이보에 글을 올리는 것이 가능하다면 반드시 써야겠다는 생각이 들었다. 모두에게 '진짜' 우한의 상황을 알릴 수 있을 테니 말이다.

다만 지금 이 글이 웨이보에 제대로 게시되었는지 전혀 알 수가 없다. 만일 이 글을 본 친구가 있다면, 내가 알 수 있도록 답글을 달아주면 좋겠다. 그런데 웨이보는 내가 글을 올려도 다른 사람들은 못 보게 차단할 수 있다고 한다. 이 사실을 알고 나는 깨달았다. 첨단 기술을 악용하면 전염병보다도 무섭다는 것을.

우선 올려봐야겠다.

---

* 1983년부터 〈수확〉에서 일해온 편집자이자 작가로 중국 문단의 추앙을 받는 인물이다.

후베이성 공무원들의 모습이
바로 중국 공무원들의
평균 수준이다

관심을 갖고 지켜봐주는 모두에게 감사하다. 우한 시민들은 여전히 절박한 상황에 놓여 있다. 비록 처음에 느꼈던 공황과 무기력감, 불안, 긴장에서 벗어나 평정과 안정을 많이 되찾은 상태지만, 아직 여러분의 위로와 격려가 필요하다. 이제 우한 사람들은 적어도 넋이 나간 상태에서는 대부분 벗어난 것 같다. 원래는 12월 31일부터 시작해서 나 스스로 이 기간 동안 경계 상태에서 긴장이 풀어져가는 감정 변화의 전 과정을 기록해보려 했는데, 그러자니 글이 너무 길다. 그래서 우선 최근의 일부터 쓰고, '봉쇄기록'은 천천히 쓰도록 하겠다.

정월 초이틀이었던 어제는 비도 바람도 여전히 차가웠다. 좋은 소식도 있고 나쁜 소식도 있었다. 좋은 소식이라면 당연히 정부에서 점점 더 많은 지원을 해주어서 더 많은 의료진이 우한으로 오고 있다는 소식 등 우한 사람들을 크게 안심시키는 내용이었다. 이런 건 모두 이미 알고 있다.

하지만 지금 우리에게 좋은 소식이란 이런 거다. 현재 내 가족들 중 감염된 사람이 아무도 없다는 것. 우리 막내오빠는 전염병이 발생한 구역의 중심에 살고 있다. 화난수산시장과 우한시 중신中心병원이 바로 집 주변이다. 게다가 막내오빠는 몸이 안 좋아서 이 일이 터지기 전까지 그 병원에 자주 다녔는데, 다행히 오빠도 올케도 무사하다. 오빠는 열흘은 충분히 먹고 버틸 수 있을 만큼 준비해놓고 아예 문밖으로 나가지 않는다고 했다. 나와 내 딸 그리고 큰오빠 가족은 모두 우창에 산다. 강 하나를 사이에 두고 위험도가 한커우보다 약간 낮은 덕분에 역시 모두 안심이다. 물론 집안에 갇혀 있기는 하지만 그런대로 아주 무료하지는 않다. 다들 집에 있는 생활이 익숙한 사람들이었나보다. 다만 부모님을 뵙겠다고 타지에서 집으로 온 조카딸 모자가 마음이 쓰였다. 원래 23일에 고속철도를 타고 우한을 떠나 광저우로 가서 남편과 시부모님을 만날 계획이었는데(사실 정말 갔다고 해도 우한에서 지내는 것보다 낫다고는 할 수 없었을 거다), 딱 그날 도시가 봉쇄되면서 빠져나가지 못했다. 봉쇄 조치가 언제까지 이어질지 모르니 회사일도 아이들 등교도 미뤄야 하는 건지, 모든 것이 문제였다. 조카의 가족들은 싱가포르 여권을 갖고 있는데, 어제 싱가포르 정부가 가까운 시일 내에 비행기로 자국민을 데려가겠다고 알려왔다(우한에 싱가포르 교민이 적지 않은가보다). 돌아가면 14일 동안 격리되어야 한다. 그래도 우리 가족들 모두 이 소식을 듣고 마음이 놓였다. 더 좋은 소식도 있었다. 우리 딸아이의 아빠가 전에 찍은 엑스레이 검사에서 폐에 이상소견이 발견된 일로 상하이의 병원에 입원해 있었는데, 어제 저녁 다시 검사해본 결과 코로나바이러스에 감염된 게 아니라 일반 감기라는 결과가 나와서 오늘 바로 퇴원한다고 한다. 그러면 최근에 그와 함께 밥을 먹은 딸도 자가격리에 들어갈 필요가 없는 것이다!(섣달그믐날, 내가 비를 뚫고 운전해서 먹을 걸 사다 날랐다!)

이런 소식들을 얼마나 바라왔는지 모른다. 매일 하나씩이라도 이런 좋은 소식들이 전해진다면, 비록 봉쇄된 도시의 닫힌 문 안에 있다 해도 마음이 조금은 편안해지지 않을까.

나쁜 소식도 있었다. 어제 낮에 딸이 전화로 지인의 아버지(원래 간암 환자였다)가 감염이 의심되어 병원에 갔는데, 치료받지 못하고 세 시간 만에 사망했다는 이야기를 했다. 이틀 전의 일이다. 딸의 목소리에서 착잡한 마음이 느껴졌다. 그리고 어제 저녁, 동료 샤오리가 연락해서 내가 살고 있는 문연文聯* 단지 안에서 감염된 사람이 둘이나 나왔다고 했다. 30대 가족이었다. 나보고 조심하라고 당부했다. 그들이 사는 곳은 우리집에서 200~300미터 정도 떨어진 곳인데, 우리집은 독채로 분리되어 있으니 너무 걱정할 필요는 없을 것 같다. 나보다는

* 중국문학예술계연합회의 줄임말.

같은 동에 사는 주민들이 긴장할 듯싶다. 오늘 다시 동료가 전해주기로는, 그들은 경증 환자에 속해서 집에서 격리되어 치료받는다고 했다. 젊은 사람들은 몸도 건강하고 감염 증상도 약하니 분명 금방 이겨낼 수 있을 것이다. 얼른 건강이 회복되길 기도한다.

어제 후베이성 공무원들의 언론 브리핑이 인터넷에서 실시간 인기 검색어에 올랐다. 많은 사람이 비난과 질책의 글을 달았다. 기자회견에 나온 공무원 세 명은 모두 피곤하고 지친 기색에 번번이 실수를 이어갔다. 사실 그들도 안됐다. 그들의 가족도 분명 우한에 있을 것이다. 나는 그 사람들의 자책이 진심이라 믿는다. 일이 어쩌다 이 지경까지 오게 되었는지, 되짚어 생각해보면 자연히 알 수 있다. 우한의 공무원들은 사태 초기에 바이러스를 얕보았고, 봉쇄 전후로는 아무것도 하지 못했다. 사람들은 그들의 무능함에 커다란 충격을 받았고, 이는 우한 시민들에게 큰 상처가 되었다. 이 일에 대해 앞으로 자세히 쓰도록 하겠다. 하지만 지금 내가 말하고 싶은 점은 후베이성 공무원들의 이런 모습이 바로 중국 공무원들의 평균 수준이라는 사실이다. 이들이 다른 지역의 공무원들보다 무능한 게 아니라 단지 운이 나빴던 것이다. 공무원들은 옛날부터 문서에 의존해 일했다. 일단 문서가 없으면 아무것도 할 수가 없다. 이번 일이 같은 시기에 다른 지역에서 일어났다 하더라도 아마 그곳 공무원들의 모습이 후베이성보다 낫다고는 할 수 없었을 것이다. 공무원들의 능력이 하향 평준화되고, 쓸데없는 정치적 정당성만 외치며 실사구시하지 않고, 사람들이 진실을 말하지 못하게 하고 미디어가 진상을 보도하지 못하도록 한 결과를 우리는 모두 하나씩 맛보고 있다. 우한이 가장 앞서서 크게 한입을 베어 물었을 뿐이다.•

• 이 문단은 2020년 1월 27일에 덧붙여 썼다. _원주.

우리에겐
마스크가
없다

우한과 우한 시민들에 대해 모두 지속적으로 관심을 보여주어 정말 감사드린다. 나도 기꺼이 이곳의 상황을 계속 알리고자 한다.

이제 사람들은 큰 문제에 대해서는 대체로 심하게 걱정하지 않는다. 걱정해봤자 아무 소용 없다. 감염되지 않았다면, 낙관적이다.

지금 우한 시민들이 우려하는 문제는 마스크가 부족하다는 것이다. 오늘 동영상을 하나 보았는데, 상하이에 사는 사람이 마스크를 사러 갔더니 약국에서 한 장당 30위안에 팔고 있었다. 이 상하이 시민은 너무 화가 나서 대화 과정을 전부 휴대폰으로 찍고, 큰소리로 약국을 비난하며 마스크를 사겠지만 반드시 영수증을 써달라고 요구했다. 이 사람은 정말 나보다 훨씬 현명하고 용감하다! 감탄했다!

마스크는 소모품인데다 자주 써야 한다. 전문가의 말에 따르면, N95 마스크를 써야만 바이러스를 차단하는 효과가 있다고 한다. 하지만 시중에서는 N95 마스크를 전혀 구할 수가 없다. 인터넷으로 주문하면 연휴가 끝난 뒤에야 받을 수 있다고 한다. 그나마 우리 막내오빠는 운이 좋은 편이다. 막내오빠 가족이 사는 구역에 거주하는 한 가족의 친척이 N95 마스크를 천 장이나 보내서(얼마나 좋은 친척인가!) 막내오빠네 집에 열 장을 나눠준 것이다. 오빠는 아직도 이렇게 좋은 사람이 있다며 감격했다. 하지만 큰오빠네는 이런 운이 없어서 N95 마스크가 단 한 장도 없다. 우리 조카가 가져온 일회용 마스크만 있을 뿐이다. 이마저도 수량이 한정되어 있다. 어쩔 수 없이 집에서 마스크를 물에 빨아 다리미로 다려서 소독한 후 재사용하는 수밖에 없다. 정말 비참하다. (아, 조카가 말하길 싱가포르 정부에서 자국민을 데려가기로 한 일은 아직 최종 확정된 바가 없다고 한다. 나보고 이 일에 대해 웨이보에 써달라고 했다.)

내 상황도 마찬가지다. 1월 18일에 병원으로 병문안을 가기로 해서 반드시 마스크를 써야 했다. 하지만 집안에는 마스크가 한 장도 없었다. 그때 갑자기 12월 중순 청두에 갔을 때, 대학교 남자 후배인 쉬민이 청두는 공기가 좋지 않다며 마스크를 한 장 주었던 일이 떠올랐다. 사실 우한도 공기가 별로 좋지 않은데, 나 역시 이런 나쁜 공기에 익숙해져서 그 마스크를 지금까지 사용하지 않았다. 그 덕분에 급한 불을 끌 수 있었다. 다행히도 N95 마스크였다. 나는 이 마스크를 쓰고 병원에 가고, 공항도 가고, 마스크를 사러 가기도 했다. 연달아 며칠을 썼다. 어쩔 수 없었다.

우리집에는 나 말고도 열여섯 살이나 된 나이든 반려견이 있다. 1월 22일 오후, 강아지 사료가 떨어진 걸 발견했다. 나는 재빨리 반려견 센터에 전화를 걸어 사료를 주문하고, 밖으로 나가는 김에 마스크를 사와야겠다고 생각했다. 그래서 집 근처에 있는 동팅루東亭路의 모 약국으로 갔다(이름은 밝히지 않겠다). 그 약국에는 N95 마스크가 있었지만 한 장에 35위안이라고 했다(상하이보다 5위안이 더 비싸다). 25장 한 묶음에 875위안•이라는 것이다. 나는 어떻게 이런 상황에서 그렇게 고약하게 굴 수가 있느냐고 물었다. 그들은 마스크 공급 가격이 올랐으니 자신들도 이렇게 팔 수밖에 없다고 했다. 급하게 필요하다보니 가격이 높아도 사야만 했다. 그래서 나는 우선 4장을 사야겠다고 생각했다. 그런데 뜻밖에도 그들이 파는 마스크는 모두 낱개로 포장되어 있지 않고, 판매하는 사람이 손으로 집어 담아야 했다. 그 모습을 보고 이런 위생상태라면 저 마스크는 하지 않는 편이 낫겠다고 생각했다. 그래서 사지 않았다.

섣달그믐날 밤, 나는 다시 마스크를 사기 위해 밖으로 나갔다. 모든 약국이 문을 닫았는데, 부부가 함께 운영하는 작은 마트 딱 한 곳이 열려 있었다. N95 마스크를 파는 곳을 찾은 것이다. 이멍산沂蒙山 브랜

• 한화로 약 15만 원.

드의 회색 마스크로 개별 포장되어 있었다. 1장에 10위안이었고 나는 4장을 샀다. 그제야 마음이 편해졌다. 큰오빠네 마스크가 없다는 이야기를 듣고 나는 2장을 나누어주기로 약속하고 다음날 가려 했으나, 큰오빠가 다시 전화해 밖으로 나오지 않는 편이 낫겠다고 했다. 모두 밖에 나오지 않으니 다행히 마스크를 사용할 일도 줄었다.

방금 동료와 위챗으로 이야기를 나누었다. 모두가 말하기를, 사실 지금 가장 큰 문제는 여전히 마스크라고 했다. 어쨌든 가끔씩은 밖에 나가서 물건을 사야 하니 말이다. 한 동료는 친구가 마스크를 보냈는데 받지 못했다고 했다. 가짜 마스크를 산 사람도 있고, 인터넷쇼핑몰에서 마스크를 재활용해서 다시 판매한다는 이야기도 있어서 쓸 엄두가 나지 않는다는 사람도 있었다. 다들 한두 장밖에는 남지 않은 상황이니 아껴 쓰자는 말로 서로를 격려하는 수밖에 없다. 마스크가 돼지고기를 대신해서 명절에 가장 잘 팔리는 상품이 될 거라는 말은 사실이었다.

마스크가 부족한 것이 우리 큰오빠와 나, 그리고 내 동료들만의 문제는 아닐 것이다. 분명 우한 시민들 중 대다수가 마스크 없이 살아가고 있을 것이다. 그러나 나는 마스크의 공급량이 부족한 게 아니라고 확신한다. 마스크가 시민들의 손까지 갈 수 있게 하는 수단이 부족한 것이다. 지금 당장 운송업체들이 업무를 재개하고 우한으로 오는 화물을 조금 더 빠르게 처리해서, 우리가 이 난관을 극복할 수 있도록 도와주기를 바랄 뿐이다.

바이러스는
누가 일반 시민이고 누가 간부인지
따지지 않는다

날씨가 어제부터 좋아지기 시작했다. 비가 멈추었고, 오늘 오후에는 잠시나마 햇살도 비쳤다. 맑게 빛나는 하늘은 사람들을 기분좋게 만든다. 다만 집안에 갇혀 있는 사람은 답답하고 조급한 마음이 커질 뿐이다. 봉쇄가 시작된 날로부터 이미 6일 가까이 지났다. 닷새 동안 마음을 터놓을 수 있는 기회만 많았던 게 아니라 소리지르며 싸울 일 역시 적지 않았을 것이다. 어쨌거나 집집마다 온 가족이 몇 날 며칠을 온종일 붙어 지내는 건 낯선 경험일 테니 말이다. 집이 좁은 경우는 더할 것이다. 또 오랜 시간 밖에 나가지 않으면 어른들은 버틸지라도 아이들은 아마 상당히 견디기 힘들 것이다. 이런 상황에서 심리학자라면 어떤 조언을 해주었을까. 어찌되었든 우리는 계속해서 꼬박

14일 동안 스스로를 가둬두어야 한다. 들리는 말에 의하면, 앞으로 이틀 동안 코로나바이러스가 폭발적으로 확산되는 시기에 접어들 것이라고 한다. 의사들도 집에 먹을 쌀이 있다면 맨밥만 먹더라도 문밖으로 나오지 말라고 재차 신신당부했다. 좋다, 의사들의 분부를 받들겠다.

오늘 하루도 여전히 희비가 엇갈리는 날이었다. 어제 〈중국신문中國新聞〉 부편집장이자 내 동창인 샤춘핑이 위챗으로 나를 인터뷰했다. 오늘 오후에는 그가 사람을 데려와 사진을 찍었다. 그런데 생각지 않게 그가 내게 N95 마스크를 20장이나 선물해주었다! 눈 속에 있는 사람에게 숯을 보내 돕는다는 옛말*이 딱 이런 경우가 아닌가. 무척 고맙고 감격스러웠다. 우리가 문연 단지 아파트 입구에서 사진을 찍고 이야기를 나누고 있을 때, 내 동창인 라오경이 쌀을 사서 돌아왔다. 그는 의심스러운 눈길로 우리를 쳐다보았다. 내 생각에 그는 허난 지방 사람들 특유의 진지함으로 크게 호통을 치려는 것 같았다. 당신들 누구야? 왜 우리 아파트 앞에 서 있는 거야? 나는 그 모습을 보고 즉시 그를 불렀다. 나를 알아본 라오경의 눈빛은 금세 오래 떨어져 있던 친구를 만난 것처럼 친절하고 따뜻하게 변했다. 매일 단체대화방에서 수다를 떠는 사이인데도 말이다. 샤춘핑은 역사학을 전공했다. 예전에 중문과와 사학과 학생들은 같은 기숙사 건물을 썼다. 그래서

● 중국 송나라의 정치가이자 시인인 범성대范成大가 지은 「대설송탄여개은大雪送炭與芥隱」이라는 시에서 유래한 말로 급한 상황에 처한 사람에게 도움을 준다는 의미이다.

내가 소개하니 두 사람은 모두 "아아아" 해가며 기뻐했다. 라오경은 우한과 하이난을 오가며 사는데 모두 나와 같은 단지에 거주한다. 그도 올해 미처 하이난에 가지 못해서 나처럼 집안에 갇혀 있게 된 것이다. 라오경은 우리 단지 8동에서 발생한 확진자 2명이 이미 병원에 입원했다고 내게 전해주었다. 그 덕에 주민들도 모두 한숨 돌릴 수 있게 되었다. 병원에서 치료받는 것이 집에서 격리되어 있는 것보다 더 효과적일 것이다. 어서 건강을 회복하기를 여전히 기도한다.

샤춘핑을 배웅하고 막 집에 들어왔는데, 내가 여러 해 전에 『루산에서 오래된 별장을 보다到廬山看老別墅』와 『한커우 조계漢口租界』를 쓸 때 책임편집자였던 샤오위안이 내 웨이보를 읽고 마스크 3장을 보내왔다. 감동이었다! 오래된 친구가 최고다! 갑자기 마스크가 많아져서 바로 어제 마스크 문제로 함께 걱정했던 동료에게 나눠주었다. 방금 동료가 와서 마스크를 가져가며 내게 채소를 몇 가지 가져다주었다. 우리가 이 어려운 시기를 함께 견디는 작은 공동체라는 실감이 났다. 동료는 삼대가 함께 살아서 집에 어른들도 계시고 아이도 있고, 심지어 환자까지 있다. 반드시 이틀에 한 번은 나와서 채소를 사야 했다. 그러고 보니 동료는 아직 80허우后●였다. 얼마나 힘들까! 심지어 여전히 일까지 신경쓰고 있었다. 나는 그녀와 동료들이 단체대화방에서 원고 보낼 준비를 하며 대화하는 것을 보았다. 우한에 이렇게 따뜻하

● 1980년대 후반에 출생한 사람을 가리킨다.

고 성실한 사람들이 있으니, 우리는 그 어떤 시련도 분명 헤쳐나갈 수 있을 것이다.

나쁜 소식도 당연히 사방에 퍼져 있다. 며칠 전 바이부팅 구역에서 4만 명이 모이는 연회가 열렸다는 뉴스를 보고 나는 바로 친구들의 단체대화방에 심각한 어조로 비평을 했다. 이 시국에 지역사회에서 대규모 회식을 연다는 건 '범죄 행위에 가깝다'고 말이다. 이 말을 한 날이 1월 20일이다. 그런데 뜻밖에도 21일 후베이성 안에서 연이어 대규모 파티가 열렸다. 도대체 사람들의 상식은 다 어디로 간 걸까? 얼마나 우매하고 융통성 없고 현실감각이 없기에 이러는 걸까? 바이러스조차도 '너희들 정말 나를 우습게 보네!'라고 생각할 것이다.

이 일들에 대해서는 이제 더 말하고 싶지 않다. 나쁜 소식은 바로 이 바이부팅에서 열린 연회에서 나왔다. 연회에 참석한 이들 중 이미 신종 코로나바이러스 감염증으로 확진받은 환자가 있다는 것이다. 이 소식을 상세하게 확인해보지는 않았지만, 내 직관으로 나에게 이 소식을 알려준 사람이 거짓말을 하지는 않았을 것이다. 생각해보라. 그렇게 많은 사람이 모여 밥을 먹었는데 어떻게 감염된 사람이 없을 수 있겠는가? 이번 전염병은 사망률이 결코 높지 않다고 말하는 전문가도 있다. 모두 이 말을 믿고 싶어하고, 나 역시 그렇다. 다만 들려오는 또다른 소식들이 두렵게 느껴질 뿐이다. 1월 10일에서 20일 사이, 자주 모임을 열었던 사람들은 각자 조심하기 바란다. 바이러스는 누가 일반 시민이고 누가 간부인지 따지지 않는다.

내친김에 저우 시장의 모자 이야기*를 해야겠다. 어제부터 오늘까지 그는 인터넷상에서 많은 질타를 받았다. 평소 같았으면 아마 나도 한바탕 그를 비웃었을 것이다. 다만 지금은 저우 시장이 우한의 수많은 공무원을 이끌고 바이러스를 막기 위해 사방을 뛰어다니는 상황이다. 그가 느낄 피로감과 초조함을 나는 한눈에 알아챌 수 있었다. 추측하건대 그 역시 이번 상황이 진정된 후에 자신의 앞날이 어떻게 될 것인지 생각해보았을 것이다. 사람이 이런 상황에 처하면 느끼게 되는 양심의 가책과 자책, 후회와 불안 등의 감정이 그에게도 분명 모두 있을 것이다. 하지만 그는 시 행정부의 수장이다. 어떻게든 정신을 차리고 눈앞에 있는 이 상황을 마주해야 한다. 사실 그도 평범한 사람이다. 내가 듣기로 저우 시장은 본분을 지키는 성실한 사람으로 지금까지 말실수를 한 적이 없고, 후베이성 시산西山**의 산골에서부터 한 걸음씩 착실하게 여기까지 온 사람이었다. 아마 살면서 이런 큰일은 만나본 적이 없을 것이다. 그래서 나는 우리가 조금 따뜻한 시선으로 이번 모자 사건을 바라보면 어떨까 하는 생각이 들었다. 예를 들어 저우 시장은 날이 추워서 모자를 썼는데 총리는 쓰지 않았던 것이다. 자신보다 나이 많은 총리 앞에서 모자를 쓰고 있는 것이 예의 없어 보이는 것 같아 벗어서 직원에게 주었다고 말이다. 이렇게 생각하면

● 중국의 리커창 총리가 우한의 병원 건설현장을 방문했을 때, 곁에 있던 우한시의 저우 시장이 총리가 모자를 쓰지 않은 모습을 보고 재빨리 자신의 모자를 벗어 비서에게 건네는 모습이 화제가 되었다.

●● 저우 시장의 고향.

조금 낫지 않은가?

오늘은 여기까지 기록해둔다.

스스로를
보호하는 것이
모두를 돕는 것이다

아무렇지도 않게 정오까지 잠을 잤다. (사실 평소에도 늦게 일어나는 편인데, 다만 보통은 자책을 한다. 하지만 요즘 우한 사람들은 이렇게 말한다. "농사일로 분주한 화창한 시절엔 숙면을 취하기가 어렵지. 이제 우리는 아침 내내 잔다네. 오후 내내 잔다네."● 이러니 당당한 마음이 생기지 않을 수 있겠는가!)

● 이 말은 코로나19 창궐 초기 온라인상에 유행했던 코로나바이러스 노래에서 나온 것이다. 이 노래의 전체 가사는 다음과 같다. "농사일로 분주한 화창한 시절엔 숙면을 취하기가 어렵지. 이제 우리는 아침 내내 잔다네. 오후 내내 잔다네. 우리는 오늘 자고, 내일도 자고, 내일모레도 자야지. 우리는 나라와 가족을 위해 잔다오. 아무리 괴로워도 이유가 있기에 계속 자야지. 밖에 나다니느니 집에 눌러앉아 살찌는 편이 낫지. 몸무게 조금 늘리는 거야 사치일 뿐 외출은 재앙으로 이어진다네. 부디 규칙을 따르고 스스로를 돌보아주오. 매일 침대에 누워 있는 것이 우리의 자부심이며, 나라가 마스크를 절약하는 길이라오."

침대에 누워 휴대폰을 켜고 의사 친구들이 보내온 문자메시지를 보았다. "부디 몸조심해, 밖에 나가지 마, 나가지 마, 나가지 마." 반복해서 강조한 "나가지 마" 네 글자에 심장이 쿵쾅거렸다. 요 며칠이 정말 전염병이 폭발적으로 퍼지는 때가 맞긴 맞구나 하는 생각이 들었다. 바로 딸에게 전화를 걸었다. 딸은 도시락을 몇 개 사러 동네 마트에 나가려는 참이라고 했다. 나는 나가지 말라고 했다. 설령 맨밥만 먹는 한이 있더라도 며칠 동안은 나가지 말라고 말이다. 처음 우한의 중심 구역에서 차량 통행이 금지될 거라는 소식을 들었을 때, 나는 이미 딸에게 열흘은 충분히 살 수 있을 정도의 식재료를 보내주었다. 그런데도 직접 요리해 먹기가 귀찮아서 밖에 나가 사오려는 모양이었다. 다행히 딸도 죽기는 무서웠는지, 내 말을 듣고 나가지 않기로 했다. 잠시 후 딸은 배추는 어떻게 요리하는 거냐고 물어왔다. (세상에, 내 딸은 배추를 냉동실에 넣어두었다.) 딸의 가스레인지는 불이 켜진 적이 거의 없다. 보통 우리집에 와서 밥을 얻어먹거나 밖에서 음식을 사와서 먹었다. 그런데 이제는 자신의 주방을 사용하기 시작했다. 이것도 의외의 수확 아닌가? 딸에 비하면 나는 팔자가 좋은 편이다. 이웃들이 막 쪄내 김이 모락모락 나는 만두를 한 접시 가져다주었으니 말이다. 물론 마스크를 쓴 채로 주고받았지만 나는 아주 용감하게 만두를 먹어치웠다.

오늘은 햇살이 찬란하다. 우한의 겨울 중 가장 편안하게 느껴지는 햇볕이다. 따뜻하고 온화하다. 바이러스가 퍼지지 않았다면 우리집 주변으로 분명 차가 잔뜩 밀려 있었을 것이다. 둥후東湖[•]의 뤼다오綠道[••]가 바로 근처이기 때문이다. 이곳은 우한 사람들이 가장 즐겨찾는 장소다. 하지만 지금 둥후의 뤼다오는 텅텅 비었다. 이틀 전에 내 동창인 라오다오가 뤼다오 한 바퀴를 돌고 왔는데, 뤼다오 전체에 자기 한 사람뿐이었다고 했다. 우한에서 어디가 가장 안전한지 묻는다면 둥후 뤼다오도 그중 한 곳일 것이다.

집안에 갇혀 있는 우한 사람들은 감염되지만 않았다면 대체로 마음이 편안한 편이다. 가장 안쓰러운 사람들은 언제나 환자들과 그들의 가족이다. 병상 하나를 구하기가 어려워서 여전히 마음을 졸이고 있기 때문이다. 훠선산火神山병원[•••]의 건설현장 열기가 뜨겁다고는 하지만 먼 곳에 있는 물로 가까운 곳에서 난 불을 끌 수는 없다. 갈 곳 없는 환자들이 이 비극의 가장 큰 희생자이다. 얼마나 많은 가정이 이렇게 무너지고 있는지 모르겠다. 그러나 많은 언론매체가 이러한 이야기를 보도해왔다. 프리랜서 저널리스트들은 이 문제를 다루는 데 훨씬 더 적극적으로 나섰으며, 많은 이들이 무슨 일이 일어나고 있는지 처음부터 조용히 기록해왔다. 우리가 할 수 있는 것 역시 기록하는 것뿐이다. 아침에 글을 한 편 읽었는데, 정월 초하루에 어머니가 돌아

[•] 우한의 중심에 위치한 호수로 풍경이 좋기로 유명한 관광지.
[••] '녹색 길'이라는 뜻으로 둥후의 자연과 풍경을 감상할 수 있는 산책로.
[•••] 중국 정부가 신종 코로나바이러스에 대응하기 위해 2020년 1월 23일부터 2월 2일까지 단 열흘 만에 우한의 훠선산에 완공한 임시 병원.

가시고 아버지와 형마저 바이러스에 감염되었다는 내용이었다. 마음이 너무나 아팠다. 그래도 이 집은 중산층에 속했다. 그렇다면 더 가난한 환자들은? 그들은 어떻게 살아가고 있는지 모르겠다. 실은 며칠 전에 수많은 의료진들이 피로에 지치고 환자들은 넋이 나가 있는 모습의 동영상을 보았는데, 이렇게 비통하고 무기력한 감정을 나는 살면서 한 번도 느껴본 적이 없다. 후베이대학교 교수인 촨어는 날마다 펑펑 울고 싶다고 했다. 누군들 아니겠는가? 그래서 나는 줄곧 친구들에게 이런 말을 해왔다. 오늘에 이르러서야 인재가 얼마나 무서운 것인지 똑똑히 알 수 있게 되었다고 말이다. 아무리 생각해봐도 나는 그들을 용서할 길이 없다고 느낀다. 무책임한 공직자들, 그들은 모두 무능함에 대한 응분의 대가를 치러야 한다. 그러나 지금 당장 우리가 할 수 있는 일은 이 어려운 시기를 극복하기 위해 각자 최선을 다해 싸우는 것이다.

내 이야기를 해보자. 마음이 예전과 달라졌다는 것을 빼고는 생활에는 큰 변화가 없다. 예전 명절도 별다를 것 없었다. 정월 초사흘에 어머니의 외삼촌인 양슈쯔 할아버지 댁에 가서 세배하고 함께 식사하는 것 말고는(올해는 취소했다. 할아버지가 연로하셔서 몸이 약하기 때문에 바이러스에 노출되지 않도록 더욱 조심해야 한다.), 올해는 거의 아무데도 가지 않았다. 실은 나는 매년 겨울만 되면 기관지염을 곧잘 앓는다. 춘절 전후로 3년 연속 병원에 입원한 적도 있다. 그래서 요즘에는 시시각각 나 스스로에게 병이 나서는 안 된다고 경각심을 주고 있다. 며칠 전에는 머리가 아팠고, 어제는 약간 기침이 났지만 오늘은 전부 괜찮아졌다. 일전에 장쯔단蔣子丹●(중의학에 조예가 깊다)이 내 증상을 보고 이건 단순한 감기가 아니라 '한포열寒包熱'이라고 말한 적이 있다. 그후로 겨울만 되면 나는 황기, 인동꽃, 국화, 구기자, 붉은 대추, 서양 인삼에 뽕잎까지 넣고 물을 끓인다. 내가 여기에 이름을 하나 붙였다. '잡차'다. 매일 큰 컵으로 몇 잔씩 마신다. 전염병 상황이 심각해진 후로는 아침저녁으로 한 번씩 비타민C도 먹는다. 발포 비타민C 한 컵에 끓인 물도 몇 잔 챙겨 마신다. 저녁에 샤워할 때는 약간 뜨거운 물로 오랫동안 등을 씻어내고, 집에 사다놓은 연화청온蓮花淸瘟●● 캡슐도 전부 다 먹었다. 한 동창은 우리에게 자주 외워보라며 '폐문법閉門法'을 알려주기도 했다. "온몸에 있는 모공이여 닫혀라! 차가운 바람도 악한 기운도 막고 몸안의 정기를 보존하면 나쁜 기운은 꼼짝 못하리라!" 그는 진지한 얼굴로 이건 예로부터 전해내려오는 비법이지 절대 미신이 아니라고 했다. 우리는 한바탕 웃었다. 정말 외우는 사람이 있는지 모르겠다. 아무튼 나는 각 분야의 친구들이 가르쳐준 방법에 따라 가능한 모든 방법을 다 사용하고 있다(폐문법을 제외하고). 정말 효과가 있다. 지금 내 건강 상태는 제법 괜찮은 편이다. 스스로를 보호하는 것이 모두를 돕는 것이다.

● 중국의 작가로 '당대 여성문학상'과 '상하이문학상' 등 여러 상을 수상했으며, 광저우시 문화예술계연합회 소속 작가이자 하이난대학교 문학원의 교수이다.
●● 중국의 감기약.

이참에 할 이야기가 있다. 그저께 내 웨이보의 글들 중 하나가 차단되었다. 글은 내가 생각한 것보다 오랜 시간 올라와 있었고, 예기치 않게 많은 사람들이 내 글을 퍼날랐다. 나는 웨이보의 작은 창 안에다가 바로 글을 쓰는 것을 좋아해서, 쓸 때는 정말 마음대로 쓴다(이런 자유로움이 좋다!). 생각나는 대로 쓰는 것이다. 교정도 꼼꼼히 못하고 오탈자도 많으니(내가 우한대학교 중문과 졸업생임을 감안하면 너무나 부끄럽다), 양해를 구한다. 사실 나는 지금 이 상황에 누구를 비판할 생각이 전혀 없다(중국에 이런 옛말도 있지 않은가. '추수한 후에 계산하라'•인가?). 어쨌든 지금 우리에게 가장 중대한 적은 바로 바이러스다. 나는 반드시 정부 그리고 모든 우한 사람들과 함께 전심전력을 다해 바이러스에 맞서나갈 것이다. 정부에서 시민들에게 요구하는 모든 사항 역시 전부 다 따를 것이다. 다만 그때 그 글을 쓸 때는 우선 정부에서 반성할 필요가 있겠다고 생각했기에 그렇게 쓴 것이다. 지금도 반성 한번 해야겠다.

• 상대방의 잘못은 잠시 묻어두고 일이 끝날 때까지 기다렸다가 결판을 낸다는 뜻이다.

그들에게는
변명의 여지가
없다

오늘은 날이 정말 맑다. 올겨울 들어 가장 편안한 기운이 느껴진다. 겨울이라는 계절을 만끽하기에도 좋은 날이다. 하지만 바이러스는 사람들의 마음을 폐허로 만들어버렸다. 풍경이 아무리 아름다워도 감상할 사람이 없다.

참혹한 현실이 여전히 눈앞에 펼쳐져 있다. 자고 일어나 뉴스를 보았다. 한 농민이 한밤중에 담장 밖에서 통행을 금지당했다. 아무리 사정해도 길을 지키고 있는 사람은 그곳을 지나가지 못하게 했다. 이렇게 추운 날 야심한 밤에 그 농민은 결국 어디로 갔을까? 마음이 찢어진다. 규정에 따라 방역을 실시하는 것은 당연히 문제가 없지만, 최소한의 인간성도 없이 실행하는 건 안 될 일이다. 어째서 우리의 공무원들은 공문서에 적힌 원칙을 이토록 독단적이고 융통성 없게 처리해 버리는 걸까? 누군가 마스크를 쓰고 그 불쌍한 농민이 하룻밤만 지낼 수 있도록 빈방으로 데려가면 되는 일 아닌가? 또다른 뉴스에서는 아버지가 격리되는 바람에 뇌성마비 아이가 혼자 닷새 동안 집안에 있다가 아사했다는 소식이 있었다. 신종 코로나바이러스는 수많은 인민들의 생활상뿐만 아니라 중국 각 지역 공무원들의 평균 수준, 그리고 우리 사회의 고질병까지 들춰냈다. 이 병은 코로나바이러스보다 더 악랄하고 끈질긴 병이다. 게다가 언제쯤 치료가 가능한지도 알 수 없다. 고치려 노력하는 사람도, 치료받으려는 사람도 없기 때문이다. 이런 생각을 하니 가슴이 너무나 아프다. 몇 분 전에 한 친구가 내게 우리 단지에 사는 한 젊은이가 이틀째 앓고 있는데, 호흡이 가빠서 감염이 의심스러웠지만 확진을 받지 않아 입원하지 못하고 있다고 했다. 아주 듬직하고 성실한 청년이었다. 나는 그의 가족들과도 정말 가깝게 지낸다. 지금은 그저 일반 감기이기를, 이 마수에 걸려들지 않았기를 바랄 뿐이다.

수많은 사람에게서 연락이 온다. 신문에 실린 내 인터뷰 기사를 보았는데, 내용이 좋았다고 말이다. 그 인터뷰 내용 중에는 분명 삭제된 부분이 있을 것이다. 이해한다. 하지만 남겨두어도 괜찮지 않았을까 싶은 내용도 있었다. 우한 사람들이 스스로 상처를 극복하기 위해 노력하고 있다는 이야기를 하면서 나는 이렇게 말했다. "가장 중요한 것은 확진자들과 이번 전염병 사태로 사망한 분들의 가족이죠. 그들의 현실은 더 참담할 겁니다. 상처도 더 깊을 거고요. 심지어 평생 회복되지 않을 수도 있습니다. 이런 사람들은 정부에서 특별히 보살필 필요가 있습니다……" 그 어두운 밤 통행을 금지당한 농민과 집에서 혼자 굶어 죽은 아이, 그리고 도움을 청해도 들어주는 곳이 없는 무수한 인민들, 상갓집의 개처럼 곳곳에서 버림받은 우한 사람들(수많은 아이들까지)을 떠올려보면, 얼마나 오랜 시간이 걸려야만 이 상처가 회복될 수 있을지 알 수 없다. 국가 전체의 손실은 말할 필요도 없다.

인터넷상에서는 어제부터 오늘까지 우한에 왔던 전문가들에 관한 글이 급속도로 퍼졌다. 맞다. 그 고고하고 얕잡아 보는 듯한 태도의 '전문가들' 말이다. 그들이 성급하게 "사람 간에는 전염되지 않는다" "막을 수 있고 통제 가능하다"라는 결론을 내렸을 때, 그들은 이미 천벌을 받을 만큼 큰 죄를 범했다. 양심이 남아 있다면, 고통과 괴로움을 겪고 있는 인민들의 모습을 볼 수 있다면, 그들도 필시 죄책감을 느낄 것이다. 당연히 후베이성의 고위 공직자들에게는 나라를 지키고 민생을 안정시켜야 할 책임이 있다. 그러니 지금처럼 나라도 어지럽고 민생도 불안하다면 어떻게 그들에게 책임이 없다고 할 수 있을까? 전염병 사태가 이 지경까지 온 것은 분명 여러 권력이 힘을 합친 결과일 것이다. 그들에게는 변명의 여지가 없다. 다만 지금은 그들이 정신 차리고 속죄하는 마음과 책임감을 갖고서, 후베이성 인민들이 힘든 시기를 벗어날 수 있도록 계속 이끌어주길 바랄 뿐이다. 그래야 인민들의 용서와 양해를 구할 수 있을 것이다. 우한이 버텨내야 나라 전체도 버틸 수 있다.

우리 가족들은 대부분 우한에 있다. 감사하게도 현재는 다들 건강하다. 사실 모두 노인들이다. 큰오빠와 올케는 일흔 살이 넘었고, 나와 막내오빠도 '7'자를 향해 달려가고 있다. 우리가 건강한 것이 나라를 돕는 것이다. 다행히 조카네 모자는 오늘 새벽에 무사히 싱가포르에 도착해서 한 리조트에 격리되었다. 훙산 교통관리국에 깊은 감사를 표한다. 조카는 어제 싱가포르에서 출발하는 비행기가 익일 새벽 3시에 이륙하니 저녁에 미리 공항으로 오라는 통지를 받았다. 대중교통은 운행하지 않았고 큰오빠는 운전을 할 줄 몰라서, 조카 모자는 공항까지 가는 교통수단을 아무것도 이용할 수가 없었다. 결국 이 임무가 내 앞에 떨어졌다. 큰오빠가 근무하는 화중과학기술대학이 훙산 구역에 있기 때문에 나는 훙산 교통관리국에 내가 차를 운전해서 그곳에 가도 되는지 문의했다. 그 교통관리국에는 나를 아는 독자가 많았다. 그래서 내게는 집에서 글을 쓰라 하고는 자신들이 이 임무를 맡겠다고 했다. 결국 어제저녁 샤오 경관이 우리 조카 모자를 공항으로 데려다주었다. 우리 가족 모두 그들의 도움에 진심으로 감사하고 있다. 급하고 어려운 일이 있을 때는 경찰을 찾는 것이야말로 가장 신뢰할 수 있는 방법이다. 조카와 그 아들이 무사히 돌아간 것이 오늘 내가 유일하게 기쁨을 느낀 일이다.

오늘이 벌써 음력 1월 6일이다. 도시가 봉쇄된 지 8일 가까이 되었다. 말해두고 싶은 것은 비록 우한 사람들이 달관한 듯하고 우한의 상황이 갈수록 체계적으로 변하고는 있지만, 우한의 현실은 여전히 가혹하다는 것이다.

저녁으로 좁쌀죽을 먹고, 이따가 러닝머신에서 조금 뛰어야겠다. 오늘도 이렇게 조금씩 기록해본다.

아첨을 하더라도
제발 정도는
지켜달라

음력 1월 7일. 햇빛이 찬란하다고 말할 수 있을 정도로 맑은 날씨다. 좋은 징조일까? 이번주가 바이러스 확산을 막는 데 가장 중요한 시기다. 전문가들의 말에 의하면, 바이러스에 감염되어 증상이 발현될 사람은 정월 대보름 무렵에 거의 모두 드러날 것이라고 한다. 그때가 바로 분수령이다. 그러니 우리는 한 주를 더 버텨야 한다. 이번주가 지나면 감염자들은 거의 격리되고 감염되지 않은 사람들은 문밖으로 나갈 수 있을 테니 자유의 시간이 올 것이다. 그렇지 않을까? 도시가 봉쇄된 날로부터 지금까지 우리는 이미 9일 동안 갇혀 있었다. 큰 고비는 지나갔다.

　침대에서 몸을 일으키지 않고 휴대폰을 켰다. 정말 좋은 소식이 도착해 있었다. 우리 단지의 그 청년에 대한 소식이었다. "감염된 게 아니래. 지금은 완전히 괜찮아졌고, 어제 설사 때문에 약을 많이 먹었나봐. 이런 바보! 모두들 자기 때문에 많이 놀랐다고 전염병 지나가고 나면 한턱낸다네." 웃음을 막 멈췄을 때 또다른 소식이 눈에 들어왔다. 내 친구들도 대부분 아는 사람으로 성^省 가무단에서 활동하던 지인이 있는데, 병이 난 후 입원하기 위해 계속 줄 서서 기다리다가 입원 가능하다는 통지를 받자마자 막 세상을 떴다고 했다. 또 후베이성 공무원 중에도 감염자가 꽤 있고, 이미 사망한 사람도 있다고 했다. 아, 얼마나 많은 우한 사람들이 이 재난 속에서 가정과 가족을 잃고 있는 것일까? 지금껏 스스로를 책망하거나 사과하는 사람은 보이지 않고 되레 무수한 변명으로 가득한 말과 글만 보일 뿐이다.

살아남은 사람들은 누구를 원망해야 할까? 한 작가가 기자와 인터뷰하면서 '완승'이라는 두 글자를 언급한 것을 보았다. 정말 뭐라고 해야 할지 모르겠다. 우한의 꼴을 보라! 나라 전체의 꼴이 말이 아니다! 수천수만 명의 사람들이 화살에 놀란 새처럼 위축되었고, 수많은 목숨들이 바람 앞의 촛불처럼 위태롭게 병원에 누워 있고, 가정 경제가 파탄나버린 집은 셀 수도 없다. 무엇이 '승리'이고, 무엇이 완벽하다는 말인가? 같은 작가로서 정말 욕하기도 부끄럽다. 당신은 아무런 고민도 없이 말을 뱉는 것인가? 아니다. 윗선의 환심을 사기 위해 정말 고민해 뱉은 말이었을 것이다. 다행히 곧바로 다른 작가가 이를 비판한 글이 눈에 들어왔다. 끊임없이 힐문했고, 어조도 매서웠다. 이 글을 보고 나는 알았다. 양심 있는 작가들이 분명 많다는 사실을 말이다. 물론 내가 지금은 후베이성 작가협회의 회장은 아니지만, 나는 여전히 작가다. 나는 후베이성의 내 동료들에게 이 말을 꼭 해주고 싶다. 앞으로 여러분들 중 대부분이 정부를 칭송하는 글과 시를 써달라는 부탁을 받을 것이다. 하지만 제발 글을 쓸 때는 몇 초만이라도 생각해보라. 당신들이 마땅히 찬양해야 할 대상이 과연 누구인지 말이다. 아첨을 하더라도 제발 정도는 지켜달라. 나는 늙었지만 내 비판 능력은 결코 나이들지 않았다.

오후 내내 바쁘게 요리해서 저녁에 딸에게 가져다주었다. 딸은 22일 일본 여행에서 돌아와 자정이 넘어서야 집에 도착했다. 오자마자 도시가 봉쇄되었으니 집안에 먹을 게 있을 리 만무했다. 나는 섣달그믐과 초하루에 먹을 걸 좀 가져다주었는데, 며칠 먹더니 더는 버틸 수가 없다며 음식을 사러 밖에 나가겠다고 했다. 나와 전남편 둘 다 딸이 밖에서 음식 사오는 것을 절대 반대해서 하는 수 없이 내가 직접 요리해 가져다주기로 했다. 우리집에서 딸네 집은 멀지 않아서 차로 10분이면 갈 수 있다. 경찰에게 물어보니 도로에 나와도 괜찮다고 했다. 그래서 나는 '홍군紅軍●을 위해 군량을 조달하는' 느낌으로 밥과 요리를 배달했다. 단지 안으로 들어갈 수는 없기 때문에 우리는 입구에서 물건을 주고받았다. 우리 집안의 2세 중에 우한에 남아 있는 사람은 딸

● 중국공농홍군을 이르는 말로 중국 공산당 산하의 군대인 중국인민해방군의 전신이다.

하나뿐이니 내가 반드시 잘 보살펴야 한다.

우리집 문 앞이 제2순환도로라서 평소에는 늘 차가 많고 사람들의 행렬도 끝이 없었다. 하지만 지금은 차도 적고 행인은 더 적다. 큰 도로 곳곳에는 전등을 단 나무가 화려한데, 갓길은 상점들이 문을 닫아 어둡게 보인다. 세계군인체육대회가 열렸을 때, 대로변에 있는 건물에 전부 조명이 달려서 사방이 휘황찬란했다. 그때는 눈도 마음도 어지러워서 그 조명들이 짜증스럽게 느껴졌는데, 지금은 이 처량하고 적막한 도로에서 차를 모니 반짝이는 불빛이 오히려 마음을 안정시켜준다. 모든 것이 정말로 그때와 지금이 다르다.

작은 마트는 여전히 문을 연다. 길가에서는 채소도 판다. 나는 노점에서 채소를 사고 마트에 가서 계란과 우유를 샀다(세번째 마트까지 들른 후에야 계란을 살 수 있었다). 나는 상인들에게 이럴 때 문을 열면 감염될까 무섭지 않느냐고 물었다. 그들의 대답은 덤덤했다. "우리가 여기서 버티고 있어야 당신들도 버틸 수 있잖아요." 맞다. 그들이 있어야 우리도 생활해나갈 수 있다. 그런 거다! 나는 이렇게 노동하는 분들을 늘 존경한다. 가끔 그들과 대화를 몇 마디 나누면 왠지 모르게 마음이 든든해진다. 우한이 가장 혼란스럽고 차가운 비바람마저 퍼부었던 그 이삼일 동안 보았던 풍경처럼 말이다. 아무도 없는 텅 빈 도로 위에서 환경미화원이 빗속에서 묵묵히 바닥을 쓸던 풍경. 누구든 그들을 본다면 자신의 안위만 생각하며 긴장하고 불안해한 것이 부끄러워지고, 어느새 마음이 차분해질 것이다.

그들을 구제하면서
스스로도 구제하라

오늘도 여전히 날이 맑다. 정월 초여드레다. 갑자기 매년 이맘때면 단지 안이 북적거리던 것이 그립다. 아침에 일어나면 여전히 휴대폰부터 먼저 확인한다. 1월 31일의 데이터 통계를 보았다. 우한의 확진자와 의심환자 수는 여전히 증가하고 있지만, 감염 속도는 눈에 띄게 줄어들었다. 게다가 사흘 연속 하락세다. 중증 환자의 수도 줄었고, 사망률도 이전에 비해 2퍼센트 전후로 안정되었다. 완치된 사람과 검사 결과 음성 판정을 받는 사람의 수도 증가하고 있다. 상당히 좋은 소식이다! 이건 최근의 방역활동이 효과를 보이고 있음을 의미했다. 이 소식은 큰오빠가 아침에 가족 단체대화방에 올려놓은 것이다. 이게 정확한 정보인지 확신할 수는 없지만, 전부 사실이라고 믿고 싶다. 여전히 같은 말을 반복하게 된다. 우한이 버텨야 나라 전체가 버틴다.

생각해보니 우리에게 신종 코로나바이러스가 나타났다는 사실을 제일 먼저 알려준 사람도 큰오빠였다. 우리 가족의 단체대화방이라는 것은 사실 우리 남매 네 사람만 있는 방이다. 올케도 조카도 그 방엔 없다. 두 오빠는 대학에서 교수로 일하는데, 그들의 동창과 동료들 사이에서 수많은 정보가 오간다. 특히 큰오빠는 칭화대학교를 졸업하고 화중과학기술대학교에서 교수로 있다보니, 얻을 수 있는 고급 정보들이 훨씬 많았다. 12월 31일 오전 10시, 큰오빠는 "우한에서 원인을 알 수 없는 폐렴 환자가 발생한 것으로 의심된다"는 글을 올리며 괄호 치고 "사스"라고 써두었다.

큰오빠는 이게 사실인지 모르겠다고 했다. 둘째오빠는 곧바로 우리 모두에게 밖에 나가지 말라고 했다. 둘째오빠는 선양에서 일하는데, 우리에게 바이러스를 피해 선양으로 와도 좋다고 했다. 그곳의 기온은 영하 20도라 오래 살아남을 바이러스가 없다. 큰오빠는 "사스가 고온에 약했잖아. 2003년 기억나지?"라고 말하더니 곧이어 그 소문이 사실임을 확인했다고 알려왔다. 국가위생건강위원회의 전문가까지 이미 우한에 와 있다고 했다.

막내오빠는 꽤 놀란 듯했다. 막내오빠가 사는 곳이 신종 코로나바이러스 감염자들이 폭발적으로 발생한 화난수산시장 부근이기 때문이다. 나는 오후에야 이 소식을 보고 바로 오빠에게 요 며칠은 병원에 가지 말라고 말했다. 막내오빠는 몸이 좋지 않아서 주로 우한시 중신병원에 다니며 진찰을 받았는데, 신종 코로나바이러스 감염증 환자 대부분이 그곳으로 대거 몰리고 있었다. 막내오빠에게 곧 답장이 왔다. 집 아래로 내려가서 살펴봤더니 우한시 중신병원은 별다를 것 없이 고요하다고 했다. 기자들이 몰려와 있을 줄 알았는데 말이다. 나는 곧이어 동창들 대화방에서 화난수산시장과 우한시 중신병원의 상황을 찍은 동영상을 보고, 바로 이 영상을 가족 단체대화방에 전달했다. 그리고 막내오빠에게 외출할 때 마스크를 쓰라고 일러주었다. 원단元旦• 이후에 우선 우리집으로 피신해 있으라고도 했다. 그때 나는 우한시 장샤江夏 구역의 외곽에서 지내고 있었기 때문에 한커우와는 거리가 좀 떨어져 있었다. 막내오빠는 상황을 좀 지켜본 후에 다시 이야기하자고 했다. 둘째오빠는 크게 긴장할 필요는 없을 거라고 했다. 정부에서 이런 소식을 통제할 리 없고, 그건 인민들에게 너무 큰 타격이 될 거라고 했다. 내 생각도 둘째오빠의 생각과 다르지 않았다. 이렇게 큰 일을 정부에서 쉬쉬할 리 없고, 인민들에게 진상을 밝히지 않을 이유도 없다고 여겼다.

1월 1일 오전, 큰오빠는 화난수산시장이 영업을 멈추고 정리에 들어갔다는 〈우한만보武漢晚報〉••의 기사를 보냈다. 막내오빠는 여전히 자신의 집 주변에는 별다른 변화가 없고, 모두 자기 할일을 하고 있다

• 양력 1월 1일을 가리킨다.
•• 우한 지역의 석간 신문.

고 했다. 사실 그날 하루 동안 평범한 인민인 우리조차 이미 이 사건을 예의주시하고 있었다. 그 상황에서 우리가 생각한 대처법들은 지금과 다르지 않았다. 마스크를 쓰고, 집에 머물고, 밖에 나가지 않는 것이었다. 다른 우한 사람들도 나와 같았을 것이라 믿는다. 그 무서운 사스를 겪은 후로 이런 소식을 흘려듣는 사람은 없었다. 얼마 지나지 않아 신속하게 정부의 방침이 내려왔다. 전문가들에게서 나온 결론을 요약하자면 이렇다. '사람 간에는 전염되지 않는다. 막을 수 있고 통제 가능하다.' 우리는 바로 마음을 놓았다. 우리는 야생동물을 먹지 않고 화난수산시장에 간 일도 없으니 걱정할 게 뭐가 있겠는가?

내가 이 이야기를 다시 쓰는 이유는, 오늘 아침 왕광파王廣發● 선생의 인터뷰를 보았기 때문이다. 왕선생은 두번째로 우한에 온 전문가들 중 한 사람이었다. 그는 '막을 수 있고 통제 가능하다'라는 말을 한 후, 감염되었다. 나는 그가 어느 정도는 스스로 뉘우치고 후회하고 또 반성하고 있을 거라 생각했다. 설령 그 잘못된 결론이 본인의 의사와는 무관한 구성원 전체의 결정이었다 해도 말이다. 하지만 어쨌든 전문가 중 한 사람으로서 그는 우한 사람들에게 경솔한 결론을 내렸다. 후베이성 우한의 공무원들이 얼마나 관료주의적이고 무능한지, 혹은 얼마나 많은 사람들이 안정되고 발전된 모습을 보여주기 위해 일부러 그 사실을 숨기려 했는지와 관계없이 왕선생이 의사로서 발표

● 사스 연구 권위자이자 베이징대학교 제1의원의 호흡기 전문의.

할 때 조금 더 신중할 수는 없었을까? 꼭 그렇게 단정지을 필요가 있었을까? 또한 왕선생은 1월 16일에 바로 감염되었으니, 그때 이미 바이러스가 '사람 간 전파된다'는 것을 인지했을 것이다. 하지만 우리는 그가 이전에 내렸던 결론을 제때 수정했다는 이야기를 결코 들은 적이 없고, 사람들에게 경각심을 주려고 애썼다는 소리도 아직 들어보지 못했다. 오히려 사흘이 지나 우한에 온 중난산 원사가 사람들에게 진실을 알려주었다.

왕선생이 인터뷰한 게 어제 일이다. 우한 사람들의 억울한 춘절(우한 사람들이 달관했다 하더라도 억울한 신년이다)과 환자들의 참혹한 상태, 사망자들의 무너진 가정, 도시 봉쇄가 국가 전체에 미친 손실, 그리고 전문가 팀의 혁혁한 노고와 업적을 나라 전체가 모두 보았다. 하지만 이 일에 분명 책임이 있는 왕선생은 인터뷰중에도 눈곱만큼도 양심의 가책을 느끼거나 유감스러워하지 않고, 오히려 자신에게 공이 있다고 생각하고 있었다. "제가 만일 우한을 대충 둘러보았다면, 병실에 가지 않고 열을 재는 진료소에도 가지 않았다면, 저는 감염되지 않았을 겁니다. 그곳에 들어간 후에 저는 감염되었죠. 그제야 이 전염병이 아주 위험하다는 사실을 모두가 알게 되었습니다." 이 말을 듣고 나는 할말을 잃었다. 보아하니 왕선생은 우한 사람들에게 욕먹는 게 두렵지 않은가보다.

아, 중국인은 잘못을 인정하기 싫어하고 참회하는 마음도 거의 없으며, 심지어 죄책감조차 잘 느끼지 않는다. 혹시 이건 문화와 관습과 관련된 것일까? 하지만 의사의 본분은 병을 치료하고 상처를 돌보는 것이다. 그 수많은 사람이 자신의 말 때문에 병에 걸려 힘들어하고 속절없이 죽어가는 것을 보았다면, 설령 남들이 비난하지 않았다 해도 스스로는? 스스로 자신을 그렇게 쉽게 용서할 수 있는가? 마음에 티끌만한 죄의식도 들지 않는단 말인가? 당신이 말한 '어진 마음'은? 어찌 이리도 당당하게 자화자찬할 수 있는가? 황제도 나라에 문제가 생기면 때때로 죄기서罪己書•를 발표하는데, 하물며 왕선생(전문가 팀을 포함해서)은? 정말 우한 사람들에게 사과할 마음이 없나? 정말로 이것이 자신이 의사라는 직업에 종사하면서 느껴야 할 교훈이라고 여기지 않는가?

됐다, 이제 정말 더 말하고 싶지 않다. 왕선생이 앞으로 더 최선을 다해 환자들을 돌보길 바랄 뿐이다. 그들을 구제하면서 스스로도 구제하라.

• 고대 제왕들이 나라에 재난이 발생하거나 정사에 문제가 생겼을 때, 그 일을 반성하고 자신의 허물로 돌리면서 발표하는 말이나 글을 뜻한다.

시대의 작은 티끌이
모든 사람의 머리 위로 떨어지면
커다란 산이 된다

오늘은 음력 1월 9일이다. 벌써 며칠이나 버틴 걸까? 이제는 날짜 세
기도 귀찮다. 누군가 이런 스피드 퀴즈를 냈다. "휴대폰을 보지 말고
대답하세요, 오늘은 무슨 요일입니까?" 한 번에 대답해야 한다고 했
다. 악랄하기는. 아직도 요일을 기억하는 사람이 있나? 초아흐레인 걸
기억할 수만 있어도 대단하다.

　날씨가 다시 흐려지기 시작해서 오후에는 비가 왔다. 동분서주하
는 환자들에게는 더 힘든 상황이 펼쳐질 것이다. 우한은 밖에 나가보
면 사람이 적고 등만 밝다는 것 외에 사실 모든 게 아직은 질서정연
하다. 생필품도 전혀 부족함이 없다. 병난 사람만 없으면 모든 집이 다
평온하다. 모르는 사람들이 상상하는 그런 무간지옥은 아니다. 평온

하고 아름답고 위풍당당한 도시다. 다만 일단 집에서 환자가 나오면 그때부터 혼란이 펼쳐진다. 전염병 아닌가! 게다가 이용할 수 있는 병원의 수도 딱 한정되어 있다. 시민들도 다들 알고 있다. 의사 본인의 가족에게 병이 났다고 해도 중병이 아니면 병원에 입원할 자리가 없다는 것을 말이다. 요즘이 바로 전문가들이 예상했던, 전염병이 폭발적으로 확산되는 그 시기다. 아마 우리는 앞으로도 계속 더 심각한 뉴스를 보고 듣게 될 것이다. 오늘 가장 안타까웠던 동영상은 바로 운구차 뒤에서 절규하는 한 딸의 모습이었다. 엄마가 숨을 거두고 시신이 차에 실려가는데, 그녀는 장례를 치를 수가 없다. 나중에 유골이 어디로 가는지도 아마 알 수 없을 것이다. 생명이 탄생할 때보다 떠날 때 더 큰 의식을 치르는 문화적 전통을 가진 중국에서, 자식들에게 이보다 더 고통스러운 일은 없을 것이다.

사실 방법이 없다. 누구에게도 방법이 없다. 우리가 할 수 있는 일은 이 모든 것을 감당해내는 것뿐이다. 비록 환자 대부분이 버티지 못하고 환자의 가족들도 대부분 버거워하고 있지만, 버티지 않으면 또 어찌할 것인가? 이전에 내가 이런 말을 한 적이 있다. "시대의 작은 티끌이 모든 사람의 머리 위로 떨어지면 커다란 산이 된다." 그때는 감회가 그렇게 크지 않았는데, 지금에서야 이 말이 가슴 절절하게 와닿는다. 오후에 한 젊은 기자와 연락을 나누었다. 그는 심한 무력감을 느낀다고 했다. 사람들이 주목하는 것은 오직 숫자(확진자는 얼마가 나왔고 사망자는 또 몇 명인지)뿐인데, 숫자 뒤에는 무엇이 있느냐는 것이다. 젊은 사람들이 이런 고난을 겪게 하다니 너무나 부끄럽다. 그들에게 가해진 제약은 말할 것도 없거니와 젊은이들은 처절하게 투쟁하고 죽음을 직면해야 하는 잔인한 현실 앞에 서 있다. 나 역시 지독한 무력감을 느낀다. 하지만 바꿔 생각해보면, 우리가 힘을 내는 것 외에 무엇을 할 수 있겠는가? 우리에게는 환자들을 도울 방법이 없고, 오직 우리 앞에 놓인 것을 직면하고 다가오는 것을 견딜 뿐이다. 남을 도울 여력이 있을 때는 그들을 도와 함께 버텨야 한다. 어찌되었든 우리는 다시 한 주를 버텨야 한다.

그 외에 한 가지 좋은 소식이 있는데, 바로 통계다. 통계를 보면, 다른 성의 환자 수가 감소하고 완치율이 높아지고 있으며 사망률은 낮다. 후베이성의 통계가 정확하지 않고 사망률이 높은 까닭은 의료자원이 부족한 탓일 것이다. 그 바람에 일부 환자는 이미 사망해서 확진을 받지 못하거나, 죽기 일보 직전에야 입원하는 경우도 있었다. 분명히 해둘 것이 있다. 이 병은 치료가 불가능한 병이 아니다. 발병 초기에 치료받기만 하면 금방 통제가 가능하다. 통계와 함께 한 가지 의견도 보았다. 후베이성과 이웃한 성의 경우에는 의료장비는 잘 갖추어놓았는데 환자는 되레 거의 없는 상황이다. 환자 A가 병을 옮겨서 환자 B가 나오는 경우는 좀 있지만, 환자 B가 다시 환자 C를 감염시킨 사례는 극히 드물다. 이러한 유형의 3단계 감염으로 의심되는 사례가 한두 건 있긴 하지만, 아직 완전히 단정지을 순 없다. 그래서 우한의 구급차로, 의료진이 동반한 상태에서, 감염을 엄격하게 막는다는 전제하에, 일부 환자를 이웃한 성의 지정병원으로 데려가 치료받게 하자는 의견이 나왔다. 우한은 지리적으로 나라의 중심에 위치해 있기 때문에 서너 시간이면 닿을 수 있는 성도省都●가 주위에 많다. 환자는 치료를 받기만 하면 저승사자에게서 도망칠 수 있다. 이 의견이 쓸모가 있을지 모르겠지만, 나 스스로 생각해도 일리가 있다. 그런데 막 동창의 말을 들어보니 훠선산병원이 내일부터 환자를 받기 시작한다고 한다(확실한 정보인지 모르겠다). 그곳은 병상도 많고, 의료 환경도 더 좋을 테고, 외부에서 오는 의료 지원 인력도 더 많을 것이다. 만일 내일부터 바로 환자를 받아준다면, 성 외부로 환자를 보내자는 방안은 필요가 없겠다. 아, 아무튼 현재의 내 소원은 정말 소박해졌다. 환자들이 갈 병원이 있기만을 바랄 뿐이다. 그들을 위해 기도한다.

그리고 나는 우한의 젊은이들을 정말 칭찬해주고 싶다. 수만 명의 청년들이 전염병의 최전선에서 자원봉사를 하고 있다. 순전히 자발적으로 봉사하는 것이다. 그들은 위챗 단체대화방을 통해 모였는데, 다양한 직종의 사람들이 모두 있다. 정말 대단하다! 예전에 우리는 젊은 사람들이 갈수록 이기적으로 변해간다고 걱정했다. 지금 이렇게 씩씩한 그들의 모습을 보니, 우리 나이든 사람들이 괜한 걱정을 했구나 싶다. 사실 어떤 시대든, 그 시대에 어울리는 사람들이 있다. 연

● 정치, 문화가 번성한 성의 중심 도시를 말한다.

장자들이 불필요한 걱정을 할 필요가 없다. 어젯밤에 천춘陳村●이 내게 동영상을 하나 보냈는데, 우한의 한 젊은이가 도시가 봉쇄된 날부터 매일매일의 일을 기록한 것이었다. 연이어 며칠을 찍었는데 나는 단숨에 그 영상을 다 보았다. 정말 좋았다. 나중에 그 젊은이를 만날 기회가 있다면, 경의를 표하는 마음으로 내 책을 몇 권 선물하고 싶다. 그리고 그에게 말해줄 것이다. 춥고 슬펐던 어느 날 밤에, 그의 영상이 내게 용기를 북돋아주었다고.

● 상하이 작가협회 회장을 역임한 작가.

인민의 삶은 얼마나 고단한가,
긴 한숨을 내쉬며
눈물을 닦는다

음력 1월 10일. 다시 햇살이 찬란하게 빛난다. 어제만 해도 계속 비가 내릴 줄 알았는데, 오늘 갑자기 날이 맑아졌다. 병원을 찾아헤매는 사람들에게는 아마 이 햇볕이 더욱 따뜻하게 느껴질 것이다. 비록 그들 대부분이 감염자이고, 바이러스를 지닌 채로 사방을 뛰어다니고 있지만 말이다. 우리도 알고 있다. 그들도 이러고 싶지 않지만, 살기 위해서는 어쩔 수 없다는 것을. 그들에게는 다른 길이 없다. 그들이 느낄 마음의 추위가 이 겨울의 추위보다 더 강하고 가혹하지 않겠는가? 나는 그들이 병상을 찾아 도시를 헤매는 길 위에서 조금만 덜 힘들기를 바란다. 병상이 그들에게 오지 않아도, 햇볕은 모두가 나눠 가질 수 있다.

침대에 누운 채로 바로 휴대폰을 본다. 제일 먼저 본 것은 청두에서 지진이 났다는 소식이다. 지진은 놀란 것에 비해 심각하지 않았는데, 유머가 사람들을 웃게 했다. 이런 거다. "청두에 있는 우한 사람 2만 명을 전부 찾아낼 방법이 있다. 지진이 났을 때 깜짝 놀라 허둥지둥거리로 뛰쳐나온 사람은 분명 우한 사람이다. 청두 사람들은 집에서 족욕을 하고 있다."• 참지 못하고 웃음이 튀어나왔다. 청두의 이 유머가 오늘 아침 우한 사람들에게 '웃음의 순간'을 만들어주었으리라 믿는다. 내 생각에 우한 사람들보다 더 재미있는 사람들이 쓰촨성 사람들 같다. 재미있는 글을 올려준 이들에게 감사하다.

인터넷에 있는 어떤 동영상들은 이제 다시 볼 엄두가 안 난다. 정말 너무나 힘들다. 하지만 우리는 이성적으로, 힘들어만 하고 있을 순 없음을 알고 있다. 떠난 자는 이미 없고, 산 자는 이렇게 살아가야 한다. 그저 우리가 기억할 수 있기를 바랄 뿐이다. 이름도 알지 못하는 사람들, 억울하게 죽은 사람들, 가슴 아픈 밤들, 그리고 무엇 때문에 이 즐거웠어야 할 춘절 기간에 그들이 인생을 마감해야 했는지를 말이다. 우리가 죽지 않고 의연하게 살아남는다면, 그들의 억울함을 풀어주기 위해 노력할 것이다. 자신의 본분을 잊고, 할일을 망각하고, 책임지지 않은 그들을 기필코 하나하나 추궁하고, 한 사람도 그냥 놓아주

• 청두가 속한 쓰촨성은 중국에서 강한 지진이 여러 번 발생한 지역이나, 우한은 역사적으로 한 번도 대지진이 일어난 적이 없다. 따라서 작은 규모의 지진이 났을 때 크게 놀라는 사람들은 모두 우한 사람이고, 청두 사람들은 대수롭지 않게 일상을 이어간다는 뜻이다.

지 않을 것이다. 그렇게 하지 않으면 우리가 어떻게 시신용 비닐팩에 담겨 실려간 그들에게 떳떳할 수 있겠는가. 그들은 우리와 함께 우한을 만들고 누려온 사람들이다!

오늘은 우한의 홍보영상 한 편을 보았는데, 제법 잘 만들어진 영상이었다. 광활하고 평온한 우한이라는 도시에 '일시정지 버튼이 눌렸다'고 표현했다. 그래, 우한은 일시정지 상태가 됐다. 하지만 시신용 비닐팩에 담겨 실려간 사람들은, 완전히 끝났다. 아, 화장터에서 일하는 사람들도 이렇게까지 힘들었던 적은 없을 것이다. 그럼에도 그들은 지금 더 큰 관심이 필요한 사람들은 의사들이라고 말한다. 그들은 사람을 살리는 사람들이니.

오후에 나는 내 의사 친구에게 최근 상황을 간략하게 물었다. 의료 현장에 있던 친구는 잠시 틈을 내어 내 질문에 답해주었다. 대화가 뒤죽박죽이라 요약하자면 다음과 같다. 첫째, 현재 우한은 절대 낙관할 상황이 아니고, 여전히 매우 심각한 추세다. 의료용품은 '타이트 밸런스tight balance' 상태라고 했다. 이 단어는 처음 들어보았다. 글자 그대로 보자면 아마 빠듯하지만 딱 쓸 만큼은 있는 상태라는 뜻일 거다. 친구는 이삼일은 충분히 버틸 수 있다고 했다. 둘째, 1차 의료기관의 상황이 매우 어렵다는 점이다. 원래 1차 의료기관은 시설이 부족하고, 관심도도 낮고 의료자원도 적다. 친구는 내게 사람들이 1차 의료기관에 관심을 갖고 도움을 줄 수 있도록 호소해달라고 했다. 병원 상황은 이렇지만, 사회적으로는 각 지방 정부와 사회 공동체 및 마을에서 실시하는 격리조치의 효과가 매우 좋고 우한보다 더 잘 실행되고 있다고 했다. 셋째, 발열 증상이 있는 의심환자를 지역사회로 인계하는 것은 부적합하다. 전문지식과 방호용품이 부족한 지역사회에서 의심환자들을 어떻게 관리할 수 있겠는가? 지역사회 주민들도 가뜩이나 겁에 질려 있는데 그들이 자체적으로 문제를 해결할 방법은 없다. 나는 동의했다. 잘못하면 우한의 감염자 수가 계속해서 늘어날 수 있고, 게다가 한 사람이 감염되면 가족 전체가 감염될 위험성이 크다. 넷째, 모든 병원의 모든 의사가 다 바쁜 상태이고 다른 과에서도 인력을 뽑아 일선으로 보내고 있지만, 지금 치료중인 환자는 여전히 예전부터 있던 환자들이고, 매일 확진자와 의심환자 수는 빠르게 증가하고 있다(그렇다면 새로 감염된 환자는 돌보지 못하는 것인가? 감히 물어보지 못했다). 다섯째, 친구가 예측하기로 최종 감염자의 수는 아마 상상을 초월할 거라고 했다. 그는 아주 분명한 어조로 이렇게 말했다. "입원해야 할 사람들이 전부 입원하고 격리해야 할 사람을 전부 격리해야만, 전염병 상황을 통제할 수 있을 거야." 말하자면, 이게 유일한 방법이다. 오늘 발표된 일련의 조치들로 보았을 때, 정부도 드디어 이 점을 인지한 듯하다.

전염병은 여기에 있다. 발생 초기부터 점차 확산되고 미친듯이 번지기까지, 우리의 대응방식은 착오와 지연을 거쳐 실수로 이어졌다. 우리는 바이러스를 앞지르거나 가로막지 못했고, 지금까지도 뒤꽁무니만 쫓고 있다. 그렇게 많은 대가를 치렀음에도 말이다. 돌다리도 두

드려가며 건너라는 말은 전염병 상황에는 맞지 않는다. 과거로부터 그토록 많은 전염병이 창궐했는데도 왜 우리는 아무것도 배우지 못했는가? 사람들이 과거에 전염병을 성공적으로 통제하기 위해 시도한 일들을 우리도 따르면 될 게 아닌가? 내가 지나치게 단순화해서 생각하는 걸까?

오늘도 동영상 하나를 보았는데, 한 가족이 다리를 건너는 모습이었다. 다리를 건너기 전은 충칭이고, 건너가면 구이저우성이었다. 부부가 하나 혹은 두 아이(정확히 보이지 않는다)를 데리고 있었고, 남자는 충칭 사람, 여자는 구이저우성 사람이었다. 차가 충칭에서 출발하여 다리를 건너 구이저우성 경계에 닿았다. 그런데 구이저우성에서는 남자를 들어가지 못하게 했다. 여자는 집에 가도 되지만 남자는 들어올 수 없다는 것이다. 남자는 어쩔 수 없이 차를 돌렸다. 그런데 충칭에 도착하자 당신들은 이미 충칭을 떠났으니 남자만 들어올 수 있고 여자는 들어올 수 없다고 했다. 남자는 앞에서는 못 가게 하고 뒤에서는 못 들어오게 하면 우리는 다리에서 살아야 되는 거냐고 물었다. 정말 어처구니가 없는 일이다. 나는 예전에 『우창성武昌城』이라는 장편소설을 쓴 적이 있는데, 우창이 북벌군에게 포위된 한 달간의 일●을 쓴 것이다(얼마나 기막힌가, 나 역시 우창성에 갇혀 있다). 포위 과정

● 1924년에서 1928년까지 중국에서는 국민당의 주도하에 민족통일운동, 이른바 국민혁명이 일어났다. 당시 장제스가 광둥성을 통일한 후 총사령관을 맡아 북방 군벌을 타도하기 위해 북벌전쟁을 개시했고, 그때 조직된 국민혁명군을 북벌군이라 이른다.

에서 우창성 안의 무수한 사람들이 굶어 죽거나 병으로 죽었다. 우창과 이웃한 지역인 한커우와 한양의 사람들은 온갖 방법을 동원해 대책을 세웠고, 결국 양쪽 군대와 협상에 성공했다. 3일의 시간을 주면 성안의 인민들이 밖으로 나가 먹을거리를 해결한다는 것이었다. 성을 포위한 쪽은 공격하지 않고, 성을 수비하는 쪽은 통행을 허가해주었다. 이게 1926년의 일이다. 양쪽 군대가 전쟁을 벌이며 서로를 적으로 삼았음에도 협상이 가능했는데, 지금은 그게 무슨 하늘이 무너질 일이라고 이렇게 융통성 없이 군단 말인가? 방법이 많지 않은가! 나중에 그 남자가 결국 충칭으로 돌아갔을지 아니면 구이저우성으로 갔을지, 나는 모르겠다.

"아, 인민의 삶은 얼마나 고단한가. 긴 한숨을 내쉬며 눈물을 닦는다."● 요즘 사람들이 많이 쓰는 말이다.

● 중국 전국시대 초나라의 정치가 굴원이 쓴 시 「이소離騷」의 한 구절이다. 원문은 다음과 같다.
"긴 한숨 쉬며 눈물을 닦는 건 고단한 민생이 애처롭기 때문이라네.長太息以掩涕兮 哀民生之多艱"

내 목숨줄은
길다

오늘도 날씨가 참 좋다. 우한 시민들의 생활도 여전히 안정적이다. 조금 답답하지만, 살아 있을 수만 있다면 답답함은 참을 수 있다.

오후에는 사람들이 다시 공포에 떨며 마트에서 물건을 사재기한다는 소식이 갑자기 들려왔다. 마트가 문을 닫아 먹고 마실 게 떨어질까 걱정스럽다는 것이다. 내 생각이지만 이건 비현실적인 공포가 아닌가? 시 당국도 이 일 때문인지 마트가 문을 닫지 않도록 하겠다며 성명을 발표했다. 상식적으로 전국의 인민이 우한을 응원하고 있고 나라 전체의 생활용품이 부족한 것도 아니니, 우한 사람들이 일상생활에서 필요한 물품을 보장해주는 건 분명 어려운 일이 아니다. 물론 의탁할 곳이 없는 노인들은 비교적 힘든 상황이 될 수 있다(전염병 사태가 아니어도 그들의 삶은 만만치 않다). 지역사회와 많은 지원자들이 도움을 주리라 믿는다. 정부가 앞서 얼마나 많은 실수를 저질렀든, 우리가 지금 믿을 수 있는 것 역시 정부뿐이고, 여전히 그들에게 신뢰를 보낸다. 그러지 않으면 이 시기에 누구를 믿고, 누구에게 의지하겠는가? 원래 겁이 많은 사람들은 어떤 순간이든 쉽게 두려움을 느끼기 마련이다. 이건 어쩔 도리가 없다. 방금 쓰레기를 버리러 나갔다가 우리집 대문에 '소독완료'라고 적힌 종이가 붙어 있는 것을 발견했다. 그리고 또 공지 하나가 붙어 있었다. 만일 열이 날 경우 해당 지역의 어디어디로 연락해달라는 것이었다. 지역사회의 일 처리가 정말 세심하다. 전염병은 큰 적이다. 인민 전체가 함께 맞서는 공공의 적이며, 누구도 감히 이 적을 깔보지 않는다. 정책결정자들이 다시 엉뚱한 수를 두지 않기만을 바랄 뿐이다.

앞으로 도대체 얼마나 많은 확진자가 나올 것인가, 모두 그 숫자에 예민하고 또 그 엄청난 숫자에 긴장한다. 사실 어제 내가 웨이보에서 언급한 10만이라는 숫자는 의사들이라면 진작부터 알고 있었고, 또 그들이 외부로 도움을 요청할 당시 이미 누설한 적이 있었다. 오늘 나의 또다른 의사 친구는 이 숫자가 조금도 틀리지 않다고 했다. 감염자의 수가 정말로 그렇게 많다는 것이다. 하지만 한 가지 중요한 점이 있다고 했다. 모든 감염자에게 증상이 나타나는 것은 아니라고 한다. 증상이 있는 환자들은 아마 그들 중 2분의 1 혹은 3분의 1 정도라고 했다. 나는 바로 캐물었다. "감염되었더라도 증상이 없으면, 이후에

자가치료가 되기도 하는 거야?" "맞아." 친구는 단정적인 어조로 대답했다. 만약 그게 사실이라면, 이건 좋은 소식이 아닌가?

다시 한번 강조한다. 의사들의 말에 의하면 신종 코로나바이러스로 인한 폐질환은 전염성이 강하지만, 정상적인 치료를 받기만 하면 사망률은 결코 높지 않다. 다른 성에서 치료받을 기회가 있었던 환자들 역시 이 사실을 증명한다. 우한의 사망률이 높은 결정적인 이유는 병원에 입원할 수 없었기 때문이다. 그래서 경증이 중증이 되고, 중증이 사망에까지 이른 것이다. 게다가 격리방식도 잘못되었다. 집에 격리하면 가족 모두가 감염될 수 있다. 환자가 더 많아지면 그로 인해 수많은 비극이 일어날 것이다. 의사 친구들은 일찌감치 조치했다면, 현재 우한에 있는 병상에 중증 환자들을 모두 입원시킬 수 있었을 것이라고 말한다. 하지만 혼란스러웠던 사태 초기에 사람들이 겁을 먹고, 병이 없는데도 병원으로 달려가는 바람에 이후 상황은 난장판이되었다. 현재 정부는 역시 계속해서 대응방식을 조정하고 있다. 앞으로 국면이 전환되어 빠르게 전환점을 만들어낼 수 있을지 두고 봐야겠다.

이 밖에 인터넷에는 어제 문을 연 팡창병원에 대한 질의도 올라와 있었다. 그들은 이런 집단 격리는 환자들을 한 공간에 모아놓는 것인데, 그렇게 되면 교차 감염이 증가하는 것 아니냐고 물었다. 하지만 내 생각에, 이건 야전병원과 같은 것이다. 우선 반드시 가장 빠른 시간 내에 발열 증세가 있는 의심환자를 모으고, 의사를 파견해 치료해야 한다. 이와 동시에 격리 환경을 계속해서 개선해나가는 것이다. 이렇게 하지 않으면 사방을 돌아다니고 있는 감염자들이 하루씩 더 움직여 다닐 때마다 그만큼 많은 사람에게 전염될 것이다. 그러면 신종 코로나바이러스는 근본적으로 통제가 불가능해진다. 현재 대규모 공간에 환자들을 몰아넣는 환경이 이상적이지는 않지만, 아마 작은 공간으로 점차 분할될 것이다. 추측이고, 역시 확실치 않다. 아무튼 밖에 돌아다니는 감염자들을 격리시키는 것이 가장 시급한 일이다.

오늘 훠선산병원의 소식이 담긴 동영상을 보았다. 환자가 직접 찍은 것이었다. 영상으로 보니 그곳은 의료 환경도 상당히 좋고 환자들도 모두 긍정적이었다. 우리가 보고 싶어하던 바로 그 모습이다. 그들이 어서 회복되길 바란다. 그리고 모든 일이 더 합리적이고 체계적으로 진행되길 바라본다.

이번 사태는 여러 권력이 합쳐져 발발한 것이다. 적은 바이러스뿐만이 아니다. 우리들 역시 스스로의 적 혹은 공범자이다. 사람들은 지금에서야 절실하게 깨달았다고 말한다. 매일 말로만 '대단하다, 우리나라'라고 떠들어대봤자 아무 의미 없다는 것을, 매일 정치공론만 일삼고 실질적인 업무는 하지 않는 간부들은 조금도 쓸모가 없다는 것을(우리는 이미 이런 사람들을 '입만 살아 있는 노동자'라 부른다), 나아가 상식이 부족하고 객관성과 정확성이 결여된 사회는 말로만 사람을 죽이는 것이 아니라 정말로 사람을, 심지어 수많은 사람을 죽인다는 사실을 말이다. 심각하고 무거운 교훈이다. 우리는 2003년을 지나왔지만, 금세 그 일을 잊어버렸다. 이제 2020년의 일까지 더해졌으니, 우리가 더이상 잊어버릴 수 있을까? 고난은 언제나 우리 뒤에 있다. 우리가 경계하지 않으면, 그것은 다시 쫓아와 우리를 고통스럽게 잠에서 깨울 것이다. 문제는 이거다. "우리는 진정 깨어 있기를 원하는가?"

사스가 발생했던 그해가 떠오른다. 3월, 사스는 확산되고 정부는 쉬쉬하던 그때, 광저우에 있는 동창이 큰 수술을 받기로 했다. 우리 대학 동창 수십 명은 전국 각지에서 광저우의 그 사스가 가장 맹렬했던 병원으로 모여 그를 격려했다(마스크를 쓴 사람은 한 명도 없었다). 오고갈 때는 모두 열차를 탔다. 이후 상황이 알려지며 나라 전체가 두려움에 떨었고, 우리는 모두 너무 놀라 온몸에 식은땀이 흐를 정도였다. 모두들 목숨줄이 길어 감염되지 않았다며 가슴을 쓸어내렸다. 그리고 이번에도 나는 1월 초부터 1월 18일까지 수술한 동료를 보기 위해 병원 두 곳을 세 차례 방문했다. 두 번은 마스크도 하지 않았다. 지금 생각해도 무섭다. 다시 한번, 내 목숨줄이 길구나 생각했다.

우리 모두
이 인재에 대한
대가를 치르고 있다

어제가 입춘이었다. 그래서인지 오늘은 날씨가 정말 봄답다. 우리집 문 앞에는 일렬로 늘어선 녹나무와 물푸레나무 두 그루, 목련 한 그루가 있는데, 나뭇잎이 모두 파랬다. 마치 겨울은 아예 온 적이 없다는 듯이.

오늘도 여전히 전문가들이 예측한 그 전염병 절정기를 지나고 있다. 확진자 수는 여전히 상승중이다. 내가 아는 한 유명 화가도 병세가 위중하다. 동료 YL은 자신의 친구들 중 함께 활동하던 사진작가 친구 세 명이 죽었다고 했다. 난 친구가 많지 않다. 모두 아직 살아 있어주어 고맙다. 우한의 상황은 초기만큼 혼란스럽지는 않지만, 완전히 진정되었다고도 할 수 없다. 인터넷에 올라오는 가슴 아픈 동영상과 절망적인 구조 요청은 많이 줄어든 듯하고, 사람들을 격려하는 긍정적인 메시지로 대체되고 있다. 예전의 문제들이 정말 해결된 것인지 아니면 바로 삭제당한 것인지는 알 수 없다. 우리는 수많은 '삭제'를 경험한 후로 이런 수작에 무신경해지기 시작했다. 나는 어제 우리 자신 역시 우리의 적이라고 말했다. 우리가 스스로와 적이 되는 건, 바로 이런 무신경에서부터 시작한다. 우리는 여전히 마음을 놓아서는 안 되며, 자신의 몸 상태를 예의주시해야 한다. 나는 요즘도 가족들, 친구들에게 온종일 이렇게 말한다. "밖에 나가지 마, 밖에 나가지 마." 이미 이렇게 오래 갇혀 있었으니, 며칠 더 갇혀 있다고 해도 상관없다. 먹는 게 부실하면 부실한 대로 버티고, 나중에 이 사태가 다 지나가고 나면 지금 너무나 가고 싶은 식당들을 한 바퀴 쭉 돌아야겠다. 우리는 행복해질 것이고, 식당들도 결국은 다시 돈을 벌게 될 것이다.

오후에는 흥미로운 뉴스를 하나 보았다. 첫마디가 "전염병을 막고 물리치기 위한 우한의 전투는 이미 시작되었다"여서 관영매체처럼 들리는 것을 제외하면 내용은 꽤 쓸 만하다. 정리하자면 이렇다.

1. 환자를 3등급의 시설로 나누어 격리한다.
2. 훠선산병원, 레이선산雷神山병원, 지정병원은 1등급으로 중증 환자를 격리하고 치료한다.
3. 이미 건설된 곳과 새롭게 건설되는 열한 곳의 팡창병원은 2등급으로 경

중 환자를 격리하고 치료한다.

4. 호텔과 공산당간부학교는 3등급으로 의심환자 및 밀접 접촉자들을 격리
   한다.

5. 이 세 등급의 사람을 격리한 후 도시 전체에 대한 전방위적 소독을 실시
   하여 바이러스를 없앤다.

6. 모든 병원은 다시 정상 진료를 시작한다(잠시 문을 닫았던 다른 외래환자
   진료소도 다시 문을 연다).

7. 다른 업종도 다시 영업을 시작한다.

8. 중증 환자가 경증으로 완화되면 팡창병원으로 보내고, 반대로 경증 환자
   가 중증이 되면 지정병원으로 보낸다. 환자의 상황에 따라 바로바로 조
   정한다. 위의 조치를 환자가 완전히 사라질 때까지 실시한다!

진위를 확신할 순 없지만, 상식적으로 판단해보았을 때 이건 분명
진실일 것이다. 군대가 우한으로 들어온 뒤, 우한에서 진행되는 일의
효율이 눈에 띄게 좋아졌다. 앞의 조치들도 다소 군대식이어서 간단
명료하다. 왠지 기대해볼 만하다는 생각이 든다. 또한 증상의 경중에
따라 격리된 환자들이 믿을 만한 양질의 치료를 받을 수 있길 간절히
바란다.

신종 코로나바이러스는 우리의 모든 생활 체계를 엉망으로 만들었
고, 병원은 특히 더 어수선하다. 모든 의사가 전염병을 막기 위해 분
주하다. 사실 전염병이 아니라도, 병원에는 늘 환자가 가득하다. 지금

그 환자들은 스스로 묵묵히 고통을 참아가며 전염병을 막기 위해 자리를 내어주고 있다. 어떤 고통은 치료를 계속 미루면 이후에 어떤 결과가 올지 알 수 없어 환자 자신도 불안하지만, 그럼에도 여전히 양보한다. 정말 대단한 사람들이다. 내 동료 한 명도 하필 1월에 연속해서 두 번이나 수술을 받았다. 작은 병이 아니고, 작은 수술도 아니었다. 춘절 전에 코로나바이러스가 폭발적으로 번지자 그녀는 병원에서 집으로 돌아왔다. 하지만 수술 후에 반드시 붕대를 새것으로 갈고 주사를 맞아야 했다. 혼자서 이를 악물고 운전하여 병원에 가서 붕대를 교체했다. 상처는 생각만큼 잘 회복되지 않았고, 이미 고름도 찬 상태였다. 병원에는 사람도 많고 환자들이 섞여 있으니, 의료진 역시 그녀를 매일 오게 할 수는 없었다. 필요한 약품을 챙겨가서 혼자 붕대를 가는 수밖에 없었다. 이 약품마저 부족할 때는 스스로 약국에 가서 구입해야만 했고, 염증이 잡히지 않으면 동네 병원에 가서 주사를 맞아야 했다. 초조하고 고통스러우니 눈물을 보이기까지 했다. 하지만 어떡한단 말인가? 그녀는 말했다. "우선 참아야지, 전염병이 사라지면 그때 다시 어떻게 해봐야지." 내 또다른 동료는 아버지가 암 환자라 올해는 특별히 부모님을 모셔와 명절을 쇠려고 했는데, 결과적으로 한집에 삼대가 함께 갇히고 말았다. 아무데도 갈 수 없으니 부모님도 무료하고, 그녀가 할 수 있는 일은 시간을 보내기 위해 부모님을 모시고 마작을 하는 것뿐이었다. 방금 통화에서 그녀는 마작도 지겨워 죽겠다고 했다. 사실 이 역시 정말 쉬운 일이 아니다. 그리고 더 시급한 건 임신부들이다. 그녀들은 참을 수 있지만, 배 속의 그 작은 것들은 참을 수가 없다. 딱하게도 하필 이런 때에 세상에 나오게 되어 엄마 아빠들이 원래 누렸어야 할 환희와 행복이 초조함과 불안으로 바뀌고 말았다. 아, 이곳은 완벽한 세상이 아니다. 하지만 아이들이 기왕 용감히 나오겠다면, 나와라. 비록 이곳에는 전염병이 퍼졌지만, 너희를 받아주는 곳은 분명 따뜻하고 깨끗한 곳이리라 믿는다.

내가 이렇게 사소한 것들을 기록하는 이유는, 이 재앙을 초래한 이들에게 알려주고 싶어서다. 떠난 자와 아픈 자들만 이 재난을 겪고 있는 게 아니다. 우리 같은 평범한 사람들이 모두 이 인재에 대한 대가를 치르고 있다.

지금
우한 시민 모두가
그를 위해 울고 있다

오늘 우한에는 또 비가 내리기 시작했다. 하늘이 흐리다. 흐린 하늘 아래 비바람이 부는 날이면 스산한 마음이 든다. 문밖으로 나서니 찬 바람이 불어와 온몸이 떨렸다.

하지만 오늘은 좋은 소식이 더 많다. 많은 날을 지나는 동안 가장 흥분되는 소식이었다. 우선 라디오 방송을 하나 들었는데 신종 코로나바이러스가 빠르게 진정되고 있다고 했다. 이 말을 하고 있는 사람은 전문가였다. 적어도 내가 듣기에는 믿을 만하게 느껴졌다. 뒤이어 인터넷에서 미국 길리어드 사이언스사에서 연구한 신약 렘데시비르 Remdesivir●(중국 전문가들은 이 약을 '인민의 희망'이라 이름 붙였다지?)가 우한의 진인탄金銀潭병원에서 실험에 들어갔는데 효과가 좋다는 소식이 빠르게 퍼졌다. 우한 사람들은 모두 흥분했다. 만일 금지령 때문에 문밖으로 나서지 못하는 상황이 아니었다면 사람들은 진즉 거리로 뛰쳐나와 환호성을 질렀을 것이다. 이렇게 오랜 시간 갇힌 채로 막연히 기다리기만 하다가 드디어 희망을 만난 셈이다. 그리고 그 희망은 이렇게 갑작스럽게, 이렇게 적절한 때에, 모두가 하루하루 지쳐가는 바로 이때에 왔다. 나중에 누군가 나타나 그 약은 아무 효과도 없다며 반박할 수도 있다. 하지만 알 게 뭔가. 나는 계속 이것을 좋은 소식이라 여길 거다. 다시 3일만 더 기다리면, 아마 우리의 기대가 현실이 될지 모른다.

모두가 관심을 갖는 팡창병원은 이미 정식으로 문을 열었다. 동영상과 사진, 글을 통해 입원한 사람들의 이야기가 나오는데, 시설이 열악하다는 사람도 있고 대체로 불평불만의 내용이다. 하지만 하루 만에 만들어진 팡창병원은 급히 지어진 곳이기 때문에 어수선할 수밖에 없다. 나머지 작업도 분명 빠르게 마무리될 것이다. 수많은 사람이 모여 있다보니 모두를 다 만족시키기는 어려울 수밖에 없다. 게다가 모두 환자 아닌가. 사람들이 조급해하고 불안해하며 짜증을 내는 것은 자연스러운 일이다. 어쨌든 집만큼 편할 수는 없으니 말이다. 오후에는 우한대학교 펑톈위 선생이 내게 문자메시지를 보내, 컨벤션센터

● 에볼라바이러스 치료제로 개발된 항바이러스제. 에볼라 치료에는 뚜렷한 효능을 보이지 못해 개발이 중단되었다가 코로나19 환자의 치료 기간을 줄이는 성능을 보여 가장 주목받는 코로나19 치료제로 각광받았다. 미국 FDA는 2020년 5월 1일 코로나19 중증 환자에 한해 렘데시비르 긴급 사용을 승인했다.

와 우한커팅* 두 곳에 세운 팡창병원은 최선을 다해 책임지겠다고 옌즈闔志** 회장이 발표했다고 전했다.*** "텔레비전을 여러 대 설치하고, 도서 코너와 충전 부스, 즉석음식 코너를 마련하고, 모든 환자가 하루에 사과 한 개 혹은 바나나 하나를 받을 수 있도록 보장할 겁니다. 환자들이 따뜻함을 느낄 수 있도록 최선을 다해야죠." 그는 이런 세세한 부분까지 다 계획하고 있다. 아마 다른 팡창병원에도 이런 책임자가 있을 것이다. 옌즈 회장은 해낼 것이고, 다른 책임자들도 다들 해낼 수 있을 것이다. 우한의 상황은 여기까지 왔다. 이미 모두가 가장 힘든 시기를 지나왔으니 이제 더는 조급해할 필요가 없다. 모두 거리를 헤매던 환자들이 실내에 조용히 누워 의료진들의 치료도 받게 되었으니, 어찌되었든 그들에게도 우리 모두에게도 좋은 일이다. 그러지 않았다면 오늘 같은 날씨에 그들 중 누군가는 병증이 더 심해지거나 길바닥에 쓰러지지 않았을까? 그러니 우리는 견디고 또 견딜 수밖에 없다. 모든 상황이 완전히 통제되어야만 모두가 진정한 평안을 느낄 수 있을 것이다.

아침에 우한대학교 중난병원 호흡기 전문의의 동영상을 보았다. 그는 이 '마수'에 걸려들어 죽음의 문턱을 밟을 뻔했다. 지금은 살아 돌

---

* 우한의 복합문화전시공간.
** 우한의 물류유통그룹인 쥐얼 그룹의 회장.
*** 컨벤션센터와 우한커팅은 모두 쥐얼 그룹 소유의 건물로, 옌즈 회장은 전염병이 창궐하자 이 두 곳을 개조해 임시병원으로 만들었다.

아와서, 아주 유머러스하게 자신이 겪은 일을 우리에게 들려주었다. 그는 환자와 직접 접촉한 후 감염되었다. 목숨이 위급한 상황에 이르기도 했는데, 그때는 그의 부인이 곁에서 그를 간호했다. 물론 그의 부인도 바이러스에 감염되었지만 경증에 불과했다. 그는 모두에게 당황할 필요가 없다고 말해주었다. 이 증상을 견디지 못하고 중증으로 악화되는 환자 대부분은 지병이 있는 노인들이다. 젊은 사람들은 마수에 걸려들었다 해도 몸이 건강하면, 주사 맞고 약 먹고 물 많이 마시고 쉬는 정도로도 가볍게 견뎌낼 수 있다고 했다. 그는 신종 코로나바이러스로 인한 폐렴의 특징에 대해서도 이야기했는데, 콧물을 흘리는 등의 명확한 증상은 없었으나 폐의 가장자리 부분을 따라 양쪽 폐 모두 감염되었다고 했다. 살아 돌아온 사람으로서 그가 하는 말은 정말 믿음이 갔다. 따라서 우리 스스로 해야 할 일은 계속해서 집에 머물고 당황하지 않는 것이다. 혼란스러워하지 말고, 설령 미열이 있고 기침이 난다고 해도 반드시 침착하게 행동해야 한다. 오늘 정부는 모든 사람이 체온을 측정해야 한다는 성명을 발표했다. 사람들은 한바탕 혼란에 빠졌고, 체온을 재다가 도리어 감염되지나 않을까 두려워했다. 하지만 내가 이해한 바로는 의심환자들에 한해 체온을 측정하는 것이고, 그 외의 사람들은 전화로 지역사회에 보고만 해도 될 것이다. 그러니 역시 모두들 불안해할 필요 없다. 전염병을 막는 과정도 일상생활과 같아서 수많은 어리석은 사람들이 어리석은 일을 저지른다. 하지만 어리석지 않은 사람이 더 많고, 모든 일이 다 어리석은 것도 아니다.

　내 이야기를 해보자. 일어나자마자 휴대폰을 보니 이웃이 보낸 문자메시지가 와 있었다. 자신의 딸이 오늘 채소를 사러 나가는데, 가는 김에 내 것도 사서 우리집 문 앞에 놓았으니 일어나면 가져가라는 것이었다. 채소를 가지고 들어오자마자 같은 단지에 사는 조카가 내게 전화해서 소시지와 발효두부를 좀 가져다주겠다며 대문 앞에서 보자고 했다. 조카는 물건을 한 박스나 들고 왔다. 살펴보니 앞으로 한 달은 더 갇혀 있어도 다 못 먹을 양이었다. 재난 속에서 우리 모두 같은 배를 타고 함께 강을 건너고 있다. 한없이 고맙고, 또 더없이 따뜻하다.

　막 블로그에 글쓰기를 마쳤을 때[●] 리원량李文亮 선생이 사망했다는 소식을 들었다. 그는 처벌받은 의사 여덟 명 중 한 사람^{●●}으로 신종 코로나바이러스에 감염되었다. 오늘밤 우한 시민 모두가 그를 위해 울고 있다. 너무 슬프다.

● 블로그에 글을 쓰기 시작할 때는 2월 6일이었으나 글을 완성한 시점은 2월 7일 새벽이다.

●● 리원량과 동료 의사 여덟 명은 우한에서 신종 코로나바이러스가 퍼지고 있다는 것을 처음으로 알렸다가 괴담 유포 혐의로 공안에 끌려가 법적 처벌을 받았다.

무겁게 가라앉은
어두운 밤하늘에
리원량은 한줄기 빛이었다

도시가 봉쇄된 날로부터 16일째다. 어제 리원량 선생이 사망했다. 마음이 너무 아프다. 그 소식을 듣고 나는 친구들에게 글을 보냈다. "오늘밤 우한 시민 모두가 그를 위해 울고 있다." 그런데 중국 전체가 그를 위해 울고 있었다! 수많은 이들의 눈물이 인터넷상에서 거친 파도가 되어 흘러넘쳤다. 이 밤, 리원량 선생은 사람들의 눈물 속에서 다른 세상으로 떠났다.

오늘은 날씨가 어두침침하다. 하늘이 그의 죽음에 애도를 표하는 것인지도 모른다. 사실, 이제 우리는 하늘에 대고 아무런 말도 하지 않는다. 어차피 하늘도 어쩔 수 없었을 것이다. 오후에는 어떤 우한 사람이 크게 외치는 소리가 들렸다. "리원량의 가족과 아이를 우리 우한 사람들이 부양합시다!" 호응하는 사람들도 많았다. 저녁이 되자 사람들은 어제 리원량 선생이 사망한 시간에 불을 끄고, 손전등이나 휴대폰을 이용해 하늘에 빛을 쏘며 휘파람을 불었다. 무겁게 가라앉은 어두운 밤하늘에 리원량은 바로 이런 한줄기 빛이었다. 너무나 긴 시간이 흘렀다. 우한 사람들의 가슴에 쌓인 우울과 슬픔 그리고 분노를 풀어낼 방법이 뭐가 있겠는가? 어쩌면 이런 방법밖에는 없을 것이다.

원래 전문가들은 아마 원소절元宵節•이 코로나 사태의 분수령이 될 거라고 말했다. 그런데 지금 보니, 아니다. 어제는 리원량 선생의 비보를 들었고, 오늘은 앞으로 14일을 더 버텨야 된단다. 아, 우한에 살고 있지 않은 사람은 우리 마음속의 상처를 이해할 수 없다. 이건 단지 집안에 갇혀서 밖에 못 나가는 문제가 아니다. 우한 사람들은 위로받고 마음을 풀어놓을 곳이 필요하다. 왜 모든 우한 사람들이 리원량의 죽음에 가슴이 찢어지는 듯 슬퍼했겠는가? 왜 소리지르며 오열했겠는가? 우한 사람들에게 리원량은 자신과 같다. 우리들 중 한 사람이고, 집안에 갇혀 있는 바로 자기 자신이다.

신종 코로나바이러스 감염증은 초기에 예상했던 것보다 훨씬 더 심각하다. 전염 속도는 사람들이 상상한 것보다 빠르고, 변화무쌍한 바이러스의 양태는 의사들조차 종잡을 수 없을 정도다. 어떤 사람들은 분명 증상이 호전되었다가 갑자기 생명이 위급할 정도로 나빠지

• 정월 대보름에 쇠는 중국의 전통 명절.

기도 하고, 또 어떤 사람들은 분명 감염되었는데 아무런 증상이 없다. 이 귀신같은 코로나바이러스는 이렇게 사방을 돌아다니며 때와 장소를 가리지 않고 사람들을 공격한다.

가장 혹독한 상처를 입은 건 사실 의료진들이다. 그들은 가장 처음 신종 코로나바이러스 환자를 접한 사람들이다. 리원량이 있던 우한시 중신병원만 해도 사망한 사람이 리원량 한 명이 아니다. 내가 듣기로 이미 세 명의 의사가 숨을 거뒀다. 내 의사 친구는 퉁지同濟병원에서도 한 외과 교수가 세상을 떠났다고 했는데, 그의 친구였다. 거의 모든 병원에서 병으로 쓰러지는 의료진이 발생하고 있다. 그들은 모두 자신의 목숨을 걸고 사람을 구하던 어진 의사들이다.

그나마 조금 다행이라 할 수 있는 건, 의료진 감염 사례의 대부분이 코로나 창궐 초기에 벌어졌다는 것이다. 아, '사람 간 전염은 되지 않는다'고 분명 말하지 않았던가? 그런 상황에서 의사들이 어떻게 지금처럼 방호복을 챙겨입고 일하길 기대했단 말인가? '사람 간 전염은 되지 않는다'고 알려진 그 기간은 마침 우한시가 바삐 양회兩會•를 준비하며, 부정적인 소식을 발설하지 못하도록 한 시기이기도 하다. 바로 그 기간 동안 수많은 의료진이 바이러스에 감염되었고, 그들의 가족까지 전염시켰다. 나의 의사 친구는 이 시기에 대부분의 중증 환자들이 나타났다고 말했다. 하지만 방호장비가 모두 갖춰지면서 지

• 중국에서 매년 3월 거행되는 전국인민대표회의와 전국인민정치협상회의를 통칭하는 용어다.

금은 감염된 의료진의 수가 현저하게 줄어들었고, 설령 감염되었다 해도 대부분이 경증이다. 이어서 그는 또다른 이야기를 들려주었다. "시간이 갈수록 점점 많은 의사들이 감염되면서 모두가 '사람 간에도 전염된다'는 사실을 알게 되었지. 하지만 아무도 알리려 하지 않았어. 말하지 못하게 했으니까. 말하지 말란다고 말을 안 해? 모두가 아는 사실을, 모두가 말하지 않으면, 그게 문제인 거 아니야? 병원 책임자들이 왜 말을 못하게 했을까? 그들이 말하지 못하게 한다고, 우리도 말을 안 해? 우리는 의사잖아. 우리에게도 책임이 있지." 그는 자신과 자신의 업계를 정면으로 비판했다. 나는 스스로를 반성하는 그가 존경스러웠다.

나는 이게 바로 우리가 리원량의 죽음에 슬퍼하고 분노한 이유라고 생각한다. 리원량은 먼저 이야기를 꺼냈다. 일단 친구들에게 알릴 생각이었지만, 결국 그는 진실을 폭로했다. 진실을 말한 리원량은 처벌받고, 목숨을 잃고, 죽을 때까지 누구에게도 사과받지 못했다. 결과가 이렇다면, 앞으로 누가 감히 말할 수 있을까? 사람들은 '침묵은 금이다'라는 말로 자신의 진중함을 내보이려 하지만, 이런 상황에서의 침묵도 같은 가치를 갖는다고 할 수 있는가? 우리는 아직도 진실을 말하지 않는 이들과 같이 침묵하고 있는 게 아닐까?

여전히 우한은 전반적으로 질서정연한 모습을 유지하고 있다. 그러나 이전에는 낙관적이었던 우한 사람들의 마음에 답답함과 우울감이 쌓여가고 있다. 집안에 갇혀 있는 시간도 너무 길고, 충분히 넓지 않은 집들도 많다. 설령 인터넷이라는 세상이 끝도 없이 펼쳐져 있다 해도 이 역시 진절머리가 날 지경이다. 더 나아가 우리에게는 다 개인적 사정이 있다. 예를 들면 나와 오빠 둘은 모두 당뇨병 환자다. 의사는 우리에게 매일 걸어야 한다고 말했다. 큰오빠는 예전에 휴대폰으로 쟀을 때는 만 보 이상 걷곤 했다. 막내오빠는 매일 오전과 오후에 반드시 밖으로 나가 산책을 했다. 그러나 최근 막내오빠는 장장 16일 동안 밖에 나가지 못했다. 그리고 나도 하루걸러 한 번씩 약을 먹고 있지만, 그마저도 내일 하루치밖에 남지 않았다. 병원에 가야 할까? 고민중이다.

방금 우한 시민들이 차 여덟 대를 운전하면서 리원량 선생을 배웅하는 동영상을 보았다. 8이라는 숫자는 처벌받은 의사 여덟 명을 의미했다. 그들의 눈에는 눈물이 가득 고여 있었고, 오직 흐느낄 뿐이었다. 모든 사람이 다 강인하지 않고, 모든 사람이 다 냉철할 수도 없다. 아마 앞으로 수많은 날 동안, 우한 사람들의 심리적 문제는 갈수록 커져서 전문가의 도움이 필요할 것이다. 인터넷의 블랙유머로도 이런 심각한 문제는 해결되지 못한다.

전염병과의 전쟁은
여전히 계속되고,
우리도 여전히 버티고 있다

오늘은 원소절이다. 원래 오늘쯤이면 국면이 전환될 줄 알았는데, 현재 그런 기미는 전혀 없다. 코로나바이러스와의 전쟁은 여전히 계속되고, 우리도 여전히 버티고 있다. 나는 집안에 갇혀 있으므로, 최근의 일을 기록한다. 비록 하나를 쓰면 하나가 삭제될지라도, 나는 쓸테다. 여러 친구가 전화를 걸어 나를 격려해주었다. 글쓰기를 멈추지 말라고, 우리가 너를 응원한다고. 어떤 친구들은 내가 너무 힘들까 걱정해주기도 했는데, 사실 그렇지 않다. 친구들에게 농담으로, 예전 지하당● 당원들은 밖으로 정보를 전달하느라 무척 힘들어했는데, 지

● 비합법적으로 숨어서 활동하는 정당을 말한다.

금은 인터넷이 발달해서 글 하나만 올리면 바로 전달할 수 있다며 웃었다. 하물며 우리의 적은 신종 코로나바이러스이다. 나는 무조건 정부와 한편이 되어 그들의 지시를 모두 따를 것이며, 정부를 도와 조치를 이해하지 못하는 사람들을 설득하고, 힘들어하는 사람들을 위로할 것이다. 다만 정부와 내가 생각하는 방식이 다를 때, 글쓰는 과정에서 가끔 내 의견이 튀어나올 수도 있다. 그뿐이다.

지금은 분명 초기에 비해 상황이 많이 나아졌다. 지역사회와 기관 모두가 세심하고 꼼꼼하다. 어제 지역사회 담당자에게서 전화를 받았는데, 열은 나지 않는지 집안에 몇 명이 있는지 물어보았다. 나는 모든 질문에 대답했다. 오늘은 작가협회에서 당직을 서는 샤오리도 전화해 몸 상태와 생활은 어떤지 물었다. 그리고 한 동료가 내 약이 떨어졌다는 소식을 들었다며, 자기가 대신 병원에 가서 약을 타다 주겠다고 했다. 오늘 큰오빠가 보낸 소식은 좀 마음이 아팠다. "우리 학교에 정말 대단한 교수가 있었는데, 세상을 떠났어. 쉰셋밖에 안 되었는데." 너무나 안타깝다. 화중과학기술대학의 리페이건 총장도 문자메시지로, 그는 정말 유능한 교수였다고 했다. 연구실에서 쪽잠을 자며 성실하게 학문을 연구하던 사람이었다. 아, 그가 잘 떠나길, 편히 쉬길 바란다.

하늘빛이 어제보다 훨씬 맑다. 오후에는 결국 용기를 내어 병원에 다녀왔다. 당뇨병 환자는 약을 끊지 말아야 하니까. 병원 진료소가 아직 문을 열기 전이었는데, 의사의 도움으로 약국에서 약을 받을 수 있었다. 병원은 평소에 비해 사람이 매우 적었다. 주차장도 이렇게 한산했던 적이 없었다. 커다란 화물트럭 한 대가 병원 4호 병동 입구에 서 있었다. 타지에서 기증한 물품을 싣고 온 것이었다. 여럿이 나와 짐을 옮기는데, 누가 의사고 누가 일꾼인지 분간할 수가 없었다. 로비의 간호사들은 줄을 서서 엘리베이터를 기다리고 있었다. 모두들 과일과 식품을 얹어놓은 의료용 카트를 밀고 있었는데, 이 역시 각지에서 보내온 물품인 듯했다. 위층에 있는 환자들에게 나눠주려는 것 같았다. 병원을 돌아다니는 환자는 거의 없었고, 대부분 바쁜 의료진들뿐이었다. 내가 병원이 왜 이런지 물어보자, 그들은 병원의 모든 사람들이 코로나 전쟁을 치르고 있기 때문이라고 했다. 맞다. 지금 당장 우리 앞에 닥친 유일하고 중요한 문제이다.

거리는 그 어느 때보다 질서정연하다. 차도, 행인도 있기는 하지만 아주 적다. 나는 주의를 기울여 주위를 살폈다. 내 눈앞에 가장 많이 나타나는 사람은 세 부류였다. 하나는 밖에서 물건을 사서 배달해주는 청년들이다. 그들은 오토바이에 올라타 여기저기를 바쁘게 움직인다. 두번째는 경찰이다. 그들은 대체로 길의 초입마다 서 있고, 병원 입구에도 있었다. 이렇게 추운 날 밖에 서 있기는 쉽지 않을 것이다. 일선 경찰들도 정말 고생스러운 상황이다. 오만 사람을 직접 상대하며 맡은 바 임무를 수행해야 한다. 듣자 하니, 병이 나서 집에서 나오지 못하는 사람이 생기면 경찰들이 가서 업고 온다고 한다. 어떤 사람은 등에 업혀 나오자마자 사망했고, 경찰도 함께 울었다고 했다. 세번째는 환경미화원이다. 이들은 정말 대단하다. 돌아다니는 사람들이 적어 길거리도 그렇게 지저분하지 않고 낙엽만 좀 떨어져 있을 뿐인데, 그들은 자기가 맡은 일을 성실히 수행하며 도시 전체의 위생을 위해 열심히 바닥을 쓸어낸다. 전염병이 창궐한 날부터 지금까지, 그들은 한결같은 모습으로 우리의 시선 속에 남아 있다. 가장 묵묵하게 입다물고 있는 그들이 되레 시민들 모두의 마음을 차분하게 해준다.

최근 신종 코로나바이러스 관련 보도를 보면, 다른 성의 상황은 확연히 나아져서 감염 확산세가 꺾이고 있다. 후베이성은 아직도 심각한 상황에 처해 있다. 확진자와 의심환자의 수는 여전히 증가하고 있는데, 이들 대부분은 초반에 제대로 통제하지 못한 상황에서 감염된 이들이다. 이제 팡창병원이 자리잡았으니, 그 효과도 서서히 나타날 것이다. 그래서인지 이제 사람들은 지나치게 두려워하지 않는다. 다만 좀 우울할 뿐이다. 팡창병원의 환경이 개선되어가면서 환자들도 그곳에서의 생활에 적응하고 있다. 오늘 팡창병원에 입원한 한 청년에 대한 글을 보았다. 그는 옆 침대에 있는 할아버지와 가까워졌는데, 할아버지가 청년에게 짝이 없다는 이야기를 듣고 바로 누군가를 소개해주었다. 마침 그 아가씨도 팡창병원에 있어서 둘이 만나기로 했다는 내용이었다. 글을 쓴 사람은 이 이야기를 '팡창 러브스토리'라 말했다. 오늘 들은 이야기 중에서 가장 훈훈하다. 오늘 같은 명절을 보내려면, 우리에겐 온기가 필요하다.

예전에 누군가 내게 대신 건의해줄 것을 부탁한 일이 있다. 우한의 상황이 이러니 원소절을 기념하는 중국 CCTV* 등불축제 특집쇼를 취소하는 편이 좋겠다고 말이다. 이 생각에 나는 찬성하지 않는다. 비록 후베이성 지역에서는 전염병이 발생했지만, 다른 지역 사람들은 여전히 일상을 살아가야 한다. 우리 모두에게는 정상적인 생활이 필요하다. 원소절은 마땅히 경축해야 하는 날이다. CCTV에서 방영하는 그 화려하고 떠들썩한 등불축제 특집쇼를 좋아하는 사람들이 많다. 후베이성의 사람들이 재난을 짊어지므로 다른 지역 인민들의 일상이 계속된다고 생각하면 마음이 더 낫지 않은가? 또한 집안에 갇혀 있는 사람들에게도 위안이 될 만한 즐거운 일이 필요하다. 오늘 한 동료는, 후베이 위성방송에서 〈나는 가수다〉 프로그램이 시작된다며, 이걸 보면서 마음을 달랠 수 있겠다고 말했다.

보라, 후베이성 사람들과 우한 사람들이 이러하다.

오늘 이 글 역시 삭제될까?

---

* China Central Television, 중국 국영 방송사.

힘든 날들이지만,
살아갈 방법은 여전히 있다

중국의 관습에 따르면 오늘이야말로 춘절 연휴가 진정 끝나는 날이
다.* 침대에서 일어나 커튼을 열어보니, 햇살이 마치 초여름처럼 밝게
빛나서 순간 마음이 상쾌해졌다. 이런 햇살을 얼마나 필요로 했던가.
도시 전체를 뒤덮은 흙먼지를 걷어내주고 사람들의 마음에 응어리진
고통을 풀어줄 빛이 우리에겐 필요하다.

 밥을 먹으면서 휴대폰으로 뉴스를 보았다. 그런대로 괜찮다. 좋은
소식이 많이 와 있다. 좋은 소식이라 함은, 코로나바이러스 상황이 여
전히 심각하기는 하지만 국면은 분명 호전되고 있다는 것이다.

● 중국에서는 춘절 전후로 음력 12월 23일부터 이듬해 음력 1월 15일 원소절까지 명절 분위기
가 이어진다.

몇 가지 근거가 있다. 첫째, 후베이성을 제외하고 신규 의심환자의 수가 대폭 줄었다. 둘째, 후베이성의 신규 확진자 수와 의심환자의 수도 계속해서 감소하고 있다. 셋째, 전국(후베이성을 포함해서)에서 중증 환자의 증가폭이 가파르게 하락했다. 기대 이상으로 기쁜 소식이었다. 내가 알기로는 경증은 기본적으로 완치가 가능하고, 사망자 중 대다수는 치료를 제때 받지 못한 중증 환자다. 넷째, 완치율이 계속해서 높아지고 있고, 심지어 완치된 환자의 수가 이미 확진자 수를 웃돈다는 말도 있다. 확실한지 모르겠다. 아무튼 완치된 환자가 많다면 모든 환자가 희망을 가질 수 있다. 다섯째, 미국의 항바이러스제인 렘데시비르를 임상 환자에게 사용했는데, 효과가 좋다고 한다. 중증 환자들도 약을 먹은 후 어느 정도 효과를 보였다. 여섯째, 이 사태는 아마 약 열흘 정도 안에 국면이 전환될 것이다. 이 마지막 한 줄이 더욱 가슴을 뛰게 만들었다. 앞에 쓴 이야기들은 각 분야의 지인들로부터 모은 이야기이다. 그러고 보니 정보원들이 아주 쓸 만하다. 최소한 나는 그들을 믿는다.

안타깝게도 사망률은 아직 줄어들지 않고 있다. 사망자 대부분은 초기에 감염되어, 병원에 입원하지 못하고 덩달아 치료도 받지 못한 사람들이다. 심지어 확진도 받지 못한 채로 황망하게 세상을 떠난 사람도 있다. 이런 사람들이 대략 얼마나 될까? 나는 모르겠다. 아침에 통화 녹음된 대화를 들었다. 조사원과 장례식장의 여직원이 문답한 내용이었다. 이 여직원은 영민하고 논리가 명확하며 표현도 아주 명료했다. 마치 내 소설 「만 개의 화살이 심장을 뚫다万箭穿心」에 나오는 리바오리 같았다. 그녀는 장례식장의 직원들이 전혀 쉬지 못하고 있고, 그녀 역시 무너지기 일보 직전이라고 했다. 화가 난 채로 이야기하던 중에 실명을 거론하며 공무원들을 개에 빗대어 욕하기도 했다. 듣는 사람 속이 다 후련해질 정도였다. 나는 오늘 벌써 욕을 퍼붓는 동영상을 두 편이나 봤다.

우한 사람들은 시원시원하고 노련하며 의협심이 강하고 정부에 협조적이다. 어차피 정부의 공무원들도 두세 다리만 건너면 다 아는 사이인데, 어찌 돕지 않겠는가? 이렇게 큰 재난이 발생했는데, 참기 힘들다면 죽을힘을 써서라도 억지로 버텨야 한다. 난 이런 우한 사람들이 정말 자랑스럽다. 하지만 이렇게 버틴다 해도 결국 답답함을 참을 수 없는 날은 분명 올 것이다. 우리가 당신들 몫의 짐까지 지고 대신 버틴다면, 당신들도 우리에게 욕할 자유 정도는 주어야 하지 않겠는가? 우한 사람들은 욕하기 시작하면 매우 살벌해서 상대의 체면은 조금도 아랑곳하지 않고 꼭 조상들까지 다 묶어서 욕을 한다. 욕을 먹더라도 꼭 우한 사람에게 욕을 먹었으면 좋겠다는 생각이 드는 사람들이 있다. 조상들까지 끌어들여 욕한다고 우한 사람을 탓하지 마라. 탓하고 싶다면 자신의 경솔함과 무책임함을 탓하라.

최근 들어 내 주변에서도 '사망자'가 생기고 있어 코로나바이러스가 점점 더 가까이 다가오는 것 같다. 이웃의 사촌 여동생이 죽었고, 지인의 남동생이 죽었고, 친구의 부모님과 아내가 모두 죽고 그 친구마저 죽었다. 울어도 곡소리가 나오지 않는다. 평소에 친구의 죽음을 겪지 않았던 건 아니다. 병에 걸려 치료받았음에도 낫지 못하고 사망하는 경우를 누군들 보지 않았겠는가? 친구가 사력을 다하고 의사 역시 최선을 다했음에도 상황을 되돌릴 방법이 없을 때, 어쩔 수 없이 사람들은 상황을 받아들이고 환자 자신도 서서히 운명을 인정한다. 하지만 이번 재난의 초기에 감염된 환자들이 겪은 고통은 죽음이 다가 아니었다. 그들은 절망으로 고통받았다. 도움을 요청해도 소용없고 의사도 만날 수 없으며 약도 구할 수 없다는 절망 말이다. 환자는 넘쳐나는데 병상은 너무 적고, 병원도 갑작스러운 상황을 감당해내지 못했다. 남은 사람들이 죽음을 기다리는 것 외에 무엇을 할 수 있었을까? 대부분의 환자들은 지금까지 안정적인 삶을 살아오면서 병이 나면 당연히 의사를 만날 수 있다고 생각했을 것이다. 그들은 죽음에 대해 마음의 준비를 해본 적도 전혀 없고, 살면서 아픈데 진찰조차 받지 못하는 경험 역시 결코 해본 적이 없었다. 그들이 죽기 전에 느꼈을 고통과 절망감은 바다보다 더 깊었을 것이다. 오늘 나는 친구에게 매일 이런 소식을 듣는데 어떻게 마음이 우울하지 않고 슬프지 않을 수 있겠냐고 물었다. "사람 간에는 전염되지 않는다. 막을 수 있고 통제 가능하다.人不傳人 可控可防" 이 여덟 글자가 도시를 피와 눈물로 적셨다. 끝없는 비통함과 슬픔으로 바꿔놓았다.

친애하는 인터넷 검열관들이여. 어떤 말들은 그냥 우한 사람들이라면 할 수 있도록 내버려둬달라. 말을 뱉어야 조금이나마 견딜 수 있지 않겠나. 우리는 이미 열흘이 훨씬 넘도록 이곳에 갇혀 있고, 비참한 일들을 숱하게 마주했다. 고통을 호소하는 것도 안 되고 몇 마디 불평 혹은 일말의 반성조차 허용하지 않는다면, 우리보고 미쳐버리기라도 하라는 건가?

됐다. 미친다고 해결될 문제도 아니고, 죽는다고 해도 그들은 개의치 않을 것이다. 더 말하지 않겠다.

남은 날들은 여전히 계속되겠지. 우리는 앞으로도 최선을 다해 정부의 요구에 협력하며, 문을 굳게 닫고 끝까지 버틸 것이다. 오직 바라는 것은 전환점이 빨리 오는 것, 그리고 우한의 봉쇄령이 빨리 풀리는 것이다. 또한 환자들이 모두 완쾌하길 간절히 기도한다.

갇혀 있는 시간이 길어지면서, 먹는 문제가 결국 수면 위로 떠올랐다. 재미있는 것은 수많은 단지에서 하룻밤 새 능력자들이 나타났다는 것이다. 막내오빠 말로는 그쪽 단지에서는 장보기 그룹이 저절로 조직되었다고 했다. 사람들이 그룹에 가입하면 일련번호를 매기고, 그룹에서 단체로 식료품을 사다준다. 한 집당 한 봉지씩이다. 작은 봉지를 단지의 공터에 놓아두면 일련번호 순으로 나와서 가져가는데, 이렇게 하면 서로 접촉할 일이 없다. 봉지의 내용물이 마음에 들지 않아도 우선 가지고 간다. 그런 다음 다시 공터를 찾아서 책임자에게 전화를 걸고 물건을 바꾼다. 그들은 장보기 전략도 만들어서, 일이 더욱 체계적으로 돌아간다. 이렇게 하면 모두가 마트로 뛰어갈 필요가 없고, 단번에 식생활 문제가 해결된다. 오늘 동료가 사는 단지에서도 이런 장보기 그룹이 만들어져서 돼지고기와 계란 등을 단체로 구매했다고 한다. 여러 식재료가 조합된 각종 세트 메뉴도 생겼는데, 나열해보자면 길게 썬 고기, 다진 고기, 살코기, 갈비 등을 세트로 구성하고 무게와 가격도 정확하게 표시해놓았다고 한다. 스무 명 정도가 모이면, 한 사람이 물건을 나누어놓고 나머지 사람들은 집어가기만 하면 된다. 동료는 내게도 식재료가 필요한지 물었다. 이렇게 좋은 방법이 있는데, 왜 필요하지 않겠는가? 어차피 앞으로도 2주의 시간을 더 보내야 한다. 나는 C세트의 돼지고기를 선택했다. 199위안이었다. 너무나 힘든 날들이지만, 살아갈 방법은 여전히 있다.

전환점은
언제든
나타날 수 있다

날이 다시 흐려졌다. 하지만 하늘은 밝은 편이다. 우리는 여전히 좋은 소식이 있는지 알아보거나 기다리는 중이다. '만일 중난산 원사가 이제 밖으로 나가도 된다고 발표하는 날이 온다면, 우한에는 어떤 풍경이 펼쳐질까'라는 내용의 동영상을 보았다. 닭과 오리떼가 공중으로 치솟고 사람들이 위풍당당하게 문밖으로 나와 거드름을 피우거나, 자유롭고 용감하게 길을 걷는 모습이 나왔다. 이제 보니 우한 사람들은 버티는 것만 잘하는 게 아니라, 욕도 잘하고 엉뚱한 생각도 잘하는 것 같다.

16개 성이 모두 힘을 합쳐 후베이성의 16개 도시를 지원해주고 있다. 의료진들은 앞다투어 자원하며, 머리를 자르거나 완전히 밀기도 했다. 친구 및 가족들과 이별하는 모습을 담은 여러 동영상은 울컥했다. 각 성에서 후베이성으로 지원한 것은 인력만이 아니었다. 의료용품과 방호용품도 함께 가져오고 심지어 기름, 소금, 장, 식초 같은 자질구레한 것들까지 현지 사람들에게 어떤 부담도 주지 않기 위해 모든 것을 스스로 준비했다고 하니 후베이성 사람들이 감격하지 않을 수 없다. 후베이성으로 달려온 의료진은 2만 명에 달했다. 이 얼마나 든든한 우정인가.

우한의 의료진들 중 확진자와 사망자가 많다는 것은 전부터 알고 있었다. 며칠 전에 기록을 남길 때도 이미 쓴 적이 있다. 이제 드디어 지원군이 왔고, 그것도 아주 많은 인력이 왔다. 한숨 돌리게 된 것은 의료진뿐만이 아니다. 후베이성의 모든 사람에게 숨 쉴 공간이 생겼다. 더이상 전투를 치를 수 없을 만큼 지쳐버린 이곳의 의사들은 이제야 잠시 쉴 수 있게 되었다. 한동안 잠잠하던 유머러스한 네티즌들도 다시 이곳저곳에서 농담을 하기 시작했다.

상황이 호전되려면 나라 전체가 힘을 합쳐야 한다. 팡창병원의 수가 늘고, 병상이 확대되고, 지원군이 도착하고, 격리의 효과가 나타나고, 일이 체계적으로 진행되며 거기에 더해 우한 시민들이 인내심을 갖고 협조하여 함께 노력하면서 곳곳에 퍼졌던 바이러스는 확실히 잠잠해지는 양상이다. 며칠만 더 지나면 아마 상황이 더욱 분명해질 것이다. 의사 친구 역시 전환점이 머지않았다고 판단했다. 도시가 이렇게 오랫동안 봉쇄된 주요 원인은 세 가지다. 첫째, 초기에 시간을 허비하는 바람에 바이러스가 확산되었고, 둘째, 적절치 못한 격리방식으로 감염이 가속화되었고, 셋째, 의료자원이 고갈되고 의료진들이 쓰러지면서 치료 속도가 더뎌졌다.

하지만 이 모든 게 현재 개선되고 있으니, 전환점은 언제든 나타날 수 있다.

홍산체육관에 마련된 핑창병원의 흰자가 인터넷에 올린 글을 보았다. 그는 식구 세 명이 전부 팡창병원에 있으며 이틀 안에 모두 퇴원할 예정이라고 적었다. 그리고 며칠 후면 팡창병원에 있는 대다수의 경증 환자가 완쾌해 퇴원할 거라고 했다. 중의학과 서양의학을 결합해서 치료했으며, 환자들은 중약中藥과 양약을 모두 먹는다. 팡창병원의 식사는 옌양톈艶陽天에서 제공한다. 옌양톈은 우한에서 매우 유명한 식당으로 요리가 일품이다. 그는 집에 있을 때보다 잘 먹어서 체중이 적지 않게 불었다고 했다. 그는 글로 수많은 사람을 격려해주었다. 나는 여전히 환자들이 팡창병원에 가기를 두려워한다고 들었다. 그곳의 생활이 너무 힘들까 걱정되어 차라리 집에 있길 원한다는 것이다. 사실 후속조치를 생각하면 팡창병원의 생활은 결코 고된 것만은 아니다. 의료진들의 보살핌을 받고 있으니 어쨌든 집에 있는 것보다 훨씬 낫다. 팡창병원의 내부는 공간이 아주 넓어서 춤추기에도 안성맞춤이다. 입원한 아주머니들도 심심할 새 없이 자연스레 그 공간을 이용한다. 이 댄스 동영상을 보고 나는 대단히 놀랐다. 우한의 아주머니들은 강인하다. 병과 싸우기만 하는 게 아니라, 광장무廣場舞●를 추고 있었다. 우리 이 춤을 '팡창무'라 부르는 건 어떨까?

글이 삭제되는 게 두렵다. 나도 좋은 것만 쓰고 나쁜 일은 쓰지 않는 사람이 되어버릴 것 같다. 사실 이런 좋은 소식은 진심으로 모두와 함께 공유하고 싶다. 우리가 너무나 오랫동안 기다려온 소식이니 말이다. 인터넷에는 다양한 의견들, 무서운 이론들 그리고 여러 전문가들이 올린 논리정연한 분석에 각종 유언비어까지 난무한다. 우한에 있는 사람들끼리 한담을 나눌 때면, 이런 것들은 알고 싶지 않아졌다고 말하곤 한다. 현재 우리의 관심사는 오직 우한에 있는 우리 자신이다. 환자 수는 적어졌는지, 환자들이 입원은 했는지, 제대로 된 치료는 받고 있는지, 사망자 수는 줄었는지, 그리고 장보기 그룹에 주문한 재료는 언제 도착하는지, 언제 문밖으로 나갈 수 있는지에 관심을 둔다.

여전히 가슴 졸이게 하는 나쁜 소식도 있다. 퉁지병원의 장기이식 전문가인 린정빈林正斌 교수가 오늘 정오에 62세의 나이로 세상을 떠났다. 넘치는 에너지로 한창 왕성하게 활약할 나이에 떠나다니 애석하기 그지없다. 퉁지병원은 화중과학기술대학에 속해 있다. 사흘 만에 연이어 엘리트 둘을 잃었으니, 이 소식을 들은 대학 동문들은 모두 마음이 아팠을 것이다. 리원량이 있던 중신병원의 안과에서는 또다른 의사 두 명이 병으로 쓰러져 삽관치료까지 받아야 하는 상황에 이

● 중국 사람들이 광장에서 추는 춤.

르렀다고 한다. 더욱 안타까운 것은 리원량의 죽음으로 중신병원에 분노한 기부자들이 더는 중신병원에는 기부하지 않겠다는 뜻을 분명히 했다는 것이다(정확한 소식인지 모르겠다). 중신병원에는 모든 의료용 설비가 시급한 상태다. 아, 리원량이 하늘에서 이 소식을 듣는다면 그 누구보다 가슴 아파했을 것이다.

새로운 생명의 탄생은
하늘이 주신
최고의 희망이다

오늘의 날씨는 어제와 마찬가지다. 흐리지만 결코 침울하지 않다.

점심때 사진 한 장을 보았다. 일본의 지원물품 위에 시 한 구절이 적혀 있었다. "청산은 하나로 이어져 구름과 비를 함께하니, 밝은 달 비추는 곳이 어찌 다른 땅이리오.靑山一道同雲雨 明月何曾是兩鄕"● 감동적이었다. 오스카에서 남우주연상을 받은 배우의 수상소감 영상도 보았다. 그는 숨죽이고 말 못하는 사람들을 대신해 목소리를 내겠다고 했다. 역시 감동적이었다. 그리고 누군가가 빅토르 위고의 말을 인용해 쓴 글을 보았다. "어떤 침묵은 거짓말과 같다." 이번에는 감동이 아

● 당나라 시인 왕창령의 시 「송시시어送柴侍御」의 한 구절.

닌 부끄러움을 느꼈다.

그렇다. 나는 부끄러워할 수밖에 없다.

도움을 청하는 영상, 욕하는 영상은 더는 보고 싶지 않다. 나는 알고 있다. 내가 아무리 이성적으로 생각한다 해도 받아들일 수 없는 순간은 있다는 것을. 나보다 훨씬 힘든 상황에 있는 사람들은 더욱 그럴 것이다. 지금 우리에게 절실하게 필요한 것은 고개를 들고 희망이 있는 곳을 바라보는 것이다. 훠선산병원과 레이선산병원 건설 노동자들처럼 더 많은 고난 앞에서도 여전히 노력하는 사람들, 가난한 사정에도 평생 저축한 돈을 기부하는 노인들(그들의 돈은 받지 않으면 좋겠다는 의견에 나도 찬성한다)처럼 힘들게 생활하면서도 여전히 자신의 힘을 보태는 사람들, 감염의 위험을 무릅쓰고 일하는 의료진들처럼 피로하고 힘든 상황에서도 의연하게 자리를 지키는 많은 사람들을 보라. 그리고 거리에서 밤낮없이 뛰어다니며 각종 민원을 도와주는 자원봉사자들, 그리고…… 너무나 많은 사람들. 그들을 보면 알 수 있다. 여기서 절대 두려워하거나 무너지면 안 된다는 것을. 만일 우리가 두려움에 떨며 무너진다면, 그들의 모든 노력은 물거품이 될 것이다. 그래서 처참한 영상과 무서운 소문이 더 많이 떠돈다 해도 두려워하지 말고 무너지지 말아야 한다. 우리가 할 수 있는 유일한 일은 스스로를 지키고, 가족을 돌보는 것이다. 지시에 따르고 절대적으로 협조해야 한다. 이를 악물고 문을 닫아야 한다. 설령 큰소리로 울거나, 심지어 코로나바이러스에 더이상 관심을 보이지 않는다 해도 괜찮다.

TV 영화를 보거나, 예전에는 오락거리 일색이라고 욕했던 프로그램들을 보면서 이 난관을 잘 넘겨야 한다. 이것이야말로 우리가 사회에 공헌하는 길이다.

나아가 이제 상황은 정말로 호전되고 있다. 사람들의 기대만큼 빨리 나아지진 않지만, 호전된다는 것은 희망적이지 않은가? 후베이성을 제외한 다른 성의 전염병 상황은 기본적으로 전환점을 지났다. 후베이성은 다방면의 협력하에 전환점을 향해 전진하고 있다. 오늘 팡창병원에서 많은 사람이 퇴원했다. 완치된 사람들의 얼굴에 미소가 피어났다. 거짓으로 꾸며낸 미소가 아니라 진심에서 우러나오는 것이었다. 얼마 전만 해도 이런 웃음이 거리에 넘쳐났는데, 오늘 보니 너무나 오랜만이라는 느낌이 들었다. 하지만 이렇게 첫걸음을 뗀다면 거리 전체가 미소로 넘쳐날 날도 곧 오지 않을까?

우한, 내가 이곳에서 생활한 지도 60년이 넘었다. 두 살 때 부모님이 난징에서 나를 데리고 이곳으로 이사 온 후로 한 번도 우한을 떠나본 적이 없다. 나는 여기서 유치원을 다녔고, 초등학교, 중학교, 고등학교, 대학교를 거쳐 일도 여기서 했다. 이곳에서 나는 짐꾼으로 일하고(4만 명이 모이는 연회가 열렸던 바로 그 바이부팅 구역에서 말이다!), 기자도 하고, 편집자도 하고, 작가까지 되었다. 강 이북의 한커우에서 30년 넘게 살았고, 강 이남의 우창에서도 30년을 살고 있다. 장안구에서 생활하고, 훙산구에서 공부하고, 장한구에서 일하고, 우창구에 정착하고, 장샤구에서 집문을 걸어잠근 채 글을 쓰고 있다. 대학을 졸업한 후 30여 년이 넘는 세월 동안 나는 여러 가지 신분으로 무수한 모임에 참석했다. 내 이웃, 동창, 동료, 동업자, 지인, 친구, 나아가 협회의 회원들이 이 도시 곳곳에 뿌리내리고 있다. 모퉁이 하나만 돌아도 아는 사람이 있을 정도다. 내가 인터넷에 올린 일기에 울면서 자신의 아버지를 도와달라고 외치던 딸의 이야기를 썼는데, 생각해보니 그 딸이 아버지도 내가 아는 사람이다. 그 역시 작가다. 1980년대 방송국에서 일할 때 그와 교류했다. 요즘 들어 머릿속에 자꾸만 그의 모습이 떠오른다. 이 죽음이 아니었다면, 아마 나는 그를 다시 기억해내지 못했을 것이다.

나는 늘 내 모든 기억의 뿌리가 이 도시에 깊게 박혀 있다고 말하곤 했다. 어렸을 때부터 노년이 될 때까지 알게 된 우한의 모든 사람들을 따라 기억도 뿌리내린 것이다. 나야말로 진짜 우한 사람이다. 이틀 전에 한 네티즌으로부터 메시지를 받았다. 그는 내게 글 한 단락을 보냈다. 나조차도 이미 새까맣게 잊고 있던 글이었다. 20세기의 어느 해, 천샤오칭陳曉卿이 CCTV에서 〈한 사람과 한 도시〉라는 다큐멘터리를 제작할 때, 내가 우한에 대한 에피소드를 위해 쓴 원고였다. "나는 가끔 스스로에게 묻는다. 이 세상의 수많은 도시와 비교했을 때, 우한은 결코 쾌적한 곳이 아니고, 특히 우한의 기후는 사람들이 아주 질색하는 편이다. 그렇다면 나는 도대체 우한의 무엇을 좋아하는 것일까? 역사와 문화? 특색과 인심? 아니면 아름다운 호수와 산? 사실 모두 아니다. 내가 우한을 좋아하는 이유는 그저 내게 익숙하기 때문이다. 전 세계의 모든 도시를 눈앞에 들이민다고 해도 내게 익숙한 곳은 우한뿐이다. 마치 수많은 사람이 당신을 향해 다가올 때, 그 무수한 얼굴 중 단 한 사람만 얼굴에 미소를 가득 머금은 채 당신을 바라보고, 당신을 향해 익숙한 미소를 지어 보이는 느낌과 같다. 그 얼굴이 바로 우한이다." 다큐멘터리가 방영된 후 화가 탕샤오허唐小禾 선생님이 내게 전화를 걸어, 이 부분이 특히 좋았다고 말했던 게 기억난다. 탕선생님과 그의 부인 청리 선생님은 나보다 우한에서 더 오래 생활한 진짜 우한 토박이이다.

우리는 우한에서 너무나 오랫동안 생활했고, 우한의 수많은 사람과 밀접한 관계를 맺었기 때문에 이 도시의 운명이 더욱 걱정되고, 이 도시가 겪는 고난에 더욱 가슴 아플 수밖에 없다. 소탈하고 시원시원하고 이유 없이 웃기를 좋아하는 우한 사람. 말을 할 때면 유난히 시끌벅적해서 다른 성의 사람들이 보기에는 싸우는 게 아닌지 오해하게 되는 우한 사람. 인정 넘치고 의협심이 강하며 알 수 없는 자신감으로 똘똘 뭉쳐 있는 우한 사람. 당신이 우한 사람들에게 익숙해진다면, 그들이 얼마나 열정적이고 장난치기 좋아하는 사람인지 알 수 있을 것이다. 하지만 지금 이 수많은 우한 사람이 고통받으며, 저승사자와 힘겨루기를 하고 있다. 그럼에도 나, 혹은 우리는 아무것도 도울 수가 없다. 내가 최대한 할 수 있는 일은 기껏해야 모두가 잘 있는지 인터넷에서 조심스레 안부를 물어보는 것뿐이다. 심지어 이것조차 묻지 못할 때가 있다. 응답이 없을까 두렵다.

어린 시절부터 나이들 때까지 우한에서 생활해보지 않은 사람은 이런 느낌을 알기도 어렵고, 또 이 고통을 이해하기도 힘들 것이다. 20여일이 지나오는 동안 나는 매일 수면제를 먹어야만 잠들 수 있었다. 용기가 부족한 나 스스로를 자책했다.

더 말하지 않겠다.

오후에는 사흘 동안 먹을 요리 네 가지를 만들었다. 요즘엔 매 끼니를 아무렇게나 먹는다. 밥도 많이 안쳤다. 우리집에 있는 열여섯 살 노견이 먹을 사료는 이미 바닥난 지 오래다. 2003년 성탄절에 태어난 성탄선물 같은 아이다. 나는 그때 병원에서 막 수술을 받았다. 딸은 집에서 홀로 기쁨과 두려움을 느끼며, 아기 강아지들이 하나하나 태어나는 모습을 지켜보았다. 그중 하얀색 강아지 한 마리가 꼭 인형처럼 생겨서 이름을 지어주고 집에 남겨두었다. 바로 그 강아지가 우리집에서 16년이라는 시간을 살았다. 춘절 전에 타오바오淘寶•에서 사료를 주문했는데, 계속 배달이 오지 않았다. 판매자에게 물어보니 그들도 방법이 없다고 했다. 도시가 봉쇄되기 하루 전에 일부러 동물병원에 가서 사료를 사다놓았지만 생각 외로 양이 너무 부족했다. 동물병원의 의사에게 전화를 걸었더니, 쌀밥을 먹어도 괜찮단다. 그래서 그 후로 밥을 할 때는 꼭 개를 먹일 양만큼 보태어 짓는다.

막 채소를 볶고 있을 때, 동료가 내게 자신의 동창이 오후에 시립

• 중국 최대 규모의 온라인 쇼핑몰.

산부인과에서 제왕절개로 4.2킬로그램의 튼실한 아기를 무사히 낳았다고 전해주었다. 그녀는 새로운 생명이 탄생해서 기쁘다고 했다.

이게 오늘 들은 소식 중 가장 좋은 소식이다. 맞다. 새로운 생명의 탄생은 하늘이 주신 최고의 희망이다.

구호를 외친다고
우한의 고통이
사라지지는 않는다

봉쇄 21일째. 조금 멍한 느낌이 든다. 우리가 이렇게 오래 갇혀 있었나? 그런데도 아직 단체대화방에서 우스갯소리를 할 수 있다고? 아직 서로 농담을 주고받을 수 있다고? 아무렇지 않게 내가 무엇을 먹었는지 떠올릴 수 있다고? 우리 모두 대단하다. 침대에 누워 휴대폰을 켰을 때, 동료가 단체대화방에 올린 글이 보였다. 그녀는 주방에서 방을 왕복하며 3킬로미터를 뛰었다고 했다. 이건 더 대단하다. 이런 조깅은 호수를 끼고 풍경을 바라보며 뛰는 것과는 차원이 다르다. 나는 늙어서 그 동료처럼 뛰었다가는 현기증을 느낄 것이다.

오늘은 하늘이 맑다. 오후에는 햇빛도 나서 겨울을 더 아름답게 비춰주었다. 어제 주거단지에 대한 봉쇄령이 각 구역마다 전달되었다.

이제 누구도 밖에 나갈 수 없다. 이는 더욱 엄격한 거리두기를 위한 조치일 것이다. 여러 날을 지나오면서 참 많은 비극을 마주했다. 우리 모두 그것을 이해하기에 이번 조치를 담담히 받아들였다.

각 가정마다 끼니는 해결해야 하니, 구역별로 현실적인 상황에 맞춰 3일에서 5일에 한 번 정도 가구당 한 사람씩 밖으로 나와 물건을 사갈 수 있도록 했다. 그래서 우한 사람들은 요 며칠 동안 역할을 나누어 식료품과 생필품을 구매했다. 오늘은 동료가 자신의 남편을 '살아 있는 레이펑活雷峰'● 삼아 밖으로 내보내서 자신의 집뿐만 아니라 나와 동료 추펑에게 필요한 식료품까지 모두 사서 문 앞까지 배달해주었다. 나는 감염되기 쉬운 집단에 속하고 추펑은 허리가 아파 움직이기 어려우니 우리는 모두 보살핌이 필요한 사람들이다. 봉지 안에는 고기와 달걀, 닭날개, 채소, 과일이 들어 있었다. 도시가 봉쇄되기 전에는 이렇게 식료품을 쌓아둔 적이 없었다. 매일 밥 조금과 나물반찬 정도만 먹는 나는 동료에게 이 봉지 하나면 3개월은 버티겠다고 했다.

큰오빠의 말에 따르면, 그쪽 단지에서는 입구를 하나만 열어두고 가구마다 3일에 한 번씩, 한 사람만 나갈 수 있게 한다고 했다. 작은오빠네에는 주문을 받는 청년이 따로 있어서 매일 밖에서 주민들이 필요한 물건을 사다준다고 했다. 각 가정에서 주문서를 내면 그 주문서

● 중국인민해방군의 모범병사 레이펑이 공무로 순직한 후, 레이펑처럼 인민들을 위해 좋은 일을 하는 청년들을 가리키는 말로 쓰인다.

대로 갖다준다는 것이다. 막내오빠네도 청년에게 부탁해서 채소와 달걀, 조미료, 소독제 그리고 라면을 왕창 사다놓았다고 했다. 물건은 단지 입구에서 전달받았다. 막내오빠는 이제 또 며칠은 집밖에 나가지 않아도 되겠다고 했다. 막내오빠가 살고 있는 단지는 중신병원 맞은편으로, 요 이틀 동안 가장 위험한 지역으로 꼽혔던 곳이다. "다 같이 이렇게 버티면 2월 말에는 분명 상황이 좋아질 거야." 막내오빠가 말했다.

그래, 그게 아마 모두가 바라는 바일 것이다.

힘든 날들이지만, 좋은 사람도 여전히 많다. 윈난 출신의 작가 장만링張曼菱이 내게 동영상을 하나 보내왔다. 그가 귀농한 잉장현에서 100톤에 달하는 감자와 쌀을 후베이성으로 보냈다는 내용이었다. 그는 이곳이 〈청춘제靑春祭〉*의 배경이라고 했다. 〈청춘제〉는 우리 세대라면 한 번쯤 보았을 영화로, 딱 우리 나이 때 사람들의 청춘 이야기이다. 나는 윈난에는 여러 번 가보았지만 잉장이라는 지명은 한 번도 들어본 적이 없다. 이번에 가슴에 새겨야겠다.

밥 먹을 때도 계속해서 인터넷을 훑어본다. 대부분의 뉴스가 지난 며칠간 올라온 것과 엇비슷한 내용이다. 가슴 철렁하게 하는 소식들도 여전히 많다. 친구들은 헤드라인만 바뀐 뉴스들을 내게 반복해서 보낸다. 그 바람에 휴대폰 용량이 다 부족해졌다. 그래서 나는 인터넷

● 장만링의 소설을 원작으로 만든 영화. 문화대혁명 시기 교육받은 청년들의 마이너 문화와 성적 자각에 대한 이야기를 담고 있다.

검열관이라도 된 양 그 내용들을 죄다 삭제해버렸다.

새로운 내용은 정말 거의 없다. 상황이 호전되고 있다는 것과 폭발적으로 번져가던 바이러스도 지쳐가고 있다는 신호가 감지될 뿐이다. 어쩌면 며칠 내로 전환점이 나타날지도 모른다. 물론 초기에 발생한 중환자들이 계속해서 사망하고 있지만 말이다. 그런데 나는 왠지 불안한 느낌이 든다. 도움을 요청하는 환자는 확실히 줄어들었는데, 덩달아 우한 사람들의 웃음도 함께 줄어들었다. 나는 두 가지 느낌을 동시에 받았다. 하나는 방역 대책이 체계적으로 잘 진행되어서 모든 것이 정상궤도로 올라섰다는 것이다. 환자가 발생하면 관리할 수 있게 되었으니 말이다. 그리고 또하나는 우한 사람들이 우울해지기 시작했다는 것이다.

우한에서는 모두가 심리적으로 상처를 입었다. 쉽게 지워지지 않을 것이다. 건강에 별다른 이상이 없는데도 (아이들을 포함해서) 집안에 20여 일을 갇혀 있어야 했던 사람들뿐만 아니라 차가운 비를 맞으며 병원을 찾아헤맸던 환자들, 가족의 시신이 비닐에 싸여 차에 실려가는 모습을 지켜만 봐야 했던 가족들, 그리고 환자들이 하나씩 죽어가는데도 아무것도 할 수 없었던 의료진들까지. 이런 상처는 모두의 마음에 그림자를 드리울 것이다. 나는 지금의 사태가 마무리된 후에 심리전문가들이 우한을 방문해주면 좋겠다고 생각한다. 가능하다면 각 구역마다 인원을 배정해서 모든 사람이 심리상담을 받도록 하면 좋겠다. 사람들에게는 울고 하소연하고 위로받으며 감정을 분출할 곳이 필요하다. 구호를 외친다고 우한 사람들의 고통이 사라지지는 않는다.

오늘은, 사실 마음이 정말 편치 않다. 말하지 않고는 이 감정을 견딜 수가 없다.

여러 도시에서 우한의 장례식장 상황을 돕기 위해 자원봉사자들이 와서는 깃발을 활짝 펴고 그 앞에서 기념사진을 찍고, 사진을 인터넷에 올렸다. 그 모습을 보고 사람들은 모두 할말을 잃었다. 마음이 무너졌고 소름이 끼쳤다. 우리를 돕기 위해 와준 것은 고맙지만, 이 말은 꼭 하고 싶다. 무릇 세상일에는 그렇게 대대적으로 떠벌리지 않는 게 좋은 일도 있는 법이니까. 이제 우리를 좀 그만 놀라게 하면 안 되는 건가?

정부는 공무원들에게 각 지역의 일선 현장으로 내려갈 것을 지시했다. 이건 잘한 일이다. 나도 공무원들이 최선을 다해줄 것이라 믿었다. 하지만 친구들이 보낸 영상에서 그들은 붉은 공산당 깃발을 들고 있었다. 그리고 깃발 앞에서 기념사진을 찍었다. 곤경에 빠진 재난지역을 도우러 온 게 아니라 관광지에 놀러온 사람들처럼 보였다. 사진을 찍은 후에는 입고 있던 방호복을 벗어 길가 쓰레기통에 던져버렸다. "이게 뭐하는 짓이지?" 친구는 물었다. 내가 어떻게 알겠는가? 내 생각에 이건 그들의 습관이다. 무슨 일이든 시작도 하기 전에 먼저 겉치레부터 챙기고, 자화자찬부터 하는 게 습관이 된 것이다. 만일 최우선적으로 인민들을 돕는 일이 매일 출근하는 것처럼 일상화된 사람들이었다면, 깃발 같은 걸 뭐하러 들었겠는가?

아직 일기를 다 쓰지도 않았는데 동료들이 영상을 하나 더 보내왔다. 이건 더 눈살이 찌푸려진다. 한 팡창병원에 당 간부가 시찰을 나온 모양이었다. 수십 명의 사람들이 도열해 있는데, 그중에는 공무원뿐만 아니라 의료진도 있으며 환자까지 서 있었다. 그들은 모두 마스크를 쓰고서 침대에 누운 환자들을 향해 〈공산당이 없다면 새로운 중국도 없다沒有共產黨沒有新中國〉●를 불렀다. 누구나 이 노래를 부를 수야 있겠지만, 굳이 병실에서 이렇게 합창할 필요가 있을까? 병상에 누워 있는 사람들의 마음을 생각은 해봤나? 전염병이 아닌가? 폐에서 올라오는 공기가 위험하다고 하지 않았나?

후베이성의 전염병 상황이 왜 이렇게까지 심각해졌을까? 후베이성 공무원들이 왜 네티즌들에게 비난받고 있을까? 왜 그들은 끊임없이 문제를 만들어낼까? 실수가 거듭될수록 사람들의 고통도 배가된다. 지금까지 반성하는 사람 하나 없단 말인가? 전환점은 아직 보이지 않고, 사람들은 여전히 고통받고, 시민들이 집안에 갇혀 있는데, 꼭 이렇게 붉은 깃발을 앞세우고 노래를 불러야만 했느냐는 말이다.

언제쯤에야 공무원들이 일도 하기 전에 깃발부터 앞세우고 기념사진을 찍지 않게 되는 것인가? 대체 언제쯤에야 간부들의 시찰에 사람들이 동원되어 노래 부르고 연기하지 않아도 되는 것인가? 당신들에

● 중국의 선전가요.

게도 기본상식이라는 게 있다면, 자신들이 무슨 일을 해야 하는지 정도는 알지 않는가? 그걸 모른다면, 인민들의 고통은 언제 끝나는가?

아마 그제야 비로소
백성을
이해할 수 있으리라

정오에 창문을 열어보니 태양은 다시 떠올랐다. 오늘이 리원량의 두 칠頭七*이던가? 두칠은 먼길을 떠난 자가 이승을 돌아보는 날이다. 하늘에 있는 리원량의 영혼이 자신이 살던 곳으로 돌아온다면, 그는 무엇을 보게 될까?

이틀간 잠잠하던 인터넷이 어제저녁부터 갑자기 들끓기 시작했다. 〈장강일보長江日報〉의 마귀 같은 기사 세 편**이 수많은 사람들의 신

● 상을 치른 지 7일째 되는 날.

●● 〈장강일보〉는 우한시 공산당 기관지이다. 〈장강일보〉는 2월 11일에 코로나19를 막기 위해 고군분투하느라 지친 우한시장에게 휴식 시간을 더 마련해주어야 한다는 기사를 실었고, 2월 12일에는 일본에서 온 지원물품 위에 적힌 시를 두고 우한 사람들이 듣고 싶은 말은 '우한 힘내라'라는 메시지라고 비꼬는 기사를 내보냈다. 또 같은 날 90년대생 간호사가 유산한 지 열흘 만에 일선에 복귀했다며 정부의 과오를 꼬집는 대신 개인의 영웅성만 부각시키는 기사를 실어 대중들의 거센 비난을 받았다.

경을 건드린 것이다. 그 기사를 보고 사람들은 다시 활력을 찾은 듯한 느낌이다. 누군가를 욕하고 싶은 마음에서 오는 그런 활력 말이다. 사실 사람이든 일이든 무언가를 욕하는 것은 스트레스를 해소하는 데 좋은 방법이다. 내 전남편의 아버지는 99세까지 사셨다. 언젠가 장수 비결을 여쭤봤더니 이렇게 대답하셨다. "기름진 고기 먹고 운동 안 하고 욕하는 거다." 보라, 세번째 비결이 바로 욕하는 거다. 집안에 갇혀 있는 우한 사람들은 할일도 없고 무료한데다 마음도 복잡하다. 이럴 때는 감정을 발산하는 게 필요하다. 만나서 수다를 떨면 전염될까 무섭고, 창문을 열고 노래를 부르면 침이 튈까 무섭고, 리원량을 위해 통곡하는 건 위험해질까 두렵고, 그렇다면 해볼 수 있는 일은 욕하는 것뿐인 듯하다. 더군다나 우한 사람들은 욕하는 걸 좋아하고 또 아주 잘한다. 욕을 하고 나면 온몸이 상쾌해진다. 북쪽 사람들이 아주 추운 날 목욕탕에 있다가 밖으로 나왔을 때 느끼는 기분처럼 말이다. 네티즌들의 반응은 참으로 정직하다고 말할 수밖에 없겠다. 〈장강일보〉에 감사한다. 울적한 사람에게 시원하게 욕할 수 있는 기회를 주었으니 말이다. 그리고 리원량이 사망한 후 상하이의 신문들은 모두 그를 위한 애도로 1면을 장식했는데, 리원량이 일했던 병원과 지척에 있는 당신들의 신문은 어땠는가? 아마 수많은 우한 사람이 이번 일을 기억하고, 화를 참고 있을 것이다. 당연하다. 우리에게 비판이 제한되어 있다고 해서 당신들을 욕하는 것도 안 될 줄 아는가? 하룻밤을 자고 일어나서 인터넷 검열관들이 〈장강일보〉를 욕하는 댓글을 삭제했는지 살펴보았다. 아니었다! 그런데 〈장강일보〉의 그 기사가 삭제되었다. 이건 오히려 의외라는 느낌이 들었다.

코로나19 상황이 아직 긴박하지만, 인터넷에서는 수시로 화제가 바뀐다. 슬프면서도 즐겁다. 후베이성 우한시는 결국 책임자를 교체했다. 사실 누가 이곳으로 오든 우리에게는 크게 중요치 않다. 중요한 것은 지금의 상황을 통제할 만한 패기를 갖추고, 초보적인 실수를 다시 반복하지 않고, 아무런 의미도 없는 형식적인 일을 하지 않고, 쓸데없는 말을 자꾸만 되풀이하지 않는 것이다. 그거면 충분하다.

후베이성의 정무를 주관하는 공무원을 파면한 이유는, 이 땅을 지키고 민생을 안정시킨다는 자신의 역할을 하나도 해내지 못했기 때문이다. 이 땅과 인민들을 이렇게 비참하게 만들었으니 그들을 경질하지 않으면 성난 민심을 달래기 어렵다. 다만 파면된 그들이 다른 지역에서 다시 관직에 복귀할지도 모르겠다. 과거에 관리가 이렇게 국가와 백성에 너무나 큰 재난을 불러온 중대한 잘못을 저지른 경우에는, 황제가 '영불서용永不敍用'●이라는 법을 적용했다. 대재난 앞에서 이것은 가장 가벼운 최소한의 처벌에 해당됐다. 나라면 그런 작자들은 집으로 돌려보내 일반 백성이 되라고 하겠다. 아마 그제야 비로소 백성을 이해할 수 있을 것이다.

오늘 가슴 아픈 소식이 있었다. 화가 류서우샹劉壽祥이 새벽에 세상

● 영원히 관직에 복직시키지 않는 처분.

을 떠났다. 그가 코로나19에 감염되었다는 사실은 이미 알고 있었지만, 이 난관을 넘지 못하리라고는 생각지 못했다. 내 주변에 사는 이웃들이 모두 화가다. 그래서 나도 그를 안다. 의사 친구가 보내준 사진은 가슴을 더욱 찢어지게 했다. 사진을 보자 얼마 전 느꼈던 참담한 마음이 다시 물밀듯이 나를 덮쳐왔다. 사진 속의 화장장에는 주인 없는 휴대폰이 여기저기 버려져 있고, 그들의 주인은 이미 재로 변해 있었다. 말문이 막힌다.

전염병 상황에 대해 이야기하자면, 후베이성을 제외한 모든 성에서 9일 연속으로 신규 확진자의 수가 줄어들었다. 하지만 후베이성은 정반대로, 오늘 신규 확진자의 수가 배로 증가하며 사람들에게 충격을 주었다. 사실 원인은 이미 다들 너무나 잘 알고 있다. 전문용어로 말하자면, 이 는 '총 누적 환자의 수'이다. 예전에는 수많은 사람이 병원에 입원하지 못하고 집에서 버티며 죽음을 기다리는 수밖에 없었는데, 지금은 정부가 여러 방법을 동원해 확진자를 전부 병원에 입원시키고, 의심환자 역시 모두 격리시키다보니 수가 증가한 것이다. 오늘 나온 숫자가 아마 정점이 아닐까? 이후로 이렇게 많은 수가 증가하는 일은 없을 것 같다. 사태 초기 대응에 잘못이 있었다. 물론 각종 피치 못할 이유가 있었겠지만, 인민의 입장에서 보자면 그 모든 피치 못할 이유 때문에 사람들이 전부 목숨을 잃었다. 책임을 떠넘겨도 소용없다. 네티즌들이 하나하나 전부 파헤칠 테니까. 다행히도 대성통곡하며 살려달라 외치는 동영상은 요 이틀 동안 하나도 보이지 않는다. 이번에는 인터넷 검열관들이 없앤 게 아니라 믿는다.

　분명하게 느낄 수 있는 것은 정부의 조치가 갈수록 효력을 나타내고 있고, 그 방법도 인도주의적으로 변하고 있다는 점이다. 수많은 공무원이 사회의 일선으로 파견되어 일을 돕고 있고, 심지어 작가협회 같은 기구에도 파견 지시가 떨어졌다. 당원 신분의 전문 기술자들도 관례에 따라 파견되었다. 한 사람이 몇 가구씩을 나누어 관리하며, 정부를 도와 그들의 몸 상태와 생활에 필요한 물자를 파악한다. 장강문예잡지사의 부편집장도 이 일을 한다. 임금은 공무원들보다 적지만 열심이다. 그녀도 여섯 가구를 담당하게 되었다. 그녀가 각 가정의 상황을 이야기해줄 때, 탄식이 새어나왔다. 현재 조그만 집의 거주자는 대부분 독신자와 노인들이다. 어느 젊은 부부는 각자의 부모를 돌보기 위해 떨어져 지내야 했다. 아내는 아이를 돌보고 남편은 밖에서 장 보는 역할을 나누어 맡았다. 우한은 비교적 큰 도시라 이동할 때 차가 필요하고, 도보만으로 다니기란 쉽지 않다. 예전 같았다면 그들의 상황을 듣고 안쓰럽다 생각하는 사람이 많았을 것이다. 하지만 환자와 사망자가 있는 집에 비하면 그들은 오히려 행운이라 할 수 있다. 살아서 서로를 보살필 수 있으니 말이다. 다들 말한다. 우리는 아직 버틸 수 있다. 우리는 정부를 믿는다.

　지원물자 역시 끊임없이 후베이성으로 도착하고 있다. 저녁에 막내 오빠가 말하길, 미국의 피츠버그에서 우한으로 기증한 의료용 마스크 18만 장이 중국국제항공의 비행기를 통해 운송되었다고 했다. 또

한 앞으로 더 많은 의료물자를 보낼 계획이라고 했다. 오늘 이 내용을 쓰는 게 어떠냐길래 나는 좋다고 대답했다. 미국의 피츠버그는 우한과 자매결연을 맺은 도시이다. 아주 오래전에 그곳에 두 차례 가보았는데, 분위기가 무척 마음에 들었다. 하지만 막내오빠는 우한으로 도움의 손길을 내민 것이 자매도시이기 때문인지 아닌지는 중요하지 않다고 했다. 오빠의 아들과 손자 손녀가 모두 피츠버그에서 생활하고 있다. 오빠는 전염병 지역의 한복판에서 피츠버그의 도움에 감사의 뜻을 표하고 싶어했다.

이참에 한 가지 설명할 것이 있다. 한 출판사에서 예전에 그림책을 한 권 출판했는데, 흰코사향고양이의 고기는 먹을 수 있다는 등의 내용이 실려 있다. 그 책에 이름이 기록된 편집자의 이름이 '팡팡'이다. 어떤 사람들은 그 책에 있는 이름에 밑줄을 그어 인터넷에 사진을 올려놓고는 나를 비난한다. 그 '팡팡'은 나와 아무런 관계도 없다. 오늘은 동료에게 이렇게 허풍을 떨기도 했다. "내가 언제 또 편집자가 됐지? 게다가 나 바로 편집장이 됐네."

오늘 이야기는 여기서 접고, 인터넷에서 유행하는 패러디 글로 끝맺음을 해야겠다. "봄기운 완연한 3월에 양저우로 가는 것은 바라지도 않고, 그저 봄기운 완연한 3월에 집밖으로만 나가봤으면 좋겠네."•

• 당나라 시인 이백의 시 「황허루에서 맹호연을 광릉으로 보내며黃鶴樓送孟浩然之廣陵」의 한 구절을 패러디한 글이다. 원문은 다음과 같다. "옛 친구 황허루에서 서쪽으로 이별하고 봄기운 완연한 3월에 양저우로 내려가네.故人西辭黃鶴樓 烟花三月下揚州"

당신의 인도주의 정신은
그들을 향하고 있는가

오늘은 날씨가 희한하다. 처음엔 비가 많이 내리더니, 점심때는 맑아졌다가 갑자기 또 비가 내린다. 변덕스럽기 그지없다. 방금 무인택배함에서 택배(딸이 구입한 개 사료)를 가져올 때는 바람이 세게 일었다. 집으로 돌아오자 천둥까지 쳤다. 지금은 천둥과 비가 고요하던 저녁 시간을 요란하게 채우고 있다. 어제 한랭전선이 내려와서 온도가 10도 안팎으로 급격히 떨어지고, 눈이 올 수도 있다는 소식을 들었다. 팡창병원에 격리된 환자들을 위한 방한설비는 이상 없이 준비되었을는지.

아침에 위챗을 열었다가 기업을 운영하는 한 친구가 회사의 자원봉사단을 이끌고 지원활동을 하는 모습을 보았다. 요 며칠 사이에 그녀는 이 일에 모든 힘을 쏟아부었고, 수많은 기업가들로부터 기부물품과 기부금을 모았다. 그녀가 이렇게 수척해 보이는 건 처음이다. 또 미국에 살지만 우리 모두의 친구인 한 화가는 10만 위안을 기부했다. "이 기부금은 정말 보잘것없는 돈입니다. 커다란 불에 물 한 컵 붓는 격이라 말하기도 부끄럽습니다. 자원봉사단을 이끌고 밤낮없이 묵묵히 노력하는 분들이야말로 진정한 영웅입니다! 우리는 깊은 바다를 사이에 두고 떨어져 있으니, 비록 마음은 곁에 있고 함께 걱정한다 해도 몸소 힘을 보탤 수는 없습니다. 그래서 나와 주디는 큰 고난 속에서 근심과 아픔, 걱정에 사로잡히고 슬픔에 잠겨버린, 우리를 길러준 이 고대 도시를 위해, 그리고 매일 최전선에서 몸 바쳐 시간과 사투를 벌이는 전사들을 위해, 병마로부터 생명을 지키기 위해 싸우는 백의의 천사들을 위해 이렇게 약소하게나마 삼가 경의와 애정을 표합니다." 이 화가는 우한 사람이고, 또 한커우 출신이다. 매일 우한의 전염병 상황에 귀를 기울였을 것이다. 역시 아무리 멀리 떨어져 있어도 고향은 고향이다.

코로나19는 여전히 심각하지만, 상황이 확실히 나아진 것도 사실이다. 간부들이 태만하지 않으면, 인민들의 고통도 덜어진다. 내 고등학교 동창이 구호 하나를 알려주었는데, "일하지 않는 자는 내려와라"이다. 이 말은 코로나19를 막는 일에 제대로 참여하지 않으면, 바로 자리에서 내려와야 한다는 뜻이다. 우창의 공무원 두 명도 오늘 이미 면직되었다고 한다. 아직 격리중인 또다른 내 어릴 적 친구는 요즘 들어서야 친절하게 응대하는 공무원들이 보이기 시작한다고 했다. 이전에는 전부 호통만 쳤다는 것이다. 친구는 그들을 이해할 수도 있을 것 같다고 했다. 공무원의 수는 너무 적고 그들을 찾는 사람은 너무 많으니 미쳐버릴 지경이었을 것이다. 하지만 그럴수록 누군가 말 한마디라도 친절하게 해주면 그 자체로 감동이다. 응급환자들이 요구하는 것은 많지 않다. 따뜻한 말 한마디면 된다. 하지만 얼마 전까지만 해도 이런 요구는 모두 사치였다. 한커우에서 오랫동안 살았던 나는 요즘 한커우의 친구들에게 연락해볼 엄두가 나질 않는다. 일단 연락하면, 피눈물로 써내려간 고생담을 듣게 될 것이기 때문이다. 몇 번 듣고 나면 나도 괴롭다.

다른 이야기를 해보자. 현재 가장 중요한 일은 코로나19를 막는 것이다보니, 다른 환자들은 모두 자리를 양보했다. 하지만 시간이 길어지면서 그들이 양보하고 비켜선 길은 죽음의 길이 되었다. 투석을 받아야 하는 환자나 바로 수술이 필요한 중환자들은 짧은 시간에도 생명이 위험해질 수 있다. 확진자가 너무 많다보니, 병원 대부분이 병실을 전부 비우고 코로나19로 폐렴 증상을 보이는 환자를 받아 치료하고 있다. 그리고 일반 진료도 거의 취소되면서 다른 병에 걸린 사람들은 당장 의사를 만날 수조차 없는 상황에 이르렀다. 어제는 후베이종양전문병원의 암 환자가 울며 하소연하는 장면을 보았다. 이게 억지를 피우는 것인가? 해결방법이 없는 건가? 어떤 환자들은 집으로 돌아가는 것 자체가 죽음으로 연결될 수도 있다. 우리에게는 정말로 그들을 도울 다른 방법이 없는 것인가?

만일 감염력이 높은 코로나19 환자를 다른 지역으로 보내 치료하려 든다면, 그 성의 인민들이 동의하지 않을 것이다. 그렇다면 전염 위험은 없고 반드시 병원에서 치료받아야 하는 다른 환자를 양측 동의를 얻어 이송한다면, 그쪽 지역 인민들도 이견이 없지 않을까? 사실 이건 조금 번거롭고 돈이 많이 들어가는 문제일 뿐이다. 하지만 이런 환자들도 치료받아야 하고, 정부가 그 정도의 지원은 해줄 수 있다고 생각한다. 어찌되었든 그들도 생명이고, 이 역시 사람을 구하는 일이다. 자원봉사자들을 모집해 도움을 주든 지역사회에 원조를 요청하든, 모두가 기꺼이 나설 것이다. 오후에 투석 환자들 중 두 명이 목숨을 잃었다는 소식을 들었다. 아직 전환점이 오진 않았지만, 지원 인력이 이미 도착했고 새로운 책임자도 왔으니 방역작업도 분명 제대로 이루어지리라 생각한다. 그렇다면 어떤 일들은 조금 더 세밀하게 검토해줄 수는 없을까? 이 병도 저 병도 모두 사람의 목숨이 걸린 일이다.

이번 전염병으로 모두가 정확하게 알게 된 사실이 하나 있다. 우리 사회 전체의 인도주의가 어느 정도 수준에 도달했느냐 하는 것이다. 전염병이 지나가고 나면, 아마 인도주의 교육을 강화해야 한다고 외치는 사람이 분명 나타날 것이다. 이 역시 시급한 문제다. 인도주의라는 것은 본래 기본상식 교육에 속한다. 영화에서도 의료진들이 전쟁터에서 부상자를 치료할 때는 민족이나 지역이 다르다고 배제하지 않고, 적군과 아군을 엄격하게 구별하지 않는다. 사람이면 모두 구하는 것이다. 이것이 바로 가장 기본적인 인도주의 정신이다. 지금 코로나 19 사태가 바로 전쟁이다. 하지만 우리에게서 드러나는 인도적 수준은 정말 입에 담기 부끄럽다!

사람들에게는 늘 이유가 있다. '우리는 문서에 따라 일을 처리한다.' 하지만 다방면으로 변화하는 현실에 비해 그 문서는 늘 대충 만들어지고, 적용 범위 역시 세심하지 못하다. 그러면서도 대부분의 문서는 인도주의에 위배되지 않는 상식선에 기초해 작성된다. 실무자들이 조금만 더 인도주의 정신을 갖춘다면, 운전기사가 고속도로에서 20일을 헤매다가 생명이 위태로워지는 일도, 한집에서 감염자가 나오면 모두 몰려가 그 집의 대문을 못으로 박아 갇혀 죽도록 하는 일도, 나아가 부모가 격리되어 혼자 남겨진 아픈 아이가 굶어 죽게 되는 일도 없을 것이다.

만일 우리에게 인도주의 정신이 있다면, 아주 강력한 바이러스와의 전쟁에서 승리하기 위해 다른 병에 걸린 사람을 모른 척하지는 않을 것이다. 설사 그런 상황이 오더라도 우리의 인도주의 정신이 스스로에게 이렇게 말할 것이다. 어떻게든 방법을 마련해서 코로나19 환자와 똑같이 고통 속에서 삶을 갈구하는 저들이 계속 치료받을 수 있도록 해야 한다고. 결국 방법은 우리에게 있지 않을까? 우리가 처한 사회적 조건이 열악하지 않고 국력도 약하지 않으니 이 문제를 해결하는 것도 어려운 일은 아닐 것이다. 문제는 당신의 인도주의 정신이 그들을 향하고 있는가 하는 것이다. 만일 그들에게 향하고 있다면, 당신은 우선 이 모든 것을 고민하게 될 것이다. 아, 요즘 늘 말하는 게 상식에 관한 문제다. 인도주의 정신을 지켜나가는 것이 우리의 가장 기본적이고 중요한 상식이다. 우리는 모두 사람이기 때문이다.

오늘은 특별히 내 어린 시절의 친구들과 초등학교부터 고등학교 때까지의 동창들이 하루빨리 건강을 회복하길 기원하며 글을 마무리한다. 또 중학교 동창의 남편이 빨리 투석받을 수 있길, 며칠 동안 힘들고 지쳤을 친구가 몸을 잘 돌보길 바란다.

우한, 오늘밤은
덜떨어진 사람이 아닌
오직 너에게만 관심을 두련다

비상사태가 닥치면 인간의 본성에 내재한 거대한 선과 악이 전부 드러난다. 당신은 그 안에서 전혀 예상치 못했던 것을 보게 될 것이다. 당신은 경악하고 탄식하고 분노하고, 그리고 익숙해질 것이다.

눈이 왔다. 어젯밤에 바람이 세게 불고 천둥이 치더니 오늘은 눈이 내리기 시작했다. 우한에서 이렇게 눈이 많이 내리는 겨울은 흔치 않다. 훠선산병원의 병실 몇 곳은 지붕이 위로 젖혀지기까지 했다고 하니 어젯밤 바람이 얼마나 강했는지 알 수 있다. 환자들이 안전하게 이동할 수 있기를, 큰 재난 속에서 이런 작은 재난을 잘 넘길 수 있길 바란다.

오늘 기분은 최악이다. 새벽에 웨이보에서 페이샹왕飛象網 샹리강項立剛[*]이라는 아이디를 쓰는 사람을 발견했는데, 내가 올린 일기[**] 아래 중고시장의 휴대폰 사진을 덧붙인 포스팅을 자신의 웨이보에 올렸다. 그러고는 이 사진이 내가 직접 올린 것이고, 내가 유언비어를 퍼뜨리고 있다고 했다. 내 기록은 언제나 글로만 되어 있고, 한 번도 사진을 함께 올린 적이 없다. 누군가 댓글에서 샹리강에게 이 점을 알려주었지만, 그는 전혀 아랑곳하지 않았다. 이렇게 막무가내로 사람을 모함하는 경우는 또 보기 드문 듯하다. 심지어 그는 중년 남성으로 110만 명의 구독자를 거느린 인플루언서이니 그가 개념이 없다고 말한들 누가 믿겠는가? 내가 봉쇄된 도시에 갇혀 문밖으로 나가지 못하는 이때, 웨이보 계정이 차단되고 아무런 목소리도 낼 수 없는 이때를 틈타 이런 수작을 벌이느라 꽤 머리를 썼을 거다. 조금의 양심이라도 남아 있다면, 캡처화면을 저장해놓고 두 가지 봉쇄가 풀리길 기다렸다가 다시 나와 만나 담판을 짓자. 그게 성숙한 시민의 태도이다. 안 그런가? 나는 지금 위챗을 통해서만 목소리를 낼 수 있다보니 오늘 친구들이 나를 도와 변호사를 소개해주었다. 하지만 도시가 완전히 봉쇄된 이때에 위임장은 또 어떻게 보낸단 말인가? 그런데 변호사가 공증을 하러 가기도 전에, 샹리강이 재빨리 자신의 웨이보 포스팅을 전부 삭제했다. 이는 자신의 잘못을 인정한 셈이나 마찬가지다. 나

● 중국의 IT 전문 매체인 페이샹왕의 CEO.
●● 의사 친구가 보내준 화장장 사진에 '주인 없는 휴대폰이 여기저기 버려져 있다'는 내용이 담긴 2월 13일자 일기.

뻔 인간!

사실 나는 샹리강 같은 인간을 하나둘 본 게 아니라 전혀 개의치 않는다. 다만 백만이 넘는 그 사람의 구독자들이 안타까울 뿐이다. 이런 인간을 따라 배울 만한 게 있을까? 아니나 다를까 그 사람의 구독자 중 일부가 일의 진상은 따져보지도 않고 내게 댓글과 메시지로 욕설을 퍼부었다. 마치 내가 전생에 그들의 아버지를 죽인 원수라도 된 것만 같았다. 게다가 그들 대부분은 내 기록을 단 한 편도 읽어본 적이 없었다. 쉬하오둥이라는 이름의 청년은 자신이 우한에서 일하는 촬영기사라며, 내게 험한 말로 가득한 장문의 메시지를 보내 우리 집으로 찾아와 폭력을 휘두르겠다고 떠들어댔다. 도대체 그들은 무엇 때문에 일면식도 없는 사람에게, 눈곱만큼도 알지 못하는 사람에게 이런 뼈에 사무치는 원한을 품게 된 건가? 설마 어렸을 때부터 진실과 선함이 아닌 복수와 원한을 배우고 자란 것인가? 이런 인간들이 아마 사람들이 말하는 덜떨어진 사람인가보다.

오늘은 나쁜 일이 꼬리를 문다. 류판柳帆●이라는 이름의 간호사가 정월 초이틀에도 출근해서 아무런 방호장비도 지급받지 못하고 일하다가 안타깝게도 바이러스에 감염되었다. 그후 그녀의 가족 모두 감염되어서 부모님과 남동생도 연이어 병으로 쓰러졌다. 그녀의 부모님이 먼저 세상을 떠났고, 어제 그녀마저 세상을 떠났다. 홀로 남겨진

● 류판은 중국에서 코로나19로 사망한 최초의 간호사이다. 59세의 그녀는 코로나19 거점병원인 우창병원의 간호사로 일하다 감염되었다.

남동생은 여전히 위급한 상황이었다. 그리고 오후에 내 의사 친구가 그녀의 남동생도 떠났다고 알려주었다. 코로나19가 한 가정의 모든 생명을 통째로 집어삼킨 것이다. 마음이 너무 아프다. 그들을 집어삼킨 것이 단지 바이러스뿐이었을까?

나와 오랫동안 짝꿍이었던 중학교 동창 역시 어제 세상을 떠났다. 이 소식이 나를 더욱 힘들게 했다. 동창은 나보다 한 살 어렸는데, 온화하고 품위 있었으며 목소리가 가늘고 얼굴이 예쁘고 몸도 아주 건강했다. 당시 우리는 학교의 악단 소속이었다. 나는 양금을 쳤고, 친구는 비파를 쳤다. 악단에서 우리 둘만 여자였고, 게다가 같은 반에 짝꿍이었다. 고등학교 시절에도 우리는 매우 가까웠다. 올해 1월 중순에 친구는 명절에 필요한 물품을 사기 위해 시장에 두 번 나갔다가 불행히도 바이러스에 감염되고 말았다. 어렵게 병원에 입원했고, 회복이 잘되고 있다고 전해들었다. 그런데 갑자기 가족들에게서 그녀가 세상을 떠났다는 연락을 받은 것이다. 오늘 나의 중학교 동창들은 그녀를 생각하며 울었다. 늘 나라의 번영을 예찬하는 노래를 부르던 동창들마저도 이번에는 "이 나쁜 놈들 다 총살시키지 않으면 인민들의 분노가 풀리지 않을 거야!"라고 말했다.

오늘 단어를 하나 배웠다. '악성 바이러스.' 전문가들이 말하길, 이 바이러스는 아주 괴이하고 컨트롤하기도 어렵다고 한다. 감염 초기에 아무런 증상이 없어서 '무증상 감염자'가 되는 사람도 있다. 완치 후에는 바이러스가 완전히 사라졌다고 생각하지만, 사실 바이러스는 더 깊은 곳으로 숨어들었을 가능성이 크다. 그러다가 당신이 마음을 놓는 순간 갑자기 폭주하는 것이다. 가만히 생각해보면 정말로 '악당' 같다. 하긴 악당 같은 게 어디 바이러스뿐일까. 사람 목숨을 파리 목숨처럼 여기고 인민들이 죽든 말든 아랑곳하지 않는 사람들, 기증한다는 명목으로 물품을 모은 후에 인터넷에 내다파는 사람들, 일부러 엘리베이터에서 침을 튀기고 이웃집 대문 손잡이에 침을 묻히는 사람들, 병원에서 구입한 긴급 의료용품을 훔치는 사람들까지. 물론 사방으로 소문을 지어내고 모함하는 사람들도 마찬가지다. 상식적으로 사람이 존재하는 한 바이러스는 영원히 존재한다. 그렇다, 사회생활도 이와 같아서 사람이 있는 곳에는 바이러스 같은 사람(덜떨어진 사람)도 늘 함께 있다.

평화로운 시절에는 다들 평범하고 비슷하게 살아간다. 매일 반복되는 평온은 인간 본성에 내재한 거대한 선과 악을 덮어버린다. 운이 좋으면 한평생을 이렇게 감추고 살아간다. 하지만 비상사태가 닥치면, 예컨대 전쟁 혹은 재난이 일어나면 인간의 본성에 내재한 거대한 선과 악이 전부 드러난다. 당신은 그 안에서 전혀 예상치 못했던 것을 보게 될 것이다. 당신은 경악하고 탄식하고 분노하고, 그리고 익숙해질 것이다. 이런 순환은 반복된다. 다행히도 거대한 악이 튀어나올 때, 동시에 위대한 선도 더욱 많이 발현된다. 바로 그렇기 때문에 우리는 사심도 두려움도 없이 타인을 위해 자신을 희생하는 영웅을 볼 수 있다. 우리가 오늘 본 백의의 천사들처럼 말이다.

우한의 현재 상황을 이야기하겠다. 사람들이 가장 궁금해하는 부분이다. 내 의사 친구의 말에 따르면, 이달 20일 전에 우한에 천 개의 병상이 있는 팡창병원이 하나 더 늘어나 총 10만 개의 병상이 마련될 것이라고 했다. 당초 전문가들이 예상했던 감염자 10만이라는 말이 헛소리가 아니었다는 뜻이다. 우한은 모든 감염자를 병원에 수용할 것이다. 비록 그 수가 많기는 하지만, 예전에 비해 상황은 결코 열악하지 않다. 의료활동을 통해 의사들이 얻은 결론은 다음과 같다.

1. 현재 바이러스의 독성이 현저히 약해졌다.
2. 완치 후에 후유증이 남지 않고, 폐섬유화도 관찰되지 않는다.
3. 지금의 신규 확진자는 거의 3차, 4차 감염자로 기본적으로 모두 경증이며 치료가 용이하다.
4. 중증 환자는 호흡이 어려운 시기만 지나면, 대체로 치료가 가능하다.

현재 사망자 수가 줄어들지 않는 건 초기에 치료를 제대로 받지 못해 위중한 단계로 넘어갔고, 결국 회복 불능 상태가 된 환자들이 있기 때문이다. 여기까지 썼을 때, 큰오빠에게 문자메시지가 왔다. 화중과학기술대학의 교수 돤정청段正澄 원사가 오후 6시 반에 코로나19로 별세했다는 내용이었다. 화중과학기술대학은 엄청난 인재를 잃었다.

이 밖에 의사 친구가 내게 글로 써서 널리 알려달라고 요청한 것이 있다. 현재 우한시에서는 퉁지병원과 셰허協和병원 그리고 후베이성 인민병원 세 곳에서 코로나19 이외의 환자를 받는다. 다른 병원은 모두 코로나19 전담병원으로 지정되었다. 환자들이 약을 쉽게 구입할 수 있도록 열 곳의 지정약국이 문을 열었고, 의료보험카드와 중증 병력이 있으면 약을 살 수 있다.

이 세 곳의 병원 중 두 곳은 한커우에 있고 한 곳은 우창에 있다. 교통편이 없는 경우에는 아마 지역사회에서 마련해주는 차량을 이용해야 할 것이다.

제2호 전체 봉쇄관리 명령●이 떨어졌다. 내가 거주하고 있는 문연단지에서는 이전에 모두 협회를 통해 명령이 전해졌는데, 현재는 단지 내 가구들도 관리팀을 만들었다. 팀장과 지역사회가 손잡고 물품을 구매하고, 순번에 따라 공동현관에서 각자 물품을 가져간다. 새로운 생활이 새로운 관리방식을 가져왔다. 우리는 조급해하지 않고, 계속해서 전환점이 오기를 기다릴 것이다.

문득 하이쯔海子●●의 시 한 구가 생각났다. 조금만 바꿔서 이곳에 싣는다. "우한, 오늘밤은 덜떨어진 사람이 아닌 오직 너에게만 관심을 두련다."●●●

● 차량 통행을 제한하고 모든 주거단지의 외출을 전면 금지하는 조치이다. 우한 인근 도시인 황강黃岡, 샤오간孝感 등의 주거단지에도 우한과 같은 통제조치를 내렸다.

●● 하이쯔는 중국 현대시에 가장 큰 영향을 미친 시인 중 한 사람이다. 그는 1989년 25세의 나이에 낡은 철로에 누워 자살했다.

●●● 팡팡의 이 문장은 하이쯔의 대표작 「일기日記」 중에서 "누이여, 오늘밤은 인류가 아닌 오직 너에게만 관심을 두련다"라는 구절을 빌려온 것이다.

재난 속의 세월은 고요하지 않다
죽음을 향한
생존자의 삶이 있을 뿐이다

봉쇄 며칠째인지 기억나지 않는다. 오늘은 햇볕이 정말 봄날 같다. 어제 내린 눈은 이미 흔적도 보이지 않는다. 2층에서 내려다보니, 나뭇잎이 햇살 아래 반짝인다.

어제에 비해서 마음이 많이 가라앉았다. 하지만 베이징으로부터 여전히 계속 공격받고 있다. 도대체 무엇이 그들을 이렇게 분노하게 만들었는지 이해할 수가 없다. 마치 평생 이를 갈았던 것 같다. 무차별적으로 사람을 증오하고 수많은 일에 원한을 품는다. 심지어 상대방이 어디에 있는지, 어떤 상황인지도 개의치 않고 거세게, 그리고 고집스럽게 증오한다. 그들이 증오하는 나는 그들과 일면식도 없고, 전혀 모르는 사이다.

페이샹왕 샹리강은 어제 갑자기 나를 궁지에 빠뜨리려고 조작한 웨이보 포스팅을 스스로 삭제하더니, 또다른 글을 올렸다. "어디서 난 사진이야? 집안에 틀어박혀서 거짓말로 공포감이나 조장하고, 수많은 사람이 병으로 사망해도 아무도 관리하지 않는다는 식의 이야기나 지어내고, 양심은 있나?" 정말 웃어야 할지 울어야 할지 모를 질문이다. 듣자 하니 이 사람은 통신업계에서 일한다던데, 이렇게 유치한 질문을 하다니. 하늘에서 드론으로 사람도 쏴 죽이는 시대에 내가 집에서 외부의 사진도 못 볼까? 내가 살고 있는 도시에 무슨 일이 있었는지 내가 모를 것 같은가? 내 기록을 본 사람들은 다들 공포스러워지 않던데, 당신은 공포스러웠다고? 나는 전염병이 퍼진 구역에서, 집안에 갇힌 채로 인터넷을 통해 친구, 동료들과 교류하고 매일 보고 들은 것을 기록으로 남기며 전환점이 오기를 힘겹게 기다리고 있다. 그런데 당신은 베이징에서 자유롭게 생활하면서, 매일 공들여 나를 욕하고 있지 않은가. 양심이 있는가? 그리고 하나 더 알려줄 게 있다. 내 기록을 읽은 후 안심이 되었다고 말하는 사람들이 더 많다.

웨이보에서 판쉬라는 사람은 한술 더 떠서 이렇게 말했다. "어차피 '의사가 사진을 보냈다' '동창이 죽었다' '이웃이 어쩌고저쩌고 했다'는 이야기에서 실명을 밝힐 필요는 없을 것이다. 일단 공포감만 증폭시키면 될 테니까. 그녀가 최근에 쓴 글을 읽어보니, 수많은 익명의 캐릭터를 만들어낸 것이 문학계의 일대 혁신이라는 느낌이 든다." 비상식적인 청년이 또 한 명 늘었다. 환자들이 막 세상을 떠나고 지인들은 고통스러워하는 와중에, 내가 그들의 이름까지 거론해서 상처를 더해야 하나? 모든 사람에게 그들의 신상을 알려야 하나? 나는 우한에서 학교를 다니고 생활했기 때문에 내 동창과 이웃은 모두 이곳에 있다. 그리고 내 글은 만인에게 공개되어 있는데, 내가 조작하면 그들이 모르겠는가? 정부에서 사망자 명단을 공표하는 걸 판쒸 당신은 본 적이 있는가? 우한의 사망자 수만 1천 명이 넘어가는데, 내 문장에서 언급한 몇 명을 물고 늘어지는가? 도리가 아니다! 분명히 말하지만, 언론매체에서 이미 보도한 게 아닌 이상, 나는 고인의 이름을 단 한 명도 공개하지 않겠다.

후베이 영화제작사 창카이常凱 주임의 일가족이 코로나19로 인해 전부 사망했다. 오늘 그의 동창이 쓴 추도사가 언론에 도배되었다. 창카이의 유언은 처량하고 비통했다. 읽고 있자니 마음이 찢어졌다. CCTV의 뉴스와 〈인민일보〉만 보는 사람들은 또 이 일이 두려움을 조장하기 위해 만들어낸 것이라 생각할지도 모르겠다. 내가 그제 썼던, 10만 위안을 기부한 화가 친구의 형 역시 오늘 코로나19로 세상을 떠났다. 샹리강 무리들은 이것도 소문일 뿐이라고 말할까?

내가 말하는 '의사 친구'는 물론 한 명이 아니다. 샹리강 무리에게 또 알려줘야 할 게 있다. 그들은 모두 자신의 분야에서 최고의 자리에 오른 인물들이고, 나는 당연히 그들의 이름은 외부로 발설할 수 없다. 내가 발설하지 않는 이유는, 바로 당신 같은 인간쓰레기들이 있기 때문이다. 덜떨어진 관영매체는 너희들의 언동에 쉽게 혹하겠지만, 나는 절대로 친구들이 상처받도록 두지 않을 것이다. 오늘 오후에 또 한 명의 의사 친구(당연히 이 친구 역시 최고의 전문가이고, 나는 이름을 발설할 수 없다)에게 전화가 왔다. 오랫동안 연락을 하지 못했던 친구다. 내 『우한일기』에 대한 이야기가 나왔는데, 그는 다른 성에서 우한의 전염병 상황을 알아보기 위해 연락이 오면 내 일기를 읽어보라고 추천해준다고 했다. 그 기록에서 진실을 볼 수 있을 거라고 말이다. 우리의 대화는 자연스레 코로나19에 대한 이야기로 넘어갔다. 친구는 현재 코로나19는 분명 통제되고 있다고 말했다. 바이러스의 독성은 갈수록 약해지고, 다만 전염성이 강해지는 추세다. 현재 환자들의 상태로 보자면, 대부분의 확진자는 경증을 보이고 완치율도 높다. 사망률이 아직 떨어지지 않는 이유는 아직 치료중인 중증 환자의 수가 많기 때문이다. 이런 이야기는 앞서 이미 쓴 적이 있다. 중증 환자는 초기부터 누적된 수라고 말이다. 의사들마다 병원은 모두 다르지만, 소견은 거의 비슷하다. 상황이 전체적으로 호전되고 있다는 신호가 있다.

우선 바이러스의 독성이 약해졌고, 두번째로 지원인력이 오면서 의사들이 여유 있게 일할 수 있게 되었고, 세번째로 의료용품이 넉넉해지면서 의사들이 바이러스로부터 스스로를 보호할 수 있게 되었다. 네번째로 오랜 시간 임상치료를 진행하면서 의사들은 약을 쓰는데 많은 경험을 쌓을 수 있었다.

심지어 레이선산병원의 왕원장은 진정한 전환점은 이미 도래했다고 공개적으로 언론에서 말했다. 신규 확진자들의 발병 사례를 추적해본 결과, 고열 증세를 보이는 환자의 수가 점차 안정적으로 줄어들고 있으며, 다시 반등한 적은 없다는 것이다. "저는 나아지고 있다고 확신합니다." 그가 말했다.

이게 바로 우리가 오랫동안 기다려온 좋은 소식 아닌가?

오후에는 의사 친구가 내게 동영상 하나를 보냈다. 한 젊은이가 의학논문의 내용을 대중에게 알려주는 내용이었다. 그가 영상에서 반복적으로 하는 말이 있는데, "당신이 모르는 일에 대해서는 함부로 지껄이지 말라"이다. 이 말에 매우 동의한다.

자신의 문화적 수준과 이해 능력으로 납득할 수 없는 일은 제발 그냥 지켜보거나 우선 고민해보길 바란다. 성급하게 결론을 내서는 안 되고, 무턱대고 욕해서는 더더욱 안 된다. 샹리강 무리 같은 덜떨어진 사람들이 특히 명심해야 할 말이다. 그들은 댓글에서 내게 이런 말을 했다. "설마 화장터에는 가족도 없나? 가족들이 유품도 안 챙겨가나 보지?" 이걸 내가 어떻게 설명해야 할까? 평상시의 상황을 바탕으로 재난 상황을 이해하려 든다면, 그들은 이곳에서 어떤 일이 일어나는지 영영 이해할 수 없을 것이다.

우한은 현재 재난을 겪고 있다. 재난이란 무엇인가? 마스크를 쓰거나 며칠 동안 밖에 나가지 못하거나 단지에 들어갈 때 통행증이 필요한 것을 말하는 게 아니다. 재난이란, 병원에서 예전에는 몇 개월에 한 권 쓰던 사망자 명부를 지금은 며칠에 한 권씩 쓰는 것이다. 재난이란, 예전에는 화장터에서 관에 담긴 한 구의 시신을 한 대의 운구차로 옮겼다면, 지금은 비닐로 싼 시체 몇 구를 포개어 쌓아서 화물트럭에 실어가는 것이다. 재난이란, 당신의 집에서 한 명이 아니라 가족 전체가 며칠 혹은 보름 안에 전부 사망하는 것이다. 재난이란, 당신이 아픈 몸을 끌고서 춥고 비가 내리는 날 사방을 뛰어다니며 자신을 받아줄 병상 하나를 찾아다녀도 끝내 찾을 수 없는 것이다. 재난이란, 새벽부터 병원에서 줄을 서고 번호표를 받아도 다음날 새벽에야 진료 순서가 되거나 혹은 순서가 여전히 오지 않아 길바닥에서 갑자기 쓰러지는 것이다. 재난이란, 당신이 집에서 병원의 입원 통지를 계속 기다리다가 통지가 왔을 때는 이미 숨을 거둔 것이다. 재난이란, 병원으로 이송된 중증 환자가 사망하면 병원에 들어간 그 순간이 가족들과 작별한 순간이 되어 서로 영원히 다시는 볼 수 없게 되는 것이다. 당신은 이런 상황 속에서도 가족들이 장의사와 함께 망자를 보낸다고 생각한 건가? 유품을 챙길 수나 있을까? 무엇보다 망자에게 존엄성이 있을까? 없다. 죽었으면 그냥 죽은 거다. 싣고 가면 바로 불태워버린다. 사태 초기에는 일손도 병상도 없고, 의료진들에겐 방호설비도 없어서 집단감염이 이루어졌다. 화장장에는 인력도 운구차도 화장터도 부족한데, 시체에는 바이러스가 있으니 반드시 최대한 빨리 태워버려야 했다. 당신들이 이 상황을 이해할 수 있겠는가? 사람들이 자신의 임무를 다하지 않은 것이 아니다. 재난이 온 것이다. 사람들은 이미 최선을 다했고 과부하가 걸릴 정도다. 그럼에도 당신들 같은 악플러들이 내뱉는 그런 일들은 해낼 수가 없다. 재난 속의 세월은 고요하지 않다. 도저히 받아들일 수 없는 환자들의 죽음과 가슴을 도려내는 가족들의 아픔, 죽음을 향한 생존자들의 삶이 있을 뿐이다.

초기의 혼란은 이미 끝났다. 내가 알아본 바에 따르면 이미 전문가들이 코로나19로 사망한 사람과 그 가족들에게 더 많은 배려와 인간적 존중이 필요하다는 보고서의 초안을 쓰고 있다고 한다. 그중에는 사망한 자의 유품, 특히 휴대폰을 보관하는 방법을 마련한다는 조항도 있다. 우선 한꺼번에 모아 보관하고 사태가 진정되면 소독한 뒤 통신부서와 협의하여 휴대폰 안의 데이터에 근거해 유가족을 찾아 돌려주는 것이다. 가족들에게는 떠난 자를 기억하는 유품이 될 것이다. 만일 끝까지 주인을 찾지 못한다 해도 남겨놓는다면, 아마 역사의 증거물이 될 것이다.

이 사회에 내가 아직도 기대를 품을 수 있는 이유는 선량하고 이성적인 사람들이 여전히 이곳을 위해 노력하며 분주히 뛰어다니고 있기 때문이다.

당신 혼자만
힘들고 괴로운 게 아니다
사람이 살아가는 방식은 다양하다

여전히 하늘이 맑다. 예전 같았으면 바깥에 앉아 일광욕하는 사람이 많았을 것이다. 아쉽게도 지금은 따뜻하게 햇볕을 쬐는 모습을 전혀 볼 수가 없다. 이해한다. 비상사태니까. 창가에 서서 햇빛을 바라보고, 창밖의 나뭇잎을 바라보는 것도 괜찮다.

　가장 엄격한 수준의 통제 명령이 떨어졌다. 이제 모든 사람은 집안에 머물러야 한다. 부득이하게 밖에서 일해야 하거나 공무를 집행하는 사람들만 바깥출입을 할 수 있다. 하지만 그들도 반드시 통행증을 소지해야 한다. 듣자 하니 만일 통행증 없이 거리에 나오는 경우 바로 체포해서 14일 동안 격리한다고 한다. 사실인지 모르겠다. 네티즌들은 우한이라 다행이지 만일 황강이었다면 격리중에 초등학교 2학년용 『황강밀권黃岡密卷』* 수학문제나 풀어야 했을 거라고 했다. 게다가 대부분 못 풀어서 좌절했을 거라고 말이다. 근래에 네티즌들이 모두 가라앉아 있는 느낌이었는데, 이건 오늘 올라온 글 중 재미있는 편이다. 나는 그들이 다시 왕성하게 활동해서 봉쇄된 도시에 20여 일 넘게 갇혀 있는 우한 사람들이 인터넷의 글을 공유하며 저도 모르게 웃기를 간절히 희망한다.

나 같은 사람은 문밖을 나가지 않는 게 어렵지 않다. 개도 산책시킬 필요가 없다. 혼자 단지 안을 자유롭게 돌아다니며 셀프 산책을 한다. 다행인지 우리 개는 이미 늙어서 단지를 몇 바퀴 돌고 나면 바로 돌아와 세탁실에서 잠자는 습관이 있다. 내가 따로 난방기를 사서 틀어주었더니, 집에 누워서 더 나오려 하지 않을 때가 많다. 올해는 나도 무슨 바람이 불었는지 춘절이 다가오는 1월 중순에 문득 생각이 나서 집에 있는 난방보일러를 새것으로 바꿨다. 보일러 회사가 휴가에 들어가기 하루 전인 마지막날에 설치했다. 예전 보일러도 사용은 가능했지만, 워낙 오래 쓴 거라 사고가 날까 걱정스러웠다. 새로운 보일러는 과연 이전 것과는 달랐다. 온도를 시종일관 22도에서 25도 사이로 유지해준다. 이제 보일러가 고장날까봐 걱정할 필요도 없다. 일전에 한 번 기온이 올랐을 때는 집안 온도가 25도를 넘어가서 덥게 느껴지기까지 했다.

● 교육열이 높은 황강 지역에서 출판된 수학문제집으로 중국인들 사이에 인기가 높다.

외출을 엄격히 금한다는 명령이 내려지자 우한의 각 구역에서는 장보기 그룹 조직이 빠르게 확산되었고, 인터넷쇼핑몰 역시 판매방식을 즉각 조정했다. 만일 인터넷쇼핑몰이 없었다면 집안에 머무르는 날들이 더 힘들었을 것이다. 집안 식구들이 먹고 마시는 게 모두 문제이니 말이다. 지금은 각 지역사회의 장보기 그룹을 대상으로 하는 인터넷쇼핑몰이 나타났다. 그들은 물건을 판매하면서 현지 상황에 따라 유동적으로 움직인다. 각종 '비대면 배송' 패키지 역시 계속 만들어져서, 주민들이 장보기 그룹에 신청하면 인터넷쇼핑몰에서 공동구매하여 배달해준다. 장보기 그룹의 팀장 역시 인터넷쇼핑몰에 올라오는 구성을 보고 더 합리적으로 물품을 구매할 수 있다. 융통성 없이 문서에 따라 순서를 정하는 행정기관의 멍청한 행동들에 비하면 민간의 능력자들이 훨씬 대단하다. 이게 바로 실사구시에 의거한 작업방식이고, 정부가 마땅히 배우고 참고해야 할 부분이다. 까놓고 말하자면 각 기관이 이렇게 판에 박힌 듯 융통성 없이 굴지 않고 각 선에서 일을 미루지 않고 개인들이 실수를 저지르지 않았다면, 전염병은 지금 이 지경까지 오지 않았을 것이다. 내 동창인 라오겅은 내가 여러 그룹에 속하는 걸 꺼리자, 그룹에서 괜찮은 물건이 들어오면 바로 내게 알려준다. 그저께는 첸지仟吉●의 빵 세트를 주문했는데, 3인분은 족히 될 만큼 많은 양이 왔다. 너무 많아서 적어도 열흘은 먹을

● 우한의 유명 제과제빵점.

것 같다.

오늘은 또 일부러 의사 친구에게 연락해 코로나19 상황을 알아보았다. 사실 내가 질문하면, 그가 대답해주는 식이다. 문답을 정리하자면 다음과 같다.

첫째, 레이선산병원의 왕원장이 말한 대로 정점이 이미 왔는지 물었다. 의사 친구는 왕원장이 말한 정전은 그런 개념이 아니라고 했다. 정점은 과학적인 용어인데, 쉽게 말하자면 발병 환자 수가 최고점을 찍었다는 의미였다. 이 개념으로 보자면 전환점은 오지 않았다. 즉, 발병 환자 수는 계속해서 상승하고 있다. 하지만 친구의 개인적인 생각으로는, 2월 말 혹은 3월 초가 되면 진정한 의미의 전환점이 분명 올 것이라고 했다. 나는 손가락으로 날짜를 헤아려보았다. 아직 2주가 남았다.

둘째, 의료진들 중 감염된 사례가 많고 순직한 사람도 있는데, 그들의 상황은 어떤지 물어보았다. 친구는 3천 명이 넘는 의료진이 감염되었다고 했다. 하지만 절대 다수가 치료가 가능한 상태라고 했다. 다만 완치하는 데 걸리는 시간이 긴 편이라 아직 퇴원하지 못한 사람의 수가 많았다. 3천 명이 넘는다는 것은 정부가 발표한 수치다. 하지만 내 생각에 실제로는 더 많을 수도 있을 것 같다. 거의 초기에 방역설비도 갖추지 않고, 의료용품도 극도로 부족할 때 감염된 이들이다. 현재는 의료진 감염이 현저히 줄었다.

셋째, 우한에서 환자를 치료할 때 중약을 사용하는지 물었다. 친구는 75퍼센트의 환자에게 중약을 사용했고, 가시적인 효과가 있다고 분명히 대답했다. "그러면 왜 25퍼센트에게는 안 쓰는 거야?" 내가 묻자 삽관 치료중인 사람에게는 쓸 수가 없다고 했다. 삽관을 한 환자는 분명 위중한 상태일 것이다. 그 비율을 듣고 나는 무척 놀랐다.

넷째, 그렇다면 중증 환자의 비율이 어느 정도 차지하고, 완치율은 얼마나 되는지 물었다. 예전에는 우한에서 위중한 환자의 비율이 38퍼센트나 되었다고 했다. 수많은 경증 환자가 병원에 입원하지 못하면서 중증으로 발전했기 때문이다. 현재는 병상이 많이 늘어났고, 환자들도 제때 입원해 치료받을 수 있어서, 우한의 중증 및 위급 환자의 비율은 18퍼센트로 떨어졌다. 중증 환자의 회복율 역시 이전에 비해 상당히 높아졌다. 확진자의 수가 6만 명에 이른 것을 고려해보면, 중증 환자는 여전히 너무나 많다. 사망률은 아마 일시에 떨어지지는 않을 것이다.

인터넷에서 누군가 내게 당신은 매일 이렇게 사소한 것들은 기록하면서 중국 인민해방군이 도시로 온 이야기나 전국의 인민이 보내는 관심과 지지, 그리고 훠선산병원과 레이선산병원에서 이뤄낸 빛나는 성과, 두려움 없이 용감하게 봉사활동에 나선 사람들의 이야기 등은 왜 쓰지 않느냐고 물었다. 사실 이런 이야기에 내가 무슨 말을 더 하겠는가? 기록하는 데도 각자의 역할이 있는데, 내가 말한다고 그들이 들을까? 요리를 먹을 때도 메인 요리가 있고 사이드메뉴가 있지 않은가? 전국의 수많은 관영매체와 인터넷 언론들이 매일 사람들이 원하는 이야기를 기록하고 있다. 거시적 관점으로 전염병의 추이, 영웅적 기개, 청년들의 열정에 관해 기록하는 사람은 이미 널리고 널렸다.

나는 일개 개인이자 작가이고 시야도 넓지 않다. 내가 관심을 기울이고 체감할 수 있는 것은 내 주변에서 일어나는 사소한 일과 사람들뿐이다. 그래서 나는 사소한 일들을 기록하고 그때그때의 감상을 쓰며 스스로를 위해 생존 과정을 남길 뿐이다.

그리고 내 본업은 소설을 쓰는 것이다. 예전에 소설이라는 것에 대한 감상을 이야기할 때, 소설은 늘 낙오자, 고독한 자, 쓸쓸한 자와 함께한다고 말한 적이 있다. 소설은 그들과 손을 맞잡고 걸어가고, 때로는 그들을 돕기 위해 몸을 기울인다. 소설은 인간의 감정과 배려를 폭넓게 표현한다. 가끔은 마치 늙은 암탉처럼 역사 속에서 버림받은 사람들과 발전하는 사회에서 소외된 생명들을 보살피기도 한다. 그들과 함께하고, 그들을 안아주고 격려해준다. 그리고 때로 소설은 그들에게 동병상련의 공감대를 느끼며 그들이 소설의 동반자가 되어주고 온기와 격려를 나누어주길 기다린다. 이 사회에서 강자나 승자는 문학에 별 관심이 없다. 그들은 문학을 주로 자신을 빛내줄 장식이나 화환으로 이용한다. 하지만 약자들은 소설을 자신의 인생을 밝혀주는 한줄기 등불로, 물속에서 살기 위해 붙잡은 지푸라기로, 절체절명의 위기에서 생명을 구해준 은인으로 여긴다. 왜냐하면 그 순간에 오직 문학만이 낙오해도 괜찮다고, 사람들은 다 당신과 같다고, 당신 혼자만 고독하고 외로운 것이 아니고, 혼자만 고통스럽고 괴로운 것도 아니며, 당신만 소심하고 나약한 것이 아니라고 말해주기 때문이다. 사람이 살아가는 방식은 다양하다. 성공은 물론 좋은 것이지만, 실패했다고 해서 나쁜 건 아니다.

보라, 나처럼 소설을 쓰는 사람은 매일 사소한 일을 기록할 때도 그 기록을 따라 관찰하고 생각하고 깨닫고 글을 남긴다. 이게 잘못이란 말인가?

어제 위챗으로 올린 글이 또 삭제되었다. 어쩔 수 없는 와중에 정말 어찌할 방법이 없다. 『우한일기』를 이제 어디다 올려야 하나, 안개가 자욱한 강 위에서 시름에 잠긴다. 생각하고 깨닫고 기록하는 게, 그게 진정 잘못이란 말인가?

인민들이
전염병으로 흐느끼는데,
어찌 이리도 못살게 구십니까?

오늘도 날씨가 화창하다. 곳곳에서 생기가 느껴진다. 하늘에 뜬 구름이 정말 독특하다. 외곽에 있는 마을에 사는 내 이웃까지도 구름에 대해 이야기했다. 저게 무슨 모양이지? 물고기 비늘 모양인가? 아니란다. 작년에 나는 외곽의 마을에서 내내 글을 쓰다가 춘절 전에야 우창에 있는 문연 단지로 돌아왔다. 이웃은 자신들의 마을에는 감염자가 하나도 없다고 했다. 아, 언제쯤에야 다시 그 마을로 돌아갈 수 있을까. 내가 머물던 집 문 앞과 마당의 꽃들은 거의 다 죽었겠지. 나는 꽃을 키우는 데 정말 소질이 없다. 어떤 꽃이든 내 수중에 들어오는 순간, 앞날이 밝지 않다. 자라다가 죽거나, 아니면 내게 온 순간부터 꽃이 피지 않는다.

도시가 봉쇄된 지 한 달이 다 되어간다. 처음 도시를 봉쇄한다는 통지서를 보았을 때는 이렇게 길어지리라고는 전혀 예상하지 못했다. 최근 들어 강력한 격리조치가 시행되면서 우한은 가장 힘들었던 시기를 벗어났다. 시간이 흘러 오늘에 이르고 보니, 모두가 폐쇄적인 생활에 적응한 것만 같다. 에너지가 넘쳐흐르는 아이들마저 참아내기 시작했다. 인간의 인내력이란 정말 대단하다.

인터넷에서 구조를 요청하는 목소리는 완전히 사라졌다. 그 대신 어떻게 장을 보고, 식료품을 사는지에 대한 정보가 넘쳐난다. 사람들이 일단 최선을 다해 일상에 집중하고 있는 지금, 우리의 삶은 오늘 날씨처럼 활기차다. 대형 마트들도 패키지 상품을 출시함과 동시에 각 구역의 주소와 연락 가능한 사람의 이름, 휴대폰 번호를 전부 세세하게 명시해놓는다. 덕분에 장보기 그룹의 팀장들이 일하기가 훨씬 수월해졌다. 우리 문연 단지의 장보기 그룹은 인기가 좋아서, 인근 단지에서까지 가입한 사람이 많다고 한다. 하지만 각 단지마다 출입을 엄격하게 금하여 왕래가 불가능한데 어떻게 물건을 받으려고 하는지 모르겠다. 이 일에 대해 생각하던 찰나에, 동료들이 휴대폰으로 내가 구입한 물건을 받아갈 장소를 보내준 것을 발견했다. 물건을 밧줄에 매달아 이쪽에서 저쪽으로 넘긴단다. 다들 정말 대단하다. 이런 방법을 쓰는 사람들도 적지 않은가보다.

동창인 라오겅(부인이 장보기 그룹의 팀장이라 그도 열심이다)이 내가 신청한 빵 세트를 보내면서, 덤으로 채소도 조금 보내주었다. 사실 혼자 요리해 먹는 건 지루한 일이다. 그래서 종종 국수나 감자채, 나물로 대충 끼니를 때우는데, 지금은 우리집에 먹을 게 넘쳐난다. 오늘 판샹리潘向黎●가 위챗에서 나를 위로하며 안부를 물었다. 나는 나중에 상하이에 가게 되면 밥을 사달라고 했다. 그녀는 세끼를 다 사주겠노라고 했다! 좋다, 이 일은 결정된 거다. 다른 사람들이 내게 안부를 물으면 그때도 같은 말을 해야겠다. 어느 식당의 음식이 맛있는지에 대해 토론하는 건 우한 사람들이 정말 좋아하는 일이며 지금은 더욱 그렇다.

내가 참여하고 있는 위챗 단체대화방은 매우 적은데, 그중에 가장 큰 단체대화방이 바로 대학교 동창들 방이다. 한 달 가까이 이 방의 모두가 전염병 상황을 예의주시하고 있다. 우리 동창들 중에 후베이성 출신을 제외하면 제일 많은 게 후난성 친구들이다. 평소 우리는 후난성 친구들을 지역 사투리로 '후난 사람'을 발음할 때 나는 소리인 '푸란런弗蘭人'이라 부르곤 한다. 오늘 아침 한 동창이 '푸란런'에 대한 게시물에 '좋아요'를 눌렀다. 푸란런들의 지원으로 황강에 새로 지어진 병원의 확진자 수가 오늘 '0'이 되었다고 했다. 자세한 내용을 찾아보지는 않았지만, 나는 '푸란'의 지원군이 정월 초하루에 황강에 왔다는 것을 알고 있었다. 황강의 완치율은 후베이성 내에서 가장 높다. 게다가 '푸란'성의 완치율 역시 전국에서 가장 높다. 내 딸은 우한에

● 상하이 작가협회 부회장으로 작가이자 편집자.

서 태어났지만, 본적에는 '푸란'을 쓴다. 두 성은 늘 이렇게 가까운 사이이다. 단체대화방에서 이야기한 내용을 꼭 여기에 옮겨적고 싶었다. 사실, 각지에서 온 지원군 모두가 큰 힘이 되었다. 그들 덕분에 후베이성은 힘든 상황에서 한시름 놓을 수 있었고, 현재 국면이 빠르게 호전된 데 그들의 공이 크다.

오늘 의사 친구가 내게 전화를 걸어와 오랫동안 통화를 했다. 꾹꾹 참아온 말들을 쏟아내고 싶은 듯했다. 코로나19 사태 초기에 의료진들이 겪었던 고생담이었다. 그리고 환자를 응급처치하는 데 얼마나 많은 체력이 소모되는지에 대해서도 이야기했다. 응급처치 후에는 방호복에 바이러스가 가장 많이 묻어 있기 때문에 바로 갈아입어야 했다. 초기에는 인력도 부족하고 설비도 부족해서 환자들이 고통 속에 죽어가는 것을 눈뜨고 바라볼 수밖에 없었다고 했다. 의학을 공부한 이들은 사람의 죽음을 보는 일이 잦은 편이다. 하지만 이들을 구할 수 있다는 걸 분명히 알고 있음에도 너무 지쳐서 구조할 힘이 남아 있지 않았고, 방호용품도 갖춰지지 않아 환자들을 구할 수 없었다. 친구는 이런 괴로움을 사람들은 절대 모를 거라고 했다. 또 그는 의사들은 대체로 성실하고 본분에 충실하며 대부분 자신의 직업에 몰두하는 사람들이어서 이번에 정말 모든 것을 다 걸었다고 했다. 그의 생각에 나도 동의를 표했다. 의료진들이 한 생명을 구하기 위해 그 무엇도 아랑곳하지 않고 인터넷에서 도움을 호소하는 장면을 본 적이 있기 때문이다. 바로 이런 목소리가 있었기 때문에 수많은 문제가 사람들에게 알려지고, 지원물품이 바로 병원으로 갈 수 있었다. 많은 생명이 이런 목소리 덕분에 소생할 수 있는 기회를 얻었다. 친구는 팡창병원을 지은 건 탁월한 결정이었다고 했다. 좀더 일찍 지어져서 빠르게 환자들을 격리했다면, 경증에서 중증으로 옮아가는 환자의 수도 훨씬 적었을 것이고, 이렇게 많은 사람이 죽지도 않았을 것이라고 했다. 전문가의 판단에는 분명 일리가 있을 거라 생각한다. 최근에 실시된 과감한 격리조치로 미친듯이 번지던 코로나19 사태가 확실히 전환 국면을 맞았으니 말이다. 현재 우한 사람들은 비교적 침착한 상태다. 식료품을 사고, 열심히 생활하고, 참을성 있게 진짜 전환점이 오길 기다리고 있다.

이틀 전에 나는 간호사 류판 일가족 사망에 대해 썼다. (용서를 구한다. 그녀의 정확한 한자 이름은 '柳帆'이다. 그 당시에는 어떤 게 정확한지 몰라서 의사 친구가 보내준 이름을 잘못 썼다.)● 그런데 이 역시 '헛소문'이라는 이야기가 돌았다. 아, 때로는 유언비어를 적발하는 것처럼 보이는 자들이 진짜 '헛소문을 만드는 자'이다. 후베이 영화제작소의 창카이가 바로 류판의 남동생이다. 아마 어느 언론사에서도 이 기사를 썼던 것 같다. 창카이는 감정을 극도로 자제한 유언을 남겼지만, 그 기사를 읽은 사람들은 감정을 주체할 수가 없었다. 의사 친구가 알려준 바에 따르면, 그들 남매 중 한 사람은 어머니의 성을, 한 사람은

● 인터넷에 올린 일기에서 류판의 한자명을 '柳凡'이라고 잘못 표기한 일을 말한다.

아버지의 성을 따랐다고 한다. 부모님은 모두 의료계에서 일했다. 창카이와 류판 각자의 식구들도 감염이 의심되었지만, 현재는 몸 상태가 괜찮아졌다고 한다. 이 비극적인 한 가족의 이야기를 우한 사람들은 영원히 잊지 않을 것이다. 내가 이렇게 길게 이야기해도 나를 욕하는 사람들은 여전히 나를 헛소문이나 만들어내는 사람이라 말할지도 모른다. 사실 요즘 나를 욕하는 사람은 전에 내 소설도 비난한 적이 있는 사람이다. 고위 공무원을 찾아가 탄원했던 그들이 이번에도 그럴지 모르겠다. 그런데 여기서 내가 먼저 알려줄 것이 있다. 그들이 아무리 높은 직급의 공무원에게 탄원할지라도 난 그때처럼 그들과 맞서 싸울 것이다. 더 무자비하게 싸워주겠다. 그리고 앞서 이야기한 몇 사람처럼 그들의 이름도 역사의 조롱을 받도록 영원히 새겨줄 것이다.

오늘은 특별히 긴 시간 동안 마음에 담아온 말을 하겠다. 중국의 극좌파®들은 기본적으로 나라와 인민에게 해를 끼치는 존재다. 그들은 문화대혁명 시절로 돌아가고 싶어하고, 개혁개방 정책을 적대시한다. 그들과 관점이 다른 사람은 모두 그들의 적이다. 그들은 패거리를 이뤄 파벌을 만들고 그들에게 협조하지 않는 사람에게는 각종 공격을 퍼붓는다. 계속해서 '세상에 대한 증오'뿐인 폭언을 내뱉고 비열한 수단까지 동원하며, 상상할 수 없을 정도로 저급하다. 내가 특히 이해

● 중국의 극좌파들은 국가주의적 관점으로 문화대혁명을 이끌었던 진영으로, 이들은 중국 공산당의 보수적 관점을 지지하고 서구와 자본주의에 비판적이다.

할 수 없는 부분은 그들이 인터넷에서 아무 말이나 떠벌리고 사실을 왜곡하는데도 한 번도 그들이 올린 게시물은 삭제되는 일이 없고, 누구도 그들의 행위를 제지하지 않는다는 것이다. 그들 중에 인터넷 검열관의 친척이라도 있는 건가?

요 며칠 동안 피곤하고 머리가 아팠다. 어떤 네티즌이 내가 어제 올린 위챗 포스팅 아래 내 글에서 피로가 느껴진다는 댓글을 달았다. 그 직관이 대단하다. 지금 나는 최대한 글쓰는 시간을 줄이고 휴식을 취하려 하고 있다. 오늘은 길게 쓰지 않겠다.

다만 글을 올리는 김에 마지막으로, 역시 재난 구역인 황강에 있는 XYM 선생에게 한마디 남기고 싶다. 한순간에 도시가 봉쇄되고 집 안에 갇히며, 인민들은 전염병으로 흐느끼고 있습니다. 우리는 같은 고난을 겪고 있는데, 어찌 이리도 못살게 구십니까?

죽음의 유령이
아직도 우한을
맴돌고 있다

오늘은 햇볕이 어제만 못하지만, 그래도 하늘은 맑다. 오후가 되자 조금 흐려졌다. 춥지는 않다. 일기예보를 보니 며칠간 날이 비교적 따뜻할 거라고 한다.

침대에서 몸을 일으키지도 않았는데, 며칠 전에 10만 위안을 기부했던 그 화가 친구가 뉴욕에서 전화를 걸어와서(적과 내통한다고 말하는 사람은 없겠지?) 독일에 있는 쑤蘇씨 성의 화가도 10만 위안을 기부하고 싶어한다고 했다. 그러면서 그 화가가 나를 알고 있고, 몇 년 전에는 우리집에도 온 적이 있다며 요즘 내 『우한일기』를 읽고 있다고도 했다. 그들 부부는 우한을 위해 성심껏 힘을 보태고 싶어했다. 그들은 내 친구가 하고 있는 자선활동을 신뢰해서 그곳에 기부하길 희망했다. 친구는 곧 도착할 의료물자 때문에 돈을 급히 조달해야 했는데, 이 소식을 듣고 크게 기뻐했다. 쑤씨 화가 부부도 우한 출신으로 우한의 전염병을 걱정하고 있음은 말할 필요도 없다. 얼마나 먼 곳으로 얼마나 오래 떠나 있었든, 수많은 이들에게 우한은 여전히 정신적 고향이다. 쑤씨 화가 부부에게 감사하다.

어제 두통이 있다는 말을 했더니, 동료가 남편을 시켜 내게 펑유징風油精●을 가져다주었다. 그녀의 남편은 일 때문에 매일 사방을 돌아다니며 근무하는데, 저녁에 펑유징과 다른 약까지 한 보따리를 가지고 왔다. 내가 약을 받으러 문연의 정문으로 나갔을 때, 의외로 사람이 많았다. 춘절 이후로 이런 광경은 처음이었다.

자세히 물어봤더니, 장보기 그룹에서 예약한 식품이 막 배송되었다고 했다. 봉사자 몇 명이 물건 내리는 걸 돕고 있었다. 나는 원래 봉사자들은 모두 협회의 직원들인 줄 알았다. 그런데 이웃이 자신의 딸도 여기에 참여한다고 했다. 그녀의 딸은 프랑스로 유학을 갔다 돌아와서 회사를 창업했다. 지금은 집에 갇혀 회사에 나갈 수가 없으니 이렇게 직접 나서서 봉사활동에 참여한 것이다. '봉사자'에 대한 UN의 정의는 자발적으로 사회의 공익에 도움이 되는 활동을 하고, 어떠한 이익, 금전, 명예도 취하지 않는 참여자이며 '자원봉사자'라고도 한다. 이렇게 봉사자들이 모인다는 건 대단한 일이다. 많은 선량한 청년

● 소염 진통 효과가 있는 중국의 일반 가정상비약.

들이 이런 행동을 받들고 따를 것이다. 사회를 위한 봉사활동에 참여하면, 그들은 자신의 힘을 사회를 위해 쓸 수 있고, 또 그 활동을 통해 사회를 통찰하고 인생을 이해하며 자신의 식견과 능력을 한층 더 성장시킬 수 있다. 전염병이 유행하는 시기에 우한에서 봉사자 수만 명이 각종 봉사활동을 수행하고 있다. 그들의 강력한 도움 없이 기계적인 정부기관에만 의존했다면 결과는 아마 더 엉망진창이었을 것이다.

짐을 옮기는 사람들 말고도 단지 입구에는 셀러리가 잔뜩 쌓여 있었다. 옆에는 지역 관계자인 듯한 사람이 서 있었다. 내가 옆을 지나가자 그 사람은 내게 셀러리를 좀 가져가도 된다고 말했다. 나는 우리집에 채소가 많아서 괜찮다고 했다. 그는 여기 많이 있으니 마음대로 가져가라고 했다. 문연 단지에 있는 주민들에게 주는 거라고 했다. 나는 몇 개를 집어들었다. 그거면 충분했다. 그런데 경비로 일하는 왕씨가 내게 달려와 셀러리가 많다며 또 한 다발을 쥐어주었다. 산둥성에서 온 것이라고 했다. 나는 조금 의아한 생각이 들어서 관계자에게 물어보았다. 알고 보니 산둥성에서 우리 지역으로 셀러리를 기증했는데 양이 2톤이라 너무 많았다. 그래서 각 일선 기관으로 좀 보내고, 일부를 가져와서 주민들에게 나눠주는 것이었다. 그가 말하길 셀러리가 조금 시들었지만, 그래도 속은 괜찮다고 했다.

가득 쌓인 푸른 채소를 보고 있자니 산둥성의 서우광壽光에서 가장 먼저 우한으로 엄청난 양의 채소를 보내준 일이 떠올랐다. 어떤 기관에서 이 채소를 마트로 보내 판매하도록 했는지 모르겠지만, 결과적으로 엄청난 비난이 들끓었다. 인터넷에는 채소를 마트로 보낸 정부에 항의하는 전화 녹취파일이 돌아다니기도 했다. 병원의 식당에 기증하거나 저장공간이 확보된 기관으로 보냈더라면 더 합리적이고 효과적이었을 것이다. 아니면 마트로 보내서 저렴한 가격에 시민들에게 팔 수도 있다. 적어도 마트는 저장 창고가 있고 배분 능력이 있고 판매 통로가 있다. 그러고 나서 채소를 판 수익금을 기증자 명의로 자선단체에 보내 의료물품을 사도록 할 수도 있고, 아니면 다시 기증자에게 보내 계속해서 적정 가격에 채소를 우한 시장으로 공급하게 할 수도 있었다. 이게 양쪽 모두 윈윈하는 방법이다. 지역사회에 푸는 것보다 효과가 훨씬 나을 것이다. 전염병이 발생한 이후로 지역 관계자들의 고생이 이만저만이 아니다. 그들에게 기증받은 채소를 다시 여기저기로 보내라고 하는 건 사실 너무 힘든 일이다. 특히 지금은 인력도 부족하고 차량도 적다. 차 한 대가 채소 2톤을 싣고 오면 처리하기가 정말 쉽지 않다. 그래서 나는 설령 기증받은 것이라 하더라도 더 현실적으로 처리해야 한다고 생각한다. 기증받은 물품이 만약 제대로 쓰이지 못하고 버려지기라도 하면 결국 기증해준 사람들의 호의와 선의, 그리고 그들의 재산을 낭비하는 일과 같다.

오늘 동영상 한 편이 인터넷을 도배했다. 우창병원의 류즈밍劉智明 원장을 실은 영구차가 떠나고 사람들이 오열하는 영상이었다. 영상을 본 사람들은 모두 눈물을 쏟았다. 그 역시 한창인 나이였다. 유능하고 전문성 있는 의사였다. 그는 의료계가 잘 돌아가도록 견고한 플랫폼을 구축했다. 또 사회를 위해 얼마나 많은 사람을 구했던가? 이틀 동안 비보가 계속해서 이어졌다. 우한대에서 한 박사가 사망했고 화중과학기술대에서도 교수가 사망했다…… 죽음의 유령이 여전히 우한을 맴돌고 있다.

현재 후베이성에서 확진된 코로나19 환자는 7만 명이 넘는다. 당초 의사 친구가 예상했던 숫자에 근접했다. 매일 평균적으로 1500명이 넘는 환자가 새로 발생한다. 신규 확진자 수는 여전히 많지만, 실제로 증가폭은 계속해서 감소하고 있다. 멈추지 않고 있는 건 사망자 수다. 현재 이미 2천 명을 넘어섰다. 이건 정부의 통계 수치다. 확진받지 못하고 사망한 사람이나 집에서 사망한 사람, 병원에 오지도 못한 사람은 아마 이 통계에 포함되지 않았을 것이다. 그래서 도대체 얼마나 많은 사람이 죽은 건지, 지금은 아무도 모른다. 전염병이 지나간 후에 관련 부서가 연계하여 통계를 내야 더욱 정확해질 것이다.

사실 상황은 여전히 심각하다. 훠선산병원과 레이선산병원 및 다른 병원에 누워 있는 만 명가량의 중증 환자들은 여전히 위중한 상태다. 이들 역시 초기에 감염된 환자들이다. 치료받을 기회가 없었기 때문에 시간이 지나면서 중증이 되었다. 그들 중 누가 또 세상을 떠나게 될까? 그들의 가족과 함께 우리도 모두 마음을 졸인다.

상황이 호전되었다는 것은 상황이 훨씬 심각했던 초기 상황과 비교해서 그렇다는 것이다. 그때는 도움을 호소하는 환자와 의사를 만나기 위해 병원에 잔뜩 모인 사람들의 모습이 인터넷에 범람했다. 하

지만 지금은 적어도 병이 나면 바로 받아주고, 병원에 들어가기 싫어
하면 잡아서라도 넣는다. 병원에 입원하면 의료보장 혜택을 받을 수
있다. 바로 이 점 때문에 기본적으로 경증일 때 병원에 오고, 모두 치
료가 가능하다고 의사 친구들은 말한다. 전환점은 머지않아 찾아올
것이다.

또 뉴스를 하나 보았는데, 현재 우한의 전염병 대응방식이 바뀌있
다고 한다. 네 개의 조직이 만들어졌는데, 입원보장부, 질병관리부, 의
료팀지원부, 당건黨建●평가부이다. 이 네 조직을 통해 직접 각종 사무
를 관장한다는 것인데, 잘 굴러간다면 추진력이 더 강해질 것 같다.
다만 내 생각에 '당건평가부'는 이름을 '심사감독부'로 바꾸는 게 더
낫고 현실적인 조직으로 보일 것 같다. 그러면 사람들은 정부가 당의
업무보다 사람의 목숨을 더 중시한다고 느낄 것이다. 어차피 전염병
에 맞서는 것은 사회 전체가 함께하는 일이다. 당원이 아닌 사람들도
최전선에서 많이 일하고 있고, 그들이 변방으로 밀려나서는 안 된다.

한마디만 하자. 나를 공격하는 극좌파가 갈수록 많아지고 있는 것
같다. '명성은 대단한데, 실제는 그렇지 못한' 뻔한 자들이다. 하지만
나는 상식적인 걸 좋아하는 사람이다. 상식이라는 두 글자도 이미 많
이 언급했다. 누군가 상식이 도대체 무엇이냐고 물었다. 예를 들자면
개 한 마리가 달려와 당신을 물어서 당신이 몽둥이를 들어 개를 때렸

● '당 건설'의 줄임말로 당의 윤리 정책 수준을 제고하고, 당의 조직을 공고히 하여 당원의 사상
정치교육을 강화한다는 의미이다.

다고 치자. 그런데 그 개가 도망가서 더 많은 개를 데려와 당신을 문다. 그중에는 큰 개도 있고 미친개도 있다. 이때 상식은 당신에게 이렇게 이야기한다. 빨리 도망쳐! 개들의 영역에서 벗어나. 개들이 미친듯이 짖게 내버려두면, 목소리도 다르고 체격도 다른 개들이 서로를 물어뜯기 시작할 것이다. 그러면 당신은 집에서 차를 마시고 책을 읽고 맛있는 걸 먹으러 나가면 된다. 바이러스를 피하기 위해 격리조치를 하는 것처럼, 사람을 무는 개떼와는 거리를 두는 것이 바로 상식이다.

집에 머무르고 나오지 말라,
그러지 않으면
우리의 노력이 헛수고가 된다

오늘도 날이 대단히 맑다. 이보다 더 맑을 수 없는 날이다. 이 따뜻한
햇볕이 텅 빈 거리와 적막한 중산中山공원과 제팡解放공원, 둥후 뤼다
오에 쏟아지는 모습을 상상하니 너무 아쉽다.

동료와 함께 둥후 뤼다오에서 자전거를 타던 때가 유난히 그립다.
우리는 거의 매주 그곳에 갔다. 뤄옌다오落雁島를 향해서 사람이 적은
방면으로 언덕을 오르고 다리를 건너 한 바퀴를 돌면 총 세 시간이
걸린다. 중간쯤에서 외지의 농민들이 직접 가져온 아주 신선한 채소
를 사갈 수도 있고, 고즈넉한 호숫가 자리를 찾아 수다를 떨 수도 있
었다. 우리는 '철의 어깨로 도의를 짊어지는鐵肩擔道義'• 사람들이 절대
못 된다. 오히려 당장 손에 잡히는 생활을 누리고 싶어한다. 하지만 현

재는 나와 주로 자전거를 같이 타던 두 사람(내 동료) 중 한 명은 병중에 있고, 다른 한 명은 가족이 병에 걸렸다. 물론 둘 다 코로나19에 감염된 건 아니지만, 역시 사람들이 입에 담길 꺼리는 병이다. 이 둘은 나보다 훨씬 고생하고 있다. 우한에서 여전히 고통 속에 기다림을 이어가고 있는 이런 환자들이 얼마나 되는 걸까? 그들은 아직 기다리고 있다.

오늘의 전염병 관련 보도를 두고 동창들이 토론을 벌였다. 모두가 우한의 신규 확진자 수가 급격하게 떨어진 것에 깜짝 놀라며 이를 의아해했다. "이게 무슨 상황이야? 설마 전환점이 바로 오늘인 건가?" 내 의사 친구도 꼭두새벽부터 내게 환희로 가득한 문자메시지를 보냈다. "잡혔어, 신기해! 병상을 늘릴 필요가 없어. 이제 문제는 치료야." 하지만 이내 다시 의심했다. "역시 너무 빠른 거 같지? 정말 신기해! 믿을 수가 없어." 한 시간 후, 의사 친구의 문자메시지 분위기는 바뀌어 있었다. "내가 자세히 봤는데, 우한의 신규 확진자 통계 수치가 드라마틱하게 떨어진 건 진단 기준이 바뀐 것 때문이더라…… 중요한 건 내일 통계야."

난 점심때 이 문자메시지를 한꺼번에 모아서 읽고, 계속해서 질문을 던졌다. 의사 친구는 오늘 통계로는 상황이 완전히 급반전되었다는 결론을 낼 수 없다고 했다. 며칠 전 갑자기 신규 확진자 수가 급증

● 나라와 인민을 구하는 것을 자신의 사명으로 삼고, 인민의 이상과 포부를 위해 혁명정신을 널리 실현하는 것을 뜻한다.

한 것처럼 오늘 급감한 것도 같은 원인이라는 것이다. 하지만 큰 흐름은 분명 좋아지고 있었다. 나는 또 한번 전환점이 언제 올지 물었다. 의사 친구는 자신 있는 말투로 대답했다. "일주일 내에 분명히 나타날 거야."

일주일 내에 전환점이 나타난다고? 그러길 바라지만, 희망이 물거품이 될까 긱징스럽다.

거의 동시에 또다른 글을 하나 보았는데, 이 역시 전문가의 말이었다. 나는 이 글을 기록으로 남기려 한다. "코로나19의 살상력은 우리가 상상하는 것보다 훨씬 강력하다. 이 바이러스는 호흡기계통만 공격하는 것이 아니다. 예후가 좋지 않은 환자들은 완치 후에도 폐렴으로 인한 합병증이 생겼을 뿐만 아니라 심장과 간, 신장 등이 손상되었고, 심지어 조혈계통에도 영향을 받았다. 우리가 이 방호복을 벗을 때까지 여러분은 집안에 머무르고 나오지 말라. 그러지 않으면 우리의 노력은 모두 헛수고가 된다."

맞다. 코로나19가 얼마나 위험한지, 전문가의 말을 새겨들을 필요가 있다. 비록 상황이 호전되고 있지만, 조금도 경계를 늦춰서는 안 된다. 도시가 봉쇄된 지 한 달이 되어가면서 내가 아는 사람들 중에는 이미 인내심이 바닥난 사람들도 있다. 문을 열고 뛰쳐나가고 싶다는 사람들도 많다. 자신만 조심하면 감염되지 않을 거라 생각하는 것이다. 하지만 실제로 감염된다 해도 스스로는 전혀 알지 못한다. 집으로 돌아가 가족들에게 전파하고 난 뒤에는 후회해도 소용없다. 너도나도 문을 박차고 밖으로 나가고 싶어한다면 거리는 다시 사람으로 북적이게 될 텐데, 그러면 우리의 노력과 수고도 전부 물거품이 되는 것이다. 코로나19의 가장 무서운 점은 순식간에 전염된다는 것이다. 지금 이미 스러져가는 단계에 접어든 바이러스는 다시 일어나기 위해 사람들이 문밖으로 나오기만을 기다리고 있다. 당신은 바이러스를 도와줄 생각인가? 우리는 이미 오랜 시간을 버텨왔다. 그래서 우리를 위해 목숨건 사람들의 노력을 절대 헛되이 할 수 없고, 또 이렇게 버틴 스스로의 노력도 허투루 만들 수 없다.

오늘 이웃들과 이야기하는 단체대화방에 황허루黃鶴樓●를 재건한 건축가 샹신란向欣然●● 선생님이 쓴 「나는 감사하며 기도합니다我感謝, 我祈禱」라는 글을 보았다. 이는 자신에게 관심을 표해준 이들에게 감사의 뜻을 표하기 위해 쓴 글이다. 글쓴 날은 바로 오늘이다. 샹선생님은 여든을 바라보는 연세로, 내 이웃인 탕샤오허 선생님의 친구다. 예전에 뵌 적이 있지만 왕래한 적은 없다. 오늘 선생님의 문장을 읽으니 감동적이면서도 한편으로 알 수 없는 아픔을 느꼈다. 동의를 얻어 전문을 여기에 싣는다.

● 우한을 대표하는 관광지로 중국에서 가장 아름답고 유명한 누각 중 한 곳이다. 노란 귤껍질로 만든 학이 진짜 학이 되어 선인을 태우고 날아갔다는 전설에서 유래한 이름이다.
●● 국가 일급 건축사로 등록된 중국의 유명 건축가.

나, 샹신란은 지금 우리 지역의 어제 자 '전염병 공고'를 읽고 있다. 시에서 이잡듯 세밀하게 조사한 바에 따르면, 지역에서 발생한 확진자, 의심환자, 발열 증상자, 밀접 접촉자 이 네 부류에 속하는 인원은 모두 15명이다. 모두 이미 '최대한 수용하고 최대한 치료하고' 있으며, 거주지를 안전하게 떠난 후다.

내가 거주하는 지역은 시에서 분류한 바에 따르면, 코로나19로 인한 전염병 위험이 높은 편에 속한다. 이전에 이미 6명의 확진자가 잇달아 세상을 떠났고, 대부분 사망하기 전에 병원에 입원도 하지 못했다. 바로 옆이 지정병원이지만 병상 하나 구하기가 어려웠고, 진료받으려는 환자가 물밀듯이 밀려들면서 그 대열이 단지의 뒷문까지 이어질 정도였다(단지에서는 급히 뒷문을 폐쇄했다). 이 모든 것이 우한의 봉쇄 초기에 일어난 일이다.

우리 지역은 원래 단지를 설계한 사람들이 모여 사는 곳이다보니 두루 친하고, 서로 오랜 동료이자 이웃으로 지낸다. 그래서 그들이 갑자기 세상을 떠났다는 소식에 큰 충격을 받았고 받아들이기가 몹시 어려웠다. 먹구름이 도시를 짓누르는 이 시기에 빈 둥지의 우리 두 노인이란 얼마나 무력한 존재인가!! 바로 그 순간, 위챗에서 친구 젠싼의 목소리가 날아왔다. "네가 우한에 있으니 바이러스를 막기 위한 우한의 투쟁에 우리가 더 관심을 기울이고 응원을 보내는 거야!" 맞다, 1963년에 내가 학교를 졸업하고 우한(중난건설설계원)에 왔을 때는 3명의 친구가 함께 있었는데, 지금은 나 혼자만이 우한을 꿋꿋이 지키며 남아 있다.

친구들은 연이어 인터넷상으로 내게 안부를 묻고 내 행복을 빌고, 직접 전화를 걸어와 위로와 격려를 전하기도 하고, 멀리 미국에 있는 친구는 위챗으로 사담을 나누기도 했다…… 가족 같은 이들의 우정 덕분에 나는 온기와 힘을 얻었고, 영원히 이를 기억하고 감사할 것이다!

특히 감동한 일이 있다. 친구가 우리들의 선생님이 나를 염려하고 있다며 이런 말을 전해주었다. "몸조심하고 물 많이 마시고 꼭 쑥담배⚫를 피워……" 사실 나는 죽음이 크게 두렵지는 않다. 이미 중국인의 평균수명을 넘겼으니 자연사할 날도 머지않았다. 하지만 만일 전염병에 감염되어 죽는다면, 이는 '타살'과 다르지 않으니 썩 달갑지 않다!

건물 아래로 내려가지 않은 지가 한 달이 되었다. 나는 늘 5층 베란다에 서서 죽은듯이 조용한 세상을 멍하니 바라본다.

나는 노인이 너무 신경쓰고 생각할 거리가 많으면 안 된다는 글을 읽었다. 그저 잘 먹고 잘 놀고 잘살면 그만이라는 것이다. 이것도 어느 정도 일리가 있다. 생각하고 관심 가져봐야 또 무슨 소용이 있겠는가?! 우리가 아직도 이 세상을 바꾸기 위해 무언가를 할 수 있을까? 하지만 이런 옛말이 있다. "아침에 도를 깨우친다면, 저녁에 죽어도 여한이 없다!" 그래서 나는 여전히 어쩔 수 없이 신경쓰고 생각하려 한다.

전염병이 창궐한 요즘, 봉쇄된 도시 안에서 지내는 이 기나긴 시간 동안에 나는 내내 생각했다. 우리 중국인들의 운명은 왜 이리도 고된가! 우리 민족은 왜 늘 심각한 재난에 처하는가? 이 모든 것을 생각하자 내가 할 수 있는

⚫ 담배처럼 말아 피우는 쑥.

길은 기도뿐이었다. 이 대재앙이 끝난 후, 중국에 평화로운 세상이 찾아오
길…… 오직 그뿐이다.

구구절절 공감되고 확 와닿는다. "만일 전염병에 감염되어 죽는다
면, 이는 '타살'과 다르지 않으니 썩 달갑지 않다!" 이게 바로 우한 사
람들의 생각 아닌가?!

샹선생처럼 자식들을 내보내고 빈 둥지를 지키는 노인이 우한에
분명 많을 것이다. 평소에는 가사도우미 혹은 파트타이머의 도움을
받아 일상생활을 해나갔으나, 지금은 명절을 쇠기 위해 그들이 집으
로 돌아갔으니 모든 것을 스스로 해야 한다. 류다오위劉道玉● 전 총장
님도 평소에 가사도우미의 도움을 받으셨던 터라 지금 집에 아무도
없는 게 아닌지 걱정되었다. 위챗으로 연락해보니, 아들 내외가 명절
을 쇠러 왔다가 집안에 갇히는 바람에 두 노인을 보살펴주고 있다고
하셨다. 내 친구 라오다오는 부모님 두 분이 다 96세인데, 역시나 거
주 지역에 갇혀서 자식들이 가볼 수가 없었다. 다행히 두 분 다 건강
하시고 모든 일을 스스로 하고 계신다. 사회에 폐 끼치지 않고, 최대
한 자식들도 걱정시키지 않으며 낙관적인 태도로 모든 시민과 함께
전염병이 끝나길 기다리고 있다.

입장 바꿔 생각해보자. 노인들이 이렇게 스스로 일상의 모든 일을

● 중국의 저명한 교육자, 화학자, 사회운동가. 우한대학교 총장을 역임했으며 중국 교육부에서
고위직 공무원으로 일했다.

정상적으로 해내려면 얼마나 많이 노력해야 할까? 아마 노인들은 사력을 다해 일해야만 간신히 살아남을 수 있을 것이다. 우리가 하는 집 안일, 장 봐서 요리하고 빨래하고 청소하고 집 정리하는 등의 자질구레한 일들은 결코 쉬운 일이 아니다. 지역사회에서 이런 빈 둥지 노인들의 상황을 파악하고 책임질 전문 인력을 배치하고, 사람을 보내 최대한 그들을 돕고 있는지 궁금하다.

죽음의 그림자가 여전히 우한삼진武漢三鎭●의 하늘을 덮고 있다. 오늘 또 하나의 그림자가 내 눈앞으로 날아왔다. 〈후베이일보〉에서 일하는 한 유명 논설위원의 가족 4명이 모두 감염되었다. 보름 전 병상을 신청했는데 계속 자리가 나지 않아서, 입원할 때가 되자 모두 중증 환자가 되었다. 논설위원 본인은 오늘 세상을 떠났다. 또 한 가정이 무너졌다.

● 우창, 한커우, 한양을 일컫는 말이다.

제 시신을
나라에 기증합니다
그런데 제 아내는요?

도시 봉쇄 30일째. 세상에, 이렇게 오래되었다. 오늘은 햇볕이 좋고, 날씨도 푸근하다. 문밖으로 나가 산책하고 싶은 충동이 생긴다. 옛날에 한커우 사람들은 호수에서 산보하길 좋아했다. 대나무바구니에 점심 도시락을 싸서 인력거를 타고 갔다. 현재 우한삼진의 호수 주변 인근에는 대부분 공원이 형성되어 있어서 어디서든 산책을 즐길 수 있다. 황화라오黃花澇의 습지는 매년 봄이면 사진 찍고 연 날리는 사람들이 끝없이 이어진다. 그리고 둥후에는 매화꽃이 가득 피는데, 이번에는 추위 속에 홀로 꽃을 피웠을 것이다. 아마 근래의 적막과 추위 속에 꽃잎은 이미 져버렸겠지. 여기서라도 잠시 추억해봐야겠다.

사람들이 더는 참기 어려워졌다는 건(한창 뛰어놀 나이인 어린아이들이 안쓰럽다!) 익히 짐작해볼 수 있다. 안타깝지만 어쩔 수 없다. 안전을 위해, 생존을 위해, 앞날을 위해 현재의 우리는 문을 굳게 닫은 채 기다려야만 한다. 지금과 같은 전염병 창궐 상황에서 우리가 협력할 수 있는 일은 아마 이뿐일 것이다.

어제 통계에서 신규 확진자 수가 급감한 것을 두고 대대적인 토론이 벌어졌다. 내 의사 친구는 이미 내게 진단 알고리즘이 달라져서 생긴 일이라고 알려주었다. 진단 알고리즘을 바꾸면 숫자상으로는 나쁠 게 없다. 하지만 예상외로 오늘 정부가 바로 이 새로운 알고리즘을 수정했다. 숫자상으로만 그럴듯한 성과는 바이러스를 막는 데 아무런 의미도 없으니 말이다. 다만 정부가 이렇게 빨리 알고리즘을 수정하다니, 혹시 정말로 일하는 태도가 바뀐 걸까? 실사구시에 따라 잘못된 판단들을 제때 바로잡고, 여러 허점들을 제때 메워야만 진정으로 코로나19를 통제할 수 있다.

새로운 책임자가 오면서 후베이성의 방역방식에서 예전의 늑장 대응과 무능함은 개선되었다. 그리고 과감한 변화 속에 코로나19 상황도 눈에 띄게 달라졌다. 방역 대책들도 쓸모가 있는 듯하다. 바이러스에 밀려 죽는 게 아니라, 한발 앞서 막아내면서 빠르게 움직이는 것이 매우 중요하다. 특히 우한에서는 최근 행정 업무 처리 속도가 눈에 띄게 빨라졌다. 여러 동영상과 정보만 봐도 알 수 있다.

하지만 가끔은 책임자들이 말을 할 때는 최대한 신중했으면 하는 생각이 든다. 인민들이 정부를 신뢰하는 한 정부에게 시일을 줄 것이다. 그렇다면 책임자들 역시 정책을 결정할 때 실무자들에게 충분한 시간을 주어야 한다. 너무 조급해하다가 아무런 성과도 얻지 못할까 걱정스럽다. 예를 들어 거미줄을 치듯 우한 시민을 전수조사하는 것은 매우 중요한 일이다. 이 방법을 이용해 확진자와 의심환자, 발열 증상자, 밀접 접촉자 이 네 가지 분류에 해당하는 사람을 전부 찾아낼 수 있다. 하지만 3일 안에 다 끝내라면, 이게 가능한 일일까? 이건 현실적인 문제다. 우한은 크고, 도시의 구조는 복잡하고, 주택단지에 거주하지 않는 사람도 있고, 도농 간 경계 지역은 혼란스럽기 그지없다. 조사관들이 단 3일 만에 도시 전체를 조사한다는 것은 거의 불가능하며 의미 있는 조사를 수행하는 건 더 말할 필요도 없다. 하지만 3일 동안 목숨 바쳐 뛰었는데 보고서를 내지 못한다면? 책임자는 문책당할 것이다. 그리고 실무자들에게 책임을 떠넘기려 차례로 그들을 해고할 것이다.

오늘 한 완고한 늙은이가 등장하는 동영상을 보았다. 한 노인이 아무리 설득해도 격리되기 싫다며 고집을 부리고 있었다. 우한은 역사적으로 항구도시로서 발달한 곳이다보니, 생활방식이 규칙적이지 않은 사람이 많고 막무가내인 사람도 적지 않다. 이 늙은이는 통제 불가능할 정도는 아니었지만 꽤 고집스러웠다. 이 도시에 무데뽀들보다 더 많은 게 아마 이런 고집불통들일 것이다. 영상에서 경찰들은 할 수 없이 강제적인 수단을 동원해 이 사람을 끌고 갔다. 참을성 있게 설득하는 데서부터 강제로 끌고 가기까지 여러 사람이 동원되고 적지 않은 시간이 걸렸다. 이런 지경인데 3일로 될까? 나는 지역 책임자들이 걱정된다. 3일 후에 다 잘리고 한 명도 안 남는 게 아닐까. 집권자들이 변죽만 울리다가 사람들을 벼랑 끝으로 내몰지 않기만을 바랄 뿐이다.

아직까지도 나쁜 소식이 꼬리를 물고 이어진다. 나도 나쁜 소식은 감추고 좋은 소식만 전할 수는 없다. 나쁜 소식이라는 건 당연히 부고를 말한다. 사신死神이 계속해서 사람들 사이를 어슬렁거리고, 매일 죽음의 그림자가 뒤를 쫓는다. 스물아홉 살 의사 펑인화彭銀華가 어제 세상을 떠났다. 그는 원래 초여드레에 결혼식을 하려 했는데, 전염병이 터지자 결혼도 미루고 의료 최전선에 뛰어들었다. 그러나 안타깝게도 감염되었고, 또 애석하게도 세상을 떠났다. 그는 이제 다시는 신부를 맞을 수 없게 되었다. 이렇게 젊은 나이에 유망하고 유능한 의사가 떠나다니 비통하다. 더 나쁜 소식은 집단감염이 발생했다는 것이다. 예전에 한 네티즌이 사진까지 올려가며 "감옥이야말로 가장 안전한 곳"이라고 말한 적이 있었다. 하지만 오늘 들려온 소식에 의하면, 전국에 있는 여러 감옥에서 죄수들이 감염되었고 그들을 감염시킨 사람은 교도관이었다. 이럴 수가! 감옥에 있는 사람들 중 일부는 반사회적인 성향을 갖고 있으니, 치료하기도 쉽지 않을 것이다. 위챗으로 의사 친구에게 물었더니 역시 만만치 않겠다고 했다. 그래도 일단은 여전히 좋은 쪽으로 가고 있다고 봐도 될까? 친구는 "상황이 좋아지고는 있지만 속도는 매우 더디다"라고 말했다.

기록하고 싶은 일이 또하나 있다. 샤오셴유肖賢友라는 우한의 환자가 세상을 떠났다. 그는 임종 전에 두 줄짜리 총 열한 자의 유언을 남겼다. 그런데 신문에는 이런 제목으로 기사가 실리고 말았다. '비뚤비뚤 쓴 일곱 글자 유언, 사람들을 울리다.' 기사에서 말하는 일곱 글자는 '我的遺體捐國家(제 시신을 나라에 기증합니다)'인데, 실제로 그의 유서에는 네 글자가 더 있었다. '我老婆呢?(그런데 제 아내는요?)' 사람들을 울린 건 바로 이 네 글자였다. 임종 전에 자신의 시신을 기증하겠다는 이야기를 꺼낸 것도 감동인데, 마지막으로 남긴 말이 아내에 대한 걱정이라니. 이 역시 감동적이었다. 왜 기사 제목을 '비뚤비뚤 쓴 열한 글자 유언, 사람들을 울리다'라고 쓰지 않고 뒤에 있는 네 글자를 빼버린단 말인가? 편집자가 생각하기에 나라에 대한 사랑은 큰 사랑이고, 아내에 대한 사랑은 작은 사랑인가? 이 신문은 이런 작은 사랑은 무시하는 건가? 오늘 한 젊은이에게 이 이야기를 해주었더니 매우 공감하며 신문의 이런 태도는 인정할 수 없다고 했다. 젊은이들이 사고할 줄 안다는 건 기쁜 일이다. 나는 정부는 유서의 첫 문장을 좋아하고, 보통 사람들은 그다음 문장을 좋아한다고 말했다. 즉, 언론은 사건을 좋아하지만 보통 사람들은 삶에 더 신경을 쓴다는 것이다. 이는 사실 가치관의 문제다.

전에 봉사활동을 하러 왔던 팀의 이야기가 떠오른다. 출발 전에 리더들이 앞에 나와 몇 마디를 한다. 일반적으로 세 가지를 이야기하는데, 첫번째 리더는 이렇게 말했다. "첫째로 우리 팀의 명예를 지키고, 둘째는 최선을 다해 환자를 구하고, 세번째는 스스로를 보호합시다."

그런데 다른 팀 리더는 이렇게 이야기했다. "첫째로 환자들을 최선을 다해 구하고, 둘째로 스스로를 보호하고, 마지막으로 우리 팀의 명예를 지킵시다." 보라, 둘 다 리더의 이야기이고 내용도 별반 다르지 않다. 하지만 무엇을 우선할지는 그의 가치관에 달렸다.

내 생활에 대해 이야기하겠다. 나는 대체로 늦게 자는 편인데, 우리 막내오빠는 늘 일찍 잔다. 그런데 어젯밤에는 잠을 자지 않고, 인터넷으로 내게 글을 남겼다. "너는 글을 쓰고, 나는 공동구매를 하는구나." 나는 왜 이렇게 늦은 시간까지 물건을 사는지 의아했다. 오빠 말로는 여러 공동구매팀이 있는데 어떤 곳은 감감무소식이고, 다른 곳은 확인해보면 이미 물건이 매진이라고 했다. 31일 동안 다들 갇혀 지내니 먹을 것이 거의 바닥난 것이다. 막내오빠는 며칠 전에도 당황스러운 일을 겪었다고 했다. 집 맞은편에 있는 마트가 곧 폐점한다는 소식에 사재기하는 사람들이 넘쳐났다. 인터넷쇼핑몰은 밤 11시 반에 물량이 재입고되어 물건을 살 수 있다. 막내오빠는 일찌감치 필요한 물건을 장바구니에 담아놓고 11시 반까지 기다렸는데, 접속이 되지 않았다. 겨우 접속된 후에는 남아 있는 물건이 없었다. 그날 밤 막내오빠와 올케는 모두 정신이 멍해졌다. 다행히 지난 며칠 동안 쌀과 국수와 기름, 약, 채소는 사둔 터였다. 나는 막내오빠에게 말했다. "걱정마. 밥을 굶지는 않겠지. 중국이 아직 그 지경은 아닐 거야." 막내오빠가 살고 있는 지역은 한커우에서도 가장 위험한 지역으로, 오랫동안 감염 위험구역 1순위로 꼽혔다. 막내오빠는 몸도 좋지 않으니, 감염되면 정말 무서운 일이 생길 수도 있다. 그래서 우리는 모두 막내오빠에게 문밖으로 한 발자국도 나가지 말라고 했다. 건물 안에서만 30일을 넘게 머물고 있으니 불편하기 짝이 없을 것이다.

나는 막내오빠보다는 운이 좋은 편인 듯하다. 동료와 이웃이 계속 나를 도와주고 있으니 말이다. 어제 동료의 남편이 생각지도 않게 내게 치킨수프 통조림을 몇 개 가져다주었다. 뜻밖이지만 나도 웃으며 받았다. 동료는 조건을 달았다. 오늘 쓴 기록을 가장 먼저 자기에게 보내달라는 거였다. 내 입장에서 본다면, 이건 투자 대비 이익이 더 많은 일 아닌가? 당연히 망설임 없이 알겠다고 대답했다. 작가협회의 동료들은 나를 친절하게 대해준다. 나는 그들 중 대부분이 성장해가는 모습을 지켜봤다. 이 동료도 그렇다. 그녀가 작가협회에 처음 왔을 때가 아마 스무 살이 채 되지 않았던 것 같은데, 귀여우면서도 자존심이 셌다. 눈 깜짝하는 사이에 그녀도 곧 오십 줄이 되었다.

여기까지 썼을 때, 동창들 단체대화방에 누군가 글을 올렸다. 우한에 팡창병원 열아홉 곳이 더 지어질 거라는 내용이었다. 이 글을 보자 문득 며칠 전 우한식물원에서 일하는 류劉선생이 내 웨이보로 보낸 메시지가 떠올랐다. 그의 의견은 이러했다. "만일 신종 코로나바이러스와의 전쟁이 금방 종식되지 않는다면, 우한을 계속 봉쇄하는 것도 국가의 경제 회복에 영향을 미칠 것이고, 우한 사람들도 정신적으로 압박받을 겁니다. 이럴 바에야 '강중江中 격리'를 시도해보는 게 낫지 않을까요." 구체적인 방법은 이렇다. 양쯔강의 바이샤주白沙洲●와

톈싱주天興洲••, 그리고 하역이 끝난 선박 등을 이용하는 거다. 환자 만 명은 수용할 수 있을 것이다. 또 톈싱주의 면적은 22제곱킬로미터로 마카오보다 2제곱킬로미터가 더 넓고, 마카오의 현재 인구는 약 60만 명이다. 따라서 톈싱주에 15만 명을 수용하는 팡창병원을 짓는 건 문제없다. 그리고 바이샤주와 운행하지 않는 대형 선박도 있다. 만일 우한의 모든 환자를 강으로 이송할 수 있다면, 바이러스는 육지로 가지 못할 것이다. 그러면 우한도 점차적으로 봉쇄를 풀 수 있다. 우창과 한커우, 한양에 순차적으로 적용하면 된다. 만일 팡창병원을 짓는 데 시간이 너무 오래 걸린다면, 우선 임시천막 10만 개를 세워 환자를 수용하고 치료할 수도 있다. 어쨌든 봉쇄는 장기적인 계획이 될 수 없다. 나라도, 인민도 버틸 수 없다.

정말 대담하고 재미있는 의견이다. 하지만 강 중간에 이런 공간을 만든다면, 오수를 방류하는 문제는 어떻게 해결하나? 이른봄 추위에 환자들이 천막에 머물 수 있을까? 나는 잘 모르겠다. 전문가들은 방법을 알고 있을까?

이제 사람들은 전염병보다 경제 회복을 더 많이 이야기한다. 수많은 기업이 도산 위기에 처하고, 그보다 더 많은 사람들은 수입이 없어 생존에 위협을 받고 있다. 이 모든 것이 사회적 안정과 연관된다. 우리는 감염된 환자를 격리함과 동시에 건강한 사람들마저 가둬놓았다.

• 우한시 서부지역의 양쯔강 주요 수로 남측에 위치한 모래사장.
•• 양쯔강의 중간에 섬처럼 위치한 모래사장.

시간이 이렇게 길어지면, 추가적인 재난이 불가피하게 뒤따를 것이다. 이미 사람들의 아우성이 들린다. "건강한 사람들도 살고 싶다!"

나는 방법을 모르겠다. 그저 기록만을 남길 뿐이다.

전염병은 확산되는 것을 막기가 어렵다
진짜 문제는
바로 이것이었다

오늘 날씨도 여전히 맑다. 그리고 온화하다. 침대에 누워 휴대폰을 본다.

제일 처음 마주한 것은 우한의 한 여성이 지역사회를 비판하는 내용의 녹음파일이었다. 낭랑하게 울리는 그녀의 우한 사투리는 똑부러지고 명쾌했다. 막말도 있었지만, 풍부한 관용구로 사람들을 폭소하게 하고 완전히 사로잡았다. 나도 무척 재미있게 들었다. 이 말투는 내게 친숙하다. 분명 내가 학창 시절에 살았던 장안구 27길 일대 주민들이 쓰는 사투리였다. 완전한 우한 사투리는 아니다. 한커우 중심 지역에서 쓰는 본토박이 우한 사투리와 비교하자면 약간 차이가 있다. 어쨌든 나보다는 잘한다. 여러 친구가 이 녹음파일을 들어보라며 보내주었다. 나는 말했다. 너희들 우한 여자가 어떤지 알겠지? 욕설을 좀 섞더라도 일리 있는 말을 하니, 이게 바로 우한 사람의 고상한 욕이라 할 수 있겠다.

아름다운 하늘에 통쾌한 우한의 욕까지 더해져서 오늘은 시작이 좋다.

봉쇄 한 달째, 〈중국신문〉 부편집장인 샤춘핑이 다시 한번 내게 인터뷰를 제안했다. 우리는 우선 인터넷상으로 인터뷰를 끝내고, 오후에는 사진을 찍고 몇 마디만 더 나누었다. 문연 단지 입구에 있는 당직자들은 그들이 기자증이며 신분을 증명할 만한 서류들을 전부 챙겨왔음에도 불구하고, 여전히 일일이 이름을 적고 또 열이 나지 않는지 확인하는 복잡한 절차를 진행했다. 나는 웃으며 말했다. "만일 당신들이 잠입 취재하는 거면 우린 낭패를 보는 거잖아." 샤춘핑은 이번에는 마스크뿐만 아니라 요구르트와 우유도 주었다. 집에 와서 보니 안에 초콜릿도 하나 들어 있었다. 나는 바로 동료에게 연락했다. "언제 당직 서는 날 건너와. 아이한테 복지 혜택을 줄 테니." 나는 평소에 주변 사람들에게 초콜릿을 받으면 그걸 동료의 아이에게 주곤 했는데, 하루는 아이가 갑자기 이렇게 말했다. "팡팡 할머니는 살아 있는 레이펑 같아요." 이 말을 들은 후로 나는 더 신이 나서 초콜릿을 보내주었다. 행동에 이론적인 동기가 생긴다는 게 이렇게 중요하다.

샤춘핑 일행을 배웅한 지 30분도 안 되었을 때, 멀리 미국에 있는 친구가 내가 이번에 진행한 인터뷰 기사를 보내주었다. 기사에는 아까 찍은 사진도 올라와 있었다. 나는 깜짝 놀랐다. 인터넷의 전파 속도란 상상을 초월한다. 우리 가족들 중에는 이공계 남자들이 많아서 나도 그 영향을 받아 과학기술에 잘 적응하는 편이다. 컴퓨터로 글을 쓰기 시작한 것도 1990년부터였다. 하지만 여전히 현대 과학기술의 빠른 발전 속도는 따라잡을 수가 없다. 그 속도에 이렇게 놀라기가 일쑤다. '진리터우탸오今日頭條'•에 가입한 첫날, 나는 그곳의 '작은 뉴스' 페이지에 일기를 한 편 올렸다. 그런데 다음날, 조회수가 2천만이 넘더니 얼마 후 3천만을 돌파했다. 나는 너무 놀라 쓰러질 뻔했다. 소수의 독자들에게 익숙한 나에게, 이렇게 많은 조회수는 오히려 공포스럽게 느껴졌다. 뭔가 정상적이지 않은 일 같다는 느낌이 들었고, 하마터면 글을 더이상 못 쓸 뻔했다. 동창들이 애써 격려해준 덕분에 겨우 버티고 있다.

관영매체들의 수작은 나도 잘 알고 있다. 인터뷰 질문은 많고 거기서 골라 쓰는 건 얼마 안 된다. 이런 점을 알고 있기 때문에, 나는 최대한 자세하게 대답해서 그들에게 선택지를 준다. 그러면 그들이 인터뷰에 다른 내용을 추가했는데 내가 받아들일 수 없는 경우, 거리낌없이 그 내용은 버리고 내 본래의 의도를 살릴 만한 다른 말들을 찾아볼 여지가 생긴다. 전반적으로 보자면, 신문사는 상대적으로 파급력이 크기 때문에 신중하게 응해야 한다. 분명 내 개인미디어처럼 편안하고 자유롭게 행동할 수는 없을 것이다. 따져보자면 신랑망 웨이보

• '오늘의 헤드라인'이라는 뜻의 중국 뉴스 애플리케이션.

가 가장 자유로운 매체라 할 수 있겠다. 나는 그 작은 네모상자 안에 글쓰는 게 특히 좋아서 매번 단숨에 글을 완성한다. 아주 편하다. 그러나 아쉽게도 웨이보측은 극좌파 무리들의 항의를 견디지 못하고, 내 웨이보 계정을 차단했다. 나는 그들에게 이렇게 글을 남겼다. "너희는 끝내 너희에 대한 내 사랑을 저버리는구나!"

오늘 의사 친구가 아침부터 전염병에 대한 자신의 생각을 내게 들려주었다. 오후에 나도 한번 더 상황을 물어보았고, 대략적인 내용은 이렇다. 3일간의 통계에 따르면, 전체적인 추세는 나아지고 있지만 근본적인 변화는 없다. 현재 전염병은 확산되고 있고, 아직 완전히 통제되지는 않는 상황이다. 의심환자 수도 여전히 많다. 병상 부족으로 인한 압박이 줄었을 뿐이다. 병상이 늘어난 데는 두 가지 이유가 있다. 하나는 퇴원이고 하나는 사망이다. 사망자 수가 매일 100명에 달한다.

슬픈 소식이다. 우한은 이미 충분한 조사를 마쳤다. 너무 충분해서 시민들이 버텨낼 수 없을 정도다. 하지만 전염병은 여전히 만연하고, 또 통제도 못하고 있다. 혹시 이런 이유 때문에 팡창병원을 열아홉 곳이나 더 짓는 것인가. 병상이 늘어나면 기다리던 사람들에게 자리가 갈 테니, 경증 환자가 중증으로 발전하는 것을 막을 수 있다. 의사 친구도 예전에 했던 말을 반복했다. "초기에 치료가 늦어진 중증과 위급 환자들이 아직 우한에 만 명 가까이 있어. 그래서 사망자 통계 수치가 감소하기 힘든 거야." 위중한 환자들은 호흡이 어렵기 때문에 산소호흡기 등을 달아 호흡 문제를 먼저 해결해야 한다. 어젯밤에 〈차이신財新)˙에서 본 글이 떠오른다. 호흡기 튜브 하나로 좌우되는 생과 사의 과정에 대한 이야기였던 것 같다.

의사 친구는 이야기 도중에, 현재 중약이 어느 정도 치료 효과가 있다는 말을 했다. 예전에 한 네티즌이 중약의 효과에 대해 물어본 게 생각났다. 그래서 바로 의사 친구에게 다시 질문을 던졌다. 그와 같은 서양의학 분야의 전문가들이 이 문제를 어떻게 바라보는지 알고 싶었기 때문이다. 의사 친구의 대답은 이러했다. "현재 많은 병원에서 입원 환자 병동 전체를 중의사들이 관할하고 있고, 치료도 잘되고 있다. 중의사도 당연히 양약과 양의학을 쓸 줄 안다. 중의와 양의의 결합으로 효과는 더욱 분명해졌고, 국가 차원에서도 인정받고 있다. 처음 중의 치료를 시작할 때만 해도 양의들의 반대가 거세고 조롱도 적지 않았지만, 현재 효과가 나타나면서 반대하던 사람들의 목소리가 사라졌다. 나는 전염병이 지나가고 난 후에 나라에서 분명 중의학을 더 지원해줄 거라 생각한다. 이번 전쟁에서 그들이 혁혁한 공을 세웠고, 모두가 그것을 지켜보았으니 양의들이 반대한다 해도 어쩔 수 없다. 그리고 중의가 치료비도 더 저렴하다. 나는 중의학을 잘은 모르지만, 지금까지 중의를 배척한 적은 없다. 중의는 5천 년 중화문명 속에 숨쉬며 살아 있고, 양의는 중국에서 자리잡은 게 고작 몇십 년밖에 되지 않으니 중의의 효과는 분명하다." 이 이야기는 의사 친구

˙ 중국 금융정보 업체.

가 몇 단락으로 나누어 쓴 것을 하나로 합치기는 했지만 모두 원문 그대로다.

　내 대학교 동창 하나는 중의과대학 교수이다(그는 중문학을 전공했다. 의고문醫古文•을 가르치는 건가? 물어보지 못했다). 전염병이 처음 시작되었을 때부터 그는 중의학을 이용해 치료하면 분명 효과가 좋을 거라 여겼다. 지금까지 그는 계속해서 이 생각을 알리고 건지혜왔디. 그리고 우한에서 중의를 제대로 사용하지 않는다며 크게 화를 내고 비판하기도 했다. 나는 의사 친구가 한 말을 대학 동창들 대화방으로 옮겼다. 언론사에서 일하는 한 친구는 이 글을 보고, 어떤 의미에서 보자면 바이러스가 중의를 구한 것과 같다고 했다. 좀 소름 돋는 말이었다.

　역시나 중의과대학에 있는 친구는 이렇게 답했다. "정말 이번 바이러스에 고마워해야겠네. 중의학과 중의약을 널리 알려주었으니 말이야." 중의와 양의는 관점부터 다르다. "중의는 바이러스에게 살길을 남겨주지. 바이러스가 뿌리내린 영토인 몸을 떠나도록 유도하지만, 떠난 후 살지 죽을지는 알아서 하는 거고(일반적으로는 바이러스가 죽겠지). 양의는 바이러스를 박멸하려 들어. 하지만 실패하면 소생할 길도 남지 않아." 이건 친구의 생각이다. 재미는 있지만, 내 생각에는 조금 편파적인 것 같다. 그가 말하는 중의학은 철학적인데, 양의학에 대한

• 중의약과 관련된 고서적의 글과 문화현상을 연구하는 학문.

이해는 옆길로 샌 것 같은 느낌이다.

저녁에 동창들 단체대화방에서 다시 한번 중의를 두고 토론이 벌어졌다. 방에는 중의학을 싫어하는 사람도 적지 않았다. 중의과대학 교수인 친구가 또다시 자신의 생각을 적었다. "엄격하게 말하자면, 중의와 양의는 결합이 불가능해. 이론적으로 완전히 달라서 서로 다른 길 위를 달리는 차와 같지. 지금 말하는 소위 중서양 의학 융복합은 실제로는 중의약을 쓰면서 양의학의 의료기계와 설비, 그리고 약물 일부를 공유하는 거야. 둘이 각각 지닌 장점을 끌어내는 거지. 사실 그렇게 결합하는 데는 큰 문제가 있고, 충돌이 일어나기도 해."

중의와 양의에 대해서 나는 아무것도 모른다. 그저 원문을 그대로 옮길 뿐이다. 나는 평소에 병이 나면 주로 양의를 찾는다. 하지만 일상생활 중에 몸을 관리하고 싶을 땐 중약을 쓴다. 예를 들어 매년 겨울마다 내가 여러 약초를 넣고 차를 끓이는 것도 그렇다. 나는 차 끓이는 방법을 동료인 추펑에게 알려주었는데, 마셔보더니 기분이 한결 나아졌다고 했다.

여기까지 썼을 때, 뉴스 하나를 발견했다. 아침에 본 우한 욕 동영상이 각 부문의 관심을 이끌어냈다. 지역사회 책임자며, 기율검사위원회*까지 모두 그곳을 방문하고 거기 언급된 중바이中百마트도 즉시 재정비에 들어간 걸 보면, 욕이 효과가 있었나보다. 한 친구는 이 '우

---

* 당원을 교육, 감독하여 당의 규약 및 기타 규칙, 제도를 지키게 하는 중국 공산당의 감찰기관.

한의 저주' 동영상에 이미 영문 자막까지 달렸다고 했다. 나는 다시 한번 폭소했다.

'우한 욕' 동영상에는 모든 잡다한 문제들이 관련되어 있다. 솔직히 말해서 봉쇄가 이렇게 길어지니 인민들의 먹거리 문제가 터져나오는 건 당연하다. 공동구매 방식도 날이 갈수록 허점이 드러났다. 각 단지의 입구에는 매일 공동구매 물품을 받으려는 사람들이 아우성친다. 게다가 물품이 한 번에 오는 게 아니라, 가끔은 몇 차례 나눠서 받기도 한다. 원래 하루에 한 번만 문밖에 나가면 될 일을 공동구매 때문에 하루에 몇 번씩 나가야 한다. 다소 불합리한 행동을 하는 주민들도 있는데, 그들은 생활필수품도 아닌 맥주 따위를 몇 짝씩 주문한다. 물품을 관리하는 봉사자들이 그걸 옮겨주려면 얼마나 힘들겠는가. 대체 어쩌자는 건가. 아무리 사소한 것일지라도 관리는 체계적으로 이루어져야 한다. 하지만 어떻게 해야 과학적으로 관리하고, 전염병에 효과적으로 대처할 수 있을까? 그저 소설 쓰는 사람인 나는 알수가 없다.

오늘 인터넷에는 이런 결론이 올라왔다. 첫번째 집단감염은 연초에 있었고, 두번째 집단감염은 병원에 몰리면서 발생했고, 세번째 집단감염은 마트로 몰리면서 일어났고, 네번째 집단감염은 공동구매를 하느라 발생했다.

의사 친구는 말했다. 전염병은 확산되는 것을 막기가 어렵다. 진짜 문제는 바로 이것이었다.

스스로 선택한 일이라면,
그 선택의 결과도
용감하게 받아들여야 한다

오늘도 날씨가 청명하다. 어렸을 때, 집에 『맑은 날』이라는 책이 있었던 게 기억난다. 무슨 내용이었는지는 이미 새까맣게 잊어버렸다. 일전에 나는 매화가 이미 다 져버렸을 거라고 써두었는데, 오늘 보니 예상외로 단지 안에 홍매화가 만발해 있다. 그 어느 해보다도 더 화려하고 아름답게 피어나서 웅장한 느낌마저 들었다.

어느새 정월이 지나갔다. 이제 우리는 더는 봉쇄 며칠째인지 일일이 헤아리지 않는다. 어차피 집에서 안정적으로, 인내심을 갖고, 최대한 평정심을 유지하며 기다려야 한다. 전환점을 기다리는 게 아니라 밖으로 나갈 수 있는 날을 기다린다. 내가 볼 때 전환점이 오느냐 마느냐는 이제 중요하지 않은 것 같다. 종적도 보이지 않는 걸 구태여 그렇게 힘들게 찾아다닐 필요가 있을까? 어쩌면 레이선산병원의 왕원장 말처럼 전환점은 이미 지나갔는지도 모른다. 그렇다면 우한에서 가장 무섭고 비참하고 힘든 날들도, 자연스레 이미 지나갔을 것이다. 현재 전염병 상황은 속도가 더디고 참기가 어려울 뿐이지 분명 호전되고 있다.

다만 우리는 끈질기게 달리 붙는 죽음으로부터 벗어나지 못했다. 오늘 아침, 한 젊은 의사가 순직했다. 사흘 전 사망한 의사 펑인화처럼 그녀 역시 스물아홉이었다. 이름은 샤쓰쓰夏思思. 두 살배기 아이를 남겨두고 세상을 떠났다. 저녁에는 또다른 의사가 순직했다. 마흔을 갓 넘긴 나이였다. 이름은 황원쥔黃文軍. 탄식과 울음이 쏟아졌다. 수많은 이들이 탄식하고 통곡했다. 모두 아무 말도 없이 이 부고를 전했다. 순직한 의사가 이게 벌써 몇 번째인가? 더이상 세기도 쉽지 않다.

오늘은 이런 생각도 했다. 평소 건강이 좋지 않은 사람이 바이러스의 공격에 더 쉽게 쓰러진다고 하지 않았나? 초기에 치료받지 못하면 중증으로 발전하거나 사망에 이르게 된다고 하지 않았나? 그런데 스물아홉 살과 마흔 살인 그들은 모두 이 두 경우에 속하지 않는다. 그런데 왜 바이러스를 이겨내지 못한 걸까? 나는 궁금증을 갖고 의사 친구에게 이를 물어보았다. 친구는 말했다. "맞아, 노인들 중에 기저질환이 있는 분들은 사망할 가능성이 커. 의료진들은 감염되어도 확실히 치료 여건이 좋은 편이지. 왜 사망에까지 이르게 되는지는 개인의 몸 상태에 따라 차이가 있어. 사람마다 면역력이 다르니까." 친구는 자세히 설명해주지는 않았다. 다만 전에 했던 말을 반복했다. "이 바이러스는 정말 괴이해. 어제 뉴스를 보니까 97세 노인이 완치되어 퇴원했다고 하더라고. 그때 이런 생각이 들었어. 의료진의 사망률이 이렇게 높은 데는 다른 이유가 있는 게 아닐까?"

오늘 동창들의 단체대화방에 대학 시절 조장이었던 친구 라오양이 나와 또다른 친구인 라오샤를 격려하는 글을 올렸다. 우리 둘은 대학 시절 라오양의 조원이었다. 라오양은 베이징에서 공무원이 되었지만, 우리 사이에서는 여전히 조장이다. 대학 동창들 대부분은 퇴직했고, 몇 명만이 60세 이후에도 일하고 있다. 라오샤도 그중 한 명이다. 1978년 대학에 입학한 라오샤는 그때 겨우 열일고여덟 살이었는데 워낙 아기 같은 얼굴이어서 꼭 열네댓 살 같아 보였다. 이유는 모르겠지만, 우리는 처음부터 그를 라오샤라 불렀다.•

라오샤는 언론인이다. 졸업 후 언론사에 취직해서 지금까지 한 번도 자리를 옮긴 적이 없다. 라오샤의 말로는, 코로나19가 창궐한 후로 모든 언론사가 전시戰時에 준하는 상태로 돌입했다고 한다. 기자들은 일선으로 나갔고, 이슈가 있는 곳이면 어디든 달려갔다. 보도하는 것 외에 지역사회에 주재하는 임무도 주어졌다. 그도 네 지역을 맡아 관리하고 있는데, 엄격한 방역작업뿐만 아니라 주민들을 도와 장을 보고 약을 사는 등의 일까지 하느라 만만치 않다고 했다. 우리 동창들

• 어려 보이는 외모에 비해 성숙해서 친구들끼리 '老' 자로 시작되는 별칭을 붙여 그를 '애늙은이' 정도로 가볍게 놀린 듯하다.

중에서 유일하게 라오샤만이 이 사태의 일선에서 일하고 있다. 그는 자기가 라오바서老八舍를 대표해 사회에 공헌하고 있다며 농담을 했다. 라오바서는 우한대학에 다닐 당시 우리가 거주하던 학생 기숙사 명이다. 한 동창은 '올해의 감동적인 라오바서 인물'의 칭호를 라오샤에게 주자고 제안하기도 했다.

언론인 얘기기 니와서 말인데, 네기 알기로 이번에 우한으로 전염병 상황을 취재하러 온 기자는 300여 명이다. 각종 인터넷 매체나 1인 미디어 기자들까지 합치면 아마 그보다 훨씬 많을 것이다. 그들이 사방팔방 뛰어다니며 꼼꼼히 취재하고 열심히 써준 덕분에 우리는 집 안에서 현장감과 깊이가 느껴지는 기사를 읽을 수 있었다. 작은 부분도 소홀히 하지 않고, 중요한 시간의 흐름까지 놓치지 않고 심층 취재한 기자들이 있었기에 더 많은 애로사항과 문제가 드러났고, 우리도 여러 훌륭한 인물과 사건들을 알게 된 것이다.

사실 지금 우한은 예전 원촨汶川●의 지진현장과는 다르다. 이곳은 전염병 구역이다. 어디에 위험이 도사리고 있는지 알 수가 없다. 당신이 인터뷰하는 사람이 감염자인지 아닌지, 당신은 알 수 없다. 혹시 알고 있다고 해도, 그들은 여전히 인터뷰하러 갈 것이다. 우한으로 온 기자들 대부분이 젊고, 직업정신이 투철하고, 용기 있는 사람들이다. 나도 젊은 시절에 방송국에서 일한 적이 있어서, 외부로 인터뷰하러

● 2008년 쓰촨 대지진이 일어났던 지역이다.

나가는 게 얼마나 피곤하고 번거로운 일인지 너무나 잘 안다.

오늘 글을 한 편 보았는데, 너무나 예리해서 마음이 찔리는 것처럼 아팠다. 그중 한 단락을 여기에 옮겨 스스로 반성해보고자 한다. "나는 후베이성과 우한의 언론사 사장들을 경멸한다. 일부 공무원들에게도 이 사태에 대한 책임이 있지만, 그렇다고 당신들은 떳떳한가? 수천만 인민들의 안위보다 자신의 출세와 지위가 그렇게도 중요한가? 오랫동안 전문지식을 쌓아온 당신들이 이 바이러스의 위험성에 대해 몰랐다고 할 건가? 왜 맞서서 진실을 보도하지 않았는가?"

묵직한 내용이지만, 이건 반드시 반성해야 할 일이다. 글쓴 사람도 분명 알고 있었을 것이다. 기본상식과 전문성 그리고 직업정신을 갖춘 언론계 리더가 아직도 남아 있나? 우수한 자가 도태되고 열등한 자가 살아남는 분위기가 오랫동안 이어지면서, 뛰어난 언론인들이 대거 사라졌다. 살아남은 사람들의 수준은 다 엇비슷하고, 그들 중에는 언론사의 한자리를 관직처럼 여기고 승진에만 열 올리는 사람이 태반이 아닌가? 그들은 당연히 정월의 이 재난 기간 동안 인민들에게 진실을 알리는 '대역죄'를 범할 리 없다. 정월에 그들이 어떤 역할을 했어야 하는지, 언론인이라면 다들 알고 있을 게 아닌가. 인민이라, 그들의 눈에 인민은 없는 존재다. 그들은 오직 상사를 잘 모시는 데만 열중한다. 그들의 지위는 상사가 결정하는 것이지 인민들과는 아무런 관련도 없기 때문이다.

후베이성이든 우한이든 용감하고 직업정신이 투철한 기자는 많다.

장어우야張歐亞●가 책임자를 바꾸라고 소리치지 않았던가? 그의 상사가 바이러스보다 이 목소리에 더 겁먹었다는 사실이 그저 안타까울 뿐이다. 그들은 언제나 자신들과 다른 목소리를 내는 사람을 재빨리 처단하면서도, 이 악마 같은 바이러스는 되레 대수롭지 않은 일로 여긴다.

의료진을 제외하면 기자들은 바이러스 전쟁의 최전선에 있는 이들이다. 기자들은 바이러스 앞에서 용감하게 싸울 수도 있었지만, 전염병 상황 초기에 이미 침묵을 선택했다. 비통한 일이다. 물론 언론인들도 불쌍하다. 양쪽에서 괴롭힘을 당하고 있으니 말이다. 위에서는 진실을 말하지 못하게 하고, 밑에서는 진실을 말해달라고 한다. 어느 한쪽도 선택하기 쉽지 않지만, 대부분의 경우 그들은 위에서 하는 말을 들을 수밖에 없다. 그렇다면 아래에서 하는 욕도 감당해야 옳다. 나는 스스로 선택한 일이라면, 그 선택의 결과도 용감하게 받아들여야 한다고 생각한다.

오늘 우리집 문 앞에서 또 소독을 한 것 같다. 집에만 있으니 밖에서 무슨 일이 벌어지는지 알기가 어렵다. 쓰레기를 버리러 다녀오다가 공지를 보았을 뿐이다. 저녁에는 이 일대를 관리하는 샤오저우에게 문자메시지가 왔는데, '사랑의 채소'를 우리집 문 앞에 두었다고

●〈후베이일보〉의 기자. 장어우야는 2020년 1월 24일 웨이보에 우한의 상황이 더 심각해지고 있다며 당장 책임자를 바꿔야 한다는 글을 올렸다. 중국 공산당 기관지인 〈후베이일보〉는 신속하게 여러 정부기관에 사과문을 발표했고, 장어우야의 글도 삭제되었다.

했다. 뛰어나가보니 청경채 두 봉지가 놓여 있었다. 아주 신선하고 상태가 좋았다. 어디서 보내준 것인지는 모르겠지만, 내게 딱 필요했던 채소다.

중요한 것은 오직 하나,
바로 약자들에 대한
당신의 태도다

음력 2월 2일, 용대두龍抬頭●다. 봄철 밭갈이가 오늘부터 시작되겠지? 하지만 올해 이날에는 밖에 나와 땅에서 일하는 농부가 있을는지 모르겠다. 계속 하늘이 맑고 날이 따뜻하다. 커다란 태양이 바이러스를 모두 그을려 없애줄 것만 같은 느낌이 든다. 안마당의 월계화가 가지를 뻗고 움을 틔울 텐데, 나는 거의 관심을 갖지 않았다. 그럼에도 월계화는 왕성하게 자라고 있다.

나는 평소에 첸지 제과점의 '장인 빵'을 즐겨 먹는데, 오늘 그 제과점의 루 사장님이 내게 빵 한 박스를 보내주셨다. 어떻게 감사 인사를

● 음력 2월 2일, 중국의 전통 명절. 용이 머리를 드는 날이라 하여, 이날 이후 비가 자주 오고 생활하기가 편해진다고 여겨 향을 피우고 제사를 지낸다.

드려야 할지 모르겠다. 동료 다오보는 문 앞에서 당직을 서다가 멀리서 나를 봤는데, 걷는 모습을 보자마자 나인 줄 알았다고 했다. 나는 큰 보폭으로 재빨리 걷는 편이고, 다오보는 늘 높고 뾰족한 하이힐을 신고 천천히 걷는다. 예전에 함께 출장을 간 적이 있었는데, 그녀는 내 보폭을 따라오지 못했다. 다오보가 집까지 물건을 들어다줘서, 그 참에 나도 빵을 좀 나눠주었다. 우리는 평소에 음식을 잘 나눠먹는 편이다. 내가 그녀가 좋아하는 톄관인鐵觀音*을 보내면, 그녀가 만든 요리가 종종 내가 있는 곳으로 날아왔다. 이게 몇 년째인지 정확히 기억할 수는 없다. 그녀가 만든 연근전과 진주완자珍珠圓子**는, 내가 제일 좋아하는 요리다. 문연 단지에 살면서 가장 좋은 점은, 먹을 게 부족하지 않다는 거다.

베이징에 있는 동창이 단체대화방에 우한전염병지휘부의 18호 명령을 올리며, 어떻게 된 일이냐고 물었다. 상황을 알고 있는 다른 동창이 바로 설명해주었다. "17호령을 먼저 발표했어. 그런데 문제가 생겨서 개정중이래. 18호령은 17호령을 취소한다고 발표한 거고." 나쁜 일은 천리까지 전해진다더니, 과연 틀린 말이 아니다. 인터넷에서는 마침 어떤 교수가 '조령석개朝令夕改***'라는 사자성어를 써서 지금

● 중국인들이 즐겨 마시는 우롱차의 한 종류.
●● 돼지고기와 올방개를 잘게 다져 동그랗게 빚고, 겉에 찹쌀을 입혀 쪄내는 요리.
●●● 아침에 명령을 내리고 저녁에 바꾼다는 뜻으로, 법령의 개정이 너무 빈번하여 믿을 수 없다는 의미로 쓰인다.

의 상황을 설명했다. 이어서 이건 조령석개가 아니라 조령오개^{朝令午改}라고 했다. 아, 전국의 인민들이 우한을 예의주시하고 있는데, 우한은 번번이 실수만 저지르니 뒷골이 당긴다.

전염병 발생 초기에 이미 중증이었던 환자들은, 의사들이 여전히 최선을 다해 치료하고 있다. 하지만 사망률은 떨어지지 않는다. 이 병이 중증 단계로 진입하고 나면 확실히 치료기 어렵디는 뜻이디. 살고 죽는 것은, 개인이 얼마나 버티는지에 달렸다. 경증 환자가 중증으로 가는 걸 막는 조치는 잘하고 있는 듯하다. 듣자 하니 팡창병원에 입원한 환자들은 병이 나은 후에도 나가기를 싫어한다고 한다. 팡창병원은 공간도 넓고, 식사도 잘 나오고, 춤추고 노래하고 수다까지 떨 수 있는 곳이니 어울려 놀 사람이 많다. 또 신경쓸 일이 하나도 없고, 가장 중요한 건 돈도 받지 않는다. 심심하게 집안에 머무르는 것보다 훨씬 나은 셈이다. 말하고 나니 꼭 재미없는 농담 같다.

전염병을 막고 번지지 못하게 하는 것이 현재 가장 중요한 일이자, 동시에 가장 어려운 일이다. 우한의 새로운 책임자가 전수조사를 명령했다고는 하지만, 900만 인구가 사는 이 도시는 지역도 광활하고 사람들의 생활상도 복잡해서 각 집의 문을 일일이 두드리며 조사한다는 건 너무 무모한 일이다. 지역사회 관계자들뿐만 아니라 일선으로 내려온 간부들, 심지어 대학 교수들까지 한 사람당 열 명에서 많게는 백 명, 천 명에 달하는 사람을 만나야 할 뿐만 아니라 감염될 위험까지 감수해야 한다. 두드려도 문을 열어주지 않는 집은 방법이 없다.

매번 경찰을 불러 잡아가게 할 수도 없다. 경찰 인력도 한계가 있다. 게다가 지역사회 관계자 혹은 공무원들은 방호복은커녕 마스크를 넉넉히 구하기도 어렵다. 며칠 전에 작가협회 동료가 전화를 걸어 그들을 위해 방호복이라도 마련해줄 방법이 없겠느냐고 물었다. 나도 여기저기 물어봤는데, 현실적으로 너무 어렵단다. 그렇다고 의사들이 쓰는 것을 훔쳐올 수도 없는 노릇이 아닌가? 전염병이 심각한 지역에서는 이런 일꾼들의 안전을 보장하기가 어렵다. 만일 그들이 감염되어 집으로 돌아가서 가족들까지 감염시킨다면, 그게 더 나쁜 일 아닌가? 참혹한 사실은 그럼에도 네 부류의 사람을 찾아내어 격리하거나 치료하지 않으면, 우한의 봉쇄가 풀리는 것도 영원히 불가능하다는 것이다. 따라서 전염병이 퍼지는 걸 막기 위한 전수조사는 결국 우한이 당면한 가장 중요한 문제다.

점심때 베이징에 있는 동창이 장AD가 낸 의견을 내게 전해주었다. 그는 어마어마하게 많은 잠재적 감염자들을 파악조차 할 수 없다는 것이 국가에서 전염병의 확산을 막고 통제하는 데 가장 큰 장애물이 되고 있다고 했다. 그러고는 오늘 아침에 이 생각을 하니 가슴이 꽉 막혀 답답했다고 전했다! 그는 한 가지 건의사항을 내놓았고, 내가 널리 알려주길 바랐다. 읽어보니 유용할 것 같다는 생각이 들어서 여기에 옮긴다.

나의 건의사항: 국가 차원에서 나라의 3대 통신사(중국전신, 중국이동, 중국

연통)를 동원해 전국의 모든 휴대폰 사용자에게 공지를 보내서, 국가 비상 사태에 사용할 수 있는 피드백 시스템을 만든다. 모든 사람이 반드시 매일 건강 체크에 응하도록 하고, 항저우와 선전 등지의 건강 QR코드 시스템을 참고한다. 앞서 말한 세 기업 외에도, 두 곳의 민간 결제 사이트(위챗페이, 알리페이)의 협조가 더 필요하다. 다섯 곳의 회사가 모인다면, 전국의 14억 인구 대부분을 포함시킬 수 있다. 휴대폰과 알리페이를 쓰지 않는 사람들은 보통 전염병이 집중적으로 발생한 구역에 있지 않다. 노인들은 가족들의 도움을 받으면 공지를 전달받을 수 있다.

여기에 선전의 DJI 드론과 그 밖의 여러 우수한 드론 회사가 참여한다면(국가 비상사태이므로 모두 징집하여 사용한다), 전염병 지역을 드론으로 순찰할 수 있다. 방송과 공지에 제어 가능한 공중 네트워크까지 더해지면, 사람의 개입을 최대한 줄일 수 있고 작업 효율을 최대한 높일 수 있으며 아직 확진되지 않은 모든 잠재적 감염자에 대한 문제도 해결할 수 있다. 이것이 현재 가장 시급한 임무다.

휴대폰과 위챗페이, 알리페이로 사람을 찾는 것에는 또 한 가지 중요한 의미가 있다. 일정 기간(11월 1일부터 오늘까지) 내 모든 사람의 동선을 정확하게 알 수 있다는 것이다. 아무도 빠져나갈 수 없다!

이 글은 AD가 쓴 원문을 그대로 붙인 것이다. 합리적인지, 적용 가능한지는 전문가들이 고려해볼 문제다. AD의 아버지는 〈황허대합창 黃河大合唱〉의 작사가 장광녠長光年이다(공교롭게도 내가 앞서 말한 동료

다오보의 고모부는 바로 〈황허대합창〉의 작곡가 샨싱하이洗星海다). 내가 〈오늘의 명사今日名流〉라는 잡지를 냈을 때, 장선생님의 일기 몇 편을 실은 적이 있다. 훗날 그 일기 모음집이 출판되었는데, 장선생님이 내게 책을 보내며 편지 한 통을 끼워놓으셨다. 그 편지에 아들인 AD가 내 동창이라는 내용도 있었다. 장선생님은 사회적 지위도 높고, 또 같은 업계의 사람이었기 때문에 나는 답장을 하기가 불편했고, 그래서 하지 않았다. 그때 나는 젊었고, 스스로에게 지나치게 엄격했다. 잡지의 이름을 빌려서 각 분야의 유명인들과 교류하는 것을 스스로 허락하지 않았고, 오히려 유명인사들과 최대한 거리를 유지하려 했다. 하지만 나중에 장선생님이 돌아가셨다는 부고를 듣고는 깊이 후회했다. 나는 철부지 어린애였다.

오늘 오후에도 〈차이신〉의 기자가 쓴 글을 읽었다. 내용은 주로 복지원과 양로원에 있는 노인들이 전염병 시국에 어떻게 생활하고 있느냐 하는 내용이었다. 솔직히 전염병이 아니더라도, 이 노인들은 이미 사회적 약자 중의 약자이고 변방 중에서도 변방으로 밀려난 이들이다. 그들이 평균 수준의 일상생활을 유지하고 있는지 궁금해하는 사람들이 많다. 바이러스가 건강한 사람들마저 하나씩 쓰러뜨리고 있는 이때, 그들의 상황이란 차마 상상하기도 어렵다.

사실 대략 열흘 전쯤 나는 이미 복지원의 노인들이 바이러스에 감염되어 연이어 사망했다는 이야기를 들었다. 물론 정보의 출처는 믿을 만했지만, 내가 자세히 확인할 방법이 없었기 때문에 언급하지 않았다. 어쨌든 간에 많은 사람들이 나를 벼르고 있고, 검열의 칼날도 내 머리 위에 걸려 있지 않은가. 이번에 〈차이신〉의 기자는 상황을 최대한 자세하게 취재해서 주소와 인원, 이름, 시각까지 정확하게 기록해놓았다. 그런데도 누가 이걸 모른 척할 수 있을까? "울다가 눈물이 말라버렸다"는 말로는 우리 마음속의 아픔을 결코 표현하지 못한다.

〈차이신〉의 기자(그에게 경의를 표한다!)는 이렇게 보도했다. 어제 "일부 가족들은 요양센터에 있는 노인들의 전화를 받았다. 그곳에서 노인 일부가 격리될 예정이라고 통보했다고 한다. '어디에 격리한다는 거지? 돌봐주는 사람은 있나? 어떤 기준에 부합해야만 격리치료를 받는 거지? 남겨진 노인들은 감염되지 않았을까? 효과적인 예방조치를 받을 수 있을까? 노인들의 핵산검사* 결과는 어떨까? 요양원측에서 현상태를 제때 알려줄 수 있을까? 정부에서 요양원의 치료, 간병 인력과 자원을 늘려줄까?'" 가족들은 까맣게 타들어가는 마음으로 여전히 대답을 기다리고 있다. 아마도 정부에서는 이미 노인들과 관련된 일을 인계받아 관리하고 있고, 그들도 사람이니 노인들의 생존권 문제를 그냥 넘기지는 않을 것이다.

내가 강조하고 싶은 것은 다음과 같다. 한 나라의 문명 수준을 말할 때는 국가에 얼마나 높은 건물이 있고 얼마나 빠른 차를 만들어내며 국가의 무기가 얼마나 강하고 군대가 얼마나 위협적인지, 국가

---

* 코로나19 진단 검사를 말한다.

의 과학기술은 얼마나 발달했고 예술은 얼마나 수준 높은지를 보는 게 아니다. 국가의 공식 행사가 얼마나 화려하고 불꽃놀이가 얼마나 화려한지는 더더욱 보지 않으며, 심지어 얼마나 많은 여행객이 호방하게 외국으로 나가 전 세계를 휩쓰는지도 상관하지 않는다. 중요한 것은 오직 하나다. 바로 약자들에 대한 국가의 태도다.

오늘 기록할 일이 하나 더 있다. 내 웨이보는 며칠 전에 이미 차단이 해제되었다. 처음에는 절대 다시 돌아가지 않겠다고 생각했다. 일종의 실망감 때문이었다. 또 웨이보에는 깡패 같은 인간들도 많아서, 동창들은 내게 괜히 마음 상하지 않게 웨이보에는 글을 올리지 말라고 했다. 하지만 곰곰이 생각해본 후에 그래도 웨이보를 사용하기로 결심했다. 얼마 전에 라디오에서 들은 말이 기억이 났기 때문이다. 마지막 말이 "당신이 경멸하는 사람에게 세상을 양보하지 말라!"였다. 같은 이치로 나는 내가 좋아하는 웨이보 세상을 내가 경멸하는 사람들에게 내어줄 수가 없다. 다행히 웨이보에는 블랙리스트 시스템이 있어서, 무턱대고 욕하는 사람들은 모두 차단할 수 있다. 블랙리스트는 나를 깡패 바이러스로부터 지켜주는 방호복과 N95 마스크다.

이 노래의 끝자락에서
우리는
해독약을 찾으리

깜짝 놀랄 정도로 날씨가 좋다. 점심때 기온이 20도 가까이 올랐던가? 보일러를 틀고 있으면 벌써 후덥지근하다. 하지만 저녁에는 또 갑자기 비가 내렸다. 정말 이상하고 별난 날씨다. 어차피 밖으로는 못 나가니 휴대폰을 들여다보는 게 매일의 필수 코스가 되었다.

　이른아침부터 동영상 몇 편을 보았는데, 꼭 하고 싶은 말이 있다. 동영상은 두 종류였다. 하나는 다른 성에서 후베이성에 기증한 채소가 당한 각종 고난이었다. 도중에 누군가 가로채는 경우도 있고, 통째로 쓰레기통에 버려지기도 하고 창고에서 썩기도 했다. 이런 영상이 한둘이 아니었다. 또다른 영상은 공동구매한 채소가 지나치게 비싸다며 주민들이 욕하는 영상들이었다. 대부분의 인민들에게 돈이란 아껴서 사용하는 것이다. 평소에도 쇼핑할 때는 여러 번 고민한 후에야 손을 뻗는다. 간장 값을 2위안만 할인해도, 가게 모퉁이를 삥 돌 정도로 줄을 늘어선다. 왜일까? 쌈짓돈이 입에 풀칠할 정도만 있으니 아낄 수 있는 건 조금이라도 아껴야 하는 것이다. 그렇기 때문에 공동구매한 채소를 맘대로 고를 수도 없는데, 가격까지 비싸다면 인민들이 욕할 수밖에 없다. 게다가 이렇게 오랜 시간 갇혀 있었으니, 다들 마음속에 화가 잔뜩 쌓인 상태다.

이 동영상들은 모두 친구가 보내준 것이어서 진위를 확인할 수 없다는 점을 말해두고 싶다. 하지만 진위를 떠나서, 나는 기증받은 이 엄청난 양의 채소를 더 합리적으로 나눠줄 수 있는 방법이 분명 있을 거라 생각한다. 지금 이대로라면 한쪽에서는 배분하기가 곤란하고, 또다른 한쪽에서는 채소 값이 비싸다고 원성이 자자하니 양쪽이 다 손해 보는 상황이다. 다른 성 인민들이 보내온 선량한 마음에까지 상처를 내고 있다. 기증받은 채소는 한꺼번에 관련 부서로 보내서 각 마트로 배분하는 게 낫겠다. 마트에서는 정상적인 가격 혹은 저렴한 가격에 인민들이 공동구매할 수 있게끔 엄격하게 관리하고, 수익금은 기부하거나 시민들이 지속적으로 정상가에 채소를 살 수 있도록 보조하는 데 써도 된다. 이렇게 하면 시민들은 채소를 저렴하게 살 수 있고, 지역사회 관계자들도 운반부터 분배, 배달에 이르는 번거로운 일들에서 자유로워질 수 있다. 날이 풀해지면서 채소를 보관하기가 갈수록 어려워지고 있다. 어떤 일이든 현실적인 문제를 고려해서 처리하는 게 좋다.

코로나19에 대해 이야기해보자. 아침에 의사 친구가 내게 문자메시지를 보냈다. 우한을 제외한 다른 지역에서는 전염병이 거의 통제되었다고 했다. 오직 우한만이 여전히 전염병이 만연하고, 통제도 그다지 잘 되고 있지 않은 상황이다. 병상 부족 문제는 조금씩 해결되고 있다고 선했나. 코로나19가 계속해서 확신되는 까닭을 나는 이해할 수가 없다. 우한이 봉쇄된 지 이미 한 달이 넘었고, 신종 코로나바이러스의 잠복기가 최대 24일이라고 하면 이미 감염된 사람들의 증상은 발현된 상태다. 모두가 문 닫고 밖으로 나오지 않으니, 신규 확진자는 마땅히 극소수가 되거나 아니면 0이 되어야 맞지 않은가. 왜 아직도 이렇게 많은 확진자가 새로 나타나는 걸까? 의사 친구 역시 이 부분에 의혹을 갖고 있었다. 신규 확진자와 감염 의심환자가 나타나는 이유가 무엇인지 모르겠다고 했다. 감염원이 어디인 걸까. 이건 반드시 연구해봐야 할 부분이다. 신규 확진자들의 사례와 원인을 분석해서 그에 맞게 방역조치를 다시 조정하고 강화할 필요가 있다. 비록 우리가 이렇게 큰 대가를 치렀다 해도, 격리 효과는 우리의 예상만큼 좋지 않을 수 있다. 의사 친구는 다시 한번 '괴이'라는 두 글자로 코로나19를 표현했다. 그리고 아마도 바이러스와 맞설 시간이 더 필요하고, 그 기간은 예상보다 더 연장될 수 있다고 전했다.

기간이 연장된다는 것은 우리가 앞으로도 계속 자가격리해야 한다는 것을 의미한다. 이 기간이 얼마나 길어질지는 아무도 모를 것이다. 괴로운 격리다. 네티즌들도 할말을 잃었다. 우한 사람들은 너무 힘겹다. 전염병 발생 초기에는 불안감과 공포를 고스란히 겪었고, 뒤이어 역사상 유례없었던 슬프고 고통스럽고 무력한 날들을 보냈다. 지금은 비록 더는 공포에 떨지 않고 슬픈 마음도 많이 사라졌지만, 사람들은 말로 다 하기 어려운 우울감과 초조함, 그리고 기약 없는 기다림을 마주하고 있다. 정말 방법이 없다. 여기서 나는 나 자신과 모든 사람에게 이렇게 말하고 싶다. 기다려보자. 이건 어쩔 수 없는 일이다. 우리는 이미 오랜 시간을 기다렸고, 분명 남은 시간은 그리 길지 않을 것이다. 세계보건기구에서도 우한을 방문했고, 우한 사람들에게 감사를 표했다. 이런 감사의 인사가 우리를 위로해주지는 못하지만 말이다. 하지만 적어도 우리가 그들을 위해 희생하고 있고, 우리가 집안에 갇혀 있는 것은 그들의 자유를 위해서라는 걸 전 세계가 알고 있다. 짜증나고 조잡스러운 드라마나 다시 꺼내서 보자. 〈봄빛 찬란 저 팔계春光燦爛 豬八戒〉 같은 거 말이다. 안 그러면 어쩌겠나?

아침에 동영상 하나를 더 보았다. 한 아주머니가 마스크도 하지 않고 밖으로 나갔다. 아무리 달래도 그녀는 돌아가려 하지 않았고, 마스크를 쓰고 대화하려 하지도 않았다. 이런 사람을 만나면, 일선 공무원이든 지역사회 관계자이든 방법이 없긴 마찬가지다. 또다른 동영상에서는 사람들이 길거리를 돌아다니고 작은 상점들은 모두 문을 열고 평소처럼 북적거렸다. 촬영자는 영상 속에서 이렇게 말했다. "이렇게 자유롭다니, 우한에 있는 것 같지가 않네." 내 지인은 그 거리의 이름도 알고 있었다. 이런 장면이 몇 개만 더 늘어나도, 격리는 의미를 잃는다. 그들 대부분이 전염병은 자신과 상관없는 일이라 생각했을 것이다. 하지만 전염병 통제는 더디고, 어쩔 수 없이 계속 집안에 머물러야 하는 우리가 오히려 그런 사람들의 행동 때문에 대가를 치른다.

어제 AD의 건의를 올린 후, 수많은 사람이 댓글을 달아서 이건 개인이 사생활을 지나치게 침범하는 것으로 절대 해서는 안 되는 일이라고 했다. 이런 의견이 적지 않았다. 나는 그 의견들을 AD에게 전해주었다. 그는 이렇게 대답했다. "그렇군요. 개인의 동선은 원래 사생활의 영역이지만, 전염병이 심각하고 선별이 어렵다는 점을 감안해서 국가적 비상사태 때는 효과적인 모든 수단을 동원해 도와야죠!"

사실 어제 그의 건의를 게시할 때, 나도 이 문제에 대해 생각했다. 특히 AD가 가장 마지막에 쓴 "아무도 빠져나갈 수 없다!"라는 구절을 읽은 후에는 잠시 망설이기도 했다. 하지만 나는 그럼에도 불구하고 이 글을 올렸다. 내가 우한에 있기 때문이다. 나는 개인의 사생활보다 900만 명의 생존이 훨씬 중요하다고 생각한다. 지금 우리가 직면한 문제는 생존하느냐 마느냐의 문제다. 목숨을 지키는 데 불가피한 것이라면 사생활이 대수인가. 수술대에 누운 환자 대부분은 의사 앞에서 사생활을 걱정하지 않는다. 하물며 첨단기술의 혜택을 누릴 때는 부작용을 각오할 수밖에 없으며, 끝내는 그 부작용도 없앨 수 있다. 무협소설 속 독극물의 고수들도 언제나 품속에 해독약을 지니고 다니지 않던가. 현재 우한 사람들에게 사생활은 1순위가 아니다. 살아남는 것, 그게 바로 1순위다.

여전히 죽음이 이곳에서 행진곡을 울리고 있다. 이 노래의 끝자락에서 우리는 해독약을 찾아낼 것이다.

오늘 한 동창이 인터넷에 쓰기를, 그가 밖에 나가려는데 세 살 먹은 손녀가 "할아버지, 나가지 마세요. 밖에는 바이러스가 있어요"라고 했단다. 다른 동영상도 하나 보았는데, 세 살쯤 된 아이가 밖에 놀러 나가고 싶어서 아빠에게 열쇠를 달라고 조르며, 나가서 월마트만 구경하고 오겠다고 말했다. 물론 가장 참담한 이야기는 할아버지가 돌아가셨는데, 밖에는 바이러스가 있어 무섭다며 나오지를 못하고 과자만 먹으며 며칠을 보냈다고 말하던 아이다. 이 밖에도 너무나 많은 아이들이 집안에 갇혀 나가지 못하고 있다. 어른들이 그 아이들을 어떻게 겁주고 있을지 상상이 되는가? 바이러스! 바이러스! 아이들의 마음속에 바이러스는 분명 마귀와 같은 존재일 것이다. 언젠가 문밖으로 나갈 수 있게 되었을 때, 아이들 중 쉽사리 발을 떼지 못하는 아이들도 있지 않을까 모르겠다. 그리고 이 그림자가 아이들의 마음속에 얼마나 오랫동안 남을지는 더더욱 모르겠다. 이렇게 작고 약한 아이들은 세상에 어떤 잘못도 저질러본 적이 없는데, 그들마저도 어른들을 따라 고통을 감내하고 있다. 오늘 오후에 내 동료 몇 명이 인터넷상에 모여 1월 20일 이전의 일을 돌이켜보고 이 재난의 원흉을 한바탕 욕하자 마음이 한결 편안해졌다고 했다. 우리에게는 모두 트라우마가 있다. 돌이켜보면 운이 좋았던 게 아니라, 우리는 그저 살아남았을 뿐이다.

　오후에 '진리터우탸오'에 〈장강일보〉를 옹호하는 글이 실렸다. 물론 '지능형 안티'일 가능성이 크다. 이 글은 〈장강일보〉 모 기자의 말을 인용해서 나와 다이젠예戴建業● 교수를 공격하고 조롱하는 내용이었는데, 우리를 '악플러'라며 비난했다. 그 '지능형 안티'의 검은 속내에 대해서는 이야기하고 싶지 않다. 하지만 나를 욕한 그 〈장강일보〉 기자는 논리가 너무 빈약하고, 심지어 기본적인 이해력과 판단력마저 부족하다. 「비뚤비뚤 쓴 일곱 글자 유언, 사람들을 울리다」에서 나는 내용에 대해서는 한마디도 하지 않았다. 기사 제목이 '비뚤비뚤 쓴 열한 글자 유언, 사람들을 울리다'가 되어야 한다고 생각했을 뿐이었다. 제목에서 글자 수만 고치면, 얼마나 좋은 기사가 되겠는가. 더욱이 나는 그 글을 쓴 기자에게 문제가 있다고는 전혀 생각해본 적이 없다. 내 경험으로 미루어볼 때, 이건 언제나 데스크의 문제다. 작가로서 기사 제목에 대해 의견을 좀 피력했다고 '악플러'가 되다니? 솔직히 나는 〈장강일보〉를 늘 좋게 생각해왔다. 청년 시절부터 〈장강일보〉에 종종 기고해왔고 심지어 협력한 적도 몇 번 있다. 수년 동안 〈장강일보〉에는 늘 수준 높은 기자와 편집자들이 있었다. 그들의 직업적 능력과 수준 높은 기사가 〈장강일보〉를 오늘같이 웃음거리로 전락시킨 적이 있던가? 〈장강일보〉가 욕을 먹는 건 그들이 자초한 일이

● 화중사범대학교 교수이자 편집자, 작가. 다이젠예 교수는 인터넷에 「원로들이여, 팡팡 같은 이들 앞에 부끄럽지도 않은가?」라는 글을 발표했다. 이 글은 곧 삭제당했다.

다. 그리고 〈장강일보〉가 줄곧 지켜온 평판 역시 유언의 마지막 말을 빼버린 이상한 기사를 쓴 사람들과 앞에 쓴 그 '지능형 안티'들이 무너뜨린 것이다. 이건 그들이 반드시 반성하고 검토해야 할 일이다. 여기까지 쓰고 나니 원래는 시원하게 몇 마디를 '질러주려' 했는데, 이만하면 됐다 싶다. 내 동창도 신문사에서 일하는데, 그를 난처하게 하고 싶진 않다.

다른 몇 가지 작은 소식들을 기록한다.

하나, 코로나19로 희생된 의료진의 수가 26명에 달했다. 그들의 안식을 기원한다. 현재 우리가 스스로를 잘 관리하고, 집안에 머무르는 것도 그들의 희생을 헛되지 않게 하기 위함이다.

둘, 한 교수가 내게 말하길 세계보건기구가 베이징 기자회견에서 밝힌 바로는 현재 코로나19 치료에 유일하게 효과가 있는 약물은 렘데시비르다.

셋, 우한 지역에 매일 마스크 200만 장이 공급될 예정이다. 주민등록증 등 유효한 신분증명서가 있다면 매일 아침 10시부터 인터넷에서 예약구매가 가능하다. 구체적인 구매 방법은 온라인에서 확인할 수 있다.

"모든 대가를 감수하겠다"는 말은 본질적으로 과학적인 결정이 아니다

날이 흐리지만 춥지는 않다. 창밖은 온통 봄기운으로 넘쳐난다. 문을 열고 나가서 단지 안에 개를 놓아주었다. 한 달 동안 씻기지 않았더니 냄새가 좀 난다. 개 욕조의 배수구가 망가져서 물이 빠지질 않는다. 애견센터도 문을 열지 않는다. 너무 골치 아프다. 어떻게 해야 좋을지 고민을 좀 해봐야겠다.

의사 친구는 계속해서 내게 문자를 보내 전염병 상황을 알려주고 있다. 나는 의사 친구의 관점에 내 생각과 이해를 더해 현재의 상황을 다음 일곱 가지로 정리해보았다.

첫째, 현재 우한에서 완치되어 퇴원하는 사람의 수가 지속적으로 증가하고 있다. 중증으로 발전하지 않는다면 완치율이 높다는 것을 알 수 있다. 내 동창도 어제 퇴원한 후 호텔로 들어가서 14일 동안 자가격리에 들어갔다. 분명 마음이 가벼워졌을 것이다.

둘째, 사망자 수가 눈에 띄게 줄어들었다. 이건 특히 좋은 소식이다. 목숨이 제일 중요하니까. 내가 지금 가장 듣기 무서워하는 게 부고인데, 여전히 끊임없이 전해지고 있다. 그저께 밤에 한 아이가 자신의 외삼촌이 막 돌아가셨다며 연락해왔다. 아이의 외숙모도 그전에 이미 세상을 떠난 상태였다. 또 한집에서 두 사람이 떠났다. 아이는 예전에 우리집 맞은편에 살아서, 나는 그가 성장하는 모습을 지켜보았다. 아이는 두 노인이 섣달그믐 저녁에 차도 없이 걸어서 병원으로 가 진찰을 받았다고 했다. 그 모습을 생각하니 가슴이 먹먹해졌다. 아이는 엄마에게 이 일을 아직 말하지 않았다고 했다. 엄마와 외삼촌의 우애가 특별했기 때문에, 어찌 말해야 좋을지 모르겠다고 했다. 아, 이런 소식이 연이어 들려온다. 나는 이미 이들을 위로할 능력을 잃어버렸다. 의사들도 정말 고생이 많다. 그들의 노력과 힘은 한계에 다다랐지만, 우리는 여전히 그들이 계속 노력하고 힘을 내주길 부탁한다. 비탄에 빠진 사람들을 아주 조금이라도 더 구해내기 위해서 말이다.

셋째, 한 주 동안 신규 확진자와 감염 의심환자는 여전히 비슷한 수치를 유지하고 있다. 내가 조사해보니, 어제 우한의 신규 확진자 수는 401명이다. 우한을 제외한 후베이성 각 지역의 신규 확진자 수는 40명도 안 되고, 후베이성을 제외한 전국 각지의 신규 확진자 수는 겨우 10명에 불과하다. 즉, 현재 다른 지역에서는 코로나19가 통제되고 있고 오직 우한만이 남은 상황이라는 거다. 내가 이해하기 어려운 부분이 바로 이것이다. 도시가 봉쇄된 이후로 시민들 대부분이 한 달째 밖을 못 나가고 있는데, 도대체 어디서 이렇게 많은 환자가 발생한다는 말인가? 나는 다른 의사 친구에게 연락해 이 일에 대해 이야기해 보았다. 그녀는 분명 사각지대가 많을 거라고 했다. 예를 들면 감옥에서 그렇게 많은 사람이 집단감염될 줄 몰랐고, 요양원 노인들이 그렇게 많이 감염되리라고 예상치 못한 것처럼 말이다. 이런 곳들은 사람들이 애초에 생각도 못한 장소였다. 또한 이곳에도 노동자들이 있고, 그들도 평소에 일을 마치면 집으로 돌아갈 테니, 그러면 밀접 접촉자가 또 발생하지 않겠는가? 아마 이 모든 것이 감염원이 되었을 것이다. 이 밖에도 부랑자들이 있다. 그들 중 몇 명이 감염되었는지 아무도 모른다. 이런 사례들에서 보듯, 소외된 곳에 있는 사람들이 적지 않다. 또한 일부 노인들은 감염되었어도 중증이 아니면 팡창병원에 못 들어가고(연령 제한이 있다), 일반 병원에도 들어가지 못하고 있다. 모든 것이 문제다. 그나마 다행이라 할 수 있는 건, 신규 확진자 대부분이 경증이고 완치율도 높다는 것이다.

넷째, 병원의 병상 부족 문제가 완화되었다. 내가 노인들이 입원하지 못하는 문제에 대해 묻자, 의사 친구는 현재 노인들 중 경증 환자는 입원이 가능해졌다고 했다. 사실 다른 각도로 보자면, 일부 환자와 가족들이 반드시 자신이 지정한 병원에 입원하겠다며 까다롭게 구는 경우가 있다는 걸 나도 알고 있다. 원하는 곳에 입원하지 못하면,

병원에 가지 않겠다는 것이다. 하지만 코로나19는 어느 병원이나 치료 방법이 비슷하지 않을까? 우선 입원하고 치료 먼저 받는 것이 최선의 선택일 것이다. 치료를 미루다가 중증이 되고, 또 자신이 마음에 드는 병원에 자리가 날 때까지 기다린다면, 그때 가서 목숨을 지킬 수 있을까? 그래서 나는 병원에 대해 까다롭게 구는 사람들에게, 어느 병원이든 우선 입원해서 목숨을 부지하는 게 중요하다고 말해주고 싶다.

다섯째, 우한의 전염병 상황은 여전히 통제되지 않고 있다(하지만 의사들의 이런 의견에 반대하는 사람들도 있다. 그들은 이미 통제되고 있다고 말한다. 이에 의사들은 매일 수백 명의 신규 확진자는 어디서 나타나는 거냐고 반박한다). 지금까지도 여러 방역조치들이 제대로 실행되지 못하고 있다. 의사 친구의 말에 따르면, 황강은 공무원 몇 명이 해고된 후로 방역조치가 눈에 띄게 강화되고, 모든 게 잘 실행되고 있다. 황강은 인구가 많고 빈곤한 지역으로 우한과 거리가 가까워서 왕래하는 인구도 많다. 그런데도 이렇게 빠르게 전염병을 통제했다는 건 대단한 일이다. 황강으로 달려왔던 국가 지원팀은 이미 임무를 마치고 뤄톈羅田˙으로 온천을 하러 떠났다. 실질적으로 전염병과의 전투에서 승리했다고 발표한 것이나 다름없다. 아침에 한 친구가 보내준 문자메시지가 떠오른다. 류쉐룽劉雪榮의 '다섯 가지 최우선사항'을

˙ 후베이성 황강시 뤄톈현.

이야기해주었는데, 시의 위생건강위원회 주임을 해임하고, 지역사회와 마을, 길을 폐쇄하고, 발열 증상자를 전수조사하고, 외부에서 오는 의료지원팀과 방역물자를 맞을 때는 경찰차가 길을 열고 도열하여 예를 갖추고, 의료지원팀을 뤄뎬 싼리판三里販의 온천 호텔로 보내 보름 동안 휴식하고 정비할 수 있는 시간을 주자는 내용이었다. 류쉐룽이라는 이름은 친숙한데, 그가 누군지는 잘 기억나지 않았다. 바이두에서 검색해보니, 그는 현재 황강시위원회 서기를 맡고 있으며 화중과학기술대학의 전자공학과를 졸업했다.

여섯째, 우한의 봉쇄와 외출 금지가 오랜 기간 이어지면서 인민들의 생활에 엄청난 불편을 초래했고, 인내심도 한계에 달해간다. 하지만 그럼에도 이상적인 효과는 전혀 얻지 못했다. 매일 300명 이상의 신규 확진자와 200명 이상의 의심환자가 도대체 어디서 전염되어오는 것인지 즉각 밝혀내야 한다. 한 달이 넘게 지났으니, 그들은 분명 초기 잠복기에 감염된 환자들이 아니고 새로 감염된 사람들이다. 매일 수백 명이라는 건 결코 작은 일이 아니다. 반드시 예의주시해야 한다! 장기간 성을 봉쇄하는 것은 불가능하고, 다른 심각한 문제들도 발생할 것이다. 지금은 신규 확진자들의 감염원을 정확하게 찾아내 격리해야 한다! 네 부류의 사람을 모두 격리하면 바깥은 안전해지고 천천히 정상적인 사회 질서를 회복해갈 수 있다. 이 단락의 내용은, 기본적으로 의사 친구의 말을 그대로 실었다.

일곱째, 제일 처음으로 달려와준 국가 의료지원팀은 한 달간 힘들게 싸웠고, 심신이 모두 극도로 지친 상태다. 휴식이 시급하다. 나라에서 다시 3만 명을 파견해 교대해주지는 않을 게 아닌가! 최대한 빨리 회복하도록 돕지 않으면 위험할 수 있다. 이 역시 의사 친구가 보낸 원문 그대로다.

오늘 좋은 인터뷰 한 편을 보았다. 〈차이징財經〉*의 기자가 저장대학교 왕리밍王立銘 교수와 나눈 대화였다. 왕교수의 관점들은 의혹을 풀어줄 수 있을 만큼 분명하고 이성적이었다. 일부를 발췌해 옮긴다.

1. 나는 과학자로서, 음모론의 유행은 인류 사회에서 일상적인 일이 될 것이라 생각한다. 현대사회가 갈수록 복잡해지면서 과학기술의 발전 역시 점점 더 고도화되고 비직관적으로 변했다. 더는 과학기술이 복잡한 현대사회를 살아가는 보통 사람들에게 확실한 거점을 제공한다고 보기 어렵다.

2. 계몽주의 이래로 인류는 늘 모든 사물이 인류가 알고 있는 틀 안에서 설명이 가능하다고 여겼다. 이는 물론 인류가 가진 지혜의 승리라 할 수 있다. 하지만 다른 관점에서 보자면, 이 역시 인류의 오만이다.

3. 공공 위생과 관련된 위기를 통제할 때는 우선 과학을 존중하고 전문가를 존중해야 한다. 정치적인 임무가 전문가의 지시를 대체할 수는 없다.

4. 다시 한번 강조한다. 전염병을 막는 과정에서 국가의 자원과 역량을 총동원하여 국난을 극복하는 것은 물론 좋은 일이다. 하지만 맨 처음에 문

● 중국 경제 전문지.

제를 명확히 할 때, 전염병과의 전쟁 과정에서 최종 목표를 조정하고 확정할 때, 우리는 반드시 과학적 법칙을 존중해야 한다. "모든 대가를 감수하겠다"는 말은 본질적으로 과학적인 결정이 아니다.

5. 나는 현재 전염병의 확산 단계에서 가장 필요한 것은 역학 전문가들이 코로나19와 다른 전염병들 사이의 유사점과 차이점을 분석하고 과학적으로 판단하는 일이라 생각한다. 그후에 바이러스 확산 추세를 점검하고, 앞으로의 방역조치를 조정해나가야 한다. 우리는 결코 탁상공론으로 만들어낸 전염병 관리 목표에만 의존해서는 안 된다.

6. 코로나19가 오늘로 이어지기까지, 수만 명이 병에 걸리고 수천 명이 사망했다. 아마 조 단위에 달하는 경제적 손실도 뒤따를 것이다. 하지만 우리는 아직도 책임자가 내 책임이라고 인정하거나, 최소한 내게도 책임이 있다고 말하거나, 인민들에게 사과하는 것을 보지 못했다. 마치 아무에게도 책임이 없다는 것을 묵인해주는 듯하다. 전염병 발생 기간에 우리에게 필요한 것은 사기를 끌어올리고 긍정적인 에너지를 발휘하는 것이지, 줄곧 부정적인 데만 이목이 쏠려서는 안 된다. 그건 맞는 말이다. 하지만 책임 소재를 분명히 하고 제도를 개선하는 일도 잊어서는 안 된다.

오늘 한 동창이 내게 댓글을 남겨 인터넷에 올라온 어느 사연에 공감을 표해달라고 했다. 순직한 의사 샤쓰쓰의 남편이 다시 방역의 최전선으로 나가지 않게 하자는 청원이었다. 동창이 말하길 "이건 〈라이언 일병 구하기〉처럼 매우 인도적인 호소문이야. 댓글에 보면 어떤 사람은 우리도 '설리번 규정^{sullivan rule}'[●] 같은 걸 만들어야 한다고 하더라. 네가 만약 이 내용을 일기에 써줄 수만 있다면, 아마 의료진의 가족이 일선에서 동시에 희생되는 사례를 막을 수 있을 거야."

사람들의 선량한 마음이야 당연히 이해가 된다. 하지만 나는 이 의견에 결코 찬성할 수 없다. 첫째, 일선으로 갈지 말지는 샤쓰쓰 남편 본인의 뜻을 존중해야 한다. 둘째, 샤쓰쓰가 감염된 건 전염병 창궐 초기 단계였다. 그때 의료진들은 코로나19가 '사람 간 전염된다'는 사실을 알지 못했고, 방호장비도 부족하거나 아예 없었다. 지금은 다르다. 의료진들의 방호장비가 완전히 갖춰졌고, 감염될 가능성도 이미 아주 낮아졌다. 셋째, 병원은 일선이 맞지만 그곳의 모든 직원들이 환자를 직접적으로 접촉하는 것은 아니다. 그러므로 나는 샤쓰쓰의 남편이 평소처럼 출근하거나 쉬도록 두는 것이, 아마 그에게 최선이 아닐까 싶다.

● 제2차세계대전 중 미국의 설리번 오형제가 한 함대에 배치받았다가 모두 전사하자, 군대에서 형제를 같은 함선이나 부대에 배치하는 것을 엄격히 금하는 규정이 생겼다.

일단
살아남을 것

날이 또 흐리다. 찬 기운은 있지만, 아주 추운 건 아니다. 밖으로 나가 하늘을 바라보니, 햇살 한줄기 비치지 않는 하늘이 왠지 무겁고 우울하게 느껴졌다.

어제 위챗 아이디로 올린 글이 또 삭제되었다. 웨이보도 다시 차단되었다. 웨이보에 아예 글을 쓸 수 없는 줄 알았는데, 혹시나 하고 써보니 올라간다. 어제 일기만 블라인드 처리된 거였다. 바로 기분이 좋아졌다. 아, 난 정말 화살에 놀란 새처럼 조그만 일에도 겁이 나서, 무슨 말은 해도 되고 무슨 말은 하면 안 되는지도 모르겠다. 가장 중요한 일은 전염병을 막는 것이기 때문에, 최선을 다해 정부에 협력하고 모든 조치를 따르고 있다. 나는 주먹을 쥐고 선서라도 할 판인데, 이

걸로 부족한 건가?

우리는 여전히 집안에 갇혀서 문밖으로 나가지 못하고 있다. 하지만 어떤 사람들은 벌써부터 큰소리로 찬가를 부르며, 승리의 서광이 비치기 시작했다고 말한다(악의적으로 하는 말이 아니라면 말이다). 우한 사람들이 무슨 말을 할 수 있을까? 초조함도 심란함도 견뎌내야만 한다. 그렇지 않은가? 승리는 당신들의 승리일 뿐이다. 오늘 이런 글을 하나 보았다. "누군가 '우리는 어떤 대가도 감수할 수 있다'고 하는 말을 듣게 된다면, 당신이 그 '우리'일 거라는 생각은 하지 마라. 당신은 '대가'일 뿐이다."

됐다, 계속 기다리자. 평정심을 유지하고 안정감을 갖고 기다리자. 우리 큰오빠가 평소에 잘 쓰는 말을 빌리자면 "지겹다, 집에서 드라마나 보면서 시간을 때우자".

오늘 퇴원한 사람이 많아졌다고 의사 친구가 내게 알려주었다. 완치자도 2천 명이 넘고, 경증 환자가 완치되는 건 이제 어려운 일이 아니라고 했다. 병상 부족 문제도 많이 해결되었다. 사망자 수 역시 크게 줄었다. 내가 찾아보니 일전에는 거의 매일 100명 가까이 사망했는데, 어제는 29명으로 떨어졌다. 아, 하루빨리 사망자 수가 0이 되길 바란다. 그래야 불안에 떨고 있는 가족들이 겨우 마음을 놓을 수 있을 것이다. 살아남을 수만 있다면, 다른 건 다 괜찮다. 천천히 치료해가면, 시간이 길어져도 참을 수 있다. 방금 〈남방도시보南方都市報〉•에서 보도한 영상을 보았다. 의사들이 환자를 응급처치하는 과정과 그들의 생각을 찍었고, 환자 자신들의 이야기도 담겨 있었다. 감동적이었다. 응급처치를 받고 목숨을 건진 환자는 이렇게 말했다. 자신의 의지와 의사 선생님이 준 믿음으로 이겨낼 수 있었다고. 또다른 환자는 이런 일을 겪고 살아남았으니 매일의 삶을 소중히 여겨야겠다고 했다. 맞다, 일단 살아남아야 한다.

여전히 이해기 안 되는 부분은 신규 확진지와 의심환지 수가 이직도 많다는 것이다. 이 점이 우한의 전염병 상황을 교착상태에 빠뜨리고 있다. 어제는 신규 확진자와 의심환자가 900명이 넘었다. 이건 우리가 원하는 결과가 아니다. 그들은 분명 봉쇄 이후 감염된 것이다. 따라서 그들이 어떤 사람이고 어디에 있으며 어떤 상황에서 감염되었는지 조금 더 상세히 공지되면 좋을 것이다. 신규 확진자들의 감염원이 공개된다면, 환자의 위치를 기반으로 인접 지역에서는 단단히 대비하고, 원거리 지역 사람들의 격리조치는 완화할 수도 있을 것이다. 나의 또다른 의사 친구는 오히려 전염병은 이미 통제되고 있다고 말하기도 했다. 신규 확진자는 주로 감옥과 요양원에서 발생한다는 것이다. 상황이 그렇다면, 이렇게 많은 사람이 갇혀 있을 필요가 있나? 혹시 며칠 내로 좋은 소식이 오는 건 아닐까? 혼자 막연히 추측해본다!

감염 추세를 논할 때, 900여 명이란 정말 큰 숫자다. 하지만 몇천만

● 중국 광둥성을 기반으로 한 지역 언론매체.

명에 달하는 성 전체 인구에 비하면, 그들은 소수에 불과하다. 바로 이 소수가 후베이성 전체에 있는 몇천만 명의 건강한 사람을 볼모로 잡고 아무도 움직이지 못하게 하고 있다. 그러면 이런 건강한 사람들은 앞으로 또 무엇을 마주해야 할까? 바쳐야 할 대가가 더 큰 건 아닐까? 뭐라 말해야 할지 모르겠다.

그리고 외지에 억류되어 있는 500만 명의 우한 사람들은 집으로 돌아올 수도 없고, 어떻게 지내는지도 알 수가 없다. 예전에 있었던 우한 사람들에 대한 차별이 지금은 나아졌을까. 우한에 갇힌 외지인들 역시 도시 밖으로 나갈 수 없다. 어제 들은 소식에 따르면 외지인들 중 일부는 호텔에 머물 돈이 떨어졌거나 머물 수 있는 곳조차 없어서 매일 기차역에서 지내고, 일부는 먹을 게 없어서 쓰레기통을 뒤져 다른 사람들이 버린 음식을 먹는다고 했다. 큰일을 다루는 사람들은 종종 작은 일은 무시한다. 다수를 돌보는 사람 역시 소수는 잊어버린다. 뒤이어 그나마 다행인 다른 기사를 하나 보았는데, '전염병 통제 기간 동안 우한에 체류하는 사람들의 생활문제 해결을 돕기 위한 긴급 상담전화' 서비스가 제공된다고 했다. 우한의 모든 지역에서 이런 전화 서비스가 시작된다. 다만 이런 서비스가 실제로 효과가 있을지는 잘 모르겠다. 정부에서 운영하는 상담전화 중 다수가 대외적으로, 특히 윗사람들에게 보여주기식으로 운영되기 때문이다. 실제로 전화를 걸어보겠다고? 거의 무용지물이다. 당신이 마주하는 건 그냥 맨땅에 헤딩하는 얼치기들이다. 결국 어떤 도움도 받지 못하고 전화비만 낭비하게 될 것이다. 관직에 있는 그 많은 사람들은 평생 삶으로부터 배우는 법이 없지만 거짓으로 일한 척하는 데는 고수라서, 아마 상상도 못한 방법으로 당신을 응대할 것이다. 게다가 그들은 책임을 전가하는 데도 역시 고단수다. 이렇게 사방에 지뢰밭이 깔려 있지 않았다면, 이번 전염병은 오늘의 재난으로까지 이어지지 않았을 것이다.

우한의 전염병이 초기 단계에서 도시 봉쇄로 이어지기까지, 중간에 20여 일을 허비했다는 건 논쟁의 여지가 없는 사실이다. 무엇이 시간을 허비하게 만들었을까. 도대체 누가 어째서 바이러스가 퍼질 수 있는 시간과 공간을 제공하고, 그로 인해 우한이 역사상 유례없는 도시 봉쇄에 처하게 되었느냐는 말이다. 900만 명에 달하는 사람을 집 안에 가둔다는 건 정말 기이한 일이다. 절대 자랑이라 할 수 없다. 이 사건의 뿌리를 반드시 파헤쳐야 한다.

중국에는 아부하는 기자도 많지만, 용감한 기자도 결코 적지 않다. 요 며칠 동안 우리는 여러 기자들이 진상을 철저히 규명하고, 끝까지 맹공격하는 모습을 보았다. 인터넷이 발달한 요즘 시대에는 기자들이 세세하게 사건을 분석하고 네티즌들이 힘을 합쳐 중요한 시간과 시점, 사건의 원형을 찾아내면, 결국 겹겹이 쌓이고 깊숙이 묻힌 비밀들은 세상에 모습을 점점 드러내게 된다.

어찌되었든 일부 대응 과정에 대해서는 반드시 깊이 있는 조사가 필요하다. 예를 들면 우한에 세 그룹의 전문가들이 파견되었는데 매 그룹마다 누가 왔는지, 리더가 누구였는지, 우한에 온 후 누가 그들을 맞이했는지, 어느 병원으로 데리고 갔는지, 진료실은 몇 군데 둘러보았는지, 회의는 몇 번 열었는지, 누가 발언했는지, 어느 의사에게 질문했는지, 어떤 대답을 들었는지, 어떤 자료를 보았는지, 상황을 어떻게 이해했는지, 최종적으로 어떤 결론을 냈는지, 누가 이 결론을 채택했는지, 대략 이런 것들을 파헤쳐야 한다. 결국 "사람 간에는 전염되지 않는다. 막을 수 있고 통제 가능하다"는 말 한마디가 우한 사람들에게 차마 눈뜨고 볼 수 없는 참혹한 상처를 남겼다. 이 정도까지 치밀하게 조사한다면, 거짓말한 사람도 분명 찾아낼 수 있을 것이다. 거짓말한 사람은 왜 거짓말을 했을까, 어떤 지시를 받고 거짓말을 했을까, 그게 거짓말인 줄 알았을까, 아니면 그것이 상대방을 기만하는 일인 줄 분명 알면서도 자신 역시 그 기만을 믿고 싶었던 것일까, 아니면 그 역시도 기만당한 것일까. 정부든 전문가든 이런 의혹 하나하나를 정리해서 모두 명백히 밝혀내야 한다. 이런 재난은 결코 면직이나 해고 정도로 정리되지 않는다. 우한 사람들의 입장에서는 주동자든 공범자든 어느 한 사람도 용서할 수 없다! 2천 명이 넘는(명부에 올라 있지 않은 사람이 심지어 더 많다) '타살'된 망령과 그들의 가족, 매일 밤낮으로 목숨을 구하기 위해 사투를 벌이는 의료진들, 힘든 날을 참아내고 있는 900만 우한 시민들, 집으로 돌아갈 수 없는 500만 체류자들 모두가 하나의 말, 하나의 결과를 원하고 있다.

지금 우리는 기다릴 뿐이다. 도시가 열리기를 기다리고, 또 이 사태의 진실이 밝혀지길 기다린다.

이른봄에는
이런 날도
있는 법이다

여전히 흐리다. 비가 온다. 날이 또 추워졌다. 밤도 서둘러 찾아와서
오후 4시가 넘은 후 불을 켜지 않으면 집안이 어둡다. 이른봄에는 이
런 날도 있는 법이다.

　오늘 웨이보에 어떤 사람이 예전에 주룽지朱鎔基● 총리가 상하이에
서 자신을 소개했던 영상을 올렸다. "제 신조는 '독립적으로 생각하
자'입니다"라고 한 그 영상 속 그의 말을 나는 참 좋아한다. 내 신조
이기도 하기 때문이다. 대학을 막 졸업했을 무렵, 나는 문학회의에 한
차례 참석한 적이 있는데 노老작가 장훙姜弘 선생님이 이렇게 말씀하

● 1998년 중국의 제5대 총리에 올라 2003년 퇴임했다.

셨다. "우리의 머리는 자신의 어깨 위에 있다." 이 말이 인상깊었다. 그래, 우리의 머리는 선생님의 가르침에 달린 게 아니고, 신문에 달린 것도 아니고, 회의 문건에 달린 건 더더욱 아니다. 머리는 우리의 어깨 위에 달려 있다. 우리의 머리는 독립적으로 사고할 때 비로소 가치가 있다. 그래서 아무리 극좌파가 욕하고 극우파가 비난해도 나는 세상을 바라보는 내 시각을 바꾸지 않고, 사회와 인간에 대한 내 신념을 잃지 않을 것이다. 어제 이중톈易中天● 선배와 한담을 나눴는데, 내가 극좌와 극우는 본질적으로 같다고 한 말에 그가 매우 동의했다. 두 파가 같다고 말한 건, 그들 모두 자신과 생각이 다른 사람을 받아들이지 못하기 때문이다. 이중톈 선배의 말을 빌리자면, "동전의 양면 같아. 다양한 상태를 수용하지 못하지. 이 세상에 한 가지 목소리와 한 가지 어조만을 허락하잖아".

나는 매일 몇 가지 일을 기록하며, 그 안에 내 생각과 감정도 함께 집어넣는다. 이건 정말 재미있는 일이다. 이건 일기체로 쓰는 순수한 사적 기록이다. 본래부터 웅대한 서사는 불가능하고, 전염병 상황 속의 모든 인간사를 기록하는 것도 불가능하다. 문학청년처럼 열정적인 문장을 쓰는 건 더더욱 불가능하다. 이건 그냥 마음 가는 대로 내 마음속의 희로애락을 적어내려간 글일 뿐이다. 뉴스도 아니고 소설은 더욱 아니다. 이런 희로애락의 감정이 남들과 같을 수 없고, 모두의 기

● 중국의 유명 역사학자이자 베스트셀러 작가. 우한대학교를 졸업하고 샤먼대학교 교수로 일했다. 『이중톈 중국사』 등으로 중국 역사학계에 큰 반향을 불러일으켰다.

준에 부합할 수도 없다. 개인의 기록이 어떻게 표준화된 상품이 될 수 있겠는가? 이 정도는 상식 아닌가? 누군가는 이 일기 때문에 엄청난 정력을 쏟아가며 나를 증오하고 욕하고, 그러느라 즐겁게 보내도 모자랄 시간을 낭비한다. 안타깝다. 나를 욕하고 증오하는 것이 그들의 즐거움이라면, 까짓것 뭐 그렇게 살라지.

오늘 팡팡은 집안에 숨어 주워들은 말로 글을 쓰지 말고, 마땅히 현장으로 가야 한다는 내용의 글을 보았다. 이에 대해 뭐라고 말해야 할까? 현장에 가고 말고의 문제가 아니다. 지금 내가 바로 그 현장에 있다! 우한 전체가 모두 현장이다. 내가 900만 피해자 중 한 명이다. 내 이웃, 친구, 동료, 우한에 갇힌 사람 모두가 그렇다. 그들이 자신들이 겪은 일과 보고 들은 것을 내게 이야기해줄 때, 내가 어떻게 기록을 남기지 않을 수 있겠는가? 설마 반드시 의사들이 일하는 병원이나 경찰들의 근무지, 지역사회의 일터에 가야만 현장이라고 말할 수 있는 건가? 나 자신이 현장에서 듣고 알게 된 일들을 그렇게 주워들은 말이라고 우기겠다면, 그건 당신 마음대로 하라.

됐다, 더 언급하지 않겠다.

어젯밤에 일기를 올린 후, 나는 신규 확진자들이 도대체 어디에서 나타난 건지 물었다. 그러자 내 의사 친구가 재빨리 우한 시내의 신규 확진자 분포도를 보내주었다. 분포 상황을 보니, 한곳에 집중되어 있는 게 아니라 산발적으로 퍼져 있었다. 이런 상황이라면 우한의 어느 지역에서든 외출 금지 조치를 해제하는 건 안 될 일이다. 오늘 의사 친구도 내게 "바이러스가 집단감염으로 확산"되고 있다며 신규 확진자들은 우한의 13개 행정구역 내에 분포해 있다고 전해주었다. 현재 기본적으로 전국 단위에서 코로나19 확산은 통제되고 치료 문제만 남은 상황이다. 유일하게 우한만이 여전히 코로나19를 완벽히 통제하지 못하고 있다. 경계를 유지해야만 한다.

희소식은 퇴원하는 사람이 갈수록 많아지고 있다는 것이다. 정부측의 설명을 찾아보니, 모니터링 결과 퇴원한 코로나19 환자들이 다시 타인에게 바이러스를 전염시키는 현상은 전혀 없었다고 한다. 신규 확진자들은 대부분 의심환자에서 발전된 것이고, 이 비율이 80~90퍼센트에 달했다. 정부측 발표가 의사 친구들이 말한 것보다 훨씬 낙관적이다. 병상이 사람을 기다리도록 하겠다는 목표도 이미 달성했다. 예전에는 병상이 부족해서 팡창병원에서도 중증 환자를 적지 않게 수용해야 했지만, 현재 팡창병원에는 중증 환자가 한 명도 없다. 전부 지정병원으로 옮겨졌다. 의사 친구는 실제로 현재 중증 환자들의 상태도 예전에 비하면 그렇게 심각한 상황은 아니라고 했다.

사망률도 눈에 띄게 떨어졌다. 인터넷에 떠도는 말로는 코로나19 사망자 부검 결과 가래가 문제가 된다는 걸 발견했고, 그 부분을 집중적으로 치료해서 사망률이 절반으로 떨어졌다고 했다. 의사 친구는 이렇게 말했다. "사망률이 감소한 건 종합적인 요소가 작용한 거야. 여러 의료자원이 충분히 갖춰지고, 의료진들의 책임감도 강해졌고, 환자를 더욱 세심하게 관리할 수 있는 능력, 체력, 경제력이 생긴 것 등등 여러 요소가 있지, 꼭 시체를 해부한 후에 발견한 것들 때문만은 아니야. 원래 중증 환자의 경우 급성호흡곤란증후군ARDS이 동반되는데, 다량의 삼출물滲出物이 폐포로 들어간 상태라서 광범위한 범위에서 점액성 분비물이 흔하게 발견돼. 그래서 간호사나 의사는 일단 기관지에 관을 삽입하고 가장 먼저 일반 석션으로 가래를 빨아들이거나 기관지경 아래로 가래를 빨아들이는 거지. 하지만 세기관지와 폐포 내에 침전되어 있는 점액성 분비물은 전혀 빨아들여지지가 않는데, 이게 원래 급성호흡곤란증후군의 병리 상태야. 바로 이런 부분 때문에 폐의 환기 기능에 장애가 발생하고, 산소를 공급해도 저산소증이 나아지지 않지." 이건 원문이다. 나는 뭉뚱그려 이해할 수밖에 없어서, 내가 제대로 이해한 건지도 잘 모르겠다. 의사 친구의 동의를 얻어 원문을 기록한다.

류량劉良 교수팀이 어려운 여건 속에서 코로나19 환자의 시신을 병리적으로 부검하고 연구한 일도 기록하려 한다. 류량 교수의 인터뷰 영상을 보면서 그간의 고생을 알게 되었다. 대단하다. 연구 결과는 현재 환자들을 치료하고 미래에 전염병을 방역, 통제하는 데 반드시 기여할 것이다. 특히 가족의 시신을 해부학팀에 기증해준 유가족들의 마음에 감동했다. 그들이 사심 없이 시신을 기증해주지 않았다면, 코로나19에 대한 기존의 인지를 뛰어넘는 류량 교수팀의 새로운 발견도 없었을 것이다. 무지의 경계는 우리가 알고 있는 것보다 훨씬 넓고, 우리가 아는 세상을 1밀리미터씩 넓혀가기 위해서는 부단한 노력이 필요하다. 나 같은 일개 문인이 할 수 있는 일은, 역시 최대한 기록을 남기는 것이다.

현재 우한의 의심환자 수는 여전히 적지 않은 상황이다. 그들은 도대체 누구일까? 어디서 감염되었을까? 어떤 사람은 내게 개인적으로 쪽지를 보내, 그들 중 일부는 자원봉사자들과 지역사회 관계자들이라고 했다. 내 생각에도 그럴 가능성이 크다. 자원봉사자들은 오랜 기간 동안 우한의 곳곳을 다니며 봉사활동을 하고 있고, 지역사회 관계자들도 이 비상시기에 자기 몸을 돌보지 못할 정도로 바쁘다. 윗사람들은 모든 일을 압박하고, 인민들은 일만 생기면 그들을 찾는다. 성가신 사람도 허다할 것이다. 다양한 사람들과 접촉하지만, 누가 감염자인지 알 수 없다. 그들이 갖춘 방호장비는 의료진의 것과는 비교도 되지 않는다. 심지어 마스크만 쓰고 있는 사람도 있다. 그런데 한 친구는 자원봉사자와 지역사회 관계자들 역시 초기에 감염된 것이지 지금은 감염자가 거의 없다고 말했다. "요양원, 보호소, 정신병원은 초기에는 엄청 평온했지. 취약계층에 대한 우려의 목소리가 나오면서 전수조사해봤더니 거기서 신규 확진자가 나온 거야." 의견이 분분하니 각자 판단하자.

우한 사람들은 현재 꽤 차분하다. 물론 우울하다는 말이 더 맞을 거다. 교차감염을 막기 위해 공동구매로 장을 본 사람들은 더이상 단지 입구에 모일 수 없게 되었다. 하지만 집안에 사람이 있으니 어떻게든 음식을 먹어야 한다. 결국 그들은 새로운 방식을 개발해냈다. 집집마다 플라스틱통을 준비해서, 그 통을 베란다에서 줄로 매달아 내려보낸다. 지역사회 관계자들이 구매한 물품을 통에 넣어주면 스스로 줄을 잡아당겨 끌어올려야 한다. 어떤 집은 6층까지 올려야 한다. 약간의 기술이 필요하지만, 모두들 잘 적응하고 있다. 오늘 이 모습을 담은 2분짜리 영상을 보았다. 왠지 모르게 마음이 저려왔다. 우한 사람들의 고생과 지역사회 관계자들의 수고는 헤아릴 수가 없다.

집단의 침묵,
그게 제일
무서운 거야

날이 또 맑아졌다. 흐렸다가 맑았다가 하는 게, 마치 열렸다가 닫히길 반복하는 내 『우한일기』 같다. 집안에 머무는 시간이 길어져서, 나중에 외출이 적응될지 모르겠다. 심지어 나가고 싶은 마음이 생길지도 잘 모르겠다. 오늘은 이웃인 탕샤오허 선생님이 둥후의 사진을 여러 장 보내주셨다. 최근에 드론으로 찍은 사진이라고 했다. 광활하고 적막한 둥후에 청매화와 홍매화가 뒤섞여 피어난 풍광이 너무나 아름다웠다. 동료에게 보내주자, 그는 사진을 들여다보다가 울고 싶어졌다고 했다. "아, 올봄은 텅 비었구나. 살구꽃이 붉다. 해당화가 붉다. 나뭇가지를 꺾어와서 조용한 하늘만 원망하네."● 이 시구가 우리의 현실과 딱 맞다.

우한 사람들의 답답함과 우울함을 나는 절실하게 느끼고 있다. 늘 명랑하던 동료들도 말수가 줄었고, 우리 가족의 작은 단체대화방에도 글이 거의 올라오지 않는다. 모두 드라마를 보는 중인가? 진짜 그랬으면 좋겠다. 이렇게 오랫동안 외출 금지령이 지속되면, 강한 의지를 갖고 버텨내야 한다. 우한에 있는 모두가 알 수 없는 스트레스를 받고 있다. 외지인들은 아마 이해하기 힘들 것이다. 우한 사람들이 이번 전염병 사태에서 보여준 헌신은 그 어떤 미사여구로도 다 말할 수 없다. 우리는 계속해서 버티고 있고, 여전히 정부의 모든 명령에 따르고 협력하고 있다. 오늘이 이미 봉쇄 38일째다.

전염병 상황은 이미 통제되었다. 전국 각지에서도 확진자는 드물게 나타나고 있다. 우한만 제외하고 말이다. 하지만 우한의 국면도 나쁘지 않다. 의사 친구는 내게 말했다. "우한에 현재 밀접 접촉자로 분류된 사람이 4만 명에 달하는데, 의심환자들은 모두 여기서 넘어온 거 아닐까? 확진된 사례 역시 거의 감염 의심 사례에서 온 거야. 이 경우, 현재 전염병 상황은 분명해져. 이 4만 명에 달하는 사람들을 샅샅이 검사하기만 하면 돼." 이런 관점에서 본다면, 우한의 전염병도 이미 통제되고 있는 셈이다. 하지만 의사 친구는 아직 그렇게까지 낙관적인 상황은 아니라고 했다. 그는 정부가 더 구체적인 데이터를 발표해야 한다고 말했다. 하지만 나는 이미 낙관적으로 생각하기 시작했다. 물

● 송나라 말기의 시인 유진옹劉辰翁이 지은 「강마을의 아들(봄기운)江城子(春興)」의 한 구절.

론 그물을 빠져나간 네 부류의 사람들이 아직 900만 명 안에 섞여 있을지 모르지만, 현재의 진단 역량과 검사방식으로 볼 때 금방 찾아낼 수 있으리라 믿는다.

오늘 동료가 내게 동영상을 하나 보냈다. 산둥성 쯔보淄博의 인민들이 우한에서 돌아오는 푸른하늘구조대藍天救援隊●를 맞이하는 모습이었다. 구조대가 무사히 고향으로 돌아오자, 모두의 눈에 뜨거운 눈물이 차올랐다. 영상을 본 나도 그랬다. 이렇게 많은 외지인이 우한을 도와주러 오지 않았다면, 지금 우한의 모습이 어떠했을지는 상상하기도 힘들다. 그들이 눈물 흘리는 건, 이곳의 일이 얼마나 위험한지 너무나 잘 알고 있기 때문이다. 모두 무사히 돌아갈 수 있다는 건 행운이리라. 듣자 하니, 우한에서 의료진 외에 감염자가 많은 집단이 경찰이라고 한다. 나는 깜짝 놀라 인터넷을 검색해보았다. 과연! 후베이성에서 400명에 가까운 인민경찰 및 전투경찰이 코로나19에 감염되었다. 이렇게 많을 줄이야!

그래서 나는 경찰 친구에게 문자메시지를 보내 그들의 상황을 물어보았다. 친구는 여전히 경찰들은 제일선에서 일하고 있다고 말했다. 그리고 코로나19 사태 이후 본인은 단 하루도 쉬지 못했다고 했다. 기본적인 생활을 위한 교통망을 체크하면서도, 거리에 사람과 차가 너무 많이 돌아다니지 않도록 엄중하게 단속해야 했다. 의료진들이

● 중국 민간에서 운영하는 공익적인 성격의 비상구조기구.

너무 바쁠 때는 직접 차를 몰고 환자 이송을 돕는 경찰도 많았다. 도시 안팎의 도로를 24시간 경비하며, 방역활동을 지원하기 위해 오는 차량의 통행을 허가하고, 외부 차량은 내보내는 일도 경찰의 몫이었다. 그 밖에도 병원과 검역소, 각 지역에서 치안과 교통·질서를 유지하고 의료진과 환자 사이의 분쟁을 막는 일 등도 맡아야 했다. 접촉하는 사람이 많은 만큼 상대적으로 위험성도 컸다! 그러니 이렇게 감염자가 많은 것도 이상한 일이 아니었다. 친구는 내게 경찰에 대한 이야기를 잘 써달라고 부탁했다. 경찰들은 정말로 쉴 시간이 없다며 말이다.

우한 사람들이 좋아하는 말이 있다. "바쁘면 바빠 죽고, 심심하면 심심해 죽지." 예전보다 요즘에 이 말이 더 선명하게 다가온다. 심심한 사람들은 심리적 압박이 크고, 바쁜 사람들은 신체적 압박이 크다. 모두가 이를 악물고 버텨가며, 함께 우한을 받치고 있다.

요 며칠 동안 기자들은 우한에 전염병이 창궐했을 때, 왜 초기 대응이 20여 일 가까이 지연되었는지 추궁했다. 점점 집요하게 파고든 덕에 그 윤곽도 점점 더 또렷해졌다. 감탄스러웠다. 우수한 기자들이 대거 언론을 떠났다고는 하지만, 더 우수한 기자들이 여전히 남아 이렇게 노력하고 있다. 한 기자는 모종의 이유로 우한시 위생건강위원회가 전염병을 보고하기까지 수일을 허비했다는 것을 명확히 보여주는 타임라인을 내놓았다.

또 한 기자는 무슨 일이 일어나고 있는지 정말 몰랐다고 주장하는 전문가를 인터뷰했다. 그는 실제로 감염된 의료진이 있는지 의심스러워 전화를 걸어 물었더니 모두 아니라는 답이 돌아왔다고 말했다. 나는 의사 친구에게 일찍이 전문가가 의사들에게 전화를 걸어 이 바이러스에 대해 물었다는 말을 들어보았는지 확인했다. 친구는 외부에서 의사들에게 직통전화를 거는 건 불가능하다고 말했다. 나는 병원 관계자들에게 걸었을 수도 있지 않느냐고 물었다. 친구는 모르겠다고 했다. 나는 같은 질문을 다른 의사 친구에게 했다. 친구의 대답은 간단했다. "다들 병원에 와봤으면서 어떻게 몰랐다고 말하지?" 하지만 전문가는 병원이 너무 커서 자신들이 다 조사할 수 없었다고 했다. 공무원들은 그저 전문가의 의견을 따랐다고만 했다. 이 전문가와 공무원의 말을 다시 의사 친구에게 보내주었다. 한 의사 친구는 이렇게 말했다. "사실 의사들은 사람 간 전염된다는 사실을 진즉 알고 있었고, 위에 보고도 했어. 하지만 누구도 인민들에게 사실을 알리지 않았어. 중난산 원사가 입을 열 때까지 말이야." 또다른 의사 친구는 말했다. "집단의 침묵, 그게 제일 무서운 거야." 그렇다면 이 집단에는 누가 포함되어 있을까? 나는 친구들을 난처하게 할 것 같아 물어보지 않았다. 어차피 난 기자도 아니다. 네티즌들은 이렇게 결론을 내렸다. "남 탓 하기 게임이 시작되었습니다."

중난병원 의사 펑즈융彭志勇이 기자와 나눈 인터뷰 중 몇 단락을 이곳에 싣는다.

이 병은 확실히 전파 속도가 빠릅니다. 1월 10일, 우리 병원 집중치료실ICU.

Intensive Care Unit*에서 준비한 병상 16개가 가득찼습니다. 저는 상황이 이렇게 심각해진 것을 보고, 바로 병원 책임자에게 반드시 보고해야 한다고 말했습니다. 그분도 심각한 상황이라는 데 공감해서 우한시 위생건강위원회에 이 일을 보고했습니다. 1월 12일, 우한시 위생건강위원회에서 전문가 3명을 중난병원으로 보내 조사를 시작했습니다. 전문가들은 임상 상태가 사스와 상당히 유사하다고 밀하면서도 여진히 진단 기준에 대한 밀들을 늘어놓았습니다. 우리는 즉각 진단 기준이 너무 엄격하고, 이런 기준이라면 확진을 받기 어렵다고 말했습니다. 바로 이 기간 동안 우리 병원에서는 위생건강위원회에 몇 차례 보고했고, 제가 알기로 다른 병원에서도 보고했습니다.

그전에 국가위생건강위원회에서 파견한 전문가 그룹이 이미 진인탄병원에서 조사를 마치고, 이런 진단 기준을 만들었습니다. 화난수산시장에서 사람들과 접촉한 일이 있는지, 발열 증상이 있는지, 바이러스 검사가 양성인지, 이 세 가지 기준에 모두 부합해야만 확진을 받을 수 있었습니다. 특히 세번째 기준은 너무 까다로웠습니다. 실제로 바이러스 검사를 받으러 갈 수 있는 사람은 거의 없었기 때문입니다.

의사로서의 임상경험과 축적된 지식을 근거로 보건대, 이 병은 심각한 전염병이 될 것이라 판단합니다. 가장 높은 수준의 방역이 반드시 필요합니다.

● 호흡 순환, 신진대사 등에 심각한 문제가 있는 환자들을 24시간 관리하기 위해 병원 내의 일정한 구역에 설치한 특수치료시설.

바이러스는 사람의 의지로 전이를 막을 수 있는 게 아닙니다. 저는 과학정신을 존중하고, 과학적 법칙에 따라 일을 처리해야 한다고 생각합니다. 저의 요구에 따라 중난병원 집중치료실에서는 엄격한 격리조치를 취했고, 저희 과에서 코로나19 감염자는 2명밖에 나오지 않았습니다. 1월 28일 현재 병원의 전체 의료진 중 감염자는 40명에 불과하며, 다른 병원과 비교했을 때 감염 비율이 현저히 낮습니다.

앞의 세 단락을 보면, 1월 10일부터 상황이 위험했음을 알 수 있다. 결국 의사는 자체적으로 경계를 강화했다. 그 덕분에 중난병원의 감염자는 여전히 40명이고, 감염 비율도 매우 낮다. 다른 병원의 감염자 수는 훨씬 많다. 곰곰이 생각해보면 집단의 침묵이라는 채찍은 그 집단의 몸에도 상처를 냈다. 이건 전염병이 지나간 후 모든 병원이 반드시 반성해야 할 부분이다.

오후에는 친구와 아이들의 문제에 대해 긴 시간을 이야기했다. 이번 전염병으로 여러 가족이 산산조각났고, 이런 상황에서 노인들보다 더 비참해진 건 아이들이었다. 이번 사태로 남겨진 고아는 얼마나 될까? 헤아려본 사람이 있는지 모르겠다. 우리가 알고 있는 몇몇 순직한 의사들의 아이만 해도 벌써 4명이다. 어린아이 2명, 유복자 2명. 친구는 현재 기관에서 보호중인 아이가 20명이 넘는데, 일부는 부모가 모두 사망했고, 일부는 부모가 격리되거나 입원한 상태이며, 또 일부는 부모 중 한 명이 사망했다고 했다. 현재 정부는 이런 아이들을

한곳에 모아 보살피고 있다. 모두 미성년자이고, 이제 겨우 네다섯 살
난 아이들도 있다. 아이들은 방호복을 입은 사람과 마스크 쓴 사람을
무서워한다고 한다. 아직 어려 아마 누군가에게 하소연할 방법도 없
을 것이다. 비록 지금은 일상생활에서 보살핌을 받고 있지만, 마음에
는 분명 상처가 있을 것이다. 특히 고아들은 그들을 위해 비바람을 막
아주던 나무가 쓰러지고, 그들의 뒤를 받쳐주던 산이 없어진 셈이다.
그런 섬세하고 따뜻한 사랑은 다신 없을 것이다. 아이들의 슬픔을 어
루만져주는 사람이 있는지 모르겠다. 친구의 생각을 빌려 말하자면,
되도록 빨리 심리치료를 해주는 편이 좋을 것이다.

　가끔 어떤 음성이 들린다. 대체 어디에서 아이가 이렇게 목이 쉬
도록 우는 건지 모르겠다. "엄마, 나 버리지 마. 난 엄마가 좋단 말이
야……" 이런 목소리가 들리면, 나를 비롯해 모든 엄마들은 온몸이
떨려오고 만다.

우리의 눈물은
아직
마르지 않았다

춘절이 점점 멀어지고 있으니, 오늘부터는 음력 날짜보다 양력 날짜를 헤아려야겠다.

하늘이 맑았다 흐렸다를 반복하며 사람들의 마음을 더욱 무겁게 만든다. 생각해보니 오늘은 일요일이다. 밖으로 나가지 않게 되자, 가장 큰 문제는 요일은 말할 것도 없고 날짜가 전혀 기억이 안 난다는 것이다. 언제 밖으로 나갈 수 있을까? 언제 도시의 문이 열릴까? 그게 현재 최대의 관심사다. 전염병 상황이 나아지고 있다는 건 자명한 사실이다. 전국에서 우한이 이 난관을 넘을 수 있도록 도움을 주고 있는데, 우리가 이 문턱을 넘지 못할 리가 있을까? 우한 사람들에게도 당연히 이런 자신감은 있다. 다만, 언제 외출 금지와 봉쇄가 해제될까?

모두들 암암리에 그걸 알아보고 있다.

막내오빠는 문밖으로 나가지 못한 지 42일이나 되었다고 말했다. 내 사정은 그보단 나아서, 나가고 싶을 때는 단지 안을 한 바퀴 정도 걷고 온다. 적어도 단지 안은 안전하다. 딸이 오늘 가족 단체대화방에 자신이 만든 요리를 자랑했다. 비록 요리하는 게 너무 귀찮다며 불평을 늘어놓았지만, 딸은 여전히 삶의 질을 유지하기 위해 노력중이었다. 훙사오러우紅燒肉●도 대수롭지 않다는 듯이 만들었다. 일전에 살이 빠졌다고 했는데, 이번에 이 고기를 다 먹으면 아마 다시 예전으로 돌아갈 것 같다고 했다. 딸의 아빠는 한바탕 칭찬을 늘어놓았다. 젊은 사람들의 능력이란 우리가 상상하기 어려울 정도다. 딸은 인터넷으로 이미 몇 가지 요리법을 찾아봤다고 했다. 보라, 이런 일은 이제 부모가 가르칠 필요가 없다. 그들에게는 방법도 많고, 훌륭한 선생님도 많다.

가슴 아픈 일은 여전히 시간을 타고 전해온다. 우리는 재난으로 이미 마음에 수많은 상처를 입었고, 눈물샘도 약해져 있다. 동료가 내게 그녀가 사는 지역의 동영상 한 편을 보여주었다. 한 남자가 지역사회 간부에게 감사의 뜻을 표하고 있었고, 그 간부는 쉼없이 눈물을 흘렸다. 어떤 사람이 동영상 아래에 우한 사람들은 이번 한 달 동안 몇십 년 치 눈물을 흘렸다고 댓글을 달았다. 이건 사실이다. 그 눈물들

● 돼지고기 삼겹살을 간장과 여러 향신료를 넣고 조려 만든 중국 요리.

은 슬픔에서 오는 것만은 아니었다. 오감이 뒤섞이고 만감이 교차하는 눈물이었다. 이런 눈물을 흘린 사람들은 노래하고 활보하며 세상을 향해 의기양양하게 우리가 끝끝내 승리했다고 외쳐야 마땅하지만, 이는 불가능해 보인다. 우리의 눈물은 아직 마르지 않았기 때문이다.

새벽 5시에 리원량이 있었던 중신병원 장쉐칭江學慶 주임이 세상을 떠났다. 쉰다섯, 왕성한 기력으로 의사 인생의 전성기를 누리던 나이였다. 전에 말했듯이 우한에서는 한 다리만 건너도 아는 사이인 경우가 정말 많다. 나는 장주임을 모르지만, 내 대학 동창의 부인이 그와 아주 친했다. 그녀는 이른아침에 내게 글을 남겼다. "장쉐칭 선생은 코로나19의 실상을 폭로한 내부고발자는 아니었지만, 늘 따뜻하고 의협심이 넘쳤어요. 환자들은 그를 신뢰했고, 친구들도 모두 그와 친해지고 싶어했죠. 그는 제가 부탁한 여러 환자를 치료해주었는데, 그때마다 '우리 여동생이 부탁한 일이니 최선을 다해야지'라고 말했어요. 그의 명성을 듣고 그에게 진료나 수술을 받길 원하는 환자가 참 많았는데, 그는 언제나 따뜻하게 환자들을 대했죠…… 하지만 저는 주변 사람들에게 그에 대한 이야기를 거의 보태지 않았어요. 왜냐하면 그는 늘 환자를 진찰하는 것은 의사의 본분이고, 환자들의 입소문이 바로 최고의 평가라 말하곤 했거든요!" 그녀는 그와 절친한 사이였던 터라 매우 힘들어했다. 그리고 자신이 생전의 그에게 해준 게 거의 없다며 후회했다.

의사 친구 역시 내게 글을 남겨서, 장주임은 전국에서 유일하게 갑상선암과 유방암 분야에서 '중국 최고 권위 의사상'을 받은 인물이라고 했다. 코로나19로 의료진들의 희생이 막대하다. 장쉐칭의 죽음 뒤에는 말할 수 없는 이야기가 있다고 들었다. 처절한 이야기이다. 이 비극의 본질은 한 생명이 세상을 떠났다는 사실 자체만이 아니다. 그에 대해 말할 수 없는 슬픔이 있다. 나도 말하지 않겠다.

현재 우한의 전염병 상황은 어렵게, 그리고 더디게 좋아지고 있다. 신규 확진자와 의심환자의 수는 여전히 수백 명에 달한다. 의사 친구들은 낙담했고, 이번 전염병 사태가 근본적으로 바뀌기까지는 열흘이, 통제되기까지는 한 달이, 완벽하게 사라지기까지는 두 달이 더 필요할 것이라는 예측을 내놓았다. 한 달이든 두 달이든 우리 입장에서는 이 시간이 너무나도 길다. 나는 의사 친구의 예측이 틀리기를 바란다. 봄날의 햇살은 한없이 쏟아지는데, 올해의 이 아름다운 봄햇살을 바이러스에게 온전히 양보하기는 너무 아쉽다. 하루빨리 문밖으로 나갈 수 있기를 진심으로 희망한다.

여러 사람이 내게 리웨화李躍華 의사가 정말 신통하다는 메시지를 남겼다. 그의 혈위주사요법穴位注射療法●으로 코로나19를 치료할 수 있고, 게다가 그는 아무런 방호장비를 갖추지 않고 진료함에도 감염되지 않는다고 했다. 사람들은 내가 그에 대해 써주기를 바랐다. 사실 내 기록은 손이 가는 대로 기록하는 것뿐 반드시 써야만 할 주제 같

● 정제한 약액藥液을 주사기로 혈자리에 주입하여 질병을 다스리는 방법.

은 건 없다고 생각한다. 다만 내게 리웨화에 대해 이야기하는 사람이 정말 많고, 그가 환자들을 치료하는 영상을 보내오기도 했다. 동영상을 보면 정말 신기하다. 그는 코로나19에 감염된 환자들을 치료하는 일에 매우 참여하고 싶어하지만 허가를 받지 못했다고 한다. 인터넷에서도 이를 두고 갑론을박이 펼쳐졌다. 그래서 나는 바로 중의학전문대학에서 교수로 일하는 친구에게 이에 대해 물었고, 그의 의견은 다음과 같다.

하나, 리웨화가 현재 공인 의사자격증을 갖고 있는지 아닌지는 중요하지 않다. 중요한 것은 그의 치료방법이 효과가 있느냐 하는 점이다. 효과가 있다면 사람들을 치료하면 된다. 이것도 실사구시에 의거한 방법 아니겠는가?

둘, 많은 민간 의사가 의사자격증이 없어서 제약을 받는다. 그들의 의료행위가 합법이냐 불법이냐를 판단하는 것이 바로 의사자격증이다. 내가 알기로, 현재 의사자격증은 없지만 유능한 민간 의사들의 경우, 법적 지위를 얻을 수 있는 두 가지 방법이 있다. '사승師承'●과 '전문성 입증'이다.

셋, 일부 관련 기관에서는 이런 경험적 사실을 무시하고 의사자격증 소지 여부로만 압력을 가하는 중이다. 명분은 정의롭다. 하지만 사람들은 모두 그것이 핑계에 불과하다는 걸 잘 알고 있다. 업계 관계자로서가 아닌 개인적인 의견을 말하자면, 리웨화는 불법 의료행위자이지만 만일 그의 치료법이

● 스승에게 학문이나 기술 따위를 배워서 이어받는 것을 의미한다.

코로나19 치료에 확실히 효과가 있다면 관련 기관에서도 특수한 경우로 보고 예외를 적용해야 한다. 우선 그에게 사람들을 구하게 하고, 자격증이나 자격조건에 대한 문제는 나중에 다시 이야기하면 된다. 현재 행정기관에서는 리웨화의 의료행위가 합법적인지에 대한 문제를 붙들고 늘어지며 그를 사지로 몰고 있다(관련 문건을 보면 행정적인 제재는 물론 사법 수단까지 동원하려는 듯하다). 표면적으로는 절차상의 공정성 문제로 보이지만, 실은 아바한 단속이다. 리웨화의 치료방법이 정말 효과가 있다면, 지금 그가 의료행위 자격증을 갖고 있는지 걸고 넘어져서는 안 된다. 효과가 있는지에 대해서는 그에게 치료받은 환자들에게 최우선적으로 발언권이 있고, 환자들의 예후를 조사해본다면 어렵지 않게 결론지을 수 있다.

이상 동창의 말을 그대로 실었다. 살펴보면 그의 말에도 일리가 있다. 나는 전문가가 아니니, 여기에 의견을 보태지는 않겠다. 나도 평소에는 이런 민간 의사를 믿지 않는다. 예전에 한번 발이 아파서 민간 의사를 찾아간 적이 있었는데, 돈만 많이 쓰고 결과적으로 약을 쓴 후 더 심각해져서 다시 양의에게 치료를 받았다. 그래서 나는 병이 나면 대부분 양의를 찾아간다. 다만 체력 관리를 하고 싶을 때, 약초를 쓴다. 하지만 이런 나도 대부분의 사람들과 같은 의견이다. 그가 치료할 수 있다는데, 논쟁할 게 뭐가 있을까? 한번 시도해보도록 해도 무방하지 않은가? 덩샤오핑이 한 말 중에 유명한 말이 있다. "흰 고양이든 검은 고양이든 쥐만 잘 잡으면 된다." 이 말대로 하자면, 중의이든 양의이든 병을 잘 고치는 게 좋은 의사다. 진료도 현실에 맞게 해야 한다. 특히 지금과 같은 비상시기에는 사람의 목숨이 하늘보다 중요할진대, 왜 그들에게 기회조차 주지 않는단 말인가? 설령 현장에서 그의 허풍이 까발려져서 세상에 실상이 드러난다 해도, 그 역시 잘된 일 아닌가?

후대에 알려야 한다,
우한 사람들이
무슨 일을 겪었는지

다시 비가 오고, 하늘이 무겁게 가라앉았다. 춘절 때처럼 한기가 느껴진다. 동료가 비를 무릅쓰고 내게 찐빵과 꽃빵 등 먹을거리를 가져다주었다. 나는 문연 단지에서 이미 30년째 거주하고 있는데, 오랫동안 이웃과 동료들의 보살핌을 받은 건 내게 더없는 행운이었다. 오늘 저녁에는 꽃빵과 좁쌀죽을 먹어야겠다. 혼자 요리하는 건 정말 재미없는 일이다.

매일 늦게 자고 늦게 일어나다보니, 나는 의사 친구가 보낸 소식을 늘 점심때가 되어서야 확인한다. 어제의 낙담과는 다르게, 오늘은 의사 친구가 꽤 흥분한 것 같았다. 어제 신규 확진자가 폭증한 이유는 감옥에서 새로 확인된 233명의 확진자 때문이었던 것이다. 곧이어 후베이성 정부에서 감옥의 교도관들을 면직 처분했다는 소식을 들었다. 깜짝 놀랄 만큼 빠른 속도였다. 그리고 오늘 신규 확진자 수는 처음으로 200명 아래로 내려갔고, 의심환자 역시 100명이 채 되지 않았다. 의사 친구는 이삼일 내로 저점기(100명 이하)에 접어들 가능성이 있다고 했다. 우한 사람들에게 서광이 비치기 시작했다. 이건, 이건, 이건…… 도시의 문이 열리는 시간도 당겨질 수 있다는 의미인가? 900만 우한 사람들이 지금 가장 바라는 일이 그것이다. 저녁에 친구에게 물어보니, 아마 보름 정도만 더 기다리면 될 거란다. 이건 예상보다 좋은 소식이다. 4월까지 참지 않아도 된다.

침울함. 내가 요즘 며칠 동안 우한 사람들에게 계속해서 받은 인상이다. 요즘 인터넷에서 사람들은 우한에 대해 이야기하며 '비정성시悲情城市'라는 네 글자를 쓴다. 어떻게 말해야 할지 모르겠다. 만일 춘절 기간의 상황을 '슬픔'이라는 두 글자로 표현한다면 그건 너무 가볍다. 그나마 어울리는 말은 '참혹'이다. 창카이가 죽기 전에 남긴 유서를 한 번만 더 읽어본다면, 상황이 얼마나 참혹했는지 알 수 있을 것이다. 최근 광둥성의 의료진들이 처음 한커우에 왔을 때 상황을 써놓은 글을 보았다. 그중 한 단락을 싣는다.

정월 초이튿날 정오에 우리가 중환자실을 인계받았을 때가 생각난다. 한두 시간도 안 되어 두세 명의 환자가 목숨을 잃었고, 저녁에 또 환자 두 명이 떠났다. 또 어떤 날에는 환자가 응급실로 왔는데, 우리가 그를 데려가기도 전에 숨지기도 했다. 처음 며칠간 환자가 정말 많았고, 가장 심했던 시기에는 발열검역소의 하루 검진량이 1500~1600명에 달했다.

병원 한 곳에서 일어난 일이다. 이런 상황이 우한에 있는 그 많은 병원마다 얼마나 숱하게 벌어졌겠는가? 나는 각 성에서 우한을 도우러 온 의료진들이 기회가 된다면, 우한에 도착해서 미주한 상황과 당시 우한이라는 도시가 그들에게 어떤 충격을 주었는지를 기록해보는 것도 좋다고 생각한다. 그건 분명 그들에게 평생 잊을 수 없는 일일 것이다. 기록을 남겨 후대에 알려야 한다. 우한 사람들이 무슨 일을 겪었는지.

전염병 상황을 열심히 되짚어보던 그 기자들은 여전히 심층조사와 취재를 이어가고 있을까? 우한 사람들에게 이건 절박한 일이다. 현재 상황도 나아지고 있으니, 이제 원인을 추적할 때이다. 그러지 않으면 시간의 흐름에 따라 상처도 잊힐 것이다. 사람들은 일단 마음이 편해지고 즐거워지고 나면 이전의 힘들었던 기억을 다시 떠올리고 싶어하지 않고, 재난 속에 죽은 창카이들을 잊어버리려 할 것이다. 나는 그 부분이 걱정스럽다. 누군가 전염병이 지나간 후에 기념비를 세우자고 제안하지 않았던가? 기념비에 따로 자리를 만들어 창카이의 유서를 새겨넣길 바란다. 후대 사람들이 그것을 본다면, 그제야 2020년의 우한이 어떠했는지, 그리고 재난이란 무엇인가를 느낄 수 있을 것이다. 생명을 구하기 위해 목숨을 걸었던 의료진들을 포함해서 모든 우한 사람들은 누가 전염병 창궐 초기 20일의 시간을 허비했는지에 대해 기자들이 지속적으로 조사하고 추적해주길 진심으로 응원한다. 그 20일 동안 2천 명이 넘는 우한 사람들이 목숨을 잃고, 수천에 달하는 우한 사람들이 병상에 누워 생사를 넘나들었으며, 900만 인구가 문 밖으로 나서지 못하고, 500만 명이 집으로 돌아갈 수 없었다. 이건 결코 그냥 넘어갈 수 없는 일이다. 그 어떤 책임도 피해 가도록 두어서는 안 된다. 오늘 읽은 '전문가들이 되짚어보는 원인 불명의 폐렴 관련 보도가 중단된 배후'라는 기사 중에 이런 단락이 있었다.

〈중국신문주간中國新聞周刊〉에 그때의 경험을 떠올려 이야기할 때, 쩡광曾光●이 탁자를 치며 물었다. "그때 내가 리원량, 장지셴張繼先●● 같은 사람들이 있을 줄 어떻게 알았겠어요?"

친애하는 기자들이여, 용기 있고 상식 있고 양심 있는 기자들이여, 취재를 계속해달라! 우한을 지키고 있는 900만 우한 시민과 그리고 외지에서 표류하고 있는 500만 이방인이 당신들의 목소리에 귀를 기울이고 있다. 우리 모두 알고 싶다. 도대체 누가 사실을 은폐하는가!

40일 동안 문을 걸어잠그고 지내면서, 사람들의 심리적인 인내력도 한계에 달했다. 나는 계속 이 부분을 주시하고 있다. 물론 수많은

● 중국질병예방통제센터 전염병학 수석 연구자.
●● 중국 보건 당국에 신종 코로나바이러스의 사람 간 전염 가능성을 보고한 의사이다.

심리상담 전화가 있지만, 문제를 해결할 수 있을지는 모르겠다. 행복한 가정은 다들 엇비슷하지만, 불행한 가정에는 각자 나름의 불행이 따로 있는 법이다.● 「우한의 900만 가지 아픔」이라는 글은 제목을 잘 지었다. 이 글은 우한의 수많은 이들이 인터넷을 통해 자신의 고통과 사정을 털어놓은 이야기를 담고 있다. 속마음을 털어놓고 감정을 발산하는 것은 심리 상태를 이완시키는 좋은 방법이다. 내가 매일 이렇게 일기를 쓰는 것처럼 말이다. 하지만 '정능량正能量'●●이라는 몽둥이가 불시에 이들의 머리 위로 날아온다. 이건 명분도 적절하고 이치에도 맞는 협박이다. 만일 당신이 울고 하소연한다면, 당신은 불안을 조장하고 방역활동을 방해한 것이기 때문에 당신은 '불능량'이다. 이런 부정적인 에너지를 제거하는 것은 당연히 긍정적인 에너지를 위한 필수작업이다. 아, 사람들이 이렇게 단순하게 세상을 재단한다면 모든 것은 다 부질없어질 것이다. 긍정적인 에너지가 이렇게 무지하고 오만한 모습으로 나타난다면, 그 '긍정'은 도대체 무슨 의미란 말인가? 누구든 울거나 불평하면 다시는 일어나 나아갈 수 없게 되는 것인가?

요 며칠 동안 여러 기자와 인터뷰를 했다. 그중 한 가지 흥미로운 질문이 있었다. "이번 전염병 상황에서 우리가 지나쳐버린 사람들과 일들이 있을까요?" 돌아보면 무심코 간과한 사람과 일들이 너무 많

● 톨스토이의 장편소설 『안나 카레니나』의 유명한 첫 문장을 끌어다 쓴 것이다.
●● 2012년 시진핑이 만든 정치적 용어. 중국 공산당의 견해에 부합하는 '정치적으로 올바른' 담론을 가리킨다. 당론에 도전하는 담론은 '부정적인 에너지'라는 뜻의 '불능량不能量'이다.

다. 전염병 사태 초기의 우한은 도시가 황급히 봉쇄되며 마치 여기저기 금이 가고 깨지고 게다가 밑까지 빠진 독 같았다. 정부에서는 사력을 다해 독의 밑을 먼저 싸맸다. 하지만 금이 가고 깨진 부분들까지 돌볼 여력은 없었다. 무수한 자원봉사자들이 나타나준 것에 감사한다. 이 청년들은 정말 대단하다. 그들이 금 간 부분을 때우고 깨진 조각을 이어붙였다. 예를 들어 진인탄병원 의료진들의 출퇴근을 돕고 관리한 왕융, 도시가 봉쇄된 한 달 동안 600명이 넘는 주민들을 위해 약을 구입했으나 도리어 고발당한 우유, 우한의 의료진들을 위해 쓰촨에서부터 날아와 도시락을 만든 류셴과 같은 이들이 있다. 셀 수 없이 많다. 사실 그 누구도 어떤 일을 하라고 그들의 등을 떠민 적이 없다. 관리자가 없는 걸 보고, 그들 스스로 움직인 것이다. 사실 정부의 각 부처마다 관리자들이 있었다. 그들이 도시 봉쇄에 맞춰 자신의 직무와 책임을 다했더라면, 이런 제반 문제에까지 생각이 미치지 않았을 리 없다. 최악은 그들이 신선놀음하며(관리자들의 수준이 저급하다는 뜻이다), 문서 없이는 단 한 발자국도 움직이지 않는다는 것이다. 정부는 적기에 망가진 독을 보수해준 자원봉사자들에게 마땅히 감사해야 한다. 그들이 없었더라면 우한에서 얼마나 더 심각한 일이 수없이 터졌을지 모른다.

오늘 나는 '2차 재난'이라는 새로운 단어를 배웠다. 도시 봉쇄야 어쩔 수 없는 결정이었지만, 장기간 봉쇄에 대비해 전반적인 계획도 세우지 않았다는 건 단순한 문제가 아니다. 이후의 부작용은 아마 상상을 초월할 것이다. 만일 공무원들이 민생 문제를 직시하지 않고, 감염되지 않은 건강한 사람들이 직면한 생존 문제를 현실적으로 바라보지 않으며, 거기에 융통성 있게 대응할 방책을 고민하고 마련하지 않는다면, 아마 뒤따르는 문제 역시 또다른 '바이러스'가 될 것이다. 요즘 많은 사람이 이런 문제에 대해 이야기한다.

이제지녁, 동창이 내게 위챗의 여러 단체대회방에서 퍼지고 있다는 호소문을 보내주었다. 호소문에서 언급한 것은 농민공農民工● 문제였다. 호소문 전문을 옮겨 싣는다.

나라의 근본은 인민이고, 인민은 먹거리를 하늘로 여긴다. 정부는 인민의 정부이고, 인민은 노동으로 나라를 부양한다. 각급 기관에서는 전염병에 맞서는 동시에 '농민공 복직을 위한 실무위원회'를 반드시 구성해야 한다. 현재 후베이성 출신 노동자들은 밖으로 나갈 수 없기 때문에, 기업은 후베이성 노동자들과의 계약을 취소하거나 나중에 다시 이야기하자며 고용을 완곡하게 거절한다. 구역별로 나누어 30일 동안(정확히는 기본 격리 기간인 14일을 두 번 보낸 후) 확진자가 나오지 않는 경우 통행 제한을 부분적으로 해제하고, 정부에서 노동자들을 일터로 직접 데려다줄 수 있는 버스를 대절하거나 자원봉사자의 도움을 빌린다면, 현지에 복직한 후 다시 14일 동

● 농촌을 떠나 도시에서 일하는 중국의 빈곤층 노동자를 일컫는 말. 호적상으로는 농민의 신분이지만 실제로는 도시에 와서 노동자로 일하는데, 도시와 농촌 주민의 구분을 엄격하게 규정한 중국의 주민등록제도 때문에 임금·의료·자녀교육 등에서 큰 차별 대우를 받고 있다.

안 격리해야 하는 불편을 면할 수 있다. 정부가 이 문제에 주의를 기울이지 않으면 후베이성 농민공은 다른 지역 사람들로 대체되고, 광범위한 실업 사태로 이어질 것이다. 예를 들어 인구가 적은 외진 산골 등 현재 전염병 사례가 단 한 건도 나오지 않은 지역은 반드시 정부가 힘써서 인력이 필요한 기관측과 연결해주어야 한다. 다들 후베이성 사람이라는 말만 꺼내도 무서워하니, 올해는 고용 위기가 정말 심각하다. 후베이성 당국은 농민공들의 복직과 관련된 조치를 제때 도입하지 않았다. 산간 지역은 전염병이 발생하지 않았는데도 곧 실업의 물결에 휩쓸리고, 한 해가 지나면 모아놓은 돈도 바닥나고 돈 벌어올 사람도 없어질 텐데 대체 어떡하란 말인가??? 전염병이 발생하지 않은 지역을 최선을 다해 알리고, 기업에서 후베이성 노동자들을 고용하도록 장려해야 한다. 정부가 다리를 놓고, 기업에서 힘을 보태고, 대절한 차량을 이용해 출발지부터 도착지까지 격리, 교통수단, 검역을 책임진다면, 후베이성 노동자들은 다시 일할 수 있다. 이건 결코 풀기 어려운 문제가 아니다. 후베이성 사람 전부가 전염병에 걸린 것도 아니다. 정부는 반드시 전염병 상황을 예의주시함과 동시에 민생에도 집중해야 한다. 농민공의 가정은 대부분 오늘 일하지 않으면 내일은 굶어야 한다!!! 후베이성의 각급 기관이 이 문제에 주목하고 또 향후 정책에 포함시키길 희망한다. 민생은 우리 모두와 관련된 일이다. 다들 이 글을 공유해주길 바란다.

이것이 전부이다. 나도 공유한다.

우리 모두에게도
이야기해달라

여전히 날이 흐리고, 조금 쌀쌀하다. 교외에 사는 내 이웃이 아침에 내게 사진을 한 장 보내며 이런 말을 남겼다. "너희 집 해당화는 피었는데, 네 위챗은 닫혔구나." 위챗에 올린 글이 차단되는 일에는 이미 익숙하다. 하지만 해당화가 피었다는 소식에는 마음이 들뜬다. 작년 여름과 가을 내내 가뭄이 심각했다. 나뭇잎이 전부 마르거나 떨어져버려서 나는 이 해당화가 죽는 게 아닐까 걱정했다. 하지만 나무는 강한 생명력으로 이른봄에 이렇게 찬란한 꽃송이를 피워냈다. 화면 너머 그 만발한 환희가 느껴졌다.

　오늘도 좋은 소식과 나쁜 소식이 있다. 의사 친구는 우한의 전염병 상황이 나아지고 있다며 이미 상당히 낙관하고 있다. 그저께 좋은 방향으로 변화를 보인 데 이어 어제도 상황이 한 걸음 더 호전되었다. 신규 확진자와 의심환자의 수를 모두 합쳐도 200명이 되지 않았다. 감염 의심 사례도 크게 줄었다. 앞으로 며칠 안에 발병 사례의 총합이 100명 이하인 저점기에 접어들지도 모른다. 그렇다면 전염병 확산이 통제될 날도 머지않았다! 지금의 성과가 이어진다는 전제하에 최선을 다해 치료 효과를 높이고 사망률을 떨어뜨린다면 완치에 이르기까지 걸리는 입원 기간도 최대한 줄일 수 있을 것이다.

그렇다. 사망률을 떨어뜨리는 것이 정말 중요하다. 안타깝게도 부고는 여전히 들려온다. 오늘 중신병원 의사 메이중밍梅仲明이 세상을 떠났다는 소식에 많은 사람이 놀랐다. 그는 리원량이 있던 과의 부주임이었다. 쉰일곱, 출중한 실력의 안과 의사였던 그의 진료실에는 늘 사람이 북적거렸다. 부고가 전해지자, 그에게 치료받았던 환자들이 인터넷에서 연이어 그를 기리며 애도를 표했다. 예전에 방송국에서 같이 일했던 동료는 그가 자기의 이웃이라고 했다. 그가 사는 단지의 주민들은 오늘 모두 그를 위해 기도했다고 한다. 그가 편히 쉬길 바란다.

우한에서 중신병원만큼 처참한 병원은 아마 없을 것이다. 지리적 위치로 볼 때, 중신병원은 화난수산시장 근방에 있기 때문에 코로나19에 감염된 환자들을 가장 먼저 받아야 했다. 바이러스가 가장 강력했던 첫번째 무리의 환자들 중 대부분이 아마 이곳으로 와서 치료받았을 것이다. 사람들이 이 병에 대해 아무것도 알지 못했을 때, 중신병원의 의사들은 바이러스를 막는 첫번째 인간 방호벽이 되어주었다.

그들이 감염되어 쓰러지자, 사람들은(간부들을 포함해서) 그제야 무관심 속에서 불현듯 이 새로운 바이러스가 이렇게 무서운 것이었음을 깨달았다. 다만, 늦었을 뿐.

우리 막내오빠는 이 병원을 오래 다닌 '단골'이었다. 오빠는 중신병원의 치료 수준이 높고, 예전에 있었던 우한시 제2병원과 같은 곳이라고 했다. 우리 올케도 이곳에서 수술을 받았다. 오빠의 말을 듣고 나서야, 난 내가 젊어서 자주 갔던 난징루의 우한시 제2병원이 중신병원으로 이름을 바꾸었다는 사실을 알게 되었다. 우한시 제2병원의 전신은 한커우천주교병원으로 140년의 역사를 지닌 곳이었다. 내 소설 『물은 시간 아래로 흐른다水在時間之下』에서 이 병원이 전쟁중 일본군에게 폭격당하는 장면을 쓴 적이 있다. 오래된 우한시 제2병원은 아직 그 자리에 있고, 이제 중신병원의 한 병동이 되었다. 중신병원에서 감염된 의료진의 수가 200명이 넘고, 그 가운데 중증 환자가 적지 않다고 들었다. 전부 초기에 감염된 사람들이었다. 예전에 한 기사에서는 리원량이 처벌을 받은 뒤 "1월 2일부터 병원에서는 의료진들 사이에 공개적으로 전염병에 대해 이야기하거나 글이나 사진 등으로 증거를 남겨 전달하는 것을 금지했다. 전염병은 교대시 꼭 필요할 때만 구두로 언급할 수 있었다. 진료를 받으러 온 환자들에게 의료진들은 전염병 발병 가능성에 대해 침묵할 수밖에 없었다"고 했다.

또다른 언론 매체인 〈추톈뉴미디어楚天新傳媒〉에도 중신병원에 대한 보도가 나왔다.

중신병원은 감염된 직원이 가장 많은 병원 중 한 곳이다. 현재 200명이 넘는 직원이 감염되었는데, 부서장 3명, 간호팀 주임 2명이 감염되었고, 여러 과 주임들이 에크모ECMO●를 사용하고 있다. 주임의사 여럿이 산소호흡기를 달았고, 일선 의료진 여럿도 생사를 넘나들고 있다. 응급의학과의 피해가 심각하고, 종양과에서도 20명 가까운 의료진이 쓰러지고…… 일일이 다 셀 수 없을 정도다. 두려움은 계속되고, 아픔과 고통도 반복되고 있다. 우리는 너무나 잘 알고 있다. 바이러스에 감염된 그 모든 사람들이 어쩌면 우리의 미래라는 사실 말이다.

이건 더 구체적이다. 내가 중신병원에 이 사실을 확인할 능력은 없지만, 이 글이 정확한지 여부와 관계없이, 중신병원 의료진들이 목숨을 잃고 막대한 피해를 입었다는 사실만은 분명하다.

그들은 전염병 초기에 참아내기 힘든 어려움을 감당했다. 자연스레 이런 생각이 들었다. 감염자의 존재를 알면서도 감염되었다는 것은 모든 의사들이 방호장비를 갖추지 못했다는 것일까? 혹은 마지못해 '불속으로 뛰어드는 나방'이 되었다는 것인가? 한 병원에서 이렇게 많은 사망자가 발생했으니 양심의 가책을 느끼고 이번 일에 책임지는 사람이 나타날까? 실무자가 책임을 지고 물러나는 일부터 윗선을 처벌하는 데까지 갈 수 있을까? '이건 신종 바이러스였고 모두가

● 체외막 산소화 장치. 환자의 혈액을 일시적으로 체외로 빼냈다가 다시 체내로 주입하는 장치. 심장이나 폐가 제 기능을 못할 때 생명을 유지해주는 역할을 한다.

이에 대한 인식이 부족했다'는 말을 핑계로 이렇게 깡그리 묻어버릴 수는 없는 일 아닌가? 중국인들은 후회를 경멸한다. 하지만 이토록 많은 사람의 목숨 앞에서 누군가는 일어나 외쳐야 한다. 당신, 바로 당신들, 나와서 사죄하라! 오늘 인터넷에서 누군가 이 병원은 한동안 휴원해야 한다고 말하는 것을 보았다. 너무 많은 동료가 세상을 뜨거나 중병에 시달리고 있으니, 현재 일하고 있는 다른 의료진들이 얻은 트라우마는 분명 크고 깊을 것이다.

20일의 지연, 20일의 은폐가 불러온 재난이 단지 죽음만은 아니다. 도시가 봉쇄된 날로부터 이미 40여 일에 달했고 가장 위험한 시기는 지나갔지만, 가장 힘든 시기가 어디에서 우리를 기다리고 있을지 알 수 없다.

현재 우한 사람들은 여전히 침울해 보인다. 다른 의사 친구가 말하길, 비통함과 우울감에 빠져 있는 상황에서 미래에 대한 확신마저 없다면 사람들의 불안은 더욱 커진다. 생계 문제도 걸려 있다. 평범한 사람들은 경제적 수입원도 없고, 언제 밖으로 나갈 수 있을지 그리고 언제 일할 수 있을지에 대한 확신도, 방향감각도 없는 상태다. 스스로 파악할 수 없고 통제할 수 없는 상황이 되면, 사람들은 가장 기본적인 안정감을 상실하게 된다. 이때 사람들은 자신의 마음을 편안하게 해줄 수 있는 것을 찾고, 그게 뭐든 붙잡으려 한다. 예를 들자면 그들은 특정한 말을 듣고 싶어한다. 전염병이 긴급한 상황일 때는 책임자를 추궁하는 데까지 신경쓰는 사람이 없고, 조사할 시간도 없으며,

모두가 적당히 이해하는 마음으로 의혹들을 내려놓는다. 하지만 이제 상황이 호전되면서, 마음속에 묻어두었던 문제들이 다시 고개를 쳐들고 해답을 요구하고 있다. 어떤 일들은 전염병 사태 속에서도 신속하게 처리되었다. 예를 들어 한 여성 수감자가 출옥한 뒤 베이징까지 간 일이나 리웨화가 자격증 없이 의료행위를 한 일에 대한 처벌 말이다. 하지만 대중들이 진짜 궁금해하는 문제에 대한 대답은? 그들은 리원량에 대해 오랫동안 조사해왔는데, 왜 아무 말도 하지 않는 건가?

그래, 리원량의 일. 이건 하나의 매듭이다. 사실 중신병원에서 사망자가 나올 때마다 매듭이 아니었던 적이 있던가. 이 매듭 하나하나가 풀리지 않는다면, 우한 사람들의 엉킨 마음도 풀기 어려울 것이다. 시간이 흐를수록 이 매듭은 더욱 단단하게 묶이고 복잡하게 엉켜서, 마음속 상처를 더 넓고 깊게 만들 것이다. 심리상담 전문가들이 말하길, 위험이 해소되어야 진정한 트라우마가 드러난다고 한다. 쉽게 말하자면 이렇다. 리원량에게 일어난 일에 대해 중신병원에도, 우리 모두에게도 이야기해달라.

공동구매하고,
드라마 보고, 자고,
우리는 이렇게 살고 있다

오늘은 한없이 화창한 날이다. 햇살이 밝게 빛나고, 봄기운이 넘쳐흐른다. 초록빛과 붉은빛이 서로 색을 뽐내며 모든 공간을 밝은 에너지로 가득 채운다. 단지 내에 있는 월계수 몇 그루에서 새로운 가지가 자랐다. 작년 내내 나는 교외에서 글을 쓰느라 나무들을 전혀 돌봐주지 못했다. 가지치기도 안 하고 묶어주지도 않고 비료도 주지 않았지만, 이들은 거칠 것 없다는 듯 이렇게 자유로이 자라났다. 가지를 울타리에 묶어놓으려다 차마 그러지 못했다.

전염병 상황이 통제되었다는 것은 이제 명백한 사실이다. 나는 우한에서 오래 살았기 때문에, 이게 얼마나 어려운 일인지 잘 안다. 우한은 넓고, 우한삼진은 혼란스럽고, 오래된 항구와 골목들은 복잡하다. 게다가 바이러스가 사방에 퍼져 있다는 공포감 속에서 이 기간 내에 이 정도로 상황을 통제한다는 것은 정말 쉽지 않은 일이다. 특히 전염병이 창궐한 초창기가 하필 춘절 기간이었고, 정부에서 실수까지 연발하며 상황을 더 혼란스럽게 만들었다. 책임자가 바뀐 후로 정부는 강력한 방법을 동원해 전염병을 막았고, 효과는 확실했다. 이제 바이러스는 바닥으로 고꾸라졌고 남은 것은 뒤처리뿐이다. 손을 뻗어 남은 일들을 해결해야 한다. 예를 들어 우한에 발이 묶여 집으로 돌아가지 못하는 이방인들과 외지에서 표류하며 돌아오지 못하고 있는 우한 사람들을 도와야 한다. 사실 이건 모두 해결하기 곤란한 문제는 아니다. 오늘 의사 친구가 상황이 계속 좋아지고 있어서 내일이면 바로 저점기로 접어들 수 있을 거라 말했다. 이제야, 마침내 우리는 한시름을 놓게 되었다.

오후에 친구가 꽤 긴 분량의 녹음파일 하나를 보냈다. 전에 우한으로 봉사활동을 왔던 한 병원 책임자가 다른 친구들에게 자신의 팀이 우한에 머무르며 치료에 참여했던 과정을 이야기하는 내용이었다. 아주 이성적이고 감정을 절제했으며 객관적이었다. 과정에 대해서만 이야기하고 다른 이야기는 섞지 않았다. 하지만 우한과 우한 사람들에 대해 이야기할 때는 자제력을 잃고 흐느끼는 소리가 들렸다. 이 눈물 뒤에 무엇이 있는지, 우한 사람들만이 이해할 수 있다. 그들은 당시의 상황을 직접 보았음에도 말을 할 수가 없다. 그래서 자신도 모르게 눈물 흘렸다는 걸 우리는 알고 있다. 이 사람은 자애롭고 인의와 사랑이 가득한 의사이다. 다시 한번, 우한을 지원하러 왔던 의료진들이 전염병이 종식된 후에 자신이 우한에서 겪은 모든 일의 과정, 특히 초기에 본 것들을 기록으로 남겨주길 바란다. 그것은 2020년 방역활동 중 가장 중요한 자료가 되어 역사적 의의를 지닐 것이다.

처음 기록을 남길 때, 이렇게 많은 사람이 내 일기를 볼 거라고는 생각지 못했다. 그냥 스스로 기록해보자 했을 뿐이다. 일부 유명인들이 충격적인 제목으로 나에 대한 글을 올릴 때면, 상당히 난처하다. 왜냐하면 작가나 시인이 아니더라도 우한에는 이런 기록을 쓰는 사람이 많기 때문이다. 다만 우리 모두 기록하는 방식이 다르고, 요점이 다를 뿐이다. 하지만 이 모든 기록이 다 소중하다. 예전에 소설에 대해 이야기할 때 나는 문학은 개인의 표현이라고 말한 적이 있다. 하지만 무수한 개인의 표현이 모이면 그것은 민족의 표현이 되고, 민족의 표현이 여럿 모이면 그게 바로 한 시대의 표현이 된다. 같은 이치로 개인의 기록은 보잘것없고 전체적인 상황을 다 담기에는 부족하지만, 무수한 개인의 기록이 모이면 아마 전체적인 진실을 기록할 수 있을 것이다.

감염자가 많이 발생했던 화난수산시장은 어제 오후부터 사흘간 청소와 소독작업을 시작했다. 1월 초에 이곳은 이미 폐쇄되었지만, 매일 누군가 오가며 소독을 했다. 하지만 폐쇄 초기에 황급히 떠나는 바람에, 가게 안에 있던 물건들은 여전히 그곳에 남아 있다. 아마 모두들 이곳이 이렇게 오랫동안 폐쇄되리라고는 생각지 못하고, 이곳의 바이러스가 전국을 넘어 전 세계에까지 재난을 몰고 올 줄은 더더욱 몰랐을 것이다. 시장에 전기와 물이 끊긴 후로 날씨가 따뜻해지면서 남아 있던 해산물은 이미 썩은 내를 풍겼다. 막내오빠는 아마 반케^{Vanke} 단지[●] 쪽에서도 악취를 맡을 수 있을 거라고 했다. 그곳에 있는 천 명이 넘는 상인들 중에는 정당하게 영업하던 상인들도 분명 많을 것이다. 그들도 모든 우한 사람들과 마찬가지로 피해자이고, 그 희생의 정도가 더 크고 심각하다. 소독 과정에서 가게 안에 쌓아둔 식품들은 아마 전부 깨끗하게 사라질 것이다. 앞으로 이곳에서 무얼 할 수 있을까? 누군가는 나중에 이곳에 재난 기념비를 세우자고 말하기도 했다.

오늘은 장 본 이야기나 해야겠다. 공동구매가 갈수록 활성화되고 있다. 인터넷이란 정말 무한한 가능성이 있는 곳이다. 자율성이 상당히 강해서 갖가지 묘책이 쏟아져나올 정도다. 막내오빠가 내게 올케도 기록을 남기고 있다고 알려주었다. 매일 어떻게 채소를 구하는지까지도 낱낱이 기록하고 있다고 말이다. 내게 몇 편을 보내주어서 장보기와 관련된 부분을 골랐다. 이런 이야기는 삭제되지 않겠지. 다음은 우리 막내오빠네의 최근 물품 구매 현황이다. 우한 사람들의 생활을 집약해놓았다고 할 수 있겠다.

1. 사실 오늘 오후에 건물 아래로 한차례 내려갔는데, '사랑의 채소'를 가져

● 중국 최대 부동산 개발업체인 반케에서 설립한 대규모 주상복합 아파트 단지. 화난수산시장과 약 4킬로미터 떨어진 곳에 있다.

오기 위해서였다. 예전에 X언니가 전화로 알려주었을 때, 우리는 그건 독거노인과 저소득계층을 위한 것이라고 생각했다. 비록 내 나이가 예순이 넘고 같이 사는 자녀가 없다는 등의 기준에는 부합하지만, 아직 우리 상황이 나쁘지 않다고 생각해서 앞서 몇 번은 가져가지 않았다. 이번에도 당연히 안 가져갈 생각이었다. 그런데 그후 건물주가 바로 전화해서 채소를 이미 1층 입구에 가져다놨으니 빨리 가져가라고 재촉했다. 그래서 나는 마스크를 단단히 끼고 건물 아래로 내려갔다. 그곳에는 채소가 담긴 큰 봉지가 두 개 있었고, 옆에는 비닐봉지가 있어서 스스로 원하는 만큼 가져가게 되어 있었다. 나는 상추 네 뭉치를 집었다. 기름에 볶으면 두 끼는 먹을 수 있겠지. 감사하다는 말을 여러 번 하고, 밖에 오래 머무르기 무서워서 이내 바로 엘리베이터를 타고 총총 집으로 돌아왔다. 상추의 양이 결코 많다고는 할 수 없고 돈으로 따지면 얼마 되지도 않지만, 걱정하고 관심을 가져주는 그 따뜻한 마음만은 풍성했다.

2. 공동구매는 여전히 대충할 수가 없다. 어쨌든 비상시기이다보니 계획은 종종 변화를 따라가지 못한다. 댓글로 신청한 돼지고기가 매진되었다. 바로 다른 공동구매팀에 들어가 고기 대신 달걀 30개를 추가 주문했다. 이러니 물건을 가지러 밖에 자주 나갈 수밖에 없다. 다행히 단지 내의 확진자, 의심환자, 밀접 접촉자들은 이미 이곳을 떠난 상태다. 마스크를 두 겹으로 쓰고, 사람들과 이야기를 나누지 않고, 집으로 곧장 와서 옷을 갈아입고 손을 씻는다.

3. 그룹에서 오전에 추가로 공동구매한 첫번째 물품을 오늘 수령해가라는

공지를 올렸다. 이번에 우리 물품은 닭가슴살 두 봉지뿐이었다. 이런 방식에 정말 짜증이 난다. 사람이 많으니 줄을 서는 시간이 유난히 길고, 게다가 언제 물건을 가져갈 수 있을지 예측하기도 어렵다. 오후부터 번호를 부르기 시작했는데, 저녁을 먹고 한 시간이 지나서 다시 보니 번호가 60번에서 계속 멈춰 있었다. 그래도 행여나 갑자기 번호 호출 속도가 빨라져서 우리집이 누락될까 자주 휴대폰을 확인해야만 했다. 다시 공지를 찾아보다가, 누군가 마트 사장님이 밥을 먹으러 가서 언제 올지 모르겠다는 말을 남겨놓은 걸 발견했다. 어떤 사람은 밤 10시에만 받아도 다행일 거라고 예언하기도 했다. 우리집은 114번이었고, 나는 밤 10시 56분에 물건을 가져왔다. 뒤에는 대략 60개가 넘는 번호가 남아 있었다. 아, 사장님도 하루종일 일하다보면 당연히 피곤하고 배도 고프겠지. 서둘러 밥이라도 먹고 쉬지 않는다면, 누구도 이런 고생을 감당할 수 없다. 우리도 힘들지만 사실 마트 사장님은 우리보다 더 힘들 것이다. 전염병 대유행 시기에 밤낮없이 사방을 뛰어다닌다는 건 목숨걸고 돈을 번다는 뜻이니, 바이러스에 감염되지 않아도 피곤해서 쓰러질 지경이겠다.

4. 요 며칠은 집에서 단지의 남문까지 가서 물건을 가져왔다. 그게 현재 생활에서 가장 활동량이 많은 일이다. 남문까지 다녀오는 길이 신경을 극도의 긴장 상태로 만드는 자극제가 되었다는 말이 더 적절하다. 이건 조금도 과장된 표현이 아니다. 어젯밤에는 11시가 다 되도록 기다려서 공동구매한 봉지 두 개(총 2킬로그램)를 가져온 후에, 평소처럼 세수하고 양치질하고 침대에 누워 드라마를 보다 잠들려 했지만 새벽 1시가 넘어

도 잠이 오지 않았다. 오늘 아침에는 7시 반까지 잤는데도 계속 졸렸다. 하루 일과가 더 엉망이 되는 걸 막기 위해 억지로 몸을 일으켜세웠다. 다행히 오늘은 또 운반비를 받고 구매한 물건을 집까지 올려다주는 팀이 나타났다. 중요한 건 소소한 물품도 배달 가능하다는 거다. 안치安琪표 효모가루나 옥수수전분, 라오간마老干媽● 등의 재료는 진작부터 필요했다. 당장 명단에 이름을 올렸다.

　지역사회의 서비스가 더없이 세심하고, 마트 사장님의 수고가 만만치 않음이 엿보인다. 많은 우한의 일반 시민들이 현재 이렇게 살고 있다. 공동구매하고, 드라마 보고, 자고.
　오늘로 봉쇄 42일째다.

● 고추기름과 각종 향신료를 섞어 만든 중국의 국민 소스.

상식이란
심오한 것 중에
심오한 것이다

날씨가 청량하다. 햇살은 눈이 부실 정도로 밝다. 우리는 도로와 길, 공원 모두를 바이러스에게 양보하고, 그들이 사람을 찾아 텅 빈 도시 이곳저곳을 유령처럼 떠다니는 걸 집안에서 지켜보고 있다. 정오에는 직사광선이 바이러스를 다 태워버릴 만큼 강하게 느껴졌다. 오늘은 경칩, 봉쇄 43일째다. 며칠 전 친구에게 나는 오히려 평소보다 더 바빠진 것 같다고 말했다. 드라마도 끝까지 다 본 게 없고, 영화도 잔뜩 보려고 준비했다가 결과적으로 한 편도 못 봤다. 이웃인 탕샤오허 선생님은 그 집 손녀딸이 밥 먹는 영상을 찍어 보냈다. 아기가 욕심껏 밥 먹는 모습이 너무 귀여웠다. 친구는 낮에 아이가 밥 먹는 걸 보고 저녁에는 팡팡의 일기를 보면 하루가 지나간다고 했다. 아이의 동영상에는 눈이 가고, 친구의 말에는 웃음이 났다. 오늘 3월 5일은 특별한 날이다. 이 날짜는 세 사람에 대한 수많은 기억을 불러일으킨다. 첫번째는 저우언라이周恩來● 총리다. 그는 우리 나이의 사람들에게 가장 익숙한 지도자다. 당시에는 그의 이름이 신문에 실린 것만 봐도 마음이 든든했다. 3월 5일은 그의 생일이다. 하지만 그의 죽음은 되레 거대한 풍파를 일으켰는데, 바로 톈안먼天安門 시건●●이디. 젊은 사람들은 아마 이 일에 대해 잘 모를 것이다. 당시에 이런 시가 있었는데, 여러 곳으로 옮겨져서 지금까지도 생생하게 기억난다.

> 슬픈 마음 귀신더러 들으라고 절규하고 싶구나.欲悲聞鬼叫
>
> 나는 통곡하고 이리와 승냥이는 웃고 있다.我哭豺狼笑
>
> 눈물 흘리며 영웅을 보내고 洒淚祭雄傑
>
> 떨쳐일어나 칼집에서 검을 빼들자.揚眉劍出鞘●●●

두번째는 더 많은 사람에게 익숙하리라 생각한다. 바로 레이펑이다. 초등학교 때부터 레이펑은 내 기억 속에서 한 번도 지워진 적이 없

● 중국의 정치인. 내정과 외교에서 탁월한 업적을 쌓으며 1949년부터 1976년까지 27년간 총리직에 머물렀다.

●● 1976년 4월 4~5일 톈안먼광장에서 저우언라이 총리 장례를 계기로 중국 정권에 항거하여 시위를 전개한 시민들을 중국 당국이 무력 진압한 사건이다.

●●● 1976년 4월 저우언라이 총리의 죽음을 애도하며 왕리산王立山이 지은 시의 일부. 이 시의 제목은 '슬픔 마음 귀신더러 들으라고 절규하고 싶구나' 혹은 '떨쳐일어나 칼집에서 검을 빼들자'로 알려져 있다.

다. 내 나이 때 사람들은 레이펑의 선행을 배우며 성장했다. 오늘이 그의 기념일이다. 전에 이런 우스갯소리를 들은 적이 있다. 매년 3월 5일이면 전국의 초등학생들이 전부 어르신들을 부축해드리는 바람에 오히려 어르신들의 수가 모자랄 지경이었다는 것이다. 얼마나 많은 중국인들이 레이펑을 배우며 자랐을까? 하지만 오늘이 되면 생각나는 또 한 사람이 있다. 아마 이미 잊혔거나 혹은 어떤 사람들의 기억 속에는 아예 존재하지 않는 사람일 것이다. 바로 위뤄커遇羅克●이다. 50년 전 오늘, 그는 자신이 쓴 글이 죄가 되어 결국 총살당했다. 겨우 스물일곱 살이었다. 나처럼 문화대혁명 직후 대입시험을 치르고 대학생이 되었던 이들이라면, 그의 이름을 모르는 사람이 거의 없을 것이다. 예전에 우리는 그의 운명으로 인해 민족의 운명과 국가의 운명, 그리고 우리 자신의 미래를 고민하기 시작했다. 어떤 사람은 위뤄커의 글은 결코 심오하지 않고, 다만 상식적인 이야기일 뿐이라고 했다. 맞다, 상식이다. 하지만 나는 종종 '심오'라는 개념을 사람들이 오해하고 있다는 생각이 든다. 상식이란 가장 심오한 이치와 가장 빈번한 실천 속에서 나온다. 상식은 심오한 것 중에 심오한 것이다. 예를 들어 모든 인간은 평등하게 창조된다는 말처럼 말이다. 베이다오北島●●

● 중국 베이징의 자본가 집안에서 태어났지만, 부모님이 '우파'로 몰려 대학 입학을 거절당했다. 훗날 공장 노동자와 임시직으로 일했던 그는 출신을 둘러싼 문제를 비판한 「출신론」이라는 글을 학보에 올렸고, 이 글은 엄청난 반향을 불러일으켰다. 결국 1968년 1월 5일 체포되었고, 1970년 3월 5일 총살되었다.

●● 중국의 저항시인, 작가. 톈안먼 사건 당시 민주화를 요구하는 대학생들을 지지했다는 이유로 해외를 떠돌다가 22년 만에 중국으로 돌아왔다.

는 워뤄커에게 헌정하는 시를 쓴 적이 있는데, 그 시에는 이런 구절이 있다. 오랜 시간이 흘렀지만 여전히 여러 글에 인용되며 전해내려온다. "영웅이 없는 시대에 나는 그저 한 개인이고자 했다." 가끔은 평범한 사람이 되고 상식에 따라 사는 일마저도 쉽지 않을 때가 있다.

전염병 발생 상황에 대해 이야기해보자. 상황은 나아지고 있지만 속도는 느리다. 일일 신규 확진자 수가 여전히 100명을 넘어서, 아직 저점기에 진입하지 못했다. 며칠 내에 이 숫자가 줄어든다면, 아마 이 교착상태를 돌파할 수 있을 것이다. 전에 의사 친구가 이 바이러스를 '악성 바이러스'라 말한 적이 있다. 지금 보니 갈수록 정말 그렇다. 언제 어디로 도망가 또 몇 명을 감염시켜서 그간의 노력을 물거품으로 만들어버릴지 알 수가 없다.

이틀 전에 내 친구 장다오가 말하길, 그녀의 친구 리량이 퇴원 후 격리 생활을 하는 중에 갑자기 사망했다고 한다. 장다오는 우한시 문화국의 감독이다. 그녀는 리량이 근무하는 병원에 자주 가서 물리치료를 받았다. 장다오의 말에 의하면 리량은 재활 전문의사였다. 춘절 전에는 중신병원 의사 리원량에게 경추치료를 해준 적도 있다고 했다. 리량은 정월 초열흘부터 열이 나기 시작해서, 한양에 있는 팡창병원에 입원했다. 두 차례 핵산검사가 모두 음성으로 나오면서, 그는 팡창병원에서 퇴원하여 호텔로 거처를 옮겨 격리에 들어갔다. 하지만 그는 스스로 몸이 좋지 않다고 느꼈고, 그의 은사와 통화하는 중에 펑펑 울기도 했다고 한다. 결국 그는 죽음의 손아귀에서 벗어나지 못했다. 서른여섯, 젊은 아내와 어린아이를 남겨두고 세상을 떠났다.

장다오는 통화중에 내게 핵산검사의 정확성에 대해 의문을 제기했다. 나도 잘 모르겠다. 일전에 보았던 자료들을 떠올려보면, 퇴원 후 격리 기간 중에 다시 양성으로 변하는 사례가 적지 않았다. 우리 두 사람 모두 퇴원 기준에 문제가 있는 게 아닐까 하는 생각을 했다. 과연 곧이어 한 전문가가 퇴원 기준이 지나치게 관대하다는 의견을 내놓았다. 그리고 오늘 새로운 알림이 도착했다. 내일부터 팡창병원에 있는 환자와 퇴원 예정자 전부를 대상으로 채혈검사뿐만 아니라 바이러스 항체검사를 다시 진행한다는 내용이었다.

오늘 우한에서는 동영상 한 편이 화제였다. 중앙정부의 간부가 한 단지를 시찰했는데, 높은 건물에서 누군가 큰 목소리로 고함을 지른 것이다. "거짓말! 다 거짓말이야!" 간부는 단지를 반 정도 시찰하다 말고 바로 떠났다고 한다. 이 동영상에 대해 다들 의견이 분분했다. 우한에 아직도 이런 용감한 사람이 있느냐며 놀라기도 했다. 이 지역에 어떤 거짓말이 숨어 있었는지는 모르겠지만, 오랫동안 간부가 시찰해온 구역마다 각종 형식주의가 만연했다는 사실을 모르는 사람은 없다. 사실 말단 조직만 나무랄 수는 없다. 모든 조직이 거짓말을 하니, 말단 조직도 거짓말을 하지 않으면 하루도 쉽게 넘어갈 수 없을 것이다. 우한의 현재 상황이야말로 거짓말의 결과가 아니었던가? 예전에 나는 어떤 경우든 현실적으로 대응하자고 말하곤 했다. 문건을 집행하는 일도 현실적이어야 한다. 문건은 일률적이라, 여러 실질적인 문제들이 간과되는 경우가 있다. 하지만 현실적으로 생각할 수 있다면, 문건의 약점을 상부에 보고하거나 허점을 스스로 채울 수 있다. 하지만 어디 듣는 사람이 있던가? 공공연하고 대담한 거짓말과 낭비 일색인 형식주의, 이것이 이미 이 사회의 '코로나19'였다. 이번 전염병이 지나간 후 치료약을 찾을 수 있을지 모르겠다.

이번에는 우한 사람들에게 행운이 찾아왔다. 믿을 만한 친구가 이 동영상은 진짜라고 했다. 중앙정부의 간부들이 오후에 회의를 열어 주민들의 건의사항을 바로 해결하라고 요구했다. 보라, 이러면 잘된 거 아닌가? 그 고함치는 소리가 없었더라면, 간부가 어떻게 그들의 고충을 알았겠는가? 입 닫고 침묵하고 거짓말에 동조한다면, 손해를 보는 것도 우리들 아닌가? 그래서 소리쳐야 할 때는 소리를 내야 한다. 사람들과 다른 목소리를 내는 일은 물론 쉽지 않다. 하지만 그럼에도 우리는 그렇게 해야 하지 않을까? 나는 큰소리로 고함친 우한 시민에게 감동했다. 이 모든 고함이 결국 다 의미가 있지 않을까. 적어도 습관적으로 거짓말하는 사람들이 다시 거짓말을 할 때, 꺼림칙해하는 마음은 생길 것이다. 왜냐하면 자신의 주위에도 그렇게 고함칠 인민이 있을지 모른다고 생각할 테니 말이다. 진보한 사회는 최소한 우리 각자가 거짓말하지 않는 데서부터 시작한다. 기준을 더 낮춘다면, 최소한 우리 각자가 거짓말에 동조하지 않는 데서부터 시작한다.

오늘은 우스운 소식도 하나 있었다. 정부에서 코로나19 예방활동에 성과를 낸 단체와 개인을 표창했다. 그중에 표창을 받은 두 사람을 주목할 만했다. 한 사람은 베이징의 왕광파 선생이다. 왕선생은 우한을 방문했던 두번째 전문가 지원팀의 일원이었다. 전에 웨이보에서 그를 첫번째 팀이라 말했는데, 여기서 바로잡는다. 왕선생은 우한을 떠나면서 '막을 수 있고 통제 가능하다'는 말을 남겼다. 이 말은 '사람 간에는 전염되지 않는다'는 말과 함께 우한 사람들을 재난으로 내몰았다. 나는 왕선생이 자부할 만한 다수의 성과를 냈고, 실력도 출중하며, 그 말 역시 혼자 내린 결정은 아니었을 거라 믿는다. 하지만 어쨌든 본인이 대중 앞에서 한 말이니, 고통받고 있는 우한 사람들 앞에서 일말의 가책이라도 느끼고 사죄해야 한다. 왕선생에 대해 나는 어떤 선입견도 없다. 다만 그가 퇴원할 때 기자와 나눈 인터뷰에서 불안한 기색 없이 득의양양한 모습을 보인 것에 반감이 생겼다. 의사가 이래서는 안 된다. '의자인심醫者仁心'이란 말이 있다. 어질고 자애로운 마음이 없는 의사는 좋은 의사가 될 수 없다. 왕선생은 이번에 정부 표창을 받음으로써 한발 앞서갔지만, 우한 사람들에게 큰 빚을 졌다. 전문가 두 팀의 구성원 모두가 빚을 졌다. 이 빚은 갚아야 한다. 갚지 않는다면, 억울하게 죽은 3천 명에 가까운 망자의 영혼이 편히 쉴 수 없을 것이다.

그리고 표창을 받은 또 한 사람은 리원량이다. 리원량 역시 선구자의 대열에 합류했다. 이번 일이 그냥 이렇게 지나가는 걸까? 리원량이 지하에서 이 소식을 듣는다면 울까, 웃을까?

이런 대치 상태는
언제까지
이어질까?

오늘은 하늘이 흐리다. 흐리고 무거워서 마음까지 덩달아 흐려진다. 공기 중엔 침울함이 가득하고, 곳곳에서 아픔이 느껴진다. 전염병 상황은 어제에 비해 별다른 변화가 없다. 신규 확진자 수가 여전히 100명을 웃돌아 교착 국면이다. 이런 대치 상태가 언제까지 이어질까? 다음주엔 끝날 수 있을까?

요즘 나도 다른 우한 사람들처럼 답답하고 우울하고 머리까지 아프다. 특히 전화받기가 너무 싫다. 누군가와 이야기하고 싶은 마음이 전혀 없다. 단순하게 생활하고, 아무것도 말하고 싶지 않다. 봉쇄 이전에 쓴 기록들을 확인해보았다. 당시에는 다른 사람이 쓴 위챗 문장을 공유하며 그 아래에 감상을 더하는 형식으로 기록했다. 이런 기록을 한데 모아 내 일기와 연결해본다.

1월 19일
코로나19를 예방하기 위해 반드시 마스크를 써주세요

지난달 청두에 갔을 때, 대학 후배 쉬민이 내게 공기가 안 좋다며 N95 마스크를 하나 주었다. 하지만 우한의 공기도 청두보다 좋다고 할 수 없고, 나도 나쁜 공기에 적응되어 있어서 마스크를 주머니에 넣고 이제껏 쓰지 않았다. 요 이틀 동안 우한의 전염병에 관한 글이 더욱 늘어났는데, 집에는 마스크가 전혀 없다. 어제 친구를 문병하러 병원에 갈 때는 조심해야겠다는 생각이 들었다. 그제야 후배 쉬민이 준 마스크가 생각나서 얼른 찾았다. 처음엔 어떻게 착용하는지 몰라 잠깐 헤맸다. 하지만 지금 글을 읽어보니 제대로 쓴 것 같다. 조금 더 세심하게 주의를 기울여 착용할 필요가 있었지만 말이다. 나는 50년이 넘도록 마스크를 써본 적이 없다. 지금 이렇게 쓰니, 꼭 어렸을 때로 돌아간 것 같다.

1월 20일
장옌융: 내가 말한 것은 모두 2003년의 실제 상황이다

장옌융蔣彦永●은 말했다. "장원캉張文康●●이 이야기하는 것을 봤다면 여러분도 분명 그 사람이 틀렸다고 생각했을 것이다. 장리핑과 왕장관 등은 이미 은퇴했으니, 이제 진실을 말할 수 있다. 우리나라는 과거에 거짓말로 큰 손해를 보았다. 앞으로는 최대한 사실을 말하길 바란다."

현재 거짓말하는 사람은 2003년에 비해 훨씬 많아졌고, 진실을 말하는 언론 매체는 사라졌다. 우리가 이번에 보는 '신종 바이러스'에 관한 정부측 소식이 모두 진짜이기를 바랄 뿐이다.

1월 20일

바이부팅에서 열린 4만여 가구의 단체 회식

'신종 바이러스'가 여전히 확산되는 시기에, 지역사회에서 이렇게 큰 대형 연회를 연다는 것은 기본적으로 범죄행위나 다름없다. 아무리 형식주의가 좋고 태평성대를 보여주고 싶다 해도, 시 당국에서는 마땅히 이렇게 연회와 만찬을 주최하는 것을 금지하는 명령을 내려야 한다. 설령 자발적으로 만찬에 참석하겠다고 해도 허락해서는 안 된다.

1월 21일

경의를 표한다! 432시간의 밀착 간호, 그들은 이것을 '책임'이라 말했다

현재 가장 고생스러운 건 우한의 의사들이다. 올해 명절에 의사들은 아마

● 중국의 사스 은폐를 폭로한 의사.
●● 사스 유행 당시, 중국의 국무원 위생부장.

쉬지 못했을 것이다. 그들에게 경의를 표한다!

모임을 열지 않고, 밖에 나가지 않고, 제멋대로 굴지 않고, 밖에 나갈 때 마스크를 쓰고, 바로 손을 씻고, 소금물로 목을 헹구고, 자신을 보호하는 것, 이게 바로 그들을 돕는 길이다.

1월 23일

최고의 추진력을 자랑하는 우한대 국제 동문들은 전염병 상황을 이겨내게 하는 강심제다!

우한대 동문이 보내온 소식을 공유한다.

원래 겨울이면 나는 추위를 피해 하이난으로 간다. 올해는 날이 따뜻하고 명절도 이른 편이라 명절을 쇤 후 다시 갈 계획이었으나, 현재 도시 안에 갇혀서 우한의 인민들과 함께 난관을 견디고 있다.

도시를 봉쇄한 것은 정부도 어쩔 수 없었을 것이라 믿는다. 초기에 많은 시간을 허비했으니 말이다. (1월 중순에 우한에서 성급 양회를 개최했다. 모두가 알다시피 그 시기에는 양회를 성공적으로 개최하기 위해 누구도 공무에 간섭하지 않고, 부정적인 소식도 보도할 수 없다. 기자들이 상황을 알아보기에도 어려운 부분이 많았으니, 방법이 없지 않았을까? 사람의 목숨보다 중한 것은 없건만 공무원들에게는 여전히 양회가 더 중요했다. 정치가 제일 먼저 인민을 죽였다. 전염병이 지나간 후에 소임을 다하지 않은 주요 공무원들은 인민들에게 어떻게 사죄할 것인지 스스로 잘 생각해봐야 할 것이다!) 현재 우리는 우한의 시민으로서 정부의 명령에 복종하고 계획에 따르고 있다. 이성을 유지하며, 절대 두려움에 떨거나 스스로 무너지지 않는다. 최대한 문밖으로 나가지 않으면 된다. 나갈 때는 반드시 마스크를 쓴다(물론 N95 마스크를 구입하기는 어렵다. 설령 있다 해도, 상인들이 여전히 폭리를 취하려 든다!). 손을 열심히 씻고, 밥을 잘 먹는다. 가벼운 병은 휴식으로 치료한다. 두려움을 불러일으킬 만한 소식은 함부로 전하지 않는다. 스스로 문을 닫고, 집안에서 평소처럼 일상생활을 하자. 혼란을 더하지 않는 것이 바로 돕는 길이다.

많은 친구들의 관심과 안부 연락에 감사하다.

우한을 지지할 능력이 된다면, 손을 내밀어 도와달라!

1월 23일

알림! 우한의 주요 생활필수품 재고 상황!

지금 전 세계가 우한을 주시하고, 전국의 인민도 우한을 지원하고 있다. 현재는 운송 수단이 발달해서, 전쟁으로 우창이 포위되었을 때처럼 먹을 게 없는 상황은 절대 아니다. 따라서 사재기할 필요가 전혀 없다. 이 부분은 무조건 정부를 믿는다.

정부는 이러한 시기에 약국이 시민들의 필수품 가격을 임의로 인상하지 못하도록 단속해야 한다. 나는 어제 오후에 동팅루의 모 약국(이름은 밝히지 않겠다)으로 N95 마스크를 사러 갔다. 25개 한 묶음이 약 900위안이었다. 이건 일회용품이고, 하루에 3개씩 쓴다면 100위안*이 넘는 금액이다. 몇 개만 살 생각이었는데, 개별 포장이 되어 있지 않았다. 판매원이 바로 손으로 집어주는 걸 보고, 깜짝 놀라 사고 싶은 마음이 사라졌다. 나는 이 시기에 왜 이렇게 가격을 올리느냐고 물었다. 판매원은 공급상이 가격을 올렸으니 자신도 가격을 올릴 수밖에 없다고 했다.

마스크라는 이 일회용 소비재는 각 가정마다 많이 사용할 수밖에 없다. 그러니 지나치게 비싸서는 안 된다. 관리 기관에서는 반드시 이 위기를 틈타 일확천금을 노리는 상인들을 강력하게 처벌해야 한다.

1월 23일

경의를 표한다! 상하이의 중환자 및 호흡기계 전문 의료지원팀이 최초로 우한으로 출발했다

우한의 환자들이 진료를 받지 못해 발을 구르는 동영상을 보고, 환자들이 오열하며 빽빽하게 줄 서 있다는 소식을 들으면 눈물이 터져나온다. 환자들이 너무 가엽다. 하지만 의사의 수는 부족하고, 병원의 병상도 부족하다. 이렇게 오랜 시간이 지나도록 정부는 효과적인 조치를 내놓지 못하고 있다(들리는 바로는 오늘에서야 샤오탕산小湯山●● 같은 격리병원을 짓기로 결정했다고 한다). 혼란을 가중시키지 않도록 집에 머무는 것만이 우리가 그들을 도

● 한화 약 1만 6천 원.
●● 2003년 사스 환자를 치료하기 위해 베이징에 지은 샤오탕산병원을 말한다.

울 방법이다. 나는 지금껏 이런 무력감을 느껴본 적이 없다.

상하이의 의료진에게 깊은 감사의 뜻을 전한다!

1월 24일

우한의 전 공무원이 고열 환자를 찾아내고, 전 구역에서 병원 이송을 위한 교통편을 일괄적으로 마련한다

나도 함께 공유한다. 비록 늦었지만, 정부가 마침내 행동하기 시작했다. 후베이성과 우한의 공무원은 큰일이 닥치면 바로 약점이 드러난다. 탁상공론만 늘어놓고, 따라 하기만 하고, 진실을 말하는 사람을 억압하기만 한다면 무슨 소용이 있을까? 지금은 더 말하지 않겠다. 나중에 그들 스스로 어떻게 인민들에게 사죄하는지 보겠다!

오후에 마스크를 사러 밖으로 나갔다. 결국 작은 마트에서 N95 마스크를 몇 장 구입했다. 약국을 포함한 거리의 모든 상점이 문을 닫았다. 부부가 운영하는 작은 마트 몇 곳만 문을 열고 있었다. 물건이 잘 갖춰져 있고 채소도 많은 편이었다. 그러니 가격을 살짝 올리는 정도는 이해할 수 있다! 가게 두 곳에 물어보니, 다들 명절에도 문을 열고 하루도 쉬지 않는다고 했다. 그들의 말을 들으니, 안심이 되었다.

더 감동적이었던 건 여전히 빈틈없이 거리를 쓸고 있는 환경미화원의 모습이었다. 평소처럼 모든 길마다 환경미화원이 있었다. 지금 우한은 찬바람이 불고 비가 내리는 중인데 말이다.

노동자들께 감사드린다! 그들의 침착한 태도와 고생 덕분에 나는 크게 안심할 수 있다.

1월 25일
우한 봉쇄 전날 밤, 29만 9천 명이 우한을 떠났다

우한에서 도망친 사람들을 더 포용하고 이해하자. 우리는 모두 같은 인민이고, 모두가 두렵고, 모두가 잘살고 싶어한다.

난 오히려 올해 명절 전에 하이난에 가지 않은 것이 다행스럽다. 아니면 딸아이 혼자 우한에 남겨두고 내가 어떤 꼴이 되었을지 모르겠다. 설령 떠났더라도 기어이 돌아오려 했을 것이다! 지금은 다행히 모녀가 각자 집에서 격리하며 명절을 보냈다. 마음도 훨씬 편하다.

봉쇄 전에 외지로 여행을 갔던 우한 사람들이 돌연 곳곳에서 차별받고, 머물 곳마저 찾을 수 없게 되었다는 소식을 보았다. 아, 이 세상이란!

세상인심이란 늘 그렇다. 따뜻한 사람이 있는가 하면 냉정한 사람도 있다. 한 번도 달라진 적이 없다. 모두 인정하겠지. 모두가 알아서 잘 처신하면 된다.

1월 25일
각 지역사회별 이용 가능한 택시 리스트! 널리 공유 바랍니다

공유한다. 실제로 정부의 이 조치는 유용했다. 동료가 며칠 전에 수술을 해서 내일 붕대를 갈기 위해 병원에 가야 하는데, 지역사회에 신청했더니 차량 지원을 받을 수 있다고 했다.

모두가 무기력하게 지내고 있지만, 적어도 질서는 살아나고 있다. 나라에서 손을 쓰고 여러 부분을 모두 관리해주고 있으니, 그렇게 불안해할 필요는 없다. 거짓말과 소문이 연달아 휩쓸고 지나간 후, 요즘에는 사람들도 많이 안정된 듯하다.

명절 하루가 얼마 남지 않았다. 나는 이곳에서 여전히 모두가 즐거운 명절을 보내길 바란다. 모든 악귀는 낡은 해와 함께 떠나가고, 우리 모두가 매일 더 나아지기를 기원한다.

1월 26일

긴급 구조요청! 전국의 호텔/여관을 징발해, 외지에서 발이 묶인 후베이성/ 우한 사람들을 수용하자

공유한다. 전국 인민에게 후베이성 사람과 우한 사람들을 포용해줄 것을 부탁한다. 후베이성을 어떻게 떠났든, 그들에게 음식과 머물 공간을 마련해주어야 한다. 당신들의 적은 전염병이지 후베이성 사람과 더 큰 피해를 입은 우한 사람이 아니다.

이 기록을 함께 남긴다.

말 한마디로
2차 재난이 올 줄
누가 알았겠어요?

하늘이 다시 맑다. 조금 덥기까지 하다. 태양이 위풍당당하게 떠오르자, 초봄답지 않던 어제의 흐리고 추운 날씨는 자연히 잊혔다. 어제 머리가 아파서 수면제를 먹고 평소보다 한 시간 일찍 잠들었다. 정오까지 자고 일어났다. 택배가 온다는 연락을 받았다. 누군가 내게 건강 체크용 손목시계를 보냈다. 보낸 사람의 주소가 잘 보이지 않아 당황스럽다. 아무리 생각해도 누군지 생각나질 않았다. 친구야, 내게 문자 메시지를 보내줄 수 있을까? 공개적으로 밝히지는 않더라도, 사적으로라도 고맙다는 뜻을 전하고 싶구나. 얼마 후 사용해봤는데, 만족스럽다.

아침에 의사 친구가 연락해왔다. 그의 글 속에 기쁨이 가득했다. 우한에서 3월 6일에 발생한 확진자 수가 100명 아래로 떨어졌다고 했다.

신규 확진 사례가 100명을 넘어가는 상태가 나흘간 이어지더니, 이제 저점기로 들어왔어. 우한의 전염병 상황에 본질적인 돌파구가 생긴 거야. 의료자원도 풍부하고, 의심환자들은 언제든 병원에 입원해서 치료받을 수 있어. 일부 병원들은 이미 일반 진료를 시작했고, 이달 말에는 신규 확진자 수를 0으로 돌릴 수 있을 가능성이 커. 좋아, 희망이 보여. 이 상태를 이어가야지!

이게 원문이다. 어제는 다들 확진자 수가 떨어지지 않는 교착상태를 걱정했는데, 오늘 급격히 그 수가 떨어졌다. 마치 어제는 날씨가 흐리고 무겁다가 오늘 갑자기 하늘이 쾌청해진 것처럼 말이다.

활기가 넘치는 날이다. 전염병 상황이 좋아진 건 모든 사람의 공이다. 인터넷에는 도시 봉쇄를 해제해야 한다고 말하는 사람이 점차 많아지고 있다. 우한에서는 이미 병원 여러 곳이 정상 진료를 시작했다. 그렇다. 전염병이 아닌 다른 병이라는 이유로 치료를 받지 못하고 세상을 떠난 사람들 역시 적지 않았다. 이건 전염병이 불러온 후속 재난이다. 우리 단지에서도 노인 두 명이 병으로 사망했다. 만일 정상적으로 의사에게 치료받았다면? 아마 죽음에까지 이르지는 않았을 것이다. 이 밖에도 수많은 사람이 경제적 압박을 받고 있다. 수입이 없어지면 가족을 부양할 수 없다. 이 역시 큰 문제다. 오늘 또다른 소식을 들었는데, 난징에 살고 있는 시인 한둥韓東●이 후베이성 모처의 호텔에

40일 넘게 갇혀서 시간을 보냈다고 한다. 이날들을 어떻게 지내왔을지 상상이 되지 않는다. 훗날 한둥이 쓴 '갇힌 날들의 기록'을 읽어볼 수 있기를 바란다.

어제저녁에는 중학교 동창들과 수다를 떨었다. 친구들은 다시 한번 내게 우한 닝보 상공회의소寧波 商會[••]의 선화창沈華强 서기에 대해 이야기해주었다. 동창 중 H와 X가 그와 가까운 사이였다. H는 예전에 그의 상사였고, X는 그와 대학교 동문이었다. 조금 전에 중학교 동창들이라고 말했는데, 사실 H와 X는 모두 나와 초등학교 때부터 고등학교를 졸업할 때까지 쭉 같은 학교를 다녔다. 내가 전에 닝보의 사업가 선주싼沈祝三이 우한에 남긴 업적을 글로 쓴 적이 있는데, 작년에 선화창이 닝보의 서기 자격으로 우한에 방문했을 때 내 팬이라며 H를 통해 나를 만나고 싶다는 뜻을 전해왔다. 선화창은 『우한의 닝보인』이라는 책의 부편집장이며, 수많은 사무를 총괄하고 있었다. 뜻밖에도 올해 선화창 역시 코로나19에 감염되었고, 그의 일가족 다섯 명이 모두 감염되었다고 한다. 1월 26일에 발병해서 2월 7일에 그와 모친이 함께 세상을 떠났다. 나머지 가족 세 명은 각자 격리되어 입원중이다. 참극이 아닐 수 없다. 선화창과 그의 모친은 코로나19 확진 판정을 받지 못해서, 아마 정부가 발표한 사망자 통계에 포함되지 않았을 것이

● 중국의 시인, 소설가. 영화 〈선창에서 보낸 하룻밤〉을 만든 영화감독이기도 하다.
●● 닝보는 중국 저장성 동부에 있는 도시로, 우한 닝보 상공회의소는 우한에 있는 닝보 출신 상인들의 연합회를 가리킨다.

다. 내가 쓴 선주싼의 글과 관련해서 한번 만나자는 말을 늘 했는데, 이제 다시는 만날 기회가 없어졌다. 나와 여러 번 연락은 나누었지만 한 번도 만나지 못한 이 친구에 대해 기록해두고자 한다.

동창과 사망자의 장례와 유골 처리 절차에 대해 이야기했다. 그후 한 심리학자와 바로 연락했다. 나는 우한 사람들이 넘어야 할 산이 하나 더 남은 것 같다고 말했다. 전염병 사태 이후에 몇천 명의 사람이 동시에 장례를 치러야 하기 때문이다. 그날들을 어떻게 넘겨야 할까? 그건 또하나의 거대한 집단적 트라우마가 될 것이다. 심리학자는 전염병으로 인한 사망자이기 때문에 장례식장에서는 시신을 바로 화장하고, 유골은 전염병이 종식될 때까지 보관한다고 했다. 가족들에게 전화로 통지하면, 그제야 비로소 유골을 가져가 안장하고 의식을 치를 수 있을 것이다. 하지만 수천 명의 유골을 어떻게 한 번에 내보낼지 정부는 대책을 마련해야 할 것이다. 인재에 가까운 이번 재난의 고통을 극복해내려면 우선 정부의 입장 발표가 필요하다. 아무도 책임지려 하지 않는다면, 이번 고비는 극복하기 어려울 것이다. 가족을 잃은 가정이 너무 많다. 각 가정이 앞으로의 삶을 꾸려나갈 여건이 되는지 점검할 필요가 있다. 취약계층 가정의 경우에는 정부와 지역사회의 실질적인 도움이 필요하다. 심리학자도 이런 현실적인 문제를 초월하여 도움을 줄 수는 없다.

심리적 트라우마에 대해 잘 아는 또다른 친구는 현재 대중은 여전히 스트레스 상태에 처해 있다고 말했다. 가장 심각한 심리적 문제는 스트레스 상태가 지나간 후 나타난다는 것이다. 전염병이 지나가면 수많은 사람에게서 일정 기간 동안 외상후스트레스장애, 즉 PTSD가 나타날 수 있다. 이들은 갑작스레 가족을 잃었고, 또 가족이 아플 때 곁에서 간호도 하지 못하고, 더군다나 마지막 작별 인사도 하지 못했다. 이런 트라우마는 어떻게 회복한다 해도 상처가 남고, 이런 집단적 상처는 훗날 심각한 외상후스트레스장애를 만들어낼 확률이 높다. 어떤 사람들은 외상성 재체험 증상, 즉 사건 당시의 부정적인 감정을 다시 느끼는 증상, 예를 들면 악몽에 시달리는 듯한 증상을 겪는다. 회피와 무감각 증상을 보이는 사람들도 있고, 히스테리 증상을 보이기도 한다!

나는 전염병 상황이 얼른 끝나기를 간절히 바라지만, 우한에서 몇천 명이 동시에 장례를 치르는 그날이 온다고 생각하면 두렵다. 숨진 이들의 가족과 모든 우한 사람들이 조금이라도 더 수월하게 이 고비를 넘을 수 있도록 가치 있고 실행 가능한 방법을 제안할 수 있는 심리전문가들이 더 있을지 궁금하다.

오늘 사람들 사이에서 자주 오르내린 말이 있다. 바로 '감사'라는 말이다. 우한의 지도자는 인민들에게 당과 나라의 은혜에 감사할 것을 요구했다. 정말 기괴한 사고방식이다. 정부는 인민의 정부이고, 인민에게 봉사하기 위해 존재한다. 정부의 공무원들은 인민의 심부름꾼이지 그 반대가 아니다. 매일 공부한다는 사람들이 어쩌면 이렇게 반대로 배웠을까? 우한대학교 펑톈위 선생은 "이 문제에서 절대 인민과 권력자의 관계를 뒤집어서는 안 된다. 권력자를 은혜의 주체로 보고, 인민에게 엎드려 감사를 표하라고 말하는 자는 1875년 마르크스의 이야기를 들어보라. 마르크스는 페르디난드 라살레●의 국가지상론을 혐오하며 '인민이 국가를 호되게 교육해야 할 필요가 있다'(「고타 강령 비판」)고 지적했다"고 말했다. 우한에서 후베이성 전체에 이르기까지 역대 지도자들 모두가 펑선생을 존경했다. 우한의 새 지도지가 수준이 있다면, 펑선생이 하는 이야기를 분명 알아들을 것이다.

　그렇다. 전염병이 이제 기본적으로 통제 가능해졌다는 것. 진정 감사해야 할 일은 이것이다. 하지만 이에 대해 일어나 감사를 표해야 할 주체는 당연히 정부다. 정부는 우선 우한에 있는 수천 명의 사망자 가족들에게 고개 숙여야 한다. 그들의 가족은 억울하게 화를 당했고, 임종도 지키지 못했다. 장례를 치를 기회마저 잃어버린 상태에서 슬픔을 견디며 자제했고 누구 하나 소란을 피우지 않았다. 또 정부는 병원에 누워 힘들게 저승사자와 사투를 벌이고 있는 5천 명이 넘는 중증 환자들에게 감사해야 한다. 그들이 이를 악물고 버텨준 덕분에, 사망자 수의 증가세가 꺾일 수 있었다. 정부는 우한의 모든 의료진과 외부에서 달려온 4만 명이 넘는 백의의 천사들에게 감사해야 한다. 그들은 위험을 무릅쓰고 저승사자의 손에서 하나씩 생명을 되찾아왔다. 정부는 봉쇄 기간 동안 우한의 구석구석을 뛰어다닌 건설노동

● 독일의 사회주의자 및 혁명사상가로 독일 사회민주당의 전신인 전독일노동자협회의 창설자이다.

자와 환경미화원, 그리고 자원봉사자들에게 감사해야 한다. 그들이 있었기에 이 도시의 질서가 유지될 수 있었다. 정부가 가장 감사해야 할 사람은 집안에 갇혀 밖으로 나가지 못한 900만 우한 시민들이다. 그들이 이 어려움을 극복해내고 정부에 협조하지 않았더라면 전염병을 통제하는 건 불가능한 일이었을 것이다. 그 어떤 미사여구로도 자원봉사자들과 우한 사람들의 노고를 다 치하할 순 없다. 정부여, 당신들의 오만을 거둬들이고 겸허하게 당신들의 주인인 수백만 우한 인민의 은혜에 감사하라.

더불어, 정부는 최대한 빨리 인민들에게 사죄해야 한다. 지금은 성찰과 책임의 시간이다. 인민의 의지에 부응하고 민심을 돌보는 건전하고 성실한 정부라면, 전염병 상황이 개선된 지금 시급히 해야 할 일이 있다. 신속하게 책임 소재를 파악할 팀을 꾸려 전염병 상황의 시작과 끝을 세세하게 되짚어보고, 누가 시간을 지체했는지, 누가 인민들에게 진실을 은폐하기로 결정했는지, 누가 체면을 위해 모두를 기만했는지, 누가 인민의 생사를 정치적 판단 뒤로 미루었는지, 얼마나 많은 사람과 얼마나 많은 손이 이런 재앙을 만들었는지 명백히 밝혀야 한다. 잘못을 저지른 자가 그에 상응하는 책임을 지도록 최대한 빨리 처리해야 한다. 동시에 정부는 지방 공무원, 선전 부문의 주요 공무원, 유력 언론 매체 종사자, 보건 부문의 주요 공무원, 의료진이 다수 사망한 병원 관계자 등 관련 부문의 공직자들에게 촉구해야 한다. 즉시 스스로를 점검하여 교정하게 하라. 민중을 오도하고 사상자를 낸 자들은 먼저 스스로 잘못을 인정하고 자리에서 물러나라. 형사책임이 있는지 여부를 따져 법의 심판을 받게 해야 한다. 그러나 중국의 수많은 공무원 중 스스로를 반성하는 사람은 극히 드물고, 잘못을 인정하고 물러나겠다고 말하는 사람은 더 없어 보인다. 그렇다면 민중은 정치를 목숨처럼 여기고 민생은 지푸라기 보듯 하는 공무원들이 잘못을 인정하고 물러나도록 촉구하는 탄원서를 써야 하지 않겠는가? 손에 피를 묻힌 사람들이 어떻게 후베이성과 우한 인민들 앞에서 그 손을 뻗어 명령을 내린단 말인가? 만일 10명에서 20명 정도의 공무원들만이라도 스스로 뉘우치고 물러난다면 이 시대의 공무원들에게 어느 정도 양심이 있다는 의미일 것이다.

저녁 무렵에 한 유명 작가가 내게 문자메시지를 보내서 의미심장한 말을 했다. "말 한마디로 2차 재난이 올지 누가 알았겠어요?" 은혜에 감사한다는 이 아름다운 말이 앞으로 더럽혀지는 건가? 이제 이 말은 금지어가 되는 걸까?

실마리가 나왔다
조사해야 할 게 있다면
이참에 조사하자!

다시 비가 내린다. 제법 온다. 바람마저도 차가워서 한낮인데도 해질 녘 같다. 멀리 청두에 있는 류선생이 우한의 친구에게 부탁해서 내게 생선 몇 마리를 보냈다. 반나절을 사양해도 소용없었다. 그들은 손질한 물고기와 생강, 파, 무를 함께 보내며, 이러면 조리하기 수월할 테니 어탕을 끓여먹으라고 했다. 내 일기에서 내게 당뇨병이 있다는 것을 보고 말린 과일도 사서 편지까지 동봉해 우리 단지의 문 앞에 놓고 갔다. 송구하고 또 감동적이다. 친구들의 관심이 고맙다.

　오늘은 3월 8일, 중국 여성의 날인 부녀절婦女節이다. 다들 인터넷으로 여성들에게 꽃을 보냈다. 어렸을 때, 매년 이날이 되면 우리 여학생들은 모두 큰 소리로 노래를 불렀다. "3월 8일은 부녀절, 남자애들은 일하고 여자애들은 놀이를 하네. 남자애들은 집에서 숙제나 하라고요.” 이 노래는 우한 사투리로 불러야 그 가락과 운율에서 익숙한 맛이 살아난다. 떠올려보니 참 오래된 일이다.

우한에서는, 사람들이 어린아이를 ‘야伢’라고 부른다. 그래서 남자아이는 ‘난야男伢’, 여자아이는 ‘뉘야女伢’다. 성인이 되면 ‘야’가 ‘장將’으로 바뀐다. 남자는 ‘난장男將’이 되고, 여자는 ‘뉘장女將’이 된다. 신분의 귀천이나 지위의 높고 낮음에 상관없이 모두가 남장군과 여장군이다. 병졸은 없다. 이런 호칭은 정말 재미있다. 다른 지방에도 이런 게 있는지 모르겠다.

우한의 여장군은 겉으로는 대단해 보이지만, 사실 집안의 중요한 일은 거의 남장군이 처리한다. 재미있는 것은 집안에 문제가 생기면 일반적으로 여장군이 나선다는 것이다. 남장군의 능력이 부족해서가 아니라, 여장군에게는 천성적으로 집안의 남장군을 보호하려는 기개가 있다. 말하자면 가족 가운데 남장군은 사회적으로 직업도 있고 체면도 있어서 앞에 나서기 껄끄러워하지만, 여장군은 거리낄 게 없다. 부녀자들의 사회적 지위가 남장군만큼 보장되지 않은 경우가 많다보니, 무슨 일이 생기면 여장군이 나서서 따지는 게 관례가 된 것이다. 우한의 여장군은 빠른 속도로 말하고 목소리 톤도 높아서 말싸움에서 거의 지지 않는다. 상대 역시 여장군일 경우, 두 사람이 붙으면 꽤 볼만한 구경거리가 된다. 문화대혁명 시기에 나의 시아버지가 화중사범대학교 교수여서, 홍위병紅衛兵•이 집안으로 들이닥쳐 그를 잡아 비판하려 했다. 이때 나의 시어머니는 시아버지더러 집안에 있으라 하고, 자신이 직접 나가 홍위병들과 맞서 싸웠다. 홍위병은 이 할머니 여장군을 어찌할 방법이 없어 하는 수 없이 물러났다. 나는 이 이야기를 다른 글에 쓴 적이 있다. 그래서인지 전염병 사태가 이어지는 동안 여장군들은 생활을 영위하기 위해 공동구매, 각종 시비, 지역사회와 관계된 온갖 일들을 모두 떠맡았다. 그러다보니 문밖으로 많이 나서는 사람도 자연히 여장군이다. 우한의 여장군 중에 기 세고 목청 좋다 하는 사람들이 이번에 동영상 몇 편을 올렸는데, 많은 사람이 깜짝 놀랐다. 이쯤에서 우한의 모든 여장군을 축복한다. 다들 즐거운 부녀절 보내길!

오늘로 봉쇄 46일째다. 기쁜 소식도 점점 많아진다. 일부 구역에서 차례로 봉쇄 해제를 시범적으로 시행하고 있다는 소식이 암암리에 퍼졌다. 심지어 한 친구는 이미 공항은 운항을 재개할 준비를 마쳤다고 말했다. 이 소식은 기쁨을 넘어 놀랍기까지 했다. 만일 사실이라면 도시가 열릴 날이 눈앞에 다가왔다는 의미다. 우한 사람들이여, 시련은 끝나가는가?

의사 친구 역시 좋은 소식을 보내왔다. 이틀째 신규 확진 사례가 저점기에 머물러 있고, 하락세가 뚜렷해지기 시작했다는 것이다. 의심 사례 역시 이미 저점 상태이다. 팡창병원은 순차적으로 휴원을 시

● 문화대혁명 당시 마오쩌둥은 부르주아 세력의 타파와 자본주의 타도를 외치며 학생들을 중심으로 구성된 홍위병을 앞세워 이들을 처단하려 했다.

작해서, 가장 큰 규모의 팡창병원인 우한커팅 컨벤션센터가 오늘부터 휴원을 선언했다. 의심환자는 바로 병원에 입원해서 진찰과 치료를 받을 수 있다. 일부 병원에서도 일반 진료를 다시 시작했다. 전염병 확산이 통제되면서, 지금은 전쟁터를 청소하며 종식될 날을 기다리는 상황이다. 현재 중증 환자는 여전히 5천 명에 가깝고, 입원 환자도 1만 7천 명이 넘는다. 전국의 정상급 의료진이 힘을 합쳐 일하고, 일선 의사들도 계속해서 경험을 모으고 치료 방안을 발전시켜간다면 모든 환자가 최선의 치료를 받을 수 있다. 의사 친구의 낙관 덕분에 나는 2만 명이 넘는 환자가 모두 퇴원하는 날이 곧 올 것만 같은 느낌이 들었다.

사실 전염병 종식이 머지않았고 시민들의 생활이 더 질서정연해졌다는 사실을 우리는 피부로 느낄 수 있다. 대부분의 지역사회 서비스가 매우 세심하고 친절하게 제공된다. 내 동료는 그들이 사는 구역 관계자가 주민들을 돕는 사진을 늘 내게 보여주며 자랑하는데, 관계자들이 매우 훌륭하고 주민들이 마트에 가서 물건을 살 때도 도와준다고 했다. 주민들에게 칭찬받는다는 건 일을 상당히 잘했다는 뜻이다. 우한의 여장군은 까다롭게 굴기 시작하면 감당하기 힘들 정도라는 점을 알아둘 필요가 있다. 일선으로 내려온 지역사회 관계자들의 수고가 크다는 점은 두말할 나위 없는 사실이다. 거의 막노동꾼처럼 무슨 일이든 다 했다. 특히 오래되고 낡아 엘리베이터가 없는 곳에서는 노인들을 대신해 물건을 사서 배달해드리고, 어르신들에게 휴대폰 사용하는 법도 가르쳐드리고, 휴대폰이 없는 분들에게는 제 휴대폰으로 도왔다. 여러 사람들이 있고 별사람이 다 있다. 입씨름하며 시비 거는 사람도 있고, 뭐든 물고 늘어지며 고집을 피워 힘들게 하는 사람도 있다. 그러니 일을 잘하기란 정말 어려운 거다. 이 많은 우한 사람을 오늘까지 보살펴왔고, 또 계속해서 보살필 수 있다는 건, 역시 일선으로 내려온 무수한 간부와 관계자들의 노고라 할 수 있다.

작가협회의 동료들도 드문드문 출근하기 시작했다. 〈장강문예〉가 기일에 맞춰 출간될 예정인데, 재택근무로만 만들어내는 건 불가능하다. 원래 나는 춘절이 지나고 중편소설 하나를 넘기려 했는데, 결과적으로 약속을 지키지 못했다. 기자들이 나를 인터뷰할 때면 대부분 비슷하게 물어보는 질문이 하나 있다. 도시가 열린 후에 무슨 일을 가장 하고 싶냐는 것이다. 나는 편히 쉬고, 그다음에 소설을 완성하고 싶다고 했다. 글빚을 얼른 갚지 않으면 나중에 인연이 죄다 끊길지도 모른다.

이곳은 이미 전염병이 약화되고 있지만, 불행히도 완전히 끝나지는 않았다. 취안저우泉州●의 신자欣佳호텔에 격리되어 있던 사람들이 붕괴 사고를 당했다. 동창이 단체대화방에 막 소식을 올렸다. 오늘 저녁 6시가 조금 넘어서 호텔 붕괴 사고로 71명이 고립됐다는 소식이 전해졌다. 구급대원들이 현장으로 출동해 새벽 4시까지 48명을 구출

● 푸젠성福建省 대만해협에 접한 항구도시.

했는데, 그중 10명은 사망했고 38명은 병원으로 옮겨져 치료를 받았다. 아직 23명이 더 남아 있다. 걱정이다! 이곳에 격리된 사람들 중에는 후베이성 사람이 적지 않다. 안타깝게도 이들은 전염병으로부터 도망쳤지만, 붕괴로부터는 도망치지 못했다. 이것도 2차 재난이지 않은가? 특별히 기록을 남긴다.

오늘은 〈차이신〉의 기자가 홍콩대학교 위안궈융袁國勇● 원사를 인터뷰한 기사도 보았다. 위안궈융 원사는 우한을 방문한 세번째 전문가 팀의 일원이었다. 이번 전염병 상황에서 그는 세계보건기구의 신종 코로나바이러스 합동조사단의 전문가이자, 홍콩 정부의 전문가 자문단 구성원으로 활동했다. 그가 기자에게 털어놓은 이야기는 매우 충격적이었다.

위안궈융 원사는 말했다. "저는 진실을 이야기하려 합니다. 저희가 우한에서 방문했던 곳은 전부 '시범기관'이었을 겁니다. 우리가 무엇을 물어보면 그들이 어떻게 대답할지, 이미 거의 준비가 되어 있었어요. 그런데 중난산 원사가 아주 날카롭게 몇 번이고 추궁했습니다. '그래서 있어요, 없어요?' '도대체 사례가 더 있다는 겁니까, 없다는 겁니까?' '정말 특수 사례가 그거밖에 없어요?' 하지만 그들은 검사중이라고만 대답했어요. 1월 16일에서야 후베이성 질병통제센터가 국가에서 보낸 검사키트를 받았기 때문이었을 겁니다. 그들은 결

● 홍콩의 미생물학자이자 외과 의사로 코로나19 최고 권위자로 꼽힌다.

국 우리 질문에 대해 신경외과의 환자 1명이 의료진 14명을 감염시킨 것 같다고 털어놓았습니다. 하지만 또 거기 의료진들이 확진을 받은 건 아니라고 했죠." 〈차이신〉 기자는 대단하다. 그는 물었다. "'그들'이 누구죠? 당시에 우한의 병원을 시찰할 때, 현장에 어떤 사람들이 주로 있었나요?" 위안궈융 원사는 대답했다. "우한 위생건강위원회, 우한 질병통제센터, 우한의 현지 병원 및 후베이성 위생건강위원회 등의 인사들이요." 기자는 연이어 질문했다. "그때 그들이 숨기는 게 있다고 느꼈나요?" 위안궈융 원사는 대답했다. "제가 밥 먹을 때 중난산 원사와 같은 테이블에 앉았던 부시장을 보았는데, 안색이 안 좋고 마음이 무거워 보였어요. 그때 분명 그들은 큰일이 벌어졌다는 사실을 알고 있었을 겁니다. 세번째 전문가 팀까지 온 상황이었으니까요. 그들이 이전에 무언가 숨기는 게 있었다면, 그 상황에서는 숨길 게 없어졌을 거라 생각해요. 하지만 그들은 검사키트가 우한에 막 도착했고, 검사키트 없이는 확진을 내릴 수 없다는 점을 계속 강조했어요."

좋다. 실마리가 나왔다. 조사해야 할 것이 있다면 이참에 조사하자! 하나하나 물어가다보면, 일이 이렇게 된 까닭을 알아낼 수 있을 것이다. 나와 우리는 모두 알고 싶다. 이렇게 큰일을 왜 숨겼는지.

중난산 원사의 날카롭고 매서운 추궁이 있었기에, 바이러스가 '사람 간 전염된다'는 소식이 인민들에게 전해질 수 있었다. 이 덕분에 아무것도 모르던 우한 사람들이 현실을 깨달았다. 그러지 않고 며칠 더 사실을 숨겼다면, 더 처참하고 혹독한 결과가 어떤 모습으로 나타났을지 모를 일이다. 천만 명이 넘는 우한 거주자들 중, 몇 명이나 살아남을 수 있었을까?

현재의 문제는 다음과 같다. 첫째, 위안궈융 원사가 말한 사람들을 하나씩 추적해서 끝까지 조사해야 하지 않을까? 둘째, 앞서 우한에 왔던 두 전문가 팀은 이게 심각한 일이라는 걸 뻔히 알면서도 왜 중난산 원사처럼 날카롭게 추궁하지 못했을까? 위안궈융 원사는 기자의 질문에 대답하며 이런 말을 했다. "우리 과학자들은 작은 정보라도 결코 허투루 봐서는 안 됩니다."

잘못을 인정하고 물러나는 일은
중신병원의 당서기와
원장부터 시작하자

어제저녁에 비가 꽤 쏟아지더니, 오늘도 비가 온다. 봄비의 운치는 들릴 듯 말 듯 미세한 빗소리에서 오는데, 이번 비는 퍼붓듯 쏟아진다. 하루종일 집안 전체에 등을 켜고 있어야 했다.

　의사 친구가 보낸 글에 낙관적인 분위기가 느껴진다. 신규 확진 사례의 발생 수가 저점기로 들어선 지 사흘째이다. 지속적으로 신규 확진자 수는 감소하고, 의심 사례 역시 계속해서 저점 상태에 머물러 있다. 후베이성과 우한시의 책임자가 교체된 후로 확실히 강력한 조치를 취했고, 전염병은 빠르게 통제되었다. 우한의 환자 수가 많았을 때는 팡창병원 열아홉 곳을 지으려고 했지만, 이제는 그럴 필요가 전혀 없어졌다. 의사 친구는 팡창병원 열한 곳이 이미 휴원에 들어갔고, 남은 세 곳 역시 오늘내일 중으로 휴원에 들어갈 것이라 했다. 이제 우한의 방역 전쟁은 마무리 단계에 접어들었으니, 전쟁터를 정리하는 것과 비슷하지 않은가. 중증 환자도 지속적으로 감소하고 있다. 물론 여기에는 두 가지 원인이 있다. 하나는 완치이고, 또하나는 사망이다. 현재 중증 환자의 수는 여전히 4700명이 넘는다. 이건 여전히 큰 숫자다. 의료진 역시 최선을 다해 치료하며 이들이 버텨주기를, 그리고 빨리 회복하기를 기대하고 있다.

다사다난했던 중신병원에서는 오늘 또 의료진 중에 사망자가 나왔다. 안과 의사 주허핑朱和平이다. 이전에도 안과 의사 리원량이 2월 7일에 사망했고, 유방·갑상선외과 주임의사 장쉐칭이 3월 1일에 사망했고, 안과 부주임 메이중밍이 3월 3일에 숨졌다. 오늘까지 중신병원에서 이미 의사 4명이 사망했고, 그중 3명이 같은 안과다. 들리는 소식으로는 중증 환자 명단에도 중신병원의 의사 몇 명이 올라가 있다고 한다. 이렇게 처참한 상황을 마주한 사람들은 끊임없이 묻는다. 중신병원에서 도대체 무슨 일이 있었던 거야? 왜 이렇게 많은 의료진이 쓰러졌지? 병원의 원장과 당서기 같은 주요 책임자들은 이 상황을 뭐라고 이야기할까? 코로나19에 대한 이해가 아예 부족했다고? 아니면 긍정적인 에너지를 끌어모아 이렇게 말하려나? 중신병원 의료진이 우한의 인민들을 위해 인간 방호벽을 세워주었다고? 이게 말이나 되는 소리인가? 생각해보면 이건 우리가 반드시 제기해야 할 문제다. 오늘만 해도 중신병원의 정부측 책임자에게 질문을 던지는 기사를 여러 편 보았고, 내부자의 고발과 호소문도 보았다. 글의 내막이 진실인지 거짓인지는 나도 확신할 수 없다. 하지만 의사 4명이 사망했고, 200명 넘는 의료진이 병원에 누워 있다는 것은 의심할 여지가 없는 사실이다. 바로 그 사실 때문에, 나는 중신병원의 원장과 당서기가 이 병원의 수장 자격이 있는 사람인지 의문이 든다. 그리고 그들이 없어도 중신병원의 다른 사람들이 계속 전염병과의 사투를 이어갈 수 있으리라 믿는다. 그래서 나는 여기서 분명히 요구한다. 후베이성과 우한의 공직자가 잘못을 인정하고 물러나는 일은 중신병원의 당서기와 원장부터 시작하자.

사실 잘못을 인정하고 자리에서 물러난다는 것은 상식이다. 자신의 임무를 다하지 못하고 조직에 막대한 피해를 입혔으니, 양심이 있다면 스스로 마땅히 책임지고 자리에서 물러나 속죄하는 마음으로 부족한 부분을 고쳐나가야 한다. 하지만 중국의 현실에서 이런 사람이나 일을 찾아보기란 매우 어렵다. 우리 중 하고많은 사람들이 무한하고 방대한 개념은 이해하면서, 기본상식은 이해하지 못한다. 그런 개념은 허무하고 모호해 그 핵심을 파악하기가 어렵다. 마치 공무원들이 윗선에서 하달한 공문서를 보고 신문 기사를 읽느라 반나절을 보내지만 핵심이 무엇인지는 알지 못하는 것과 같다. 설령 주제를 발견했다 해도, 이 주제도 대부분은 거짓이다. 수많은 현실적인 기본상식들이 모두 이 개념들 때문에 말의 땅속에 깊이 파묻혀서 싹을 틔우는 것조차 요원하다. 하지만 이런 상식은 인생에 반드시 필요하다.

어제 나는 위안궈융 원사가 '작은 정보'라고 언급한 것에 대해 썼다. 그는 과학자라면 작은 정보라도 허투루 보아서는 안 된다고 말했다. 비단 과학자뿐만 아니라 병원 관리자와 정부 관료도 '작은 정보'에 매우 민감하게 반응해야 한다. 나는 1월 18일부터 문밖으로 나설 때 마스크를 쓰기 시작했고, 집안일을 도와주시는 아주머니에게도 장을 보러 갈 때 마스크를 쓰라고 했다. 왜냐고? 민간에 퍼져 있던 여러 '작은 정보'를 들었기 때문이다. 그래서 더욱 조심했다. 그러나 안타깝게도 후베이성 공무원들은 수천만에 달하는 인구를 관할하면서도 이런 경각심을 전혀 갖지 않았다. 각종 대형 공연들이 1월 21일까지 계속되었다. 심지어 중난산 원사가 20일에 이미 '사람 간 전염된다'고 말했음에도, 공연들은 중지되지 않았다. 내 동료 YL은 그녀의 촬영팀에 있는 친구 네 사람이 1월 19일에 톈한田漢대학교 극장에서 공연을 촬영했다가 그중 3명이 코로나19에 감염되어 사망했다고 말했다. 만일 더 일찍 시민들에게 사실을 알렸다면, 일찍 이런 공연들을 취소했더라면, 더 많은 사람의 목숨을 살릴 수 있지 않았을까? 왜 우리 인민들은 이렇게 경계를 높이는데, 우리의 수장들은 이리도 무지한 것인가? 역시 상식이 부족한 것이다. 그들은 정치적인 개념을 바탕으로 상식을 생각하고, 우리는 생활 속의 경험을 바탕으로 상식을 생각한다.

오늘 글 한 편이 인터넷에서 급속도로 퍼져나갔다. 글의 제목은 '우한의 책임 떠넘기기 대회 제4라운드가 시작됐다'이다. 글에는 국가위생건강위원회가 1월 14일에 방역 부서와 회의를 개최한 내용이 언급되어 있었다. 친구에게 공식 홈페이지에서 이 내용을 찾아봐달라고 부탁했더니, 과연 이런 소식이 있었다. 제목은 '코로나19의 방역 및 통제 작업을 배정하기 위해, 국가위생건강위원회가 전국 화상회의를 열다'였다. 그중 두 단락을 이곳에 옮긴다.

회의에서는 현재 전염병을 막기 위한 방역작업에 불확실성이 크다는 문제가 제기되었다. 물론 전염병 상황이 우한시라는 한정된 범위에 국한되어 있지만, 코로나19의 감염원이 어디인지 아직 찾지 못했고, 전염병의 확산 통로를 완전히 장악한 것도 아니다. 사람 간의 전파능력 역시 세밀한 감시가 필요하다. 태국 위생부가 우한발 코로나바이러스 확진 사례를 통보함에 따라, 전염병 방역 상황에도 중요한 변화가 생겼다.[*] 전염병의 전파와 확산이 크게 늘어날 것이고, 특히 춘절이 다가옴에 따라 전염병의 발병 사례와 발생 지역이 증가할 가능성도 있고, 구역 내의 사례가 구역 외로 흘러나갈 가능성도 배제할 수 없다. 최악의 상황을 염두에 두고, 위기의식을 강화하고, 확률이 적은 위험요소를 확률이 큰 수단으로 대응하고, 관할 구역의 전염병 방역 및 통제 방안을 연구하고 마련해놓는다면, 출현 가능성이 있는 새로운 전염병을 제때 효과적으로 발견하고 처리할 수 있다.

회의에서는 우한의 전염병 방역 및 통제작업을 바탕으로 이후 전국의 전염

---

[*] 2020년 1월 13일, 태국에서 신종 코로나바이러스 첫번째 확진자가 나왔다. 이는 중국 이외의 국가에서 보고된 첫 감염 사례였다.

병 통제작업의 방향을 결정할 것을 요구했다. 후베이성과 우한시는 엄격한 관리감독 조치를 취해야 한다. 농산물시장에 대해 관리감독을 중점적으로 강화해 체온 측정과 발열 증상자 정밀검사라는 두 가지 방어선을 구축하기로 했다. 단체활동에 대한 관리를 강화하고, 대규모 인원이 모이는 활동을 줄이고, 발열 증상자는 우한을 떠나지 말라고 주지시키고, 환자의 치료와 밀접 접촉자에 대한 관리를 강화한다. 가장 엄격한 조치를 시행하여 전염병을 현지에서 통제하기 위해 노력하고, 우한의 전염병이 광범위하게 퍼지는 상황을 최대한 피한다.

1월 14일에 열린 회의다! 1월 14일! 중난산 원사가 '사람 간 전염된다'고 말한 날보다 6일이나 빠르다! 도시가 봉쇄된 날보다는 9일이나 빠르다! 「우한의 책임 떠넘기기 대회 제4라운드가 시작됐다」라는 글을 쓴 사람은 과학기술자로 매우 집요하다. 그는 신속하게 이 글이 게시된 시점을 밝혔다. "이 글은 2월에 올린 겁니다. 올린 날은 2월 21일 이전의 어느 날로, 최종 수정시간은 2월 21일 오전 8시 39분입니다. 그후에 이 글을 올린 시간을 1월 14일로 조작했습니다." 흥미로운 지적이다.

현재 이 문건이 존재한 것은 확실해졌다. 회의가 분명 열렸다는 의미다. 이 글 때문에 동창들의 단체대화방에서 또 격론이 벌어졌다. 동창 K는 "첫째, 이런 대규모의 전국 화상회의에는 수많은 사람이 참여하니까 나중에 내용을 조작할 수는 없을 거야. 이 회의 내용에 대한 진위 논란이 있었다면, 후베이성과 우한시 위생건강위원회나 그들의 배후에 있는 결정권자가 가장 먼저 공격받았겠지. 둘째, 국가위생건강위원회 홈페이지가 이번에 특별히 '리뉴얼'된 건 누굴 위한 걸까? 누구의 사주를 받았나? 진실은 뭘까? 임시직 공무원이 실수로 올린 걸 만회하려고? 아니면 '소 잃고 외양간 고치기'라도 하려는 걸까? 물론 국가위생건강위원회가 어떤 방식으로든 대외비 회의록을 전면적으로 공개해서 사람들에게 진실을 알릴 수도 있었어. 하지만 이렇게 은밀하게 움직이는 건 도통 이해가 안 돼. 국가위생건강위원회 홈페이지에 회의와 관련한 소식을 누락한다고 질책할 사람도 없으니까. 이 홈페이지의 회의 요약본이 제때 드러나지 않은 건 결과적으로 우리가 우한에서 맞닥뜨린 비극의 단초가 되었어. 회의 결과는 마땅히 공개적으로 발표되어야 하는 거 아니야? 누가 회의의 성격을 그렇게 결정한 거지? 대외적으로 비밀에 부치자고?"

그렇다. 의심스러운 점이 정말 많다. 전국 단위의 화상회의였다면 후베이성 당국도 분명 참여했을 것이다. 그렇다면 후베이성의 누가 이 화상회의에 참여했을까? 왜 회의 후에 아무것도 실행하지 않았을까? 왜 이 소식을 언론을 통해 대중들에게 공개하지 않았을까? 발열 증상자를 조사하여 그들이 우한을 떠나지 않도록 하고, 대규모 행사를 중지하고, 군중집회를 제한하는 등의 일을 왜 전혀 하지 않았을까? 만일 1월 14일에 바로 이 소식을 공개하고 각계각층의 사람들에게 주의를 주었다면, 우한에서 이렇게 많은 사망자가 나왔을까? 이렇게 처참한 재난에 처했을까? 국가 전체에 이렇게 막대한 손실을 끼쳤을까? 전염병이 퍼지고 있으며, 그 결과가 심각할 것임을 알고 있으면서도 왜 어떤 행동도 취하지 않았단 말인가? 개인의 실수인가, 부주의인가? 아니면 무지했던 것인가? 며칠이 지나면 저절로 상황이 안정되리라 생각한 건가? 어쨌든 나는 이 일을 이해할 수 없다.

반성과 추궁은 한몸과 마찬가지다. 엄격한 추궁 없이 진지한 반성은 불가능하다. 전염병 상황이 여기까지 이르렀으니, 추궁은 우리가 반드시 해야 할 일이다. 사람들이 모든 것을 기억하고 있는 지금, 세세한 기억이 머릿속에 박혀 있는 바로 지금이 이 일을 시작할 때다. 따라서 정부에서는 신속하게 조사팀을 꾸려 전염병이 도대체 어떤 이유로 현재의 재난으로까지 이어지게 된 것인지 철저하게 밝혀주길 다시 한번 희망한다. 동시에 글쓰는 능력이 있는 우한 사람들은 스스로 1월부터 보고 듣고 느낀 것을 기록으로 남겨주길 건의한다. 민간에서 활동하는 작가들이 팀을 꾸려 가족을 잃은 사람들을 찾아가서, 의사를 찾아다니던 환자가 사망하기까지의 과정을 써주면 좋겠다. 홈페이지를 하나 개설해서 이런 기록들을 종류별로 올릴 수 있다면 더 편리할 것이다. 우리 모든 우한 사람들에게 이번 재난에 대한 집단적 기억을 남기도록 하는 것이다. 나도 모두를 위해 힘이 닿는 대로 돕겠다.

오늘은 의사 친구가 문자메시지에 따로 이런 말을 써놓았다. "도시에 갇혀 있는 900만 우한 인민들 및 100만 외지 인민들, 집이 있어도 돌아오지 못하고 외지를 떠돌며 지금까지도 통계에조차 잡히지 않은 채 버려진 무수한 우한 인민들, 후베이성과 우한으로 지원을 와준 4만 2천 명이 넘는 영웅 전사들, 정상적인 생활과 질서를 회복하지 못하고 있는 14억 중국 인민들은 이미 너무 지쳤다. 이제 더는 참을 수 없다."

또다른 의사 친구는 이렇게 말했다. "인민들의 가장 큰 걱정은 전염병 상황이 언제쯤에야 일을 다시 시작할 수 있을 정도로 괜찮아질지, 그리고 일을 다시 시작한 후에는 어떻게 스스로를 지켜야 할지에 대한 거야. 인민들 대부분이 현재 일자리로 돌아가지 못하고 있고, 실업으로 내몰리기까지 했으니까. 경제적 압박이 심해지면 극심한 불안감을 느끼고, 그러다가 부정적인 생각에 빠지거나 심지어는 극단적인 생각을 하는 사람도 나올 수 있어."

모든 재난이 하루빨리 끝나길 간절히 바란다.

기억하라,
승리는 없다
끝이 있을 뿐이다

날씨가 화창하다. 햇살이 아주 밝게 빛난다. 동료들이 각자 사는 곳의 단지 사진을 찍어 올렸는데, 전부 온갖 꽃들이 만개해 있었다. 올해 2월 6일자 하이난행 비행기 티켓을 예매했던 게 생각난다. 원래 오늘이 돌아오는 날이었다. 결과적으로 도시 안에 갇혀 떠나지 못했다. 이제 비로소 이 말을 할 수 있을 것 같다. 힘든 시절도 결국 지나가는구나. 팡창병원은 전부 휴원에 들어갔고, 신규 확진자 수도 급감했다. 내 생각에 하루이틀 정도만 더 지나면 완전히 사라질 것 같다. 재난이 곧 끝나간다. 친구들이여, 내게 절대 승리를 말하지 말라. 기억하라, 승리는 없다. 끝이 있을 뿐이다.

봉쇄가 이토록 길게 이어질 줄은 생각도 못했다. 예전에 병원에 약을 타러 갔을 때 한 달이면 충분할 거라 생각했는데, 실제로는 어림도 없는 일이었다. 약을 타러 병원에 또 가야 한다. 게다가 손에도 문제가 생기기 시작했다. 몇 년 전에 손바닥 전체가 다 갈라져서 1년 가까이 치료를 받았고, 완전히 나았다고 생각했다. 그런데 요새 들어서 갑자기 손가락 끝에서부터 다시 살이 갈라지고 있다. 오늘은 손가락 통증 때문에 타자를 치기가 어렵다. 글을 길게 쓰지도 못하겠다.

마침 며칠 전 〈소객문예騷客文藝〉라는 잡지(내 견문이 넓지 않은 것을 양해해주길. 처음 보는 잡지다)에서 내게 우편물을 하나 보내며 여러 가지 질문을 던졌다. 신문이 아니라 문예지이다보니, 질문은 비교적 평이했다. 같은 업계 사람이라 생각해서 나도 자유롭게 대답했다. 오늘은 그 대답을 이곳에 싣는다.

선생님의 일기는 정말 현실적입니다. 선생님의 일기 안에는 모든 종류의 세부 사항과 감정이 기록되어 있는데요. 글을 올리실 때 문학적으로 다듬어야겠다고 생각하셨던 적이 있나요?

팡팡: 저와 문학에 대한 이해가 달라서 이런 생각을 하신 것 같아요. 이건 일기입니다. 꾸밀 필요가 없지요. 저는 일기를 쓸 때, 웨이보 창에 바로 씁니다. 웨이보는 시시콜콜한 걸 올리는 곳이라, 어떤 생각이 떠오르면 그걸 바로 쓰지요. 게다가 저는 문학청년도 아니고, 전업작가예요. 제 손으로 제 마음을 쓰는 거라 제가 느낀 감상을 솔직하게 기록했다면 그걸로 충분하지요.

많은 사람이 〈장강일보〉 같은 매체를 믿느니 팡팡의 일기를 보는 게 낫다고 말하고 있습니다. 이 상황을 어떻게 보시나요? 『우한일기』가 이렇게 큰 반향을 불러올 거라 생각하셨나요?

팡팡: 매체를 믿을 수 없다는 말은 지나치게 편파적이네요. 큰 뉴스들, 전체적인 전염병 상황이 어떻게 되어가고 있는지는 매체의 보도를 봐야 하잖아요. 제 일기는 그저 개인적인 감상일 뿐이어서 전체 상황을 다 살필 수 없어요. 처음 일기를 쓸 때, 당연히 이렇게까지 많은 분들이 볼 줄 몰랐고, 저도 정말 놀랐습니다. 제가 제 동창과 동료들에게 이걸 왜 보는지 물어봤는데, 우리도 명확한 결론은 내지 못했어요.

"시대의 작은 티끌이 모든 사람의 머리 위로 떨어지면 커다란 산이 된다." 이 말이 이번 전염병 상황에서 가장 널리 퍼진 말일 텐데요. 이제 와서 돌이켜보면, 이 말이 예언이 되었다는 생각이 들지 않으세요?

팡팡: 이건 예언이 아니에요. 사실일 뿐이죠. 어느 시대에나 존재하는 사실입니다.

선생님께서는 매일 개인들이 전하는 소식을 관심 있게 보시는데, 『우한일기』 외에 앞으로도 코로나19와 관련해 한 개인의 운명을 기록해서 소설로 써보실 생각이 있으신가요? (혹은 선생님의 마음을 가장 많이 움직인 사람이 있었나요?)

팡팡: 제 마음을 움직이고, 또 저를 감동시키는 사람은 많습니다. 하지만

소설로 쓸 생각을 해본 적은 결코 없어요. 이미 쓰려고 계획한 글이 너무 많거든요.

혹자는 이번 전염병 상황에서 중국 작가들이 단체로 목소리를 잃었다고 말하기도 합니다. 선생님께서는 왜 목소리를 내야겠다고 생각하셨는지요? 특히 선생님의 일기에는 직무를 다하지 않은 공무원들에 대한 질책과 우한시 당국에 대한 비판이 상당히 많던데요……

팡팡: 그건 아닙니다. 기록을 남기고 있는 현지 작가는 많아요. 그리고 사람마다 기록하는 방식이 다 달라서 누군가는 소설로 쓰기도 하고, 누군가는 개인적으로 남겨놓기도 하죠. 저처럼 이렇게 공개적인 곳에 기록하는 사람도 적지 않습니다. 하지만 외지에 있는 작가들의 경우에는 이곳의 상황을 잘 알지 못하니 당연히 어떻게 목소리를 내야 할지 모르겠죠. 아프리카에서 에볼라 바이러스가 퍼졌을 때, 저도 아무 말을 하지 못했습니다. 어떻게 된 일인지 잘 모르니까요. 이건 당연한 거예요. 작가들 모두에게 목소리를 내라고 하는 건, 너무 지나칩니다. 전염병이 이렇게까지 확산된 건, 당연히 여러 방면에서 합작한 결과예요. 후베이성과 우한의 주요 공무원과 전문가, 그리고 우한과 후베이성의 위생건강위원회 등등 모두에게 책임이 있죠. 그것도 아주 큰 책임이요. 그들에게 책임이 있는데, 제가 그들을 비판하면 안 되는 이유가 있을까요?

"아첨을 하더라도 제발 정도는 지켜달라. 나는 늙었지만 내 비판 능력은 결코

나이들지 않았다." 이 문장은 루쉰문학상을 둘러싼 논란이나 모 시인의 심사위원 추대를 비판하는 공개서한이나 선생님이 겪었던 여러 일들을 떠올리게 합니다. 사실 그들은 모두 같은 분야에서 활동하는 업계 사람들이었죠. 그럼에도 선생님은 이에 대해 목소리를 내고 비판하셨어요. 선생님께 비판이란 무엇일까요?

팡팡: 제가 후베이성 작가협회에서 일할 때, 규정을 어기는 일이 생기면 우선 작가협회의 당 조직•과 상의했고 그들이 관리해주길 바랐죠. 그러다 그들이 제대로 관리하지 않는 상황이 생기면 저는 인터넷으로 목소리를 냈을 뿐입니다. 저는 제 의무를 다하는 것뿐입니다. 현재 저는 이미 작가협회 회장직에서 물러났어요. 그들은 부패했고, 더는 관여하고 싶지 않아요.

선생님께서는 작가라면 글을 쓰는 것 외에 마땅히 더 많은 사회적 책임을 져야 한다고 생각하시나요?

팡팡: 개인의 선택이라고 봅니다. 모든 작가가 다 사회적 책임을 감당할 수 있는 건 아니에요. 감당이라는 두 글자는 단순해 보이지만, 배포와 식견이 없고 능력도 없고 성격도 유약하고 천성적으로 소심하고 쉽게 걱정하는 사람이라면, 그에게 사회적 책임을 감당하라고 할 필요가 있을까요? 이 세상의 모든 일에는 그걸 감당하는 사람이 있고, 그렇게 감당하는 걸 즐기는 사람이 있습니다. 언제나 그렇죠. 억지로 할 필요는 없어요. 그래서 이건 개인

• 국가기관이나 민간단체 지도부 내의 당 조직으로, 그 부서에 관련된 중국 공산당의 방침과 정책을 실시하는 책임을 진다.

이 선택할 문제입니다. 마땅히 해야 하느냐 마느냐 물을 일이 아니죠.

일전에 『연매軟埋』•라는 작품에 대해, 조정과 강호•• 두 진영의 집중 공격을 받았는데 어떠셨나요? 반향이 엄청났는데요, 무섭진 않으셨나요?

팡팡: 상관없어요. 무서워할 게 뭐 있어요. 그들이 저를 무서워해야 하지 않나요? 그래도 답하자면, 저는 전업작가이고 제 일은 글을 쓰는 겁니다. 어떻게 그들이 두려울 수 있겠어요. 그 사람들이 몽둥이를 들고 와서 문을 부순다면 아마 무섭겠죠. 하지만 그들은 글로 공격하고, 글쓰는 건 제 전문이잖아요? 말씀하신 소위 '강호'라는 건, 그 극좌파 인사들을 말하는 거죠? 그들은 수준이 낮아요. 글쓰는 능력, 논리적 판단, 사고방식 등등이 한심한 수준입니다. 그 사람들과 글로 논쟁을 벌였다는 건 저한테도 창피한 일이죠. 중국의 이 좋은 문자를 그들에게 쓴다는 것도 아깝고, 그들과 더는 논쟁하고 싶지도 않아요. 하지만 공무원들은 다르죠. 특히 고위공직자들은 권력을 손에 쥐고 있고, 은퇴했다 해도 여전히 많은 사람에게 영향을 미쳐요. 그들이 나서서 저를 공격하면, 저도 자연히 맞서게 됩니다. 저는 그 극좌파 깡패들을 상대하는 게 정말 지겨워요. 그러나 그 극좌파가 공직자라는 갑옷을 입고 있다면 어떻게 제가 가만있겠어요. 이 저항은 나의 패배가 아니라 그들의 패배로 끝날 거예요. 그들도 이제 알 거예요. 함부로 작가를 욕

• 2016년 발표한 팡팡의 장편소설. 한 여성의 인생을 토대로 1950년 토지개혁을 이야기했다. 이 소설로 팡팡은 루야오문학상을 받았지만, 중국 정부는 곧 이 책을 금서로 지정했다.

•• '조정'은 중국 공산당 정부를 의미하고 '강호'는 정부를 제외한 민간, 대중의 논객을 의미한다.

하는 건 좋지 않다는 걸요. 앞으로 그 퇴직한 고위공직자들이 계속해서 작가의 작품을 제멋대로 비난할 수 있는지 한번 보세요. 그건 스스로를 매장시키는 일일 테니까요.

시간이 많이 지난 후 사람들이 팡팡이라는 작가를 평가할 때 '사회적 책임감이 강하고 양심 있고, 존경받는 작가였다'고 말하길 원하세요, 아니면 '작품 수준이 높고 글쓰는 재주가 탁월한 작가였다'고 불러주기를 원하세요?

팡팡: 상관없어요. 저는 다른 사람들이 저를 어떻게 평가하든 전혀 신경쓰지 않습니다. 제가 자유롭게 살고 있다면, 그걸로 된 거예요. 사람들은 평가하고 싶은 대로 평가하는 거고요. 저랑은 관계없는 일이에요.

처음 『우창성』을 집필하실 때, 실제 역사와 허구적인 상상력 사이의 균형을 어떻게 맞추셨나요? 역사를 기록하는 것이 현재를 살아가는 인민들에게 어떤 의미가 있다고 생각하시는지요?

팡팡: 소설은 어차피 소설이라 허구적인 부분이 필요해요. 하지만 실제 역사를 담은 소설에서는 반드시 역사적 사실을 존중해야 하죠. 저는 다만 제가 만들어낸 인물을 이 역사의 시간 안으로 집어넣었을 뿐입니다. 모든 역사에는 미세한 틈이 있어요. 저는 역사소설을 쓸 때 머릿속에 역사적 사건에 대한 그림을 쫙 펼쳐놓고, 그 안에서 미세한 틈을 찾아 제 인물을 그곳으로 지나가게 합니다. 역사를 기록한다는 건 이런 의미예요. 역사를 거울로 삼는 것이죠.

사실 인터넷에는 선생님께 의구심을 품거나 선생님의 의견에 반대하는 목소리가 많습니다. 이런 이야기들을 듣고 억울하거나 마음이 상하지는 않으셨나요? 이런 공포스럽고 혼란스러운 와중에 어떻게 평정심을 유지하시는지요?

팡팡: 마음이 상하지는 않습니다. 억울한 건 조금 있고요. 하지만 화가 나고 이해할 수 없는 마음이 더 큽니다. 그 극좌파의 행동에 화가 나고, 그들이 무슨 이유로 이렇게 깊은 원한을 품는지 이해할 수 없어요. 그들 중에 제가 아는 사람은 한 명도 없어요. 교집합도 전혀 없고요. 그런데도 그들은 마치 제가 전생에 그들 모두의 부모를 죽인 원수라도 된 것처럼 저를 증오합니다. 정말 이해가 되지 않아요.

제가 늘 평정심을 유지하는 건 아닙니다. 저도 긴장할 때가 있어요. 어떻게 해야 좋을지 모를 때도 있고요. 불확실한 일이 많을 때면, 마음도 혼란스럽습니다.

후베이성 작가협회의 전 회장이라는 신분이 선생님께 울타리가 되었나요, 아니면 부정적인 영향을 끼쳤나요?

팡팡: 어떤 영향도 없었다고 해두어도 될까요? 회장직에 있을 때도 신분에 개의치 않았고, 물러난 후에도 신경쓰지 않았습니다. 이 자리가 저를 보호해준 적도 없고, 제가 어떤 부정적인 영향을 받은 적도 없습니다. 회장이 아닐 때도 잘살았고, 회장을 맡은 후에도 생활에 변화는 없었어요. 퇴임한 지금도 마찬가지입니다. 회장이라는 자리를 대단하게 여기는 사람들은 기본적으로 중국 체제를 잘 모르거나 저 개인에 대한 이해가 전혀 없는 사람들

이죠.

선생님의 작품 중에는 우한 사람들의 생활을 묘사한 작품이 상당히 많은데요,
우한 사람들의 어떤 점을 가장 좋아하시나요? 이번 전염병 사태 속에서 우한
사람들의 또다른 특징을 발견하신 게 있나요?

팡팡: 우한 사람들은 성격이 시원시원하고 의리가 있습니다. 남을 돕는 걸
좋아하고 의협심이 있어요. 이건 아마 우한의 지리적 위치, 그리고 기후조
건과도 연관이 있을 겁니다. 하지만 우한이 쭉 상업도시였다보니 시민들이
보기에는 건들건들해도 결코 배짱을 부리지는 않아요. 정부의 말을 잘 따
르는 편이고, 생활에 만족하며, 정치에 큰 관심이 없고 매우 현실적입니다.
전염병 창궐 전에도, 이후에도 우한 사람들은 항상 일관되게 행동합니다.
그들은 이전과 동일합니다. 제 기억 속에 있는 우한 사람들의 모습이죠. 다
른 점은 없습니다.

작가와 도시는 어떤 관계라고 생각하시나요?

팡팡: 물고기와 물의 관계죠. 식물과 땅의 관계이기도 하고요.

전염병이 지나가고 나면, 어떤 일을 가장 하고 싶으세요?

팡팡: 아직 완성하지 못한 소설을 계속 쓰고 싶습니다.

상황이 이 지경인데
그래도 전부
삭제하겠는가?

여전히 날씨가 좋다. 편안한 초봄의 햇살이 내리쬔다. 지금 텅 비어 있을 둥후를 떠올려보면, 매화는 아마 이틀 전 비바람에 떨어져버렸을 것이다. 수천만 그루 나무에서 핀 꽃이 바다를 이루었을 텐데, 모두 홀로 즐거워하며 이 꽃의 계절을 보낼 수밖에 없다. 시인이라면 이렇게 말했을까? "꽃잎은 표표히 흩날리고 강물은 무심히 흐르는구나.花自飄零水自流"● 우리집의 노견도 며칠 집에 갇혀 있었더니 밖에 나가기가 싫은지, 아무리 내보내려 해도 마당으로 나가질 않고 집안에 누워 있으려고만 한다. 나도 그런 것 같다. 나가기 싫고 집에만 있고

● 북송시대 여성 시인 이청조李淸照의 작품「일전매一箭梅」중 한 구절.

싶다. 몇몇 친구들이 전염병이 지나가면 놀러와서 쉬었다 가라며 나를 초대했다. 봄햇살도 보고 녹음도 즐기라며 말이다. 예전 같았다면 당연히 발 벗고 나섰을 것이다. 다만 지금은 문밖으로 나서고 싶은 마음이 전혀 없다. 이것도 일종의 후유증이 아닌지 모르겠다.

의사 친구가 계속해서 전염병 상황이 좋아지고 있다는 소식을 보내온다. 신규 확진자 수는 이제 20명 내외로 줄어서, 완전히 사라질 날도 머지않았다. 사망자 수 역시 의료진 모두의 노력에 힘입어 크게 줄어들었다. 아, 코로나19로 인한 사망자가 없다는 소식이 빨리 전해졌으면 좋겠다. 후베이성의 전염병 방역 통제지휘부에서 오늘 발표한 내용에 따르면, 현을 기준 단위로 하여 성 전체에서 구역을 나누어 순차적으로 기업이 생산과 업무를 재개한다고 한다. 그렇다면 우리도 곧 정상적인 생활을 회복할 수 있게 되는 건가?

한 친구(친구들에게는 모두 이름이 있다. 이름을 말하지 않는 것은, 악플러들이 여기저기서 함부로 이름을 뱉어 선량한 친구들을 다치게 할까 우려되기 때문이다)가 아침에 사진 한 장을 보냈다. 우한시 중신병원의 유방·갑상선외과에서 일하는 직원 수십 명이 있는 위챗의 단체대화방 캡처사진이었다. 세상을 떠난 장쉐칭 선생도 참여하던 방이다. 장선생이 사망한 그날, 모두가 프로필 사진을 암흑 속에 촛불이 밝혀진 그림으로 바꾸었고, 한 사람의 프로필만 그대로 남아 있었는데, 그게 바로 장쉐칭 선생이었다. 감동적이었다. 인정 넘치고 의리 있는 동료들이다. 장선생이 지하에서 알았다면, 위안이 되었을 것이다.

어제부터 오늘까지 중신병원의 의사 아이펀茨芬*의 이름이 인터넷에 도배되었다. 네티즌들은 이미 인터넷 글 차단에 화가 나 있는 상황이었다. 그래서 이어달리기를 하듯, 글이 삭제되면 바로 다시 올리기를 반복하며 바통을 이어받았다. 다양한 글과 방식을 이용해서 인터넷 검열관들이 다 삭제하거나 없앨 수 없도록 만들었다. 삭제되면 올리고, 올리면 삭제되는 과정을 반복하면서 이 글을 지켜내는 일은 사람들의 마음속에 신성한 임무가 되어버렸다. 이런 신성함은 잠재의식 속의 깨달음에서 온 것이다. 이 글을 지키는 게 곧 자신을 지키는 것이라는 깨달음 말이다. 상황이 이 지경인데, 인터넷 검열관들이여, 그래도 전부 삭제하겠는가?

인터넷 검열 부서의 이런 행동은 정말 이해하기 어렵다. 그들은 내 기록도 여러 차례 삭제했다. 내 추측으로는 극좌파들이 한데 모여 나를 고발하니, 상황을 안정시키기 위해 삭제해버린 것 같다. 나도 이렇게 행동할 때가 있다. 소란을 일으키는 사람을 만나면, 연락을 끊어버린다. 하지만 〈인물〉에 실린 아이펀에 대한 기사를 삭제한 건 또 무슨 이유란 말인가? 설마 비밀이 폭로될까 두려웠던 것인가? 이 비밀이란 무슨 비밀인 걸까? 기사에서 말하고 있는 우한시 중신병원의 일은 바로 우리가 묻고 싶었던 것이다. 도대체 누가, 어디서, 어떤 이유로 전염

● 우한시 중신병원 응급실 주임의사. 그녀는 2019년 12월 18일과 27일에 사스와 유사한 증상을 보이는 환자를 진료한 후 우한에서 신종 코로나바이러스 발생에 대한 정보를 공개한 최초의 의사로 인정받고 있다.

병 상황을 20일이나 질질 끌었는지, 인터넷 검열관들도 알고 싶지 않은가? 전염병 초기에서부터 이렇게 확산되기까지 그 사이에 무슨 일이 있었는지 확실히 밝히지 않는다면, 우한 사람들뿐만 아니라 전국의 인민들이 어떻게 이 언덕을 넘어갈 수 있겠는가? 나는 인터넷 검열관들이 아무 이유 없이 이 글을 삭제하지는 않았을 거라 믿는다. 분명 특정 기관의 압력이 있었을 것이다. 그렇다면 누가 글을 삭제하라고 요구했을까? 우한시 당국? 혹은 후베이성 당국? 아니면 혹시……어쨌든 나는 이해하기도 어렵고 상상하기도 힘들다.

작년 12월에 전염병이 창궐한 이후로 상식에 어긋나고 규정에 위배되고 답을 알 수 없는 일들이 너무 많이 일어났다. 최근에 다양한 기자들이 이런 일들을 조사하면서 우리는 조금씩 상황을 파악할 수 있게 되었다. 혀를 내두르게 하는 세부사항들이 너무 많아서, 무슨 이야기부터 해야 좋을지 모르겠다. 공무원과 전문가 모두 몰라서였든, 직무상 과실이든, 대수롭지 않게 여겼든, 적당히 책임을 회피하려 했든 상황이 이 지경까지 왔다면 모두가 공범이다. 반드시 엄중한 처벌을 내려 일벌백계해야 한다. 따라서 나는 정부가 이들을 쉽게 용서해주거나, 전염병 관련 책임자들이 이번 일을 대충 뭉개고 지나가도록 두지 않을 거라 믿는다. 끝까지 책임을 묻지 않은 결과는 국가에 가장 큰 피해로 돌아갈 것이기 때문이다. 정부는 공신력을 잃고 민심이 흔들릴 것임은 자명하다. 또한 이후에도 각종 재난이 끊이지 않고 이어질 것이다. 왜냐하면 일을 안 해도 혹은 일을 잘못해도 아무런 상관이 없을 테니 말이다. 그들이 책임지지 않으면, 국가는 여전히 그 피해를 끌어안고 갈 것이다. 그러나 우리는 더이상 견딜 수 없다. 모두에게 익숙한 말 하나가 떠오른다. 이대로 가다가는 나라가 나라 꼴이 아닐 것이다.

오늘 나도 관련 조례를 집중적으로 조사해보았다. 그중에 '당정 책임 간부의 사직에 관한 임시 규정'이 있었는데 언제 공표된 것인지, 추후에 개정되었는지는 모르겠다. 우선 이곳에 옮겨놓겠다. 규정의 제4장이 '사직 및 사임'이었다. 그중 제14조에 이렇게 쓰여 있다.

당정 책임 간부가 직무에서 중대한 실수를 저질렀거나 직무상 과실로 큰 손실이나 악영향을 초래했을 때, 혹은 중대한 사고에 대해 간부에게 중요한 책임이 있어 다시 현재의 직무를 맡을 수 없을 때, 본인은 마땅히 책임을 인정하고 현재 맡은 직무에서 물러나야 한다.

제15조는 더 구체적이다.

1항. 직무상 과실로 인해 엄중한 집단적 사건을 촉발했거나 집단적이고 돌발적인 사건을 제대로 처리하지 못하여 심각한 결과 혹은 악영향을 초래한 경우, 주요 간부가 책임지고 사직 및 사임해야 한다.

2항. 정책 결정에 엄중한 실수가 발생해 커다란 경제적 손실 혹은 악영향을 초래한 경우, 주요 간부가 책임지고 사직 및 사임해야 한다.

3항. 재난에 대응하고 전염병을 막는 등의 방면에서 엄중한 직무상의 과실을 저질러 중대한 손실과 악영향을 초래한 경우 주요 간부가 책임지고 사직 및 사임해야 한다.

4항. 안전과 관련된 방면에서 심각한 직무상의 과실을 저지르고, 연속적으로 혹은 여러 차례 중대한 책임 혹은 특별한 책임이 있는 사고가 발생한 경우, 주요 간부가 책임지고 사지 및 사임해야 한다.

5항. 시장, 환경보호, 사회 문제 등의 방면에서 관리와 감독에 엄중한 직무상 과실이 있고, 연속적으로 혹은 여러 차례 중대한 사고나 안건이 발생하여 커다란 손실과 악영향을 초래한 경우, 주요 간부가 책임지고 사직 및 사임해야 한다.

6항. '당정 책임 간부의 선발과 임용에 관한 작업 조례'를 제대로 실행하지 않아 간부 선발에 대한 감찰을 소홀히 하고 실수를 저질러 악영향을 초래한 경우, 주요 간부가 책임지고 사직 및 사임해야 한다.

7항. 관리감독을 소홀히 하여, 지도부 구성원들 혹은 부하직원들이 연속적으로 혹은 여러 차례 기율을 위반하는 엄중한 행위를 저질러 악영향을 초래한 경우, 주요 간부가 책임지고 사직 및 사임해야 한다.

8항. 배우자와 자녀, 주변의 동료가 기율을 심각하게 위반했음을 알고도 바로잡지 않아 악영향을 초래한 경우, 사직 및 사임해야 한다.

9항. 기타 응당 책임져야 할 경우에 사직 및 사임한다.

특별히 이곳에 위의 규정을 옮겨 기록한다.

스스로 잘못을 인정하고 물러나는 일은 분명 사회가 정상적으로 돌아가기 위해 반드시 필요한 일이다. 앞에 적은 아홉 가지 조항에 빗대어 본다면, 후베이성과 우한시에서는 누가 마땅히 사직해야 할까? 관계자들은 이 조항이 자신과 상관있는지 스스로 대입해보길 바란다. 스스로 깨닫지 못한다면, 사람들이 나서서 명단을 공개할 것이고, 그 상황까지 가면 피차 괴로울 것이다. 나는 이후에도 공무원들이 자리에 오를 때 우선 책임을 인정하는 법을 이해하고, 그다음에 사직하는 법을 배워야 한다고 생각한다. 언제까지고 이렇게 무지하고 무서울 게 없는데다가 잘못을 저지르고도 부끄러운 줄 모르고 일할 작정인가. 인민들이 그 많은 고난을 다 받아낼 수는 없다.

여기까지 썼을 때, 친구가 〈남방주말南方周末〉●의 기자가 조사하여 보도한 내용을 보내주었다. 제목은 '네 명의 순직, 네 명의 위기: 우한시 중신병원의 어둠 속으로'였고, 첫머리는 "중신병원에서 현재 네 명의 의사가 위급한 상황에 처해 있다"였다. 일선에 있는 양판楊帆 의사는 이 네 사람 모두 호흡기능 상실을 포함해 여러 장기가 약해졌고 여러 가지 불리한 합병증도 있어서, "일부는 전적으로 외부적인 의료 수단에만 의존해 생명을 유지하고 있다"고 강조했다. 그들은 각각 왕핑王萍 부원장, 류리劉勵 윤리위원회 위원, 이판易凡 흉부외과 부주임, 후웨이펑胡衛峰 비뇨기과 부주임이다. 아, 너무 슬프다. 이런 상황에서

● 중국 광저우를 기반으로 하는 주간지.

중신병원의 당서기와 원장이 여전히 안도하며 자리에 앉아 있을 수 있나? 어디다 소리라도 치고 싶다. 양심이 있다면 먼저 잘못을 인정하고 자리에서 물러나라!

누군가 경찰을 부추겨
나를 공격하려 한 것
아니겠는가?

날이 맑다. 햇살은 스러졌지만 그래도 봄기운이 물씬 느껴진다.

오늘은 이상한 날이다. 침대에서 일어난 후로 불쾌한 일만 가득했다. 우선 친구 몇 명이 게시물을 하나 보내왔다. 제목은 '팡팡에 대한 네티즌들의 비난이 이렇게 쇄도하는 가운데, 당신의 생각은?'으로 그 글에는 나를 악의적으로 공격하는 댓글 200여 개를 모아놓았다. 내가 뭐라고 할 수 있겠는가? 선한 구석이라고는 눈곱만치도 없는 악의에 가득찬 사람들이다. 비난과 옹호의 입장을 최소한 반반씩은 실어야 하지 않나? 이 게시물은 '오늘의 후베이넷'에서 올린 것인데, 이곳은 후베이성 언론인협회에서 운영하는 곳이다. 여기는 공식사이트인가? 내가 후베이성 당국자들에게 몇 마디 책임 추궁 좀 했다고, 혹은 사직을 말했다고 이런 수를 쓰는 건 아니겠지?

더 이상한 일도 있었다. 이 일이 나를 덮친 것도 순식간이었다. 말하자면, 내가 특권을 이용해서 교통경찰에게 청탁해 조카딸을 우한에서 싱가포르로 탈출시켰다는 것이다. 여러 계정에서 마치 이 일이 사실인 듯 글을 썼다. 보아하니 나를 악의적으로 공격하는 사람들은 정말 들춰낼 일이 없었나보다.

내 조카딸은 10여 년 전에 싱가포르로 이주해서 현재 싱가포르 교민이다. 싱가포르로 돌아갈 때는 싱가포르에서 교민을 데려가기 위해 보낸 항공편을 타고 갔다. 중국과 싱가포르 양국이 협의한 일이다. 그리고 명절 연휴 기간에 내 기억으로는 원래 새벽 1시에 비행기가 이륙할 예정이었다(기억이 제대로 나지 않는다. 나중에 새벽 3시로 연기되었던가? 어쨌든 아주 늦은 시간이었다). 우리 오빠와 올케는 모두 일흔이 넘어서 운전할 수가 없던데다 하필 딱 그날 자가용 운행금지령이 떨어졌다. 나는 항상 규율을 지켜왔기 때문에 이런 경우 공항까지 가려면 어떻게 해야 하는지 문의한 것이다. 솔직히 말하자면, 나는 우한에서 생활한 지 60년이 넘어서 경찰들 중 아는 사람이 적지 않다. 작가협회 동료의 가족 중에도 경찰이 있다. 우한시 공안국에 작문 클래스가 있는데, 내게 참관을 와달라며 부탁해온 적도 있다. 전에 공안국에서 회의를 열 때도 나를 초청한 적이 있다. 나 역시 경찰과 관련된 소설을 여러 번 썼고, 그들에게서 소재를 많이 가져왔다. 내가 여러 경찰과 친한 건 어찌 보면 정상적인 일 아닌가? 그들과 알고 지내는 사이이다보니, 급하고 어려운 일이 있을 때 도움을 부탁하면 쉽게 해결할 수 있는 것도 사실이다. 샤오 경관과 다른 경찰 몇 명은 재작년쯤 우리집에 온 적이 있다. 내가 교통편을 문의했을 때, 샤오 경관이 지금 일을 쉬고 있으니 그에게 부탁해보라는 이야기를 들었다. 나는 바로 그에게 문자메시지를 보냈고, 그는 즉시 수락했다. 엄밀히 말하면 샤오 경관은 원래 순경이지만, 나는 쭉 그를 샤오 경관이라 불러왔다. 경찰들 중 대부분은 순경이지만 내가 예의를 갖춰 그들을 경관이라고 부르는 건 당연한 일 아닌가? 그날이 정월 초닷새였을 것이다(정말 정확한 기억이 나지 않는다). 문자메시지가 아직 남아 있으니, 만일 관련 기관에서 조사하고 싶다면 얼마든지 조사해도 좋다. 이런 걸 특권을 남용한 거라 말한다면, 특권이란 대체 무엇인가? 결국은 누군가 경찰을 부추겨 나를 공격하려 한 것 아니겠는가?

오늘 낮에 나는 웨이보에 이 문제에 대한 내 대답을 올렸다. 경찰 고위층에서 상황을 잘 모르고 샤오 경관에게 어떤 처분을 내릴까 걱정되어 특별히 직접 해명한 것이다. 웨이보 창은 심판대가 아니고, 누군가의 질문에 반드시 대답해야 하는 곳도 아니다. 작가는 경찰과 친구가 될 수 있고, 경찰도 쉬는 때에 친구를 도울 수 있다. 이건 인지상정이다. 드라마에서도 이런 상황은 자주 나오지 않던가? 이런 일을 이렇게 부풀리다니, 정말 코미디 같다.

이참에 상식이 부족한 그들(기자 포함)이 매번 나에 대해 잘못된 글을 남기는 상황을 피하기 위해 내 개인 신상에 대해 조금 알려주겠다.

1. 나는 올해 예순다섯으로 이미 사회적인 직책은 내려놓았고 지병도 꽤 있다. 작년 춘절 이후 병원에서 계속 디스크로 치료받았고, 연말께 나아졌다. 내 병력은 작가협회의 동료들 모두가 증언해줄 수 있다. 작년 상반기까지 나는 잘 걷지도 못했기 때문이다. 그래서 내게 방구석에서 글이나 쓸 시간에 밖으로 나가 봉사활동이라도 하라고 말하는 건 부당한 일이다. 게다가 내 나이에는 자원봉사 일을 감당할 수도 없다. 만일 넘어지거나 허리를 다시 삐끗하면 그건 그들이 좋아하는 정부에도 성가신 일이 될 것이다.

2. 나는 고위 간부가 아니다! 고위 간부가 아니다! 고위 간부가 아니다! 중요한 일이니 세 번 말하겠다. 나는 심지어 공무원도 아니다. 그래서 내게는 직급도 없다. 말끝마다 나를 '고위 간부'라 소리쳐 부르던 사람들은 대단히 실망스럽겠다. 퇴임한 후로 나는 보통 시민이 되었다. 당연히 공산당에 입당하지도 않았다. 나는 언제나 군중이었다. 비록 후베이성 작가협회 회장을 맡았지만, 이 체제를 이해하는 사람이라면 이런 자리는 아무런 힘도 없다는 것을 알고 있을 것이다. 작가협회의 모든 사무는 거의 당 조직에서 결정한다. 하지만 일부 전문적인 활동들은 내가 작가협회를 위해 최대한 준비하고 도와야 했다.

3. 내가 1992년에 정가오正高● 직함을 달았고 경력도 오래되다보니, 다른 사람들에 비해 월급이 많지도 또 적지도 않고 생활하기 충분한 정도였

● 교육, 언론, 과학연구 등 각 분야에서 개인의 기술적 수준, 능력, 성과를 평가하여 등급을 나누었을 때, 가장 상위 등급에 속한 사람들을 가리키는 말이다.

다. 현재는 사회보장보험으로부터 퇴직급여를 받는다. 성 작가협회에서
는 원로작가들을 계속해서 보살펴왔다. 내 기억에 쉬치徐遲 선생님과 비
예碧野 선생님 때부터 쭉 그랬고, 이 전통은 오늘까지 이어지고 있다. 그
래서 나 역시 이미 자리에서 물러났음에도 작가협회에서는 여전히 나를
다른 작가들처럼 챙겨주고, 동료들도 내게 잘해준다. 또 나는 그들 대부
분이 성장하는 모습을 지켜봐왔기 때문에 각별한 사이다. 나는 일반 인
민들보다 확실히 더 배려를 받는다. 왜냐하면 나는 전업작가이고, 지금
껏 출판한 책만 100권이 넘는다. 많은 사람이 내 책을 읽었고, 특히 후베
이성과 우한 사람들이 나를 존중한다. 나의 지명도 덕분에 내가 자주 배
려를 받는다는 건 사실이다. 가끔은 식당에서 밥 먹을 때 사장님이 음식
을 더 주시기도 하고, 택시기사님이 나를 알아보고 끝까지 차비를 받지
않겠다고 한 적도 있다. 내게는 모두 감동적인 일들이다.

4. 극좌 인사들이 계속해서 내 약점을 찾으려 드는 바람에 내 웨이보도 난
   장판이 되었다. 그들이 나를 고발하려고 시도한 적도 분명 여러 차례 있
   겠지? 하지만 내가 고발당할 만한 일이 뭐가 있는지 떠오르지 않는다. 사
   실 나는 누가 나를 고발할까 걱정해본 적이 없다. 오히려 나는 그들이 나
   를 고발하지 않으면 어쩌나 걱정했다. 고발하지 않으면, 누군가는 떠도는
   소문을 믿게 되기 때문이다. 하지만 일단 고발당하면 내 유리한 점이 드
   러난다. 허세가 아니라 중앙기율검사위원회●에서 일하는 사람조차도 나

● 중앙정치법률위원회와 함께 중국 정부의 감찰 부문을 지휘하는 조직.

같은 사람이 기율검사 일에 적합하겠다고 했다. 나는 청렴결백하다. 또 규율을 잘 지키고 진실한 말을 할 수 있다.

5. 오늘 너무나 거세고 맹렬한 공격을 받아서 크게 놀랐고 또 낯설었다. 갑자기 그 많은 사람이 단체로 같은 화제, 같은 말, 같은 사진을 이용해서 동시에 나를 공격하고, 공개적으로 고발까지 한 걸 보면 모두가 힘을 합쳐 느낌이다. 마치 어제저녁에 회의를 열고 약속된 시간에 단체행동하기로 결정한 것만 같다. 의미심장하지 않은가? 누가 주도한 걸까? (아무리 바보라도 이런 집단행동을 자발적으로 하기란 불가능하다는 건 알 거다!) 또 누가 선동하고 부채질한 걸까? 곰곰이 생각해보면 좀 무섭다. 이런 조직이 만약 어느 날 자신의 패거리를 부추겨서 폭동을 일으키거나 무언가를 파괴하려 든다면, 그건 내가 일기를 쓰는 것보다 만 배는 더 심각한 일 아닌가? 조직 및 패거리가 호소력과 행동력을 갖추고, 명령만 내려지면 바로 자신들과 관점이 다른 누군가를 목표물로 삼아 단체로 공격하려 든다면(들리는 소식으로는 교수 두 명이 나를 위해 몇 마디 거들었다는 이유로 웨이보가 아주 난장판이 되었고, 정부에 고발까지 당했다고 한다. 이런 인간들은 말 한마디라도 자기 마음에 들지 않으면, 바로 명령을 내려 패거리를 모아 각종 욕설과 악플로 상대를 에워싸고 공격한다. 이게 테러조직과 뭐가 다른가?), 정부측에서는 이걸 더 걱정스럽게 여겨야 하지 않을까? 그들이 정부를 협박한 일도 한두 번이 아닐 텐데?

6. 전염병 구역에 갇힌 작가가 홀로 집안에서 자신의 사소한 감상을 기록한다. 칭찬받을 자격이 있는 사람을 칭찬하고, 비판받아 마땅한 사람을 비

판하는 건 당연한 일이다. 그래, 나는 사람들이 왜 내 일기를 읽고 싶어 하는지 이해하지 못했다. 하지만 이틀 전에 한 독자가 팡팡의 일기는 우울한 우리 마음의 산소호흡기와 같다고 쓴 글을 보았다. 이 글을 보고, 나는 말로 형용할 수 없을 만큼 감동받았다. 나는 스스로 힘써 호흡하는 중에 누군가의 호흡까지 돕고 있었다. 이렇게 많은 독자가 내 글을 수없이 격려해준 덕분에, 나는 이 일을 계속 이어가고 있다. 독자들은 봉쇄된 도시 속 나의 생활에 가장 큰 온기이다.

7. 하지만 정말 이해할 수 없는 것이 있다. 왜 이렇게 평범하기 그지없는 일기가 그렇게도 많은 사람들의 악의적 조롱과 공격에 시달리는 걸까? 언제부터 시작된 걸까? 어떤 사람들이 이런 조롱을 부추기는 걸까? 그들은 주로 어떤 사람들일까? 그들이 이러는 목적은 뭘까? 그들은 대체로 어떤 가치관을 가진 사람들일까? 또 그들의 학력과 성장 배경은 어떨까? 무슨 일을 할까? 인터넷에는 기록이 남아 있으니, 뜻있는 사람이 조사하고 연구해본다면 일의 진상을 알 수 있을 것이다. 이건 꽤 연구할 가치가 있는 현상이다. 나 역시 궁금하다.

8. 그들 중 다수가 젊은이들이라는 사실이 안타깝다. 그들이 극좌파 인사들을 인생의 길잡이로 삼는다면, 이번 생은 아마 어둠의 심연 속에서 내내 투쟁하게 될 것이다.

전염병 상황은 계속 좋아지고 있다. 새로운 확진자 수는 이미 10명 아래로 떨어졌고, 대부분의 지역에서는 확진자가 나오지 않고 있다.

이 숫자를 보니 기쁘다. 오늘은 원래 심하게 마음 상한 날이었지만, 전염병 상황이 좋아지고 있다는 소식 덕분에 다시 평정심을 찾았다.

마음놓고
울 공간을
마련해달라

정오까지 해가 났는데, 오후에 갑자기 흐려지고 바람도 불기 시작했다. 하늘색은 늘 순식간에 변하고, 가끔은 그냥 넘어가고 싶어도 그렇게 되지 않는다. 우한대학교의 벚꽃은 전부 피었겠지. 라오자이서老齋舍*의 테라스에 서서 아래를 내려다보면, 흰구름 같은 꽃길이 펼쳐져 있었다. 우리가 대학에 다니던 그 시절에도 벚꽃은 피었고, 우리는 사진을 찍으러 가곤 했다. 다만 그때는 구경꾼은 없고 학생들뿐이었다. 나중에 갑자기 이곳이 관광지가 되면서, 매년 봄 교내가 행인들로 인산인해를 이룬다. 사람이 꽃송이만큼 많아서, 꽃보다 사람이

---

* 우한대학교에서 가장 먼저 지어진 학생 기숙사.

풍경 같다.

전염병 상황은 계속해서 좋아지고 있다. 퇴원자 수도 갈수록 많아지고, 신규 확진자 수는 이제 몇 명밖에 되지 않는다. 그런데 오늘은 이상하게도 전염병 상황에 대한 브리핑 시간이 평소보다 늦었다. 점심때 단체대화방 두세 곳을 돌아봤는데, 모두들 왜 브리핑 시간이 지연되었는지 이해할 수 없다며 의론이 분분했다. 의사 친구 역시 약간의 지연이 사람들에게 상상의 여지를 제공한 셈이라고 했다. 다들 무슨 상상을 하고 있는 걸까?

도시가 봉쇄된 지 이미 50일이 지났다. 만일 애초에 도시가 봉쇄될 때 모두에게 앞으로 50일 동안 갇혀 있어야 된다고 알려주었다면 어떤 심정이었을지 모르겠다. 어쨌든 나는 이렇게 길어지리라고는 전혀 예상하지 못했다. 지난달 병원에 가서 약을 탈 때, 한 달 치를 타왔다. 그거면 충분하리라 생각했고, 봉쇄가 그렇게 길어지지 않을 거라 여겼다. 이제 보니, 내가 이 바이러스를 확실히 과소평가했다. 그 강인함과 집요함을 과소평가했다. 비록 신규 확진자 수가 갈수록 줄어들고 있지만, 묘한 소식들도 여전히 전해진다. 언제든 다시 반격해올 수 있으니 안심할 수 없다. 우리는 계속 경계심을 갖고 대비해야 한다. 다행히 모두 겪어보아서, 이제 감염되어도 결코 두려워하지 않고 바로 병원으로 간다. 중증이 되도록 치료를 미루지만 않는다면, 완치는 어려운 일이 아니다.

3월도 거의 반이 지나, 곧 있으면 청명절淸明節•이다. 가족의 제사를 지내고 향을 피우고 성묘하는 건 오랜 전통이자, 많은 가정에서 매년 반드시 하는 일이기도 하다. 전통을 고수하는 우한 사람들은 올해 커다란 장애물을 넘어야 한다. 두 달 넘는 시간 동안 수천 명이 한꺼번에 죽었고, 그들과 관련된 사람이 수만 명에 이른다. 가족이 세상을 떠났는데, 성묘는커녕 유골조차 가져올 수 없다. 특히 많은 사람이 2월 중순에 떠나서 사망 후 첫 7일째 되는 날은 혼란스럽고 비통한 분위기 속에 지나갔고, 그들의 사십구재는 대부분 청명절 전후다. 물론 지금이 전염병으로 비상시기인 것은 알고 있지만, 그리움과 슬픈 마음이 생기지 않기란 불가능하지 않겠는가. 가족을 잃고 남겨진 이들이 이 오랜 우울을 버티지 못하고 갑자기 무너져버릴까 걱정스럽다. 사실 이 일을 생각하면 나조차도 하염없이 눈물이 흘러나온다.

가족을 잃은 아픔은 울고불고 하소연하며 풀어야 한다. 이것이 마음의 응어리를 푸는 가장 좋은 방법이기 때문이다. 며칠 전에 글 한 편을 읽었는데, 수많은 네티즌이 리원량의 웨이보에 찾아가 마음을 토로하는 글을 남겨서, 그 웨이보 계정이 통곡의 벽으로 변했다고 한다. 이건 비단 리원량을 기리기 위해서만이 아니라 마음속 이야기를 털어놓고 싶은 네티즌들의 심리적 욕구 때문일 것이다. 나는 전염병 상황도 막바지에 접어들고 청명절도 얼마 남지 않았으니 이제 우리가 '통곡의 벽'으로 기능할 수 있는 웹사이트를 구축할 수도 있겠다는

● 중국 5대 명절 중 하나로 민족의 성묘일.

생각이 든다. 가족을 잃은 사람들에게 떠난 이의 사진을 걸고, 초를 밝히고, 한바탕 울 수 있는 공간을 주는 것이다. 사실 우는 사람이 어디 떠난 사람들의 가족과 친구들뿐이겠는가? 우한 사람 모두가 한바탕 울어야 한다. 사람들은 이 '통곡의 사이트'를 통해 가족과 친구 그리고 자신을 위해 울 것이다. 마음속의 아픔을 토로하고 개인적인 애도의 시간을 보내야 한다. 영혼을 위로하는 음악이 더해진다면, 당연히 더 좋겠다. 통곡하고 울부짖는 날이 지나고 나면, 아마 마음이 훨씬 편안해질 것이다. 전염병이 언제 끝날지는 여전히 알 수 없다. 아무것도 확실하지 않은 이때, 수많은 이들의 아픔이 응어리가 되어 해결할 수 없는 문제로 변해버릴지 모른다. 그럴 바에야 우리에게 마음놓고 울 공간을 마련해달라.

이 밖에도 그냥 지나쳐서는 절대 안 될 사람들이 있다. 전염병 창궐 초기에 감염된 많은 사람들이 병원에 몸 누일 곳을 찾지 못하고 치료도 받지 못했다. 그들은 핵산검사를 받을 기회조차 없어서 확진이라 말할 수도 없었다. 그들 중 누군가는 병원에서 죽었고, 대부분은 집에서 죽었다. 나의 고등학교 동창은 배우자의 동료가 가족 두 명을 한꺼번에 잃었다고 했다. 그의 어머니는 집에서 돌아가셨는데, 하루종일 기다려도 장례식장에서 차가 오지 않아서, 밤까지 기다린 후에야 화물차가 와서 시신을 싣고 갔다고 했다. 이런 사망자가 결코 적지 않다. 이들은 코로나19로 확진을 받지 못했기 때문에 사망자 명단에도 올라와 있지 않다. 이런 사람이 도대체 몇 명이나 될까? 나는 모르겠다.

오늘 심리전문가와 이 문제에 대해 통화했다. 만일 지역사회에서 이런 사망자의 사례를 하나씩 수집해서 코로나19 사망자들의 명단에 올린다면 나중에 나라에서 유가족들을 위로할 때 이들도 고려 대상이 될 것이라고 했다. 동시에 지역사회 관계자들이 더 세심하게 일한다면, 코로나19 환자뿐만 아니라 전염병 때문에 치료받을 기회를 놓쳐 사망에 이른 사람들까지 합산할 수 있다. 사례별로 나누어 이후에 이들 역시 위로 대상에 포함시킬 수 있다.

근래에 우한의 전염병 상황은 많이 나아졌지만 불만의 목소리는 여전히 크다. 가장 거센 불만이 터져나온 일은 쓰레기차로 주민들에게 식료품을 나눠준 일이다. 어제 이 동영상을 보고 깜짝 놀라 할말을 잃었다. 누가 상상이나 했을까! 무지한데다 끔찍하리만치 겁대가리가 없다. 기본상식이 없는 건가, 아니면 진짜 인민들을 사람으로 안보는 건가? 이런 일에 무슨 어쩔 수 없는 사정이 있었는지는 모르겠지만, 그보다 더 어쩔 수 없는 사정이었다고 해도 나라면 이렇게까지 볼썽사납게 일하지는 않겠다.

가끔은 만일 이번 정부가 민생을 최우선으로 여기지 않는다면 다시 새로운 바이러스가 찾아왔을 때 올해와 같은 재난이 또 이어질 거라는 생각이 든다. 공무원들이 인민을 보지 않고 윗선만 주시한다면, 쓰레기차로 음식을 실어나르는 일 역시 또 일어날 것이다. 인본 개념이 없고, 인민의 입장에서 생각하고 행동하지 않는 것이 현재 공무원의 가장 큰 문제다. 관료주의로만 묘사하기에는 부족하다. 이 역시 인성의 문제만이 아니라 그들이 어떤 조직에 몸담고 있느냐 하는 문제다. 그 조직이 광포한 속도로 돌아가면, 그들의 시선도 상급자에게 고정되어 서민들을 쳐다볼 방법이 없다. "일단 경기장에 나오면 내 뜻대로 되는 게 없다"는 말이 딱 들어맞는다.

잠깐 여담을 해보자. 오늘 〈남방인물주간南方人物周刊〉에 실린 글을 한 편 보았다. 국가위생건강위원회 고위급 전문가 팀의 구성원인 의사 두빈杜斌을 인터뷰한 내용이었다. 제목은 '이 모든 것은 영웅주의와 무관하다'였다. 훌륭한 글이었으나 어떤 문장을 읽고는 웃음이 터졌다. 두빈은 "저는 병실에 있는 바이러스가 샤샤샤샥 하고 당신의 눈까지 갈 거라고는 전혀 생각하지 않습니다"라고 말했다. 나는 예전에 또다른 전문의 왕광파가 코로나19는 눈으로도 감염될 수 있다고 한 말이 떠올랐다. 이 말 한마디 때문에 시장에 있던 보안경이 순식간에 동이 났다. 내 친구는 이 보안경을 내게 꼭 보내주겠다고 했다. 나는 친구에게 폐를 끼치기가 미안해서, 타오바오 주소를 보내달라고 해서 직접 인터넷으로 구매했다. 지금껏 이 보안경은 포장도 안 뜯어봤다.

맞다, 이참에 한 가지 더 이야기할 게 있다. 오늘 『팡팡의 우한일기 편집부'라는 계정을 발견했는데, 다른 사람이 쓴 글들을 발췌해서 공유해놓은 곳이었다. 이 계정은 나와 아무런 관계가 없음을 밝힌다. 피차 불쾌한 상황을 피하기 위해, 계정주가 이름을 바꿔주길 바란다.

다음 내부고발자는
누구일까?

아주 맑은 날이다. 벚꽃이 아직 피어 있을지 모르겠다. 일반적으로 벚꽃이 피고 나면 늘 비바람이 분다. 이삼일이면 떨어진 꽃잎은 진흙처럼 변한다. 그래서 벚꽃이 피고 지는 그 짧은 생애를 보고 있자면, 자연스레 오만 가지 감상이 떠오른다.

전염병 상황은 여전히 호전되는 중이고, 신규 확진자 수도 갈수록 줄어든다. 요 며칠은 모두 한 자리 수를 맴돌았다. 어제 한 친구가 걱정하며 물었다. "숫자가 조작된 건 아니겠지?" 초기에 전염병을 은폐한 일로 사람들의 마음은 불신으로 가득찼다. 만일 그럴듯하게 꾸미려고, 혹은 자신의 성과로 삼으려고 또다시 무언가를 숨기거나 통계를 수정한 거라면 어쩌나? 이렇게 걱정하는 마음도 이해가 된다. 이게 바로 '자라 보고 놀란 가슴, 솥뚜껑 보고 놀란다'는 거다. 이런 심정으로는 수많은 일을 의심하게 된다. 그래서 나는 바로 의사 친구에게 물었다. "숫자가 조작되었을 가능성이 있을까?" 의사 친구는 아주 결연하고 확신에 찬 말투로 대답했다. "못 숨겨, 숨길 필요도 없고!" 내가 바라던 대답이기도 하다.

오후에는 동창인 라오후老狐*가 소식을 보내왔다. 라오후의 아버지인 후궈루이胡國瑞** 선생님은 내 은사님으로, 우리는 그분께 송사宋詞***를 배웠다. 후선생님의 수업이 너무 좋아서 다른 과에서도 수업을 듣기 위해 찾아오는 학생이 많았고, 그 바람에 강의실이 늘 학생으로 가득차 나중에는 라오자이서에 있는 큰 강의실로 옮기기까지 했다. 그때 선생님은 교재에는 없던 시 한 수를 우리에게 낭독해주셨다.

안개 자욱한 호수를 오가며

십 년을 스스로 서호西湖의 으뜸이라 자부했네

돛단배에 작은 노 저으며

갈대꽃 핀 항구를 출발한다

당당하게 소리 높여 노래 부르니

* '늙은 여우'라는 뜻으로 작가가 원래 성인 '후胡'와 같은 발음의 '후狐'를 붙여 별명으로 쓴 것이다.
** 고전문학가, 우한대학교 교수.
*** 중국 송나라 때 쓰인 서정시를 통틀어 이르는 말.

고요한 밤에 맑은 소리가 퍼지는구나

감상해주는 이 없어

홀로 손뼉을 마주치니

그 소리가 천산千山을 맴도네●

후선생님이 운율에 맞춰 시를 낭독하면서 박수 치던 모습이 아직도 눈에 선하다. 라오후는 77학번으로 도보여행을 좋아해서 몇 달 동안 미국에서 가장 유명하다는 AT트레일●●을 완주하고 온 적도 있다. 그 길을 걸으며 일기까지 썼다는 말에 나는 크게 놀랐다. 원래는 라오후가 중화권에서 가장 먼저 AT트레일을 완주한 사람인 줄 알았는데, 그는 아니라면서도 분명 우한 사람들 중에는 최초일 거라고 으스댔다.

라오후가 놀라운 소식을 보내왔다. 원문에 있는 두 소식을 그대로 옮긴다.

1. 좋은 소식이 있어. 이판은 이미 산소호흡기를 뗐는데, 의식이 돌아왔어. 오늘은 친구들에게 인사하는 영상도 찍었다니까. 아홉 살 난 이판의 딸이 아빠를 위해 직접 그린 축하카드를 여러 장 만들었더라고. 후자胡渣

● 항저우 영은사의 주지였던 혜원 스님으로부터 전해내려오는 선시禪詩이다. 혜원 스님의 후계자가 유명한 지공 스님이다.
●● 미국의 3대 장거리 하이킹 코스 중 하나로, 동부의 애팔래치아산맥을 연결한 3500킬로미터의 길이다.

도 깨어났어. 베이징 중일우호中日友好병원에서 기적이 일어났어.

2. 이틀 전에 네가 일기에서 말한 생사의 고비를 넘나든다는 두 의사 이판
과 후웨이펑(앞서 말한 후자를 말한다. 후자는 그의 별명이다)이 바로 나랑
같이 운동하는 친구의 동창이야. 친구가 매일 나에게 그들의 소식을 전
해주거든. 오늘 깨어났대.

우울한 일상 속에서 이보다 더 좋은 소식은 없을 것이다. 이판은 중
신병원 흉부외과 부주임 의사이고, 후웨이펑은 비뇨기과 부주임 의
사다. 며칠 전 신문에도 그들이 위급한 상황이라는 기사가 실린 적이
있는데, 내 일기에도 발췌해서 기록해놓았다. 현재 두 사람 모두 의식
을 회복했다. 순수하게 기쁘다. 목숨이 위태로웠던 두 의사가 잘 버텨
주리라 기대하고, 또 능력 있는 의사들이 그들을 소생시켜주리라 믿
는다.

이번에 의료진이 심각한 피해를 입은 것을 두고, 여전히 중신병원
을 향한 여론의 질타가 계속되고 있다. 하지만 지금까지 병원의 간부
가 처벌받았다는 소식은 듣지 못했다. 인터넷에서는 병원의 주요 간
부들을 향한 질책과 원성이 끊이지 않고 있지만, 정작 그들은 이런 소
란스러운 여론 속에서 마치 증발해버린 것처럼 미동도 없이 숨어버려
서 처벌받았다는 소식은 전혀 들리지 않는다. 우창구의 구청장과 칭
산靑山구의 부구청장이 입길에 오르기도 전에 자리에서 물러난 것과
는 사뭇 다르다. 상급기관에서 어떤 방식으로, 무엇을 기준으로 인사

평가를 하는지 나는 알 수가 없다. 내가 유일하게 아는 건, 한 조직에서 설령 수많은 사상자가 나온다 해도 리더가 반드시 책임지진 않더라는 것이다. 이 이야기는 지금 상황에서는 더이상 하지 않는 것이 좋겠다. 이제 의미가 없다.

오늘은 한 매체 기자에 대한 화제로 인터넷이 또 들썩였다. 오늘의 주제는 온라인 토론과 풍부한 콘텐츠로 이어졌다. 나도 몇 가지 이야기해야겠다. 중신병원의 의사 아이펀은 스스로를 '호루라기를 건넨 사람'이라고 했다. 인민들은 리원량 의사는 '호루라기를 부는 사람'이라고 했다.● 말하자면 이 호루라기는 아이펀의 손에서 리원량의 손으로 전해진 것이다. 그렇다면 리원량이 전해 받은 호루라기는 누구에게 가야 할까? 비록 리원량이 처벌은 받았지만, 경찰은 그의 '호루라기'를 압수하지는 못했고, 오히려 그 호루라기 소리를 더 널리 퍼뜨려주었다. 신종 바이러스가 나타났다는 소식은 2019년 12월 31일에 이미 세상에 알려졌다. 적어도 나는 이날 이 소식을 알았다. 그리고 다음날 경찰이 '네티즌 8명'을 계도 조치했다는 소식이 신문뿐만 아니라 CCTV에까지 전해졌다. 하지만 이 소식도 결코 '호루라기'를 빼앗겼다는 것을 의미하지는 않는다. 그렇다면 이 호루라기를 이어받아 계속 불어야 할 사람은 누구일까? 즉, 다음 내부고발자는 누구일까?

● 신종 코로나바이러스에 대한 아이펀의 사진과 보고서는 리원량에게 전해졌다. 리원량은 '내부고발자'라는 뜻의 '호루라기를 부는 사람whistleblower'로 알려졌는데, 아이펀은 겸양의 의미에서 스스로를 그저 '호루라기를 건넨 사람whistle-giver'이라고 표현했다.

우한에는 두 곳의 대형 미디어그룹이 있다. 가장 큰 곳은 당연히 〈후베이일보〉 미디어그룹이고, 두번째는 의심할 여지 없이 〈장강일보〉 뉴스그룹이다. 양대 미디어그룹에 기자는 몇 명이나 있을까? 잘 모르겠다. 바이두에서 검색해보니, 〈후베이일보〉 미디어그룹 산하에는 "7개의 신문, 8개의 잡지, 12개의 웹사이트, 5개의 모바일 애플리케이션과 출판사 하나, 56곳(개인, 지주)의 자회사가 있으며, 후베이성 내에 17개 지사가 있어서, 후베이성의 가장 큰 언론 플랫폼이자 외부에서 후베이성을 이해하는 가장 중요한 정보 창구가 되고 있다." 이 기세를 보니, 〈장강일보〉 산하의 신문과 간행물, 인터넷사이트와 회사 역시 한둘일 리가 없겠다. 찾기도 귀찮아졌다. 이렇게 거대한 두 미디어그룹의 총 기자 수는 분명 적지 않을 것이다.

신문기자의 직책과 사명은 무엇일까? 아마 많겠지만, 나는 사회와 민생에 관심을 두는 것이 가장 중요한 직책과 사명이라고 생각한다. 그렇다면 이렇게 묻고 싶다. 코로나19 창궐은 엄청난 특종이고, 경찰에서 8명의 '유언비어 유포자'를 계도한 일 역시 작은 뉴스가 아니다. 이 두 가지는 모두 사회, 그리고 민생과 큰 연관이 있는 사건이다. 기자들이 이 소식을 내보낸 후 후속보도는 있었는가? 예를 들면 바이러스가 어떻게 발견되었고 감염력이 있는지, 또는 8명의 네티즌은 어떤 사람들이고 그들이 왜 소문을 지어냈는지에 대한 기사 말이다.

기자라면 이런 사건에 대해 고도의 직업적 예민함을 가져야 하고, 그들이 바로 리원량을 이어 호루라기를 부는 사람이 되어야 한다. 하지만 그들은 어땠는가? 흔히 "기자는 현장에 있는 게 아니라 현장으로 통하는 길목에 있다"고 하지 않던가. 만일 그때 어느 기자든 코로나19의 전말을 심도 있게 조사하며, 병원에서 의사들이 쓰러지고 있다는 사실을 파악하거나, 혹은 8명의 '유언비어 유포자'가 의사들이었다는 사실만 알아냈다면 어땠을까. 가령 더 높은 직업정신을 발휘해서, 플랫폼과 소통하고 협상하려 노력하면서 최대한 자신의 목소리를 외부로 내보냈다면, 그랬더라면 결과는 어떻게 되었을까? 그래도 우한이 이렇게 오랜 시간 동안 처참한 상황에 놓였을까? 그래도 후베이성 전체 인민들이 갇히고 버림받는 일이 일어났을까? 그래도 나라 전체에 모든 종류의 손실이 발생했을까?

물론 그래도 나는 믿고 싶다. 후베이성에든 우한에든 걸출한 기자들이 많을 거라고 믿고 싶다. 그들은 사건을 추적해 조사했고, 심지어 이에 대한 기사도 썼지만 발행되지 못했다. 혹은 보도 주제를 선정해서 올렸지만 승인되지 않았다. 만일 정말 이런 사정이 있다면, 그래도 어느 정도 위안이 될 것이다. 다만 안타깝게도 오늘까지 이런 사정은 들은 바 없다. 아, 아이펀은 이미 호루라기를 건넸고, 리원량은 그 호루라기를 불었다. 그러나 호루라기를 이어받은 사람은 없었고, 호루라기 소리는 양대 미디어그룹의 노랫소리와 웃음소리 속에 사라져버렸다. 바이러스가 무자비하게 퍼져나가고, 의료진들이 하나씩 쓰러질 때, 우리의 신문에는 온통 아름다운 색채와 웃음 띤 얼굴, 홍색 깃발, 피어난 꽃, 환호하는 사진이 연달아 올라왔다. 심지어 나 같은 일반 인민도 이미 신종 바이러스의 감염력이 상당하다는 이야기를 듣고 1월 18일부터 마스크를 쓰고 외출하기 시작했다. 하지만 언론은? 1월 19일, 만가연萬家宴●을 보도했고, 1월 21일, 성의 간부가 대형 연회에 참석한다는 사실을 보도했다. 날마다 인민들을 태평한 분위기에 심취하도록 만들면서, 새로운 병마가 입을 벌리고 당신의 문 앞까지 와 있다는 경고의 말은 한마디도 해주지 않았다. 춘절 연휴 기간부터 팡창병원이 지어지기까지의 모든 낮과 밤, 수천 명의 비참한 목숨들을 떠올리며, 직업의 커리어에서 가장 중요한 것, 즉 사명과 책임을 스스로 포기한 점을 부끄럽게 여길 줄 아는 양심적인 기자가 있는지 모르겠다. 그리고 대중을 오도하기보다 그들에게 진실을 일깨워야 할 책임이 있는 양대 미디어그룹의 대표, 당신들도 마땅히 책임을 인정하고 사임해야 하지 않겠는가?

〈장강일보〉의 W 기자가 팡팡은 '망언'만 유포할 뿐이라고 했다. 봐라, 기자가 다른 건 못 배우면서 이런 말은 참 빨리도 배웠다! 그렇다면 나는 오늘 다시 한번 '망언'을 널리 유포해버려야겠다.

● 춘절 전에 열리는 전통 행사로, 여러 세대가 모여 음식을 나누어 먹는 대규모 행사.

요즘 업무 복귀를
말하는 사람이
갈수록 많아진다

날씨가 계속 좋다. 하늘이 맑으니 마음도 활기차다. 며칠 전 문연 단지에 사는 조카가 내게 밀가루음식을 보내주었는데 만두, 딤섬 같은 것들이었다. 이틀을 먹고 나니, 왜 북쪽 지방 사람들이 밀가루음식을 특히 좋아하는지 이해가 갔다. 밀가루음식은 정말이지 먹기가 편하다. 반조리제품이 많아서 조금만 공을 들여도 바로 배불리 먹을 수 있다. 밥과 반찬을 요리하는 것에 비하면, 훨씬 편하고 일거리도 적다! (이참에 웨이보에서 우한은 문밖 출입을 금지하는데, 내가 어떻게 문연 단지에 가서 물건을 가져올 수 있느냐며 따지는 사람들에게 알려주겠다. 우리집은 바로 문연 단지 안에 있다! 당신이 단지 입구로 가서 채소를 가져오는 것과 똑같은 것이다. 한 번 대답했으니, 다시는 왈가왈부 마라!) 다행히

난 밀가루음식을 꽤 좋아한다. 요즘 다들 밥하는 게 귀찮다고들 한
다. 밥을 하고 나면 금방 또 주방을 치워야 하기 때문이다. 봉쇄 이전
에는 배달음식을 시켜 먹고 그릇만 내다놓으면 되었는데 말이다.

　오늘 내 친구 JW가 그의 남동생인 리*선생이 두 명의 친구에 대해
쓴 글을 보내주었다. 이 두 친구는 모두 노인합창단 소속이다. 우한
에서는 은퇴한 노인들이 이런 문화예술활동에 많이 참여힌다. 특히
내 나이 때 사람들은 청소년기를 문화대혁명 와중에 보냈는데, 당시
에 학교마다 문화예술선전부가 있어서인지 노래 부르고 춤출 줄 아
는 사람이 많다. 은퇴 후에 사람이 한가해지면 이런 예술 세포가 전부
요동치기 시작한다. 경축일과 휴일마다 노년의 친구들은 꼬리를 물
고 이어지는 공연과 연회 곳곳에서 활약한다. 그들은 이렇게 노년 생
활을 즐기고 있다. 올해 역시 마찬가지였다. 하지만 사납게 몰려온 코
로나19가 그들 중 많은 사람을 공격했다. 리선생은 그의 두 친구에 대
한 그리움을 적었다. 글의 첫 소절은 이렇다. "나는 내 곁의 두 친구 바
오제와 쑤화젠이 새해에 갑자기 생을 멈출 거라고는 전혀 생각지 못
했다."

　우한에서 일어난 뭉클한 이야기도 있다. 아들이 병이 나자 구순의
노모가 다른 가족들이 감염될까 걱정되어 홀로 병원 진료실에서 입
원을 기다리는 아들을 돌보았다. 노모는 닷새 동안 밤낮으로 아들 곁
을 지켰고, 결국 아들은 입원했지만 병세가 악화되어 집중치료실로
들어갔다. 쉬메이우라는 이름의 노모는 간호사에게 종이와 펜을 빌

려 아들에게 편지를 보냈다.

아들, 버텨야 해. 굳세게 병마와 싸워 이겨야지. 의사 선생님들 치료를 잘 따르렴. 호흡기가 불편해도 회복하려면 참아야 한다. 혈압이 정상으로 돌아오고 코로 호흡이 잘되거든 의사 선생님을 찾아라. 현금 주는 걸 깜박해서 의사 선생님 편에 500위안을 보내니 필요한 물건은 부탁해서 사려무나.

그때 이 편지를 읽은 사람들 중에 눈물을 흘리지 않은 사람이 없었다. 이게 엄마다! 이미 예순이 넘은 아들이지만, 엄마의 마음에는 여전히 아이다. 이 아들이 바로 리선생의 친구 바오제다. 안타깝게도 바오제는 이 편지를 받지 못했다. 입원한 지 이틀째 되던 날, 그는 친지와 존경스러울 만큼 강인한 노모의 손을 놓고 세상과 작별을 고했다.

리선생의 글을 옮긴다. "황푸군사학교黃埔學校● 동창회에 소속된 예술단에서 춘절연회를 위해 프로그램을 준비하는데, 바오제는 황푸군사학교 졸업생의 후손이라 소개를 통해 예술단에 오게 되었다. 바오제는 오자마자 매우 눈에 띄었다. 목청이 좋고, 발성도 훈련되어 있으며, 노래에도 감정이 실려 있어서 이틀도 안 되어 모두가 그를 리드싱어로 추천했다. 올해 1월 17일 오후, 황푸에서 주관하는 춘절연회에서 그는 리드싱어로서의 임무를 무난히 완수했다. 그때 그는 내 옆

● 중국 광둥성 광저우에 위치한 옛 군사학교.

에 있었다." 하지만 바오제는 1월 18일 또다른 연회활동에 참여했다가 감염되었다. "동시에 세 사람이 감염되었고 그중 두 사람이 떠났다."

우한시에는 또다른 민간합창단이 있는데, 이름은 '시원希文합창단'이다. 1938년에 창립한 이 합창단은 처음에는 시리다여자중학교와 원화중학교 교사와 학생들로 이루어져 있었다. 개혁개방 후 노인들이 다시 시원합창단을 만들었고, 단원도 이 두 학교의 교사와 학생들뿐만 아니라 사회 전체로 확대되었다. 시원합창단도 올해 1월에 많은 활동을 했다. 리선생은 그와 쑤화젠은 둘 다 남성 소프라노였고 절친한 사이였다고 했다. "1월 9일, 시원합창단의 단원 일부가 판후范湖에서 함께 노래 부르고 밥을 먹었는데, 그게 내가 본 쑤화젠의 마지막 모습이었다." 또 "그는 평소에 합창단에서 아주 활동적이었는데, 지금은 아무런 기척도 없다. 나와 친구가 전화해도 받지 않고, 위챗도 답장이 없으니 모두가 이상하게 여겨 걱정했다"라고 적었다. 그후로 쑤화젠은 쭉 연락 두절 상태였다. 그리고 부고가 날아들었다. 쑤화젠은 3월 6일에 세상을 떠났다. 인터넷에서는 아직도 '시원합창단'의 노래를 찾아 들을 수 있다. 그중 〈손을 잡고〉라는 노래는 특히 감동적이다. 어쩌면 모두가 인생을 살 만큼 살았고 비바람도 견뎌봤기에 이런 감정을 느낄 수 있는지도 모른다. 가사 중에는 "그러니 손잡고 다음 생도 함께 걸어가요. 우정의 길이 생겼지요. 돌아볼 세월은 없어요"라는 구절이 있다. 노래 한 곡이 곧 인생이 되었다.

나는 이웃으로부터 노인합창단에서 감염된 사람이 적지 않다는 소식을 진즉 들었다. 원단과 춘절 연휴 기간 내내 그들의 공연활동이 빈번했고, 그들의 연령 역시 감염 취약계층에 속하기 때문이다. 리선 생은 자신의 글에 바오제와 쑤화젠의 사진을 올렸다. 두 사람은 이미 은퇴했지만 여전히 얼굴에는 기개가 넘쳤다. 만일 미리 경고를 들었 더라면, 그들이 이런 취미활동에 이렇게까지 많이 나갔을까? 계속 모 여서 밥을 먹었을까? 60대들은 현재의 생활조건에 풍부한 여가활동 까지 더해져 앞으로 20년은 족히 더 살 것이다. "사람 간에는 전염되 지 않는다. 막을 수 있고 통제 가능하다." 이 말 한마디로 많은 사람이 돌아올 수 없는 길을 건넜다. 이런 생각이 들 때마다 나는 스스로에 게 묻는다. 살아 있는 우리가 편히 지내자고 억울하게 죽은 사람들의 목숨에 대한 책임을 묻어버려도 될까? 책임을 묻는 것, 이건 반드시 해야 할 도리이다!

근래의 전염병 상황은 전과 다름없이 좋아지고 있다. 우한 전체에 서 신규 확진자 수가 연속적으로 한 자리 수를 기록했다. 환자들도 얼 마 남지 않은 상황이라, 외출하고 일터로 복귀하고 싶어하는 사람들 의 욕망 역시 더욱 강해졌다. 요즘 전염병에 대해 이야기하는 사람은 점점 줄어들고, 업무 복귀를 말하는 사람은 갈수록 많아지고 있다. 도시 봉쇄로 인해 이미 많은 기업과 가정이 버틸 수 없는 상황에 처했 다. 봉쇄 기간이 너무 길어지고 사람들 역시 과도한 우울감을 느끼고 있기 때문에, 정부에서는 이에 맞는 보다 융통성 있는 대책을 내놓아 야 한다. 다행히 이미 확진자가 없어진 일부 지역에서는 사람들을 전용버스로 실어 외부로 나가 일할 수 있도록 한다는 소식을 들었다. 그리고 우한시 버스 역시 내일부터 일부 기업으로 복귀하는 직원들을 위해 통근 서비스를 제공한다고 한다. 모두 반가운 소식이다. 하루빨리 업무를 개시하지 않고 다시 도시를 개방하지 않는다면, 이건 나라 경제가 버틸 수 있느냐 없느냐의 문제가 아니라 많은 가정이 밥을 먹을 수 있느냐 없느냐의 문제가 된다.

내게 이틀간 있었던 일에 대해 이야기해보겠다.

웨이보 계정 차단이 풀린 후에 나는 웨이보 게시를 쭉 선호했기 때문에 그동안의 일기를 모두 올렸다. 하지만 며칠 전부터 갑자기 수천 명의 사람들이 욕을 해대기 시작했다. 그 기세가 대단했는데, 터무니없는데다가 저속했다. 나 역시 의아함에서 분노에 이르는 과정을 겪었고, 이제는 아무런 감정도 없어졌다. 그렇게 몰려와서 나를 욕하는 사람들이 기본적으로 내 글을 읽어본 적 없다는 사실을 알았기 때문이다. 그들은 그냥 누군가가 내 글 일부를 마음대로 떼다가 쓰고, 거기에 악의가 가득한 해석을 달아놓은 것을 보고는 찾아와 욕하는 것이다. 그들은 욕하기 위해 욕을 하고, 욕하는 것을 놀이로 삼는다. 당연히 그중에는 일리 있는 것처럼 보이는 말도 있다. 하지만 그 일리란 그저 그가 선택하고 믿는 소문에 의거한 것일 뿐이다. 아무리 일리 있어봤자 그게 유언비어에 근거했다면 어찌 일리 있다고 말할 수 있겠는가. 어떤 말들은 너무 무식하고 지저분하고 말 같지 않아서 몇 명은 차단해버렸지만, 오후에 문득 이런 욕과 의견을 남겨놓는 것도 좋겠다는 생각이 들었다.

그러면 욕하는 사람들이 누구인지, 그들의 프로필 사진이 어떤지, 어떤 공통점이 있는지, 어느 지역 혹은 어느 집단 출신인지, 그들이 공통으로 관심을 갖고 있는 사람이 누구인지, 그들이 누구의 글을 자주 공유하고 누구와 교류하는지 똑똑히 볼 수 있다. 또 마치 바이러스의 감염원이 어디서 시작되었는지 추적하는 것처럼 누구와 상호작용하여 언제 어디서 이 전파가 시작되었고 어디로 확산되는지 지켜볼 수 있다. 함께 욕을 했는지, 누가 배후에서 이들을 선동하고 교사하고 조직하는지, 이들이 예전에 어떤 사람을 욕했는지, 그들이 제일 추앙하는 사람은 누구고, 누구의 지휘에 가장 복종하는지, 그리고 그들의 말은 어디서 왔으며 누구의 말투와 가장 닮았는지, 욕하는 중에 그들의 말투에 변화가 있었는지 등을 발견할 수 있다. 이런 무리를 관찰하는 것은 꽤 소득이 있는 일이다. 심지어 당신은 7, 8년을 거슬러 올라가 당시 학생들에게 인터넷에서 '긍정적인 에너지'를 발휘하자고 호소하던 글을 찾을 수도 있고, 그들에 의해 리더로 추천된 인물들의 이름도 발견할 수 있다. 나는 예전에 특정 부문의 책임자에게 이런 말을 했다. "당신들은 어떻게 이런 사람들에게 학생들을 지도하라고 할 수가 있죠? 그 사람들 중 일부는 깡패예요." 안타깝게도 그들은 듣지 않았다. 그때 그 호소에 설득당해 인터넷에 '긍정적인 에너지'를 발휘했던 사람들이 교화되어 오늘날의 그들이 되었다. 인파 속을 걸을 때 그들은 나쁜 사람이 아닐 것이다. 하지만 인터넷으로 들어오면 그들은 자신의 어둠과 악의를 무한하게 증폭시킨다.

인터넷에 기록이 남는다는 건 대단한 일이다. 게다가 이 기록은 아주 오래간다. 그래서 나는 내 웨이보의 댓글을 관찰지표로 삼아서 이 시대의 생생한 표본으로 남길 수 있겠다는 생각이 든다. 모든 시대의 기록에는 아름답고 감동적인 내용도 있고, 아프고 슬픈 내용도 있다. 하지만 가장 깊이 각인되는 것은 치욕일 것이다. 이 시대의 치욕적인 일들을 남겨주는 것도 중요하다. 이렇게 패거리로 몰려드는 욕설과 막말은 이 시대에 가장 생생하고 강렬한 치욕을 남기는 중이다. 후세 사람들이 이런 글들을 읽는다면 2020년 바이러스가 만들어낸 전염병이 우한에 퍼지고, 또다른 전염병은 언어를 통해 내 웨이보 댓글에 퍼졌다는 것을 알게 될 것이다. 우한에 퍼진 전염병은 천만 명이 거주하는 도시를 전례 없는 봉쇄 상태로 만들었고, 내 웨이보 댓글에 퍼진 전염병은 이 시대의 치욕을 이렇게도 선명하게 보여주었다.

전염병 구역에 갇힌 희생자로서 나는 사소한 일상과 생각을 기록했고, 이 일기는 거의 전해지지 않을 것이다. 하지만 이 수백수천의 저주와 욕설은 내 일기를 영원히 살아남게 할 것이다.

육유의 세 마디를 빌린다
"틀렸구나, 틀렸구나,
틀렸어"

하늘이 또 흐려졌다. 하지만 꽃 피는 봄날은 오색이 찬란하다. 알록달록한 색채가 음침한 하늘을 산산조각내서, 그다지 우울하게 느껴지지 않는다. 멀리 창샤에 있는 이웃인 탕샤오허 선생님이 우리집 문 앞의 사진을 찍어 보내주셨다. 영춘화가 노란빛을 뽐내며 피었고, 해당화는 만개했다가 지고 있었다. 땅에 떨어진 꽃잎이 영춘화 아래로 드리워진 초록잎과 어우러져 정취가 예술이었다. 탕선생님 집에 있는 자목련은 특히 매년 풍성하고 열렬하게 꽃을 피워낸다. 아무리 침울한 날이라도 그 붉은 꽃에 동화되어 마음이 기쁨으로 물드는 것을 느낄 수 있다.

오늘의 전염병 상황은 이전 며칠과 큰 차이가 없다. 저점기에서 교착상태에 빠진 것 같은 느낌이다. 신규 확진자 수도 여전히 몇 명밖에 되지 않는다. 죽음의 문턱에서 사투를 벌이고 있는 중증 환자는 아직 3천 명이 넘는다. 팡창병원은 이미 전부 휴원에 들어갔다. 다만 오늘은 어디에서 나온 말인지 모르겠지만, 팡창병원의 휴원은 '정치적 휴원'으로 환자들의 상태는 결코 좋아지지 않았다고 했다. 하지만 며칠 전에도 말했듯이 내가 볼 때는 병원의 병상이 이미 충분해서 아직 완치되지 않은 환자는 전부 병원으로 들어가고, 완치된 환자는 호텔로 들어가 14일을 격리하는 것으로 보인다. 이게 뜬소문인지 아닌지 알 수가 없어서, 나는 특별히 의사 친구에게 이에 대해 물었다. "넌 어떻게 생각해?" 의사 친구의 대답은 간단했다. "당연히 유언비어지! 정치적 휴원을 할 필요도 없고, 그럴 가능성도 없어. 현재 정부는 전염병이 퍼지는 걸 철저하게 통제하고, 상황을 원점으로 되돌리고, 적극적으로 환자들을 입원시켜 치료하고 있어. 정치적으로 일찍 팡창병원의 문을 닫게 할 리가 없어. 전염병은 숨겨지는 게 아니니까! 이 중대한 문제에 관해서는 정부를 반드시 믿어야 해! 아무리 담이 크다고 해도 하늘을 가릴 순 없어! 급성 및 중증 전염병은 철저하게 통제하지 않으면 반드시 확산되게 되어 있어. 누구도 숨길 수 없다고!" 느낌표는 모두 의사 친구가 붙인 것이고, 나는 그의 말을 믿는다. 바이러스가 이미 정치가 최우선이라는 생각을 뒤집어버렸는데, 지금 이 시점에 누가 또 진실을 은폐하려 하겠는가? 우한의 한 달 전 공포 상황을 재현하고 싶은 사람은 없다.

많은 이들이 위챗에서 옌거링嚴歌等*의 글을 퍼나른다. 내게도 한 친구가 보내주었다. 글의 제목은 '당완의 세 마디를 빌린다: 감추고, 감추고, 감춘다'**이다. 멀리 베를린에 있는 옌거링 역시 우한을 주시하고 또 걱정하고 있었다. 오래전에 후베이성 작가협회에서 세계화교 여성작가회의를 개최한 적이 있는데, 그해에 옌거링이 우한에 왔고 우한에서 한차례 강연도 했다. 그날 나는 못 갔지만, 회의장이 청중으로 가득찼다고 들었다. 옌거링은 직관이 아주 뛰어나서, 이번 전염병 사태 초기부터 재난으로 변하기까지의 과정에서 가장 중요한 한 단어를 잡아냈다. 바로 '감추다'이다. 물론 나중에는 전염병을 통제하기 위해 힘썼지만, 전염병의 주요한 발전단계 전반을 펼쳐보면 '감추다'라는 말이 빠지는 곳이 없다. 그렇다면 왜 감춰야 했을까? 고의였을까, 아니면 별것 아니라 생각했던 것일까? 혹은 다른 원인이 있었을까? 이 이야기는 우선 나중에 하자. 어쨌든 친애하는 옌거링, 나는 당신의 글을 읽었고, 감동했고 또 감격했어요. 하지만 내가 친구들과의 단체대화방에 그 글을 올리기도 전에 글은 삭제되었죠. 당신도 알고 있지요, 이곳에서 '감추다'의 형제는 바로 '삭제하다'라는 걸요. 우리는 이미 이 '삭제하다'라는 친구 때문에 미칠 지경이고 무감각해질

● 상하이 출신의 중국계 미국인 소설가이자 시나리오 작가. 현재는 베를린에 살고 있다. 장이머우 감독이 연출한 영화 〈진링의 13소녀〉 〈5일의 마중〉의 원작소설 『진링의 13소녀』 『나의 할아버지가 탈옥한 이야기』를 썼다.
●● 고된 시집살이를 견디지 못하고 헤어진 부인 당완을 육유가 잊지 못하고 쓴 「채두봉釵頭鳳」이라는 시에 당완이 화답하는 시를 쓰는데, 그 마지막 구절을 인용한 것이다.

만큼 시달렸어요. 우리는 인터넷에서 언제, 무슨 이유로 규율과 법을 위반했는지조차 알 수가 없죠. 이런 걸 당신에게 알려주는 사람은 결코 없을 거예요. 당신은 견디는 것 말고는 방법이 없어 그저 견딜 수밖에는 없을 거예요.

오늘 문단을 충격으로 들썩이게 만든 소식은 마리오 바르가스 요사의 책이 전부 진열대에서 내려왔다는 것이었다. 이게 사실일까? 나는 믿을 수가 없다. 나는 청소년 시절에 요사를 읽었다. 그때 작가들은 아마 모두 그의 책을 읽었을 것이다. 많은 사람이 그의 문체와 책의 자유로운 구성을 좋아했지만, 내가 그의 책 중에 실제로 읽은 것은 가장 인기 있는 책들로 채 세 권이 넘지 않는다. 나는 오늘 소식을 듣고서, 처음에는 다른 작가들처럼 놀랐고 나중에는 분노했고 마지막에는 우울해졌다. 뭐라 말해야 할지 모르겠고, 사실 몇 마디 투덜거리는 것 외에는 말할 수 있는 부분도 없다. 요사가 뭐라고 했든, 그는 정치 논객이 아니라 작가다. 며칠 전 어떤 글에서 작가를 이렇게 묘사했던 게 생각난다. "글쓰는 이의 가장 기본적이고 중요한 사명은 바로 거짓말과의 전쟁에서 승리하기 위해 진정한 역사를 증명하고 인류의 존엄을 회복시키는 것이다." 나는 누가 이 말을 쓴 건지조차 모른다. 요사는 이미 여든이 넘지 않았던가? 우리가 굳이 또 이럴 필요가 있을까. "감추고, 감추고, 감춘다"는 말은 당완과 육유의 사랑 이야기에서 온 것으로, 중국인들이 많이 아는 내용이다. 여기서 육유의 시 가운데 세 마디를 빌려야겠다. "틀렸구나, 틀렸구나, 틀렸어."

오늘 후베이성으로 지원을 왔던 의료진들이 이미 여러 조로 나누어 떠나기 시작했다는 것을 알게 되었다. 하지만 도시를 다시 개방한다는 소식은 없다. 듣는 사람을 솔깃하게 만드는 이야기들은 인터넷에서 마구잡이로 퍼진다. 유언비어도 상당히 많다. 바이러스도 무섭지만, 바이러스보다 더 무서운 것이 그 앞에 우뚝 서 있다. 그건 바로 더는 생계를 이어갈 수 없는 사람들이다. 오늘 베이징의 한 기자가 내게 후베이성의 인민들이 쓴 호소문을 보내주었다. 그것을 읽고 나는 며칠 전에 들었던 통화 녹음파일이 떠올랐다. 호소문을 다시 읽어보니, 객관적이고 합리적이라는 생각이 들었다. 그 글에서 언급된 것은 정부에서 마땅히 고민해야 할 문제였다. 글의 주요 부분을 여기에 싣는다.

나는 내가 하는 말에 법적 책임을 지겠다. 우리 일반 인민들은 바이러스를 예방하고 통제하기 위한 정부의 작업을 적극 지지하고, 이에 협력해왔다. 하지만 50일이 넘도록 너무나 오랜 시간을 갇혀 있다보니 이제는 건강하지 않았던 사람도 건강해질 판이다. 정부에서는 노동자가 일터를 오갈 수 있도록 전용버스를 마련해주어야 마땅한데, 어째서 이런 움직임을 전혀 보이지 않는단 말인가?
모두가 매일 이렇게 집에서 시간만 죽이고 있다. 당신들이 기한이라도 말해준다면 우리에게는 희망이 생긴다. 3월 말이든 4월 말이든 기한이 있을 것 아닌가. 현재는 얼마나 기다려야 할지 전혀 알 수가 없으니 아무런 희망도 보이지 않고, 그냥 이렇게 집에서 기다리기만 할 뿐이다. 하루하루 생활비가 필요하고 집에는 식구들이 있으니, 가장은 돈을 벌어와 가족을 부양하고 입에 풀칠이라도 해야 한다.

날이 어두워질 때까지 먹고 마시고, 기름이다 소금이다 이 모든 게 다 돈이다. 물론 모두 배 속에 들어가면 끝이지만, 이것은 하루도 빠짐없이 계속 들어가는 비용이다. 우리가 매일 아침 깨어나 눈뜨면 가장 먼저 하는 일은, 대형 신문사의 헤드라인을 찾아서 신규 확진자 수가 몇 명이고 얼마나 감소했는지 살피는 것이다. 보다보면 우한의 상황만 심각한 편이다. 하지만 후베이성의 모든 도시가 반드시 우한처럼 막연히 시간을 끌 필요는 없다.

나는 1월 21일에 돌아왔다. 내가 돌아오고 며칠이 지났는지 한번 세어보라. 매일 집에서 먹고 자고, 또 자고 먹는다. 중요한 것은 이런 날들이 언제 끝날지, 언제 멈출지를 모른다는 것이다. 처음엔 3월 1일이라더니, 나중에는 3월 10일, 지금이 3월 11일인데 또 3월 15일로 미루더니, 중난산 원사가 또 봉쇄 기한을 6월 말까지 연장했다.

매번 이러다가 과연 끝이 날까?

물론 환자는 격리해도 된다. 환자들을 어떻게 격리하든 우리는 그 방법을 모두 지지하고 따른다. 그러나 당신들이 격리해야 할 것은 바이러스지 후베이성 사람들이 아니다. 그리고 집에서도 격리하고 우한 밖으로 나가도 격리해야 한다면, 도시 밖으로 나가서 격리하면 안 될 이유는 무엇인가? 나가서 격리하고, 14일 후 그곳 정부에서 다시 우리를 검사하면 된다. 정상이면 출근하고 돈을 벌고 정상적인 생활을 할 수 있다. 이렇게 집안에서 계속 격리되어 있다가 5월 말, 6월 말이 되고 밖으로 나간 후에도 또 보름을 격리해야 한다면, 올해에는 무슨 일을 할 수 있겠는가? 이렇게 인생을 낭비할 수가 있나?

정부 기관들은 마땅히 민심을 살피고 우리의 요구에 더 많은 관심을 기울여야 한다. 이건 나 혼자만의 호소가 아니고, 대중의 호소다. 우리는 혼란을 만들려는 것이 아니라, 살아남고 밥을 먹고 물을 마시려는 것이다. 당신들도 생각해보라. 우리 같은 일반 인민의 입장에 서서 문제를 한번 생각해보란 말이다.

힘들지 않은 집이 어디 있겠는가? 저녁이 될 때까지 하루종일 건물 아래에서 문밖으로 나오지 마시오, 문밖으로 나오지 마시오, 문밖으로 나오지 마시오 하는 소리가 울려댄다. 언제까지 문밖으로 나오지 말라는 건가? 어떤 상황에도 문밖으로 나올 수 없는 건가? 어떤 이유에서도 문밖으로 나올 수 없나? 일의 경중은 따지지 않고 하루종일 마구잡이로 일하고 있다. 나오지 말라면, 어차피 나갈 수 없는 거다. 당신들이 격리해야 할 것은 바이러스지, 후베이성 사람들이 아니라는 걸 생각하라! 이 점을 생각하고 또 이해해야만, 당신들은 원칙을 철저하게 실행에 옮길 수 있다……

그리고 모든 게 다 너무 비싸다. 어디 한번 말해보라. 해바라기씨 한 근에 15위안이면 사겠는가? 고기 한 근에 32위안이면? 오이 한 근에 7위안이면? 감자 한 근에 7위안이면? 배추 한 근에 8위안이면? 사지 않아도 먹어야 하고, 사려면 돈을 내야 한다. 그러나 직업이 없으니 수입이 어디서 나오겠는가? 우리를 생각해주는 사람은 없는 것인가?

아……

긴 한숨에 마음이 저려온다. 인민들은 이미 충분히 협조하고 충분히 이야기했다. 그럼에도 생존의 문제는 눈앞에 닥쳤다. 정부의 결단으로 현재 전염병 상황은 효과적으로 통제되고 있다. 내 짐작으로는 후베이성의 여러 지역에서는 진작부터 신규 확진자가 나오지 않고 있지만 도시는 여전히 봉쇄되어 있다. 예전에 대학에 다닐 때, 교수님이 모더니즘 문학에 대해 이야기하며 『고도를 기다리며』라는 희곡을 예로 든 적이 있다. 두 사람이 고도를 기다리는데, 아무리 기다려도 만날 수가 없다. 지금 도시가 열리길 기다리는 순간이 마치 고도를 기다리는 것 같은 느낌이다. 인민의 입장에서 본다면, 민생 문제는 지금 당장 공론화해야 하는 일이다. 실제로 여러 대책을 동시에 실행할 수도 있다. 꼭 하나씩 줄을 세울 필요가 전혀 없다.

오늘이 봉쇄 54일째다. 트럼프 카드 한 벌만큼의 나날이 다 지나갔다.

분명
일상이
회복되고 있다

봉쇄 55일째.

날씨가 맑다. 쓰레기를 버리러 나갔다가 나뭇가지 사이로 비탈진 언덕에 복숭아꽃이 피어 있는 것을 발견했다. 어느 시구처럼 "수풀은 결코 봄을 덮지 못하니, 한줄기 붉은 복숭아꽃 가지가 담 밖으로 나오는" 것 같은 느낌이 들었다. 문연 단지 전체는 인적이 없다는 것을 빼고는 모든 것이 예전 그대로다.

오늘은 신규 확진자가 단 한 명뿐이라는 보도가 나왔다. 일상으로 돌아갈 날도 머지않았다. 중증 환자들의 증세도 점점 호전되고 있지만 완전히 회복되기까지는 아직도 긴 시간이 필요하다. 그들이 계속 버텨주기를 바란다. 비록 힘들다 해도, 우선 살아남아야 뒤이어 후속 치료도 차근차근 받을 수 있다. 현재 정부측에서 발표한 후베이성의 코로나19로 인한 사망자 수는 이미 3천 명이 넘는다. 절망적인 숫자다. 전염병이 지나간 후 생존자들을 위로하는 일도 상당히 시급하고 중요한 일일 것이다. 전염병 상황 전체를 훑어보면, 나라에서 후베이성을 구하기 위해 온 힘을 쏟아부으며 실시한 각종 방역조치들이 상당히 강력하고 효과적이었다. 여기까지 오는 것도 쉽지 않았다.

더 많은 좋은 소식이 외부로부터 흘러들어왔다. 친구들과의 단체대화방 곳곳에서 그런 소식을 찾아볼 수 있다. 그중 가장 중요한 소식은, 우한을 제외한 후베이성의 각 지역 도시에서 봉쇄가 해제되어 사람들이 일터로 돌아갈 수 있게 되었고, 수많은 직원이 우한으로 돌아온다는 것이었다. 이건 분명 가장 좋은 소식이고 또 우리가 가장 듣고 싶었던 소식이다. 우한도 다시 그 왁자지껄하고 생동감 넘치는 모습을 회복할 수 있기를 진심으로 바란다.

사실 우한에서 기업보다 더 다급한 사람들이 있다. 한둘이 아니라 여럿이다. 바로 자식들이 외지에 있는 빈 둥지 노인들과 독거노인들이다. 평소 이들은 가사도우미 혹은 파트타이머의 돌봄노동에 온전히 의지한 채 생활했다. 매년 춘절이 되면 가사도우미와 파트타이머들은 대부분 고향으로 돌아가 명절을 보낸 후 돌아온다. 그런데 이번에 도시가 봉쇄되면서 그들 중 대다수가 제때 노인들의 집으로 돌아오지 못했고, 이로 인해 노인들의 생활은 상당히 고단해졌다. 며칠 전 나의 지인 쩡*선생이 내게 자신의 모친 이야기를 들려주었다.

우한에는 '라오퉁청老通城'이라는 아주 유명한 가게가 있다. 한커우에서는 그 이름을 모르는 사람이 거의 없다. 라오퉁청의 건두부 역시 우한 사람들에게 가장 인기 있는 간식이다. 라오퉁청을 처음 연 사람은 쩡광청曾廣誠이다. 몇 년 전 성 작가협회에서 지역 주민들을 초청해 그들이 지역의 이야기를 직접 기록하게 하는 문학프로그램을 만든 적이 있다. 쩡선생도 와서 신청했는데, 그가 쓰고 싶었던 책은 『한커우 라오퉁청의 쩡가네』였다. 그는 라오퉁청을 세운 쩡광청의 맏손자다. 가족의 과거사로 그는 많은 상처를 받았지만, 또 큰 힘이 되었기에 이 일을 쓰기로 결심했다. 우리는 그의 이야기를 선택했고, 쩡선생은 심혈을 기울여 이 책을 3부작으로 완성했다. 며칠 전 쩡선생은 내게 그의 모친이 올해 97세인데 후베이대학교의 교직원 기숙사에 살고 계신다고 알려주었다. 그들은 모두 외지에서 일하고, 남동생 하나만 우한에 남아 있었다. 단지가 봉쇄된 후로 남동생 역시 모친이 계신 곳에 가볼 수가 없었다. 이전에도 쭉 파트타이머 한 분이 돌보았고, 모친의 몸도 정신도 모두 건강하다고 했다. 하지만 전염병으로 파트타이머 역시 외부에 격리되면서 모친을 도울 방법이 없어졌다. 그들 남매는 모두 어쩔 줄 몰라했다. 노모 홀로 집에 계신데, 주방 일도 거의 못하고 생필품을 구매할 방법도 없었다. 공동구매도 참여할 여력이 되지 않고, 채소를 가져다드린다 해도 요리할 수가 없었다. 매일 식사도 챙겨야 하는데, 밥은 어떻게 한단 말인가? 약도 곧 떨어져갔다. 게다가 노모는 휴대폰도 위챗도 사용하실 줄 모르니, 필요한 게 있어도 어떻게 외부와 연락한단 말인가? 쩡선생은 다급한 마음에 "휴대폰을 때려부술 뻔했다"고 전했다.

다행히 후베이대학교 커뮤니티에서 서둘러 서비스를 시작했다. 쩡선생이 말하길, 커뮤니티에서 노모를 위해 채소 한 꾸러미를 보내주었지만, 그녀는 요리할 수가 없기에 그 채소로는 문제를 해결할 수가 없었다. 노모는 간단하게 데워 먹을 수 있는 만터우饅頭●나 소금에 절인 채소 같은 것을 원했다. 그래서 쩡선생이 커뮤니티에 도움을 청했고, 주민위원회에서 분주하게 반조리제품 위주로 식료품을 구매해 보내며 교내 병원에 있는 당직 의사에게도 연락해주었다. 학교측과 교직원 동료들, 학생들도 소식을 듣고 각별히 신경쓰고 도움을 주었다. 물건을 보낼 때면 노모가 가지고 들어간 후에 밖에 서서 필요한 게 있으신지 들어보곤 했다. 문을 사이에 두고 노모가 꿀병 뚜껑이나 간장병 뚜껑이 열리지 않는다고 말하면, 동의를 구하고 집안으로 들어가 뚜껑을 열어드리기도 했다. 쩡선생은 매일 "어머니와 통화하면 목소리가 밝은 게 느껴져요. 어머니는 배움에 대한 열정까지 샘솟아서 전화로 저에게 굴원屈原●●과 이사李斯●●●에 대해 가르쳐주시죠. 또 매일 천 단어씩 창작도 한다며 저에게 읽어주기도 하셨어요……" 노모

● 소가 들어 있지 않은 찐빵.

●● 중국 전국시대의 정치가이자 비극 시인. 혼란했던 전국시대 말엽에 정치적으로 불우했던 자신의 신세를 주옥같은 언어로 표현했고, 이런 그의 작품들이 후세에 '초사楚辭'로 불리게 되었다.

●●● 전국시대 말기의 대표적인 법가 사상가이자 정치가. 진시황이 통일제국을 세운 뒤 승상이 되어 제국의 기틀을 확립했다.

는 이렇게 말했다. "그 사람들이 또 채소를 세 번이나 보내주었어. 내 평생 이런 관심을 받아본 적이 없구나. 이번에 학교가 일을 제대로 했어."

97세! 그 연세에 혼자 생활하고 매일 글까지 쓰면서, 차분하게 이 오랜 시간을 지나오셨다. 이 얼마나 강인한 할머니인가! 존경심과 감탄이 절로 솟구친다. 하지만 장기적으로 볼 때, 노인에게 이런 식으로 생활을 유지하게 하는 것은 적절하지 않다. 우한에서 가사도우미나 파트타이머에게 의지해서 생활하는 노인이 어디 수천수만 명뿐이 겠는가? 그들은 누구보다 초조한 마음으로 자신들을 돌봐줄 사람이 하루빨리 돌아오길 기다릴 것이다. 심지어 나 자신도 그렇다. 어제 한 웨이보 친구가 글을 남겼다. "내가 있는 황강 치춘현은 봉쇄가 해제된 지 6일째인데, 요 이틀 동안 연이어 일꾼들이 정해진 곳에서 차를 타고 일터가 있는 도시로 되돌아갔어요. 후베이성의 다른 도시도 대부분 이렇겠지요. 일부 현과 시에서는 자가용을 타고 성 밖으로 나가 일할 수 있도록 허락했대요…… 어쨌든 후베이성 전체가 이렇게 오랫동안 봉쇄되어 있었지만, 이제는 조금씩 나아지는 것 같아요." 희소식이다! 우리집 일을 도와주는 아주머니도 치춘 사람이라 오늘 바로 그녀와 연락했다. 하지만 길이 아직 열리지 않아서 우한으로 돌아오려면 며칠이 더 필요하다고 했다.

오늘은 반드시 기록해야 할 중요한 일이 하나 더 있다. 후베이성의 의료지원팀들이 오늘부터 연이어 철수하기 시작했다. 그들은 위험을 무릅쓰고 후베이성이 가장 위험할 때 이곳으로 와서 지원활동을 펼쳤고, 모든 후베이성 사람이 그들에게 감사한 마음을 갖고 있다.

4만 명이 넘는 의료진 중 단 한 명도 감염되지 않았다니 천만다행이다! 우리 같은 수혜자들도 안도의 한숨을 내쉬었다. 이별의 정한은 언제나 바다처럼 깊다. 오늘 친구들과의 단체대화방에서 동영상 하나를 보았다. 의료지원팀들이 떠날 때, 밖으로 나올 수 없는 우한 사람들이 각자 집 베란다에 서서 "감사합니다! 고생하셨어요! 또 만나요!"라고 외치고 있었다. 눈물이 쏟아졌다. 우한의 여러 인사들도 최고의 예의를 갖춰 우리 도시와 사람들을 구해준 백의의 천사들을 배웅했다. 듣자 하니 후베이성의 샹양시에서는 지원활동을 와준 의료진 전원의 이름을 기록해두었다가, 오늘 이후로 샹양시의 A급 관광지와 25개 고급 호텔을 평생 무료로 이용할 수 있게 하기로 결정했다고 한다. 이 소식이 진짜인지는 모르겠지만, 나는 이런 제도는 바람직하다고 본다. 더 나아가 후베이성의 모든 관광지를 4만 명이 넘는 그들에게 무료로 개방해야 한다는 생각도 했다. 물론 감동의 사연 속에 재미있는 에피소드도 있었다. 예전에 쓰촨성에서 의료진이 출발할 때, 한 의료진의 남편이 차에서 내려 이렇게 소리쳤다고 한다. "자오잉밍, 무사히 돌아와. 내가 1년 동안 집안일 책임질게!" 현재 그의 자오잉밍은 무사히 집으로 돌아갔다. 이후 올라온 동영상에서 네티즌들은 이 남편이 1년 동안 집안일을 잘하는지 감독해야 한다고 주장했다. 모두 한번 보시라, 엄청 웃기다. 그 집에서 매일 생방송을 해야 할지도 모르겠다.

　요즘 해외로 나갔던 사람들이 속속 귀국하는 일을 두고 논쟁이 뜨겁다. 어떤 이는 이 코로나 사태에서 중국이 전반전을 뛰고 중국 이외의 나라가 후반전을 뛰며 유학생들은 경기 전체를 다 뛴다고 말한다. 말인즉슨 춘절 기간에는 유학생들이 잇달아 출국했는데, 현재 중국의 전염병 상황이 통제되고 후베이성까지도 안전해진 데 반해 해외의 상황이 심각해지자 유학생들이 다시 몰려오고 있다는 뜻이다. 사실 이 말은 결코 정확하다고 할 수 없다. 그때 유학생들은 이미 해외에 있었다. 전염병 기간 동안 그들은 사방을 뛰어다니며 국내로 지원물자를 보냈고, 큰 힘을 보탰다. 현재 유학생들이 돌아오고 있는 건 사실이지만, 이 말은 더 신중하게 할 필요가 있다. 재미있는 건 여러 사람이 내게 이렇게 묻는다는 것이다. 너는 어떻게 생각해?

　내 생각을 밝히자면, 모두가 다 누군가의 자식이지 않은가. 이심전심으로 만일 나도 내 아이가 해외에 있었다면 돌아오라고 불렀을 것이다. 모든 사람이 다 영웅이 될 수 있는 것은 아니다. 이번 일은 100퍼센트 이해할 수 있다. 그들이 집으로 도망쳐온다는 것은 그들의 마음속에 국가가 의지할 수 있는 곳이라는 의미이다. 이것이야말로 국가에 대한 그들의 신뢰와 애국심 아니겠는가? 사실 항일전쟁 시절에는 '피란'이 예사였다. 일본인이 오면 수많은 인민들이 모두 남쪽으로 도망갔다. 왜 고향에 남아 적군을 때려잡지 않느냐며 그들을 질책하는 사람은 아무도 없었다. 피란은 사람의 본능이다. 그곳에 남아 일본에 맞선 사람은 영웅이다. 피란을 떠난 사람은 영웅이 아니었을 뿐이다. 그들 스스로도 자신이 영웅이 아니라는 사실은 인정하고 있으니 질책할 만한 것도 없다. 해외에서 앞으로도 10만 명 넘는 사람이 귀국할 예정이라고 한다. 중국은 크니, 아이들을 집으로 데리고 가면 될 것이다. 병이 있으면 병원으로 들어가고, 없으면 집으로 가서 격리하면 그만이다. 다만 피란 오는 과정과 귀국 후에 방역수치을 준수해야 하는 것은 필수다. 자신을 보호할 때는 반드시 타인에게 피해를 주지 않는다는 전제조건이 있어야 한다. 이 역시 상식이다.

방금 고등학교 동창이 보낸 봉쇄 해제에 관한 일정표를 보았다. 22일에 외지 체류중인 인원이 전용버스로 후베이성과 우한으로 돌아올 수 있고, 후베이성과 우한에 체류중인 사람들 역시 같은 방식으로 떠날 수 있다. 24일에는 대중교통 정상화를 위해 버스와 지하철을 소독하고 시범운행한다. 26일에는 관리사무소가 개방되고 주민들이 단지 내에서 활동할 수 있다. 29일에는 단지가 개방되고, 주민들은 건강 QR코드와 직업증명서가 있으면 자가용을 몰거나 자전거를 타거나 걸어서 일터로 복귀할 수 있다. 31일에는 기업의 생산과 시장 영업이 점진적으로 정상화된다. 4월 2일에는 중요 상업시설이 정상화된다. 4월 3일에는 버스와 지하철이 운행을 재개하고 탑승실명제를 실시한다. 4월 4일에는 공항과 고속도로, 고속열차, 국도가 정상화된다. 동창은 글을 보내고 이런 말을 남겼다. "내가 보낸 게, 진짜인지 가짜인지 모르겠어." 진짜든 가짜든 가슴이 두근거린다. 분명 일상이 회복되고 있다.

진심으로 독자들에게 감사 인사를 하고 싶다. 어제자 일기는 위챗에 올릴 수가 없었다. 작가 얼샹二湘도 10여 차례나 시도했지만, 글이 올라가지 않는다고 했다. 나중에 댓글창을 막아놓은 글을 올렸는데도 역시 차단되었다. 영문을 모르겠다. 마지막으로 얼샹은 '얼샹의 11차원 공간'이라는 공식 계정에 "최선을 다했어"라는 말을 남겼다. 딱 이 말 한마디였다. 그 결과 생각지도 못한 일이 일어났다. 독자들이 내가 어제 쓴 글의 전문을 한 단락씩 나누어 댓글로 올려준 것이다. 너무나 놀랐고, 또 마음이 따뜻해졌다.

그때의 우리는
딱 지금의
너희와 같았다

봉쇄 56일째.

아주 맑다. 햇빛이 눈부셔서 곧장 여름이 온 것만 같다. 해가 나고
습하지 않은 우한의 쾌적한 날씨다. 사실 내가 우한을 좋아하는 데는
기후도 한몫을 한다. 우한은 사계절이 뚜렷하고 계절마다 특징이 있
다. 우한 사람들의 말을 빌리자면, 여름에 더워지면 더워 죽고 겨울에
추워지면 추워 죽는다. 봄에 잠깐 습한 시기가 있지만, 가을에는 하
늘도 높고 날씨도 쾌청해서 매일매일이 편안하다. 젊었을 때 나는 우
한의 날씨를 그다지 좋아하지 않았다. 더위도 싫고 추위도 싫었기 때
문이다. 이후에 과학기술의 발전으로 생활의 질이 높아지면서 여름
에는 에어컨이 생겼고 겨울에는 히터가 생겼으며 봄에는 습기를 제거

할 수 있게 되었고, 가을에는 계속 계절의 아름다움을 만끽하면 그만이었다. 이렇게 기후의 모든 단점은 인간의 지혜로 해결되고, 그 장점은 더욱 도드라진다. 그래서 현재 나는 우한의 사계절이 상당히 마음에 든다. 오래전 다큐멘터리 영화를 찍을 때 우한의 기온이 40도까지 올라갔지만, 이곳의 노인들은 이렇게 말했다. 이 정도는 더워야지! 땀이 쏟아져야 독소가 빠지고, 충분히 더워져야 몸이 편안하다는 것이다. 나는 그때 이 말을 듣고 어안이 벙벙했다. 우한의 여름 날씨가 만일 40도까지 올라가지 않는다면, 우한 사람들은 심히 실망할 것이다. 이게 무슨 우한의 여름이야!

전염병 상황에 대해 이야기해보자. 전염병은 초기의 혼란과 뼈아픈 시간을 지난 후로 하루하루 좋아지고 있고, 현재는 명확하게 통제되고 있다. 오늘은 1명의 신규 확진자가 있고, 사망자는 10명, 의심환자는 없어졌다. 우한 사람들은 모든 숫자가 0이 되길 손꼽아 기다리고 있다. 그래야 진정한 끝이다. 그날이 분명 머지않았다.

오후에는 현장에서 일하고 있는 의사 친구와 오래 통화했다. 우리는 몇몇 관점에서 의견이 크게 엇갈렸는데, 예를 들자면 책임을 묻는 일이 그랬다. 의사 친구는 책임 추궁에 대해서는 아무도 아무것도 하지 않을 거라고 했다. 하지만 나는 정부든 병원이든 모두가 이렇게까지 나약하지는 않을 거라 생각한다. 병원에도 유능한 사람이 분명 적지 않고, 정부에도 인재가 많으니 자리를 이어받을 사람은 많다. 현재는 전염병과의 전쟁이 거의 끝나가는 단계이고, 모두가 초기에 일어난 일에 대해 선명히 기억하고 있기 때문에 지금이 바로 상황을 되짚어보기 가장 좋은 때다. 그리고 책임 추궁 역시 반드시 해야 할 일이다. 만일 책임을 묻지 않는다면, 세상을 떠난 수천 명의 망자와 고통을 경험한 그보다 더 많은 우한 사람들의 얼굴을 어떻게 볼 수 있겠는가? 이번 전염병은 내가 전부터 말해왔듯이 모두의 책임이다. 위에서부터 아래까지 곳곳에 가종 원인이 다 있다. 이런 원인들을 전부 조금씩 떼어 합치면 커다란 냄비가 만들어진다. 지금 우리 모두는 이 냄비를 던져버리고 싶어한다. 하지만 우리는 그들이 쉽게 이 냄비를 던져버리지 못하도록 감독해야 한다. 각자의 책임은 각자 감당해야 한다.

의사 친구는 아주 흥미로운 두 가지 이야기도 들려주었다. 나중에 참조할 수 있도록 여기에 기록해둔다. 첫째, 의사 친구는 병원 건축에 문제가 있다고 여겼다. 환기가 잘되지 않는 밀폐된 공간에서는 감염될 확률이 높다. 들리는 이야기로는 최근 몇 년간 병원에서는 에너지를 절감하고 오염물질 배출을 저감해야 한다는 요구에 발맞추기 위해 신축건물을 지었는데, 그 공간은 결코 병원에 적합하지 않았다. 의사 친구는 사스가 발생했던 그해를 떠올려보면, 선전深圳●의 기후가 온화한 편이라 병원에서 창문을 열어두었고, 공기가 순환되며 바이러스가 희석되어 감염자 수가 확 줄었다고 했다. 나는 자료를 찾아보지 않아서 그해에 선전에서 실제로 이런 일이 있었는지는 모르지

● 중국 광둥성에 있는 신흥 상업도시.

만, 그의 말에 일리가 있다고 생각한다. 그런데 올해 신종 코로나바이러스 창궐 당시 우한은 겨울이었기 때문에 아마도 창문을 거의 열어두지 않았을 가능성이 크다. 나도 이 부분이 살짝 의심스럽다. 하지만 병원의 환기 문제는, 특히 응급실이나 전염병 진료과에서는 분명 중요한 문제일 거라 생각한다. 둘째, 의사 친구는 매년 겨울에서 봄으로 넘어가는 환절기에 전염병이 유행한다고 말했다. 지난번 사스도 그렇고, 이번 코로나19도 그랬다. 그렇다면 왜 양회를 여는 시기를 다른 계절로 바꾸지 않는 걸까? 전염병이 덜 유행하는 시기로 바꾸어야 하지 않을까?

의사 친구의 이야기를 듣고 나는 더 확장된 관점에서 사고할 수 있었다. 솔직히 말하자면 나는 1993년부터 후베이성에서 양회에 참석해왔다. 성급 인민대표대회부터 성급 정치협상회의까지 장장 25년이다. 나는 양회 전후로 각 기관의 상황이 어떤지 너무나 잘 알고 있다. 양회를 순조롭게 개최하기 위해 부정적인 소식은 보도를 일절 허락하지 않는다. 그리고 각 기관에서는 그 시기가 되면 일하는 사람이 거의 없다. 책임자가 회의에 갔기 때문이다. 이번에도 그랬다. 우리는 시의 위생건강위원회에서 감염자 수에 대한 보도를 멈춘 시기가 성과 시에서 양회가 열린 시기와 거의 일치한다는 사실을 분명하게 확인할 수 있다. 이건 우연의 일치가 아니고, 고의로 그런 것도 아니다. 그냥 관습적으로 행동한 것이다. 이 관습은 최근 몇 년간 만들어진 것이 아니라 다년간 이어져온 것이다. 오랫동안 각 부서에서는 양회가 끝날 때까지 업무를 미뤘다가 처리해왔고, 언론 매체들도 양회를 순조롭게 개최하기 위해 좋은 소식만 보도하고 나쁜 소식은 절대 보도하지 않았다. 간부도 관습적이었고, 기자도 관습적이었고, 책임자도 관습적이었고, 인민들도 관습에 빠진 상태였다. 일을 미뤄두었다가 처리하고 부정적인 소식은 새어나가지 못하게 막아도, 대부분 별다른 일이 발생하지는 않았다. 어차피 일상과 관련된 자질구레한 업무가 대부분일 테니 며칠 미뤄도 상관없었던 것이다. 이렇게 해서 누이 좋고 매부 좋고, 모두 체면을 차릴 수 있었다. 하지만 바이러스에게 겸손이란 없어서, 현장에서 바로 이런 체면을 찢어버린다. 사스가 그랬고 코로나19가 한번 더 그랬으니, 세번째도 있지 않을까? 나는 걱정한다. 그래서 의사 친구의 생각에 따라 나도 여기서 한 가지를 건의하려 한다. 만일 양회 개최 시기를 바꿀 수 없다면 이 악습을 고치고, 악습을 고칠 수 없다면 양회 개최 시기를 바꾸는 거다. 따뜻해서 전염병이 발생할 가능성이 낮은 기간에 개최하면 된다. 사실 이 두 가지 모두 어렵지 않게 바꿀 수 있다.

오늘은 내가 모른 척할 수 없는 일이 벌어졌다. 아마도 많은 사람이 내 대답을 기다리고 있을 것이다. 바로 자신이 열여섯 살 '고등학생'이라 밝힌 사람이 내게 공개적으로 메시지를 보낸 일이다. 이 메시지에는 빈틈이 너무 많아서, 여러 친구들은 다들 이건 열여섯 살 학생이 쓴 글이 아니라 쉰 살 먹은 허풍쟁이 아저씨의 솜씨 같다고 했다. 맞든 아니든 지금부터 나는 열여섯 살 학생의 메시지에 답하려 한다.

학생, 메시지를 아주 잘 썼어요. 학생의 나이 때 가질 법한 의혹들로 가득하네요. 학생 나이에 어울리는 생각이고, 그 의혹은 학생을 가르친 사람에게서 온 거겠죠. 하지만 내가 말하고 싶은 건, 나는 그 의혹에 대한 해답을 줄 수가 없다는 거예요. 학생의 글을 보고, 나는 왠지 아주 오래전에 읽었던 시 한 수가 떠올랐어요. 바이화白樺•가 쓴 시인데, 그의 이름을 들어본 적이 있는지 모르겠네요. 재능이 차고 넘치는 시인이자 극작가였죠. 이 시를 읽었을 때 나는 열두 살이었는데, 당시는 문화대혁명이 한창이던 1967년이었어요. 그때 우한은 여름 내내 무장투쟁중이었지요. 바로 그해에 초등학교 5학년이었던 학생에게 바이화의 시집 한 권이 생겼죠. 시집 제목은 '쇠창 사이로 뿌리는 전단迎着鐵矛散發的傳單'이었고, 첫번째 수록된 시가 「나도 너희 같은 청춘이 있었다」였어요. 그 시의 첫 구절은 이렇게 시작해요. "나도 너희 같은 청춘이 있었다. 그때의 우리는 딱 지금의 너희와 같았다." 나는 이 시를 읽고 너무 설레서 가슴에 영원히 새겼어요.

학생, 지금 열여섯 살이라고 했지요. 내가 열여섯이었을 때가 1971년이에요. 그때 만일 누군가 내게 "문화대혁명은 대재난이다"라고 말했다면 나는 분명 목숨을 걸고 그와 머리가 깨지도록 싸웠을 거예요. 그리고 그 사람이 사흘 밤낮으로 이유를 설명한다 해도 나를 설득할 수는 없었을 거예요. 왜냐하면 나는 열한 살 때부터 '문화대혁명은

• 시인, 소설가, 극작가. 문화대혁명이 중국에 미친 상처를 폭로하는 '상흔문학'의 대표주자로 꼽힌다.

좋은 것이다'라는 교육을 받아왔고, 열여섯 살 때는 이미 5년 동안 이런 교육에 길들여져 있었으니까요. 사흘 밤낮은 나를 설득해내기엔 터무니없는 시간이죠. 같은 이유로 나도 학생의 의혹을 풀어줄 수가 없어요. 내가 3년을 이야기하고 여덟 권의 책을 쓴다고 해도 아마 학생은 믿지 않을 거예요. 왜냐하면 학생도 그때의 나처럼 최소 5년의 시간을 보냈을 테니까요.

하지만 알려주고 싶은 게 있어요. 학생, 학생의 의혹은 조만간 해답을 얻게 될 거예요. 그리고 그 해답은 학생이 스스로에게 주는 거예요. 10년 혹은 20년이 지난 후, 학생이 아…… 내가 그때 유치하고 어리석었구나 하는 생각이 드는 날이 있을 거예요. 그때의 학생은 아마 완전히 새로운 사람이 되어 있을 테니까요. 물론 만일 학생이 극좌파 인사들이 인도하는 길만을 따라간다면 영원히 해답을 얻지 못할 거예요. 그리고 평생을 인생의 심연에서 허우적대겠죠.

학생, 더 알려줄 게 있어요. 내가 열여섯 살이었던 시절은 학생과는 너무 먼 이야기죠. 나는 심지어 '독립적 사고'라는 말도 들어본 적이 없었어요. 개인에게 독립적 사고가 필요하다는 사실조차 몰랐죠. 그저 선생님이 말하는 대로, 학교에서 시키는 대로, 신문에 나오는 대로, 라디오에서 방송하는 대로 믿었어요. 열한 살 때 시작된 문화대혁명은 스물한 살에 끝났고, 그 10년 동안 나는 이렇게 성장했어요. 나는 온전히 나 자신이었던 적이 없었죠. 나는 독립적인 사람이 아니라 그저 기계의 부품이었을 뿐이니까요. 기계의 작동에 따라, 기계가 멈추면 나도 멈추고 기계가 움직이면 나도 움직였어요. 아마 학생의 상태도 지금 그런 것 같아요(학생 일반을 말하는 게 아니에요. 현재 열여섯 살인 학생들 중에 독립적인 사고능력을 갖춘 사람도 상당히 많아요). 다행히 우리 아버지는, 본인의 인생에서 가장 큰 꿈이 자식들을 전부 대학에 보내는 거라고 하셨죠. 아버지께서 그 말씀을 하시던 모습을 나는 아직 기억해요. 그래서 나는 짐꾼으로 일하는 중에도 아버지의 꿈을 이뤄드리고 싶다는 생각을 갖게 되었고, 그래서 대학에 들어갔어요. 중국에서 가장 아름답다는 우한대학교에요.

학생, 나는 스스로 운이 좋았다고 느낄 때가 많아요. 비록 어릴 때 받은 거라곤 우매한 교육뿐이지만, 청년이 되어서는 대학에 들어갈 수 있었으니까요. 나는 그곳에서 배고픔을 채우듯 공부하고 책을 읽었죠. 동창들과 깊이 있는 주제로 토론하고, 또 글도 쓰기 시작했어요. 결국 어느 날엔가 나는 독립적 사고가 필요하다는 걸 알게 되었어요. 그 당시 다행히도 개혁개방 시기를 맞았고, 더 다행스럽게도 나는 개혁개방의 모든 과정에 참여했어요. 나는 문화대혁명의 재난이 끝난 후 중국이 그 낙후한 모습에서 한 걸음씩 강해져가는 모습을 지켜보았죠. 개혁개방이 없었다면, 오늘날의 이 모든 것이 없었을 거예요. 내가 이렇게 공개적으로 일기를 쓰고, 학생이 나에게 이런 공개 메시지를 보낼 권리도 없었겠지요. 이 점은 우리 모두에게 다행이에요.

학생, 그거 알아요? 개혁개방의 초기 10년은 내가 나 자신과 싸워야 했던 10년이었어요. 나는 내 머릿속을 짓누르고 있는 쓰레기와 독소를 조금씩 빼냈죠. 그리고 새로운 것을 집어넣고, 내 눈으로 세상을 보려 노력했고, 내 머리로 문제를 사고하는 방법을 배웠어요. 물론 이런 걸 터득하기 위해서는 성장 과정에서 독서와 관찰, 노력이 기초가 되어야겠죠.

학생, 나는 이렇게 스스로와 싸우고 내 머릿속의 쓰레기와 독소를 빼내는 일은 우리 세대의 사람들에게만 일어날 일이라고 생각했어요. 학생과 또래들도 이런 시간을 겪게 되리라고는 생각지 못했네요. 자신과 투쟁하고 청소년기에 머릿속을 가득 채운 쓰레기와 독소를 말끔히 치워내길 바라요. 이 과정은 아프지 않아요. 한 번 청소할 때마다 해방감을 느끼죠. 이런 해방감은 딱딱하게 굳어버린 녹슨 부품을 진정한 사람의 일부로 바꿔줄 거예요.

학생, 이해했어요? 나는 지금 이 시의 한 구절을 학생에게 보낼게요. "나도 너희 같은 청춘이 있었다. 그때의 우리는 딱 지금의 너희와 같았다."

내가 비록
자리에서는 물러났지만,
법정에서 싸울 힘은 남아 있다

봉쇄 57일째.

오늘 드디어 우리가 매일같이 기다리던 좋은 소식이 들려왔다. 우한의 신규 확진자 수와 의심환자 수가 모두 0이 된 것이다! 의사 친구가 보낸 문자메시지에서도 흥분이 느껴졌다. "드디어 사라졌어, 0이 세 개야! 전염병은 이미 통제되고 있고, 외부 유입도 통제가 가능하니까 이제 중요한 건 치료야."

더불어 후베이성 당국에서 성 밖으로 나가는 노동자들을 환송하며 전국의 인민에게 후베이성 사람들을 환대해달라고 호소하는 것도 보았다! 그렇다, 후베이성 사람들을 환대해달라. 감염된 사람은 환자들이지 후베이성 사람 전체가 아니니까. 수천만 후베이성 사람들은 전염병이 퍼지는 것을 막기 위해 집안에 두 달 가까이 갇혀 있었다. 외지 사람들은 그들이 감내해야 했던 스트레스와 극복해야 했던 고난을 알기 힘들 것이다. 후베이성 사람들이 이번 재난에서 보여준 자제력과 인내력은 중국 전역에서 전염병을 통제하는 데 큰 힘이 되었다. 그래서 나는 이곳에서 이렇게 외치고 싶다. 전국의 인민들이여, 후베이성 사람들을 환대해달라. 여러분의 안전을 위해 공헌한 이들을 기쁘게 맞아달라.

다음은 외지인들이 우한으로 돌아올 차례다. 개인적으로 가사도우미든 파트타이머든 나는 그들이 너무나 필요하고, 빨리 돌아왔으면 좋겠다. 봉쇄 두 달이 지난 지금, 우리집은 대대적인 청소가 필요하다. 우리집의 노견도 냄새가 나고 지저분해졌다. 피부병까지 재발했다. 내 손은 망가지고 갈라져서 개를 씻길 수가 없다. 동물병원은 언제 문을 열까? 나는 매일 개를 단지에 놓아주면서 이렇게 다독인다. 며칠만 더 기다리자, 곧 괜찮아질 거야. 모든 게 다 잘 풀리기를 바라며 우리도 계속 기다린다.

평소처럼 일어나면 밥을 먹으면서 휴대폰을 본다. 어제는 한 '고등학생'이 내게 공개적으로 메시지를 보내더니, 오늘은 그 학생의 온갖 '친지'들이 등판해서 내게 연이어 공개 메시지를 보냈다. (그 학생의 '친지'는 정말 많기도 하여라!) 물론 메시지를 보낸 사람들 중에는 대학생도 있고, 중학생, 초등학생도 있다. 정말이지 웃음이 터지는 걸 참을 수가 없는 글도 있는데, 스스로 생각해도 이렇게 웃어본 게 참 오랜만인 것 같다. 오늘 신규 확진자 수도 0이 되었으니 함박웃음을 짓기에 아주 걸맞은 날이다. 이중톈 선배는 오늘이 전 인민 편지 쓰기의 날이라고 했다. 이 농담에도 웃음이 튀어나왔다.

리원량에 대한 조사 결과가 오늘 나왔다. 사람들이 이 결과를 받아들이거나 인정할 수 있을지 모르겠다. 나는 이제 더이상 이야기하고 싶지 않다. 리원량이 죽고 그의 웨이보는 통곡의 벽으로 변했고, 수많은 사람이 그를 영원히 기억할 것이다. 우리 모두는 알고 있다. 그는 영웅이 아니다. 그의 생활은 보통 사람과 다를 바 없었고, 그가 한 일역시 모두 인지상정이라 할 만한 것들이었다. 하지만 우리는 그를 기억하고, 최대한 그의 가족들을 도울 것이다. 그거면 됐다. 결과는 정말 아무래도 상관없다. 사실 우리가 기리는 것은 우리 자신이다. 우리가 이런 시간을 겪었다는 사실을 기리는 것이다. 그리고 이 시간 속에서 가장 중요한 인물이 바로 리원량인 것이다. 그런데 젊은 사람들은 나보다 격분한 듯했다. 오후에 한 젊은이가 내게 글을 남겼다. "시대의 작은 티끌이 중난파출소● 위로 떨어지면 그게 바로 재난이다." 그 '고등학생'에게 보내는 글에 대한 반응들을 봤을 때처럼, 참지 못하고 웃음이 터져나왔다. 하지만 그럼에도 나는 이 문제는 좀 복잡하다고 본다. 그리고 그 복잡성은 우리 같은 평범한 사람들이 헤아릴 수 없는 것이다. 어떤 일들은 그냥 시간에 맡겨두자. 시간이 해결해줄지는 나

● 리원량을 처벌한 우한시 중난루의 공안국 파출소.

도 모르겠지만 말이다.

우한은 여전히 문밖 출입을 금지하고 있지만, 모두가 이제 우한이 안전하다는 사실을 알고 있다. 물론 경계심을 유지할 필요가 있다고 말들은 해도, 마음은 이미 풀린 상태다. 도시의 모습이나 사람들의 마음가짐이 한 달여 전과 비교해보면 확연히 달라졌다. 우리의 생활도 곧 예전의 리듬을 찾을 수 있을 거라 믿는다. 도시 봉쇄가 급브레이크를 밟는 일이었다면, 봉쇄 해제는 아마도 그 브레이크에서 천천히 발을 떼는 일이 될 것이다. 나도 꼭 어떤 지도자가 '내일 봉쇄 해제'를 선포해야만 기록을 멈출 필요는 없을 것 같다. 혹은 이렇게 선포하는 날이 오지 않을 수도 있다. 도시의 문은 이미 조금 열렸고, 지금은 완전히 열리기까지 지난한 과정을 겪고 있는 중이기 때문이다. 그래서 나는 며칠 전 얼샹에게 54번째 일기를 마치고 나면 이제 일기를 그만 쓰겠다고 말했다. 딱 트럼프 카드 한 벌이니, 게임 한 판을 두었다고 생각하면 그만이었다. 그런데 따져보니 그 전날에 딱 54번째 일기를 쓴 참이었다. 이미 10만 건 이상 조회된 그 '고등학생'의 공개 메시지에 내가 대답하지 않는다는 건 불가능했다. 그래서 어제는 마지막 일기라는 말을 할 기회를 놓쳤다. 그리고 지금 나는 생각한다. 도대체 이 일기를 멈춰야 할 시점은 언제일까?

말을 꺼낸 김에 한마디 더 하자. 나는 쭉 얼샹의 웨이보 공식 계정을 통해 글을 올렸다. 이유는 아주 단순하다. 내 웨이보가 차단된 그날, 리원량이 세상을 떠났다. 나는 유일한 무대를 잃었고, 위챗도 할 수가 없었다. 평소에 얼샹의 웨이보 계정을 자주 보았는데, 얼샹에게 내 글을 올려줄 수 있을지 물으며 도움을 청했다. 같은 업계의 사람으로서, 얼샹은 바로 요청을 승낙해주었다. 그때까지 나는 소설을 쓴다는 것 외에 얼샹에 대해 아는 것이 하나도 없었고, 서로 대면한 적도 없었다(당연히 지금까지도 만나지 못했다). 나중에 그녀를 소개하는 글을 보고서야 나는 그녀에 대한 기본적인 것들을 알 수 있었다. 간단히 말하자면, 이 일은 공식 계정을 가진 작가가 공식 계정을 사용할 수 없는 다른 노년의 작가를 도와 글을 올려준 것이다. 일부 음모론 애호가들에 의해 이 일은 아주 중대한 음모가 되어버렸다. 나는 얼샹의 도움에 특히 감사한다. 얼샹이 우한에 놀러올 기회가 있다면 진심으로 환영하며, 생선 요리를 대접하고 싶다. 우한의 생선 요리는 정말 맛있고, 생선 요리를 잘하는 고수도 많다.

몇 마디 여담을 덧붙인다. 오래전 내가 대학에 다닐 때, 문학동아리에서 종종 문학적인 주제에 대한 토론을 벌이곤 했다. 하지만 여차저차 토론해봐도 합의에 도달하지는 못했다. 나중에 나는 이런 토론이 조금 귀찮아져서, 남몰래 이 토론 주제에 '노삼편老三篇'●이라는 이름을 붙여주기도 했다. 그 세 가지 주제는 찬양과 폭로, 희극과 비극, 그리고 사회의 명암에 대한 문제였다. 사실 우리는 지금까지도 토론한다. 문학이 찬양과 재미, 그리고 사회의 밝은 면만을 기록해야 하는지

● 문화대혁명 기간에 자주 인용되었던 마오쩌둥의 핵심 저작 세 편 「인민을 위해 복무하라」 「우공이산」 「닥터 노먼 베쑨을 추모하며」를 가리킨다.

를 두고 말이다. 사회문제를 폭로하고 인간사의 비극을 묘사하고 사회의 어두운 면을 쓰면, 그건 반동 작가다. 이것이 불과 1978년에서 1979년의 일이다. 결론이 나지 않았음에도, 무슨 이유에선지 아무도 더는 이런 이야기를 하지 않았다. 나중에 우리 학번에서 다시 '문학은 계급투쟁의 도구인가'라는 주제로 대규모 토론회를 열었지만, 아마 이때도 결론을 내지 못했던 것 같다. 그렇게 천천히 시간은 흘렀고, 나는 졸업을 하고 일을 하고 전업작가가 되었다. 그리고 어느 날엔가 당시의 동창들은 말할 것도 없고 문학계 전반에서 이 문제에 대해 공통된 결론이 나왔다. '어떤 주제든 쓸 수 있다. 중요한 것은 당신이 글을 잘 쓰는가 못 쓰는가이다.' 그래서 나도 가끔 강연할 때 이렇게 말했다. "대부분의 문제에서 토론은 필요하지 않습니다. 시간이 답을 줄 거예요."

하지만 이번에 나는 순간적으로 내가 틀렸다는 사실을 깨달았다. 42년이라는 시간이 흘렀지만, 시간은 결코 답을 주지 않았다. 우리의 문학은 다시 이 주제로 돌아온 것만 같다. 나를 향해 무수한 사람들이 욕설을 뱉은 까닭은 바로 내가 이 재난 속에서 찬양과 희극, 밝은 이야기를 쓰지 않았기 때문 아닌가? 이렇게 회귀하다니, 아무리 생각해도 이해할 수가 없다.

여기까지 썼을 때, 친구가 '차왕察網'●에 있는 글을 한 편 보내주

● 보수 성향의 중국 시사평론사이트.

었다. 제목은 '악의로 가득한 『우한일기』'였고, 필자의 이름은 치젠화齊建華였다. 나는 우선 여기서 경고하려 한다.

치젠화 씨, 당신이 나를 욕하는 건 괜찮지만 당신에게는 유언비어를 유포하고 나를 모함한 혐의가 있습니다. 당신 스스로 글을 삭제하고 공개적으로 사과하는 편이 제일 좋을 겁니다. 만일 삭제도 사과도 하지 않는다면, 나는 법적인 수단을 동원해 문제를 해결할 겁니다. '차왕'을 포함해서 당신이 매일 나를 욕하는 글을 올리는 것은 상관없습니다. 하지만 치젠화 당신이 이렇게 공개적으로 유언비어를 퍼뜨리고 나를 모함하는 글을 올린다면, 당신이 얼마나 대단한 배경을 가졌든, 얼마나 대단한 간부가 뒤에서 밀어주든, 당신의 지지 세력이 얼마나 강하든 나는 당연히 그들을 전부 고소할 겁니다. 중국은 법치사회입니다. 당신들이 악의를 가지고 나를 욕하는 건 받아들일 수 있습니다. 이건 내가 베푸는 관용입니다. 그리고 어차피 이건 당신들의 품격 문제예요. 하지만 유언비어를 만들고 모함하는 것은 위법의 소지가 있습니다. 여기서 특별히 '차왕'과 치젠화 씨에게 알려주고 싶네요. 스스로를 돌아보고 단속하세요. 안 그러면 법정에서 보게 될 겁니다!

설마 모르는 건가? 우한은 곧 개방된다. 내가 비록 자리에서는 물러났지만, 법정에서 싸울 힘은 남아 있다.

내가 당신들을
무서워하는지 두고 보자!

아주 맑은 날이 계속 이어진다. 점심때는 기온이 벌써 26도까지 올라갔다. 아직 히터를 끄지도 않았는데, 집 안팎의 온도가 거의 비슷해졌다. 환기하려고 창문을 열었다가 단지에 까치 몇 마리가 날아와 있는 것을 발견했다. 까치들은 문 앞에 있는 녹나무와 목련나무 위를 이리저리 옮겨다니다가, 그중 한 마리가 우리집 입구로 들어와 돌절구 안에 있는 물을 마셨다. 보고 있자니 마음이 기뻤다. 무슨 좋은 일이 있으려나?

전염병 상황은 이제 더 말할 게 없을 듯하다. 숫자는 계속 0을 유지하고 있다. 우리는 이 숫자가 쭉 이어지길 바라고 있다. 14일 후까지 지속되면, 우리는 문밖으로 나갈 수 있다. 다만 인터넷에 올라온 다른 이야기들이 마음을 불안하게 하고, 또 아주 광범위하게 퍼지고 있다. 하나는 퉁지병원에서 20명이 넘는 환자가 확진 판정을 받았는데 보고할 수 없었다는 것이다. 나는 바로 이 소식을 의사 친구 두 명에게 보냈다. 한 친구는 이건 오해라고 했다. 현재 퇴원하는 환자가 많아져서 남아 있는 환자를 몇 곳의 지정병원으로 돌려보냈다는 것이다. 이건 신규 확진 사례가 아니라 병원을 옮긴 것뿐이다. 다른 의사 친구의 말은 더 명료했다. "가혹한 체제야. 사실을 말하든 그만두든지 해야 하니."

또다른 소식 역시 왁자지껄하게 퍼졌다. 한 환자가 퇴원한 뒤 다시 양성 판정을 받았는데 입원하기가 너무 어렵다는 것이다. 이 소식을 듣고 많은 사람이 놀랐다. 나는 이 일로 다시 한번 두 의사 친구에게 자문을 구했다. 한 친구는 다시 양성 판정을 받는 사람이 있긴 하지만 극소수라고 했다. 또다른 의사 친구가 한 말도 비슷했다. 하지만 그는 더 구체적인 상황을 알고 있었다. 코로나19 전담 병원이 이미 조정되었는데, 그 환자가 잘못된 곳 즉, 지정병원이 아닌 곳을 찾아갔다는 것이다. 나중에 상황을 이해한 사람을 만나, 그 병원에서 환자를 받아주었다. 친구는 두 가지를 강조했다. 하나는 재양성 환자가 있지만 극히 적고, 이들은 아무런 증상이 없으며 전염력도 없다는 점이었다. 또하나는 모든 환자에 대해 병원에서 추적조사를 하고 있으니 몸이 불편하면 반드시 지정병원으로 찾아가야 입원과 관련된 문제가 발생하지 않는다는 것이었다. 의사와 환자의 이야기에 차이가 있는지 확인해보지는 못했다. 나는 그저 들은 그대로 기록할 뿐이다.

우한 사람의 입장에서 생각해보면 이들은 감염된 적이 있든 없든 지금 모두 심리적으로 약해졌고, 정신적으로도 긴장 상태가 계속되고 있다. 그러니 지정병원이 조정되었다는 소식은 가장 눈에 띄는 방식으로 모두에게 공지해주길 바란다. 변화가 생기면 바로 정보를 수정해야 한다. 그리고 환자들은 몸이 불편하면 반드시 먼저 어느 병원에서 코로나19 환자를 받고 어디서 받지 않는지 정확히 알아봐야 한다. 제발 잘못된 병원으로 뛰어갔다가 괜한 고생 하지 말라. 어찌되었든 밤새 밖에서 몇 시간씩 의사를 찾아헤매는 건 생각만 해도 가슴 아픈 일이다.

중신병원에서는 또 한번 불행한 소식이 전해졌다. 병원 윤리위원회의 구성원인 류리 위원이 코로나19로 오늘 오전 안타깝게도 세상을 떠난 것이다. 그녀는 중신병원에서 사망한 다섯번째 의료진이다. 병원의 주요 간부들이 어떻게 아직도 그 자리에 앉아 있을 수 있는지 모르겠다.

어제 많은 사람이 그 '고등학생'에게 답장을 보냈다. 답장은 오늘까지도 이어지고 있다. 오늘은 'N명의 고등학생이 또다른 한 명의 고등학생에게 보내는 편지'라는 글도 올라왔다. 처음에는 일부 계정에서 장난을 치는 것이라 여겨서 신경쓰지 않았다. 그런데 한 친구가 내게 이 글은 진짜 고등학생들이 쓴 것이라고 했다. 그 말을 듣고 깜짝 놀라서 다시 글을 찾아 진지하게 읽어보았다. 처음 느낀 점은 고등학생과 '고등학생'은 이렇게도 다르다는 것이었다. 글뿐만 아니라 사고의 경지가 달랐다. 글에 이런 문장이 있었는데, 매우 의미심장해서 여기에 싣는다. "오히려 우리가 말하고 싶은 것은, 대부분의 문제는 사회의 어두운 면에 관심을 기울일 때 일어나는 게 아니라 우리가 밝은 빛에 과하게 취해 있을 때 나타난다는 거예요. 그리고 이런 빛은 우리의 시력을 망가뜨리죠." 아이들은 우리가 생각하는 것처럼 약하지 않다. 그들은 독립적 사고 능력이 있고, 관찰력도 좋다. 수많은 문제에서 심지어 어른보다 더 깊게 더 멀리 내다볼 줄 안다.

어제는 예전의 문학적 논쟁에 대한 이야기를 쓰다가, '차왕'에 올라온 글을 보게 되었다. 그래서 화제를 바꾸고, 변호사에게 바로 연락해 증거를 수집했다. 오늘 점심에 여럿이 소식을 보내왔는데, '차왕'의 치젠화가 글을 삭제했다고 했다. 오, 법을 위반했음을 인지하고 삭제한 것도 잘못을 인정한 걸로 볼 수 있으니 양해해줄지 생각해봐야겠다. 오후에는 어떤 사람이 상하이의 한 극좌파가 이 일을 인정하지 못하고 소란을 피우며 이렇게 말했다고 했다. "그 여자 고소 못해, 고소 못한다고." 이 말은 곧 이런 뜻이다. "그러니까 삭제하지 마!"

원래 오늘은 어제 이야기한 문학적 논쟁이라는 주제에 이어 그때와 지금에 대한 이야기를 계속하려 했다. 그런데 갑작스럽게 친구가 글을 보내는 바람에 할 수 없이 다시 중단했다. 어차피 문학은 대중들에게 그다지 환영받는 주제가 아니니 일찍 이야기하든 좀 늦게 하든 중요하지 않다.

베이징대학교의 장이우張頤武• 교수가 직접 등판했다. 거물급이다.

나를 공격하는 그 무리들을 지원하는 인물인가? 혹은 두목? 나는 쉽게 단정할 수가 없었다. 장교수가 웨이보에 올린 글이라고 하던데, 직접 찾아가서 보고 싶지는 않았다. 친구가 보내준 글 중 일부분을 발췌하여 기록하겠다. 장교수의 말이다.

주로 전염병 상황에 대한 일기를 쓰는 작가가 현재 곳곳에서 나처럼 글쓰는 사람들을 비난하고 의심하고 있다. 그러면서 그들이 나쁜 소식을 숨기고, 사주를 받았으며, 익명의 고등학생이 어리석다는 등의 말을 하고 있다. 솔직히 말해서 사람들이 그녀의 글을 신뢰하지 않는 건, 전염병이 심각했던 시기에 현장을 기록하는 듯한 글과 함께 올린 그 화장장의 휴대폰 사진 때문이다. 그녀는 이 사진이 의사 친구가 자신에게 보내준 것이라고 했다. 이 사진은 많은 이들의 관심을 받으며 널리 퍼졌고, 또한 이 일기가 사람들의 이목을 끌게 된 사건이기도 하다.

모두가 이 일을 의심하며 원본 사진이 있는지 묻고 있다. 하지만 지금까지 직접 해명하지 않고 이리저리 핑계만 늘어놓으면서 여기저기서 자신을 박해하려 한다는 말만 하고 있다. 하지만 사실 가장 중요한 것은, 작가라면 응당 최소한 진실을 추구해야 한다는 것이다. 인간으로서의 정도를 잃지 말고 꾸며낸 이야기로 순진하게 그녀를 믿는 독자들을 속여서는 안 된다. 게다가 이 중요한 시기에 이렇게 중요한 일을 조작한다는 건 절대 용납할 수 없다.

● 쓰촨성 출신으로 인터넷에서 활동하는 유명 논객이자 블로거이다. 공산당을 지지하고 민족주의에 기반한 글을 쓰는 것으로 유명하다.

양심을 상실한 일이며, 한 작가의 일생에 영원한 치욕이 될 것이다.

장교수의 글을 읽고 그가 내 일기를 읽어본 적이 없다는 사실을 알았다. 혹시 누군가가 악의적으로 정리한 요약본을 본 것이 아닐까? 그것도 그의 구미에 맞춰 편집한 요약본? "익명의 고등학생이 어리석다"라는 부분만 봐도 알 수 있듯이 나는 분명 이런 말을 한 적이 없다. 게다가 그는 "사람들이 그녀의 글을 신뢰하지 않는 건"이라고 말했는데, 그 '사람들'이란 몇 명인가? 장교수의 주변을 둘러싸고 있는 그들을 말하는 것인가? 장교수는 얼마나 많은 사람들이 나를 신뢰하는지 보지 못했나? 만일 장교수의 방식에 따라 논평을 낸다면, 나도 장교수를 믿는다고 말하는 사람을 거의 보지 못했다고 말할 수 있다. 문단에서도 학계에서도 말이다. 그리고 "꾸며낸 이야기로 순진하게 그녀를 믿는 독자들을 속여서는 안 된다"는 이런 단호한 표현은 장교수가 지나치게 '꾸며낸' 것 아닌가? 장교수는 늘 이야기를 과장되게 지어냈다. 저우샤오핑周小平이 얼마나 훌륭한 중국 청년인지 칭찬할 때도 장교수는 아주 선동적이고 열정적인 언사를 남발했고, 마치 저우샤오핑이 장교수보다 베이징대학교 교수 자리에 더 어울리는 사람인 양 찬양했다.[*] 사실 장교수는 자신의 열등감으로 타인을 판단하길

[*] 저우샤오핑은 1981년생 인기 에세이스트이자 블로거이다. 『이 시대를 망치지 마라』 『당신의 중국, 당신의 공산당』 『중국에 대항해 문화적 냉전을 선포한 미국의 아홉 가지 트릭』 등의 민족주의적인 에세이를 썼다. 2014년 10월 장이우 교수는 「저우샤오핑 현상」이라는 에세이를 발표하며, 중국 청년들에게 꿈과 열정을 선사한 저우샤오핑을 극찬했다.

좋아하고, 그 때문에 손해를 본 적도 있다. 예전에 장교수가 한 유명 작가의 소설을 '표절'이라고 말했다가, 말도 안 되게 체면을 구긴 적도 있지 않던가?

그리고 사진에 관한 일은 이미 다른 일기에서 정확하게 설명했다. 안타깝게도 장교수는 내가 쓴 글을 읽지 않았나보다. 사실 장교수가 우한에 와서 당시의 상황이 어떠했는지를 알아보는 방법도 있다. 당시의 하루 사망자 수와 시체가 병원에서 화장터로 이송되는 과정, 사망자 유품의 행방, 병원과 화장터가 당시에 어떤 상황에 처해 있었는지, 리튬 배터리는 태울 수도 없는데 소독도 하지 못한 리튬 배터리를 어떻게 처리하는지, 심지어 전국에서 얼마나 많은 지원 인력이 우한의 화장터를 돕기 위해 왔는지 등등을 말이다. 이런 이야기를 나는 이 정도만 할 수 있다. 장교수 및 이 상황을 알기 원하는 사람이라면 더 알아보고, 알기 싫다면 마음대로 하라. 원본 사진은 언젠가 모두가 보게 될 날이 있으리라 믿는다. 하지만 내가 아니라 사진을 찍은 사람이 공개할 것이다. 나는 진심으로 장교수가 우한에 직접 와서 현지조사를 하길 건의한다. 물론 한마디 덧붙이자면 이런 일들은 모두 전염병 창궐 초기에 발생한 것이지 후기에 일어난 일이 아니고, 지금 일어난 일도 아니다. 장교수가 실상을 파악하고 난 후 다시 단호하게 결론을 낸다면, 아마 베이징대학교의 수준에 약간 부합할 수 있지 않을까. 그러면 베이징대학교 학부모들이 더 안심할 것이다.

오늘은 여기까지 쓰겠다. 다시 한번 이 말을 하고 싶다. 중국의 극좌파는 나라와 인민에게 재앙을 가져오는 존재이다. 개혁개방이 만일 그들의 손에서 망가진다면, 그건 우리 시대 사람들의 치욕이 될 것이다. 와라, 당신들의 모든 수를 다 꺼내봐라. 당신들 뒤에 있는 거물급들을 모두 불러내봐라. 내가 당신들을 무서워하는지 두고 보자!

전염병 상황은 안정되어가지만,
사람들의 마음은
안정되지 않는 듯하다

봉쇄 59일째다. 이렇게 오랜 시간이 지났다니!

어제는 햇볕이 그렇게 좋더니 오늘은 돌연 날이 흐려졌다. 오후에
는 비도 조금 내렸다. 이 계절에 내리는 봄비는 마당의 나무와 꽃에
꼭 필요하다. 이삼일 전 우한대학교의 벚꽃이 활짝 피었을 때, 나무
아래는 텅 비어 있는 모습을 기자가 사진으로 찍었나보다. 그 사진이
동창들의 단체대화방에 올라왔다. 인적 없는 벚꽃길은 참으로 흠잡
을 데 없이 아름다웠다.

날이 저물어 초저녁에 문연 단지 입구에 가서 택배를 가져올 때 봄
비가 흩날렸다. 우산을 쓰지 않아도 편안했다. 돌아오는 길에 우리집
문 앞에 다다르자 갑자기 비가 거세게 쏟아졌다. 한발만 늦었어도 다

젖을 뻔했다. 다행이다.

　전염병 상황은 안정되어가지만, 사람들의 마음은 안정되지 않는 듯하다. 모두 코로나19에 감염되었던 환자들이 재양성 판정을 받을까 걱정하고, 누군가가 '0'의 기록을 깨지 않기 위해 일부러 보고하지 않으면 어쩌나 두려워한다. 나는 의사 친구에게 몇 가지를 물었고 의사 친구도 내게 명확한 답을 주었지만, 인터넷을 보면 여전히 많은 사람이 긴장하고 있다. 이 바이러스는 기이하고 교활하고 알 수 없고 확신할 수 없는 부분이 많아 사람들은 매우 두려워하고 있다. 특히 우한 사람들은 전염병 초기 단계의 비참한 상황을 목격했기 때문에 마음속에 여전히 공포가 잠재되어 있다. 하지만 나는 상황이 어찌되었든 우리는 이성을 유지해야 한다고 생각한다. 가장 쓸모없는 짓은 당황해서 허둥대는 것이다. 전염병 초기 우한에서 일어난 참혹한 상황들은 어떤 의미에서는 사람들의 두려움과 관련이 있다. 조금만 열이 나도 전부 병원으로 달려가는 바람에 코로나19에 감염되지 않았던 사람들까지도 감염이 되었고, 치료 시스템이 거의 붕괴되는 수준에 이르면서 수많은 이들이 사망했다.

　결국 전염병 상황은 여기까지 왔고, 이미 안정기에 접어들었으니 이제는 놀라고 혼란스러워할 필요가 없다. 병원들은 충분한 치료 경험을 갖췄고, 환자들은 감염이든 재발이든 너무 긴장할 필요 없이 치료를 받으면 된다. 우리는 강철 체력이 아니라서 평소에도 자주 병에 걸리니, 병이 나면 평소처럼 병원에 가서 치료받으면 된다. 평소보다 낫는 시간이 조금 더 걸릴 뿐이다. 겨울에서 봄으로 넘어가는 시기에는 원래 독감이 유행하고, 이 또한 전염되지만 모두 잘살고 있지 않은가? 상하이의 장원훙張文宏 의사는 이 병의 사망률은 1퍼센트도 되지 않는다고 했다. 기왕 그렇다면 무서워할 것이 뭐가 있는가? 죽지만 않는다면 감염되어도 무서워할 필요가 없다. 팡창병원에 있던 환자들도 병원에서 춤추고 노래하지 않았던가? 퇴원 후에도 즐겁게 지내고 있으니, 다른 병과 큰 차이는 없는 것 같다.

그런데 나도 0에 대한 집착은 이해할 수가 없다. 0과 1 사이에 엄청난 차이라도 있던가? 정부든 민간이든 이런 극소한 차이를 너무 심각하게 받아들일 필요는 없다. 우리는 평소에도 다른 전염병을 겪어보았다. 모두가 조심하고, 병이 났을 때 치료받을 곳이 있으면 된 것이다. 설마 0명일 때는 공장이 돌아가고, 1명이면 조업에 영향을 주겠는가? 이 1명을 병원으로 보내 격리하면 끝나는 일 아닌가? 0의 완전무결함에 무조건 집착할 필요는 전혀 없다. 가끔 이런 완전무결함은 현실적이지 않다.

코로나19의 예방 측면에서 나는 상하이 장원훙 의사의 판단을 믿는다. 그는 이 병은 예방이 가능하다고 했다. 우리는 효과적인 개인 방역조치 즉, 사회적 거리두기, 손 씻기, 그리고 마스크 쓰기, 이 세 가지를 모두 잘 지켜야 한다. 게다가 장원훙 의사는 "지금까지 나는 이 세 가지를 아주 잘 지키고도 감염된 사람은 보지 못했다. 그럴 가능성은 아주 낮다"고 했다. 나는 이 생각에 매우 동의한다. 재치 있는 네티즌들은 이렇게 말한다. 뭣이든 후베이성으로 보내줄 수 있지만, 장원홍 의사만은 보낼 수 없다. 상하이 사람들이 왜 이렇게 장원홍 의사를 신뢰하는지, 그가 한 말을 생각해보면 검증된다. 그리고 들리는 소식에 의하면, 현시점에선 일본은 전염병 상황을 잘 통제하고 있다고 한다. 아마 일본인의 위생관념이 철저하기 때문일 것이다. 솔직히 말해서 전 세계를 다녀봐도 일본만큼 깨끗한 나라는 없다. 그래서 일본인은 장수한다. 뭐니뭐니해도 위생을 논하는 것이야말로 수많은 병을 예방하고 치료할 수 있는 방법이다.

전염병 사태 이후로 '사랑'과 '선'은 이제 더이상 공허한 이야기가 아니다. 사람들은 진정한 선과 진정한 사랑이 무엇인지 정확히 볼 수 있게 되었다. 다만 안타깝게도 구호를 외치기만 하는 사람들도 여전히 있다. 그러나 실제적인 행동에 나서야 할 때, 그들은 코빼기도 보이지 않는다. 그들은 사랑과 선을 공허하고 정치화된 개념으로 탈바꿈시켜 뜨겁게 표현하는 데 익숙하지만, 이를 현실 세계에 대입하려 하면 눈곱만큼의 온기도 느낄 수가 없다. 근래에 동영상을 통해 몇몇 사람들이 천리를 돌아 조국으로 돌아온 동포를 조롱하고 매도하는 것을 보았다. 또 어떤 사람들은 외지로 나가 일하는 후베이성 사람에 대해 격렬한 거부 반응을 보이기도 했다. 불가사의한 느낌마저 든다. 왜 나라를 사랑하는 열정으로 사람을 사랑할 수는 없는 것인가?

우한에서 전염병이 막 발생했을 때, 우한 사람들이 사용할 수 있는 의료자원은 턱없이 부족했다. 그때 해외 동포들이 최선을 다해 자신이 거주하는 나라의 물자를 거의 싹쓸이하다시피 했던 것이 생각난다. 우한이 이 난관을 넘을 수 있도록 지지하고 돕기 위해서였다. 하지만 그들이 어려움에 처해 조국으로 돌아왔을 때는, 너무나 많은 사람의 비난을 받아야 했다. 순식간에 안면 몰수하는 모습에서 인간의 악한 본성을 볼 수 있었다. 또한 후베이성 사람들은 전염병이 퍼지는 것을 막기 위해 온갖 고생을 다해가며 집안에서 50일이 넘는 시간을 버텼다. 하지만 다시 직장으로 돌아갔을 때, 그들은 모든 부분에서 제재를 받아야 했다. 우리에게는 웅장한 구호와 문서가 넘쳐나지만, 막상 때가 되면 그 구호와 문서는 신기루나 마찬가지다. 이 두 가지 사건, 즉 동포들의 귀국과 후베이성 사람들이 외지로 나가 일하는 문제에 대해 정부에서는 적극 지원하고 있으나, 오히려 민간에서 말을 듣지 않으니 이 역시 기이한 일이다.

이 밖에 또 기록해야 할 일들이 있다. 각국에서 자국민에게 재난지원금을 준다고 한다! 인터넷에서 이런 소식이 미친듯이 퍼져나갔고, 그 돈의 액수가 부러울 정도였다. 이곳 사람들도 중국은 줄지, 후베이성은 줄지 궁금해했다. 오늘은 후베이성이 현금을 대신하는 상품권을 발행해 인민들이 시장에서 상품을 구매할 수 있게 한다면, 소비를 촉진시키고 시장이 활성화되어 원래의 모습으로 더 빠르게 회복할 수 있을 것이라는 청원글이 올라왔다. 수많은 사람이 댓글로 동의를 표했다. 우한에서도 취약계층을 위한 조치가 이루어지고 있다고 한다. 빈민부양사무소에서 전해진 소식에 따르면 "전염병으로 위기에 처한 빈곤 가정을 최대한 지원하기 위해, 기초생활수급 가정과 저소득층 가정, 농촌의 일용직 인원을 대상으로 지원금을 지급한다. 전염병으로 인해 외부로 나가 일하지 못하여 수입이 없어진 경우, 시 전체에서 현재 실행하고 있는 최저생계보장지원금(한 달에 도시 780위안, 농촌 635위안●)의 4배를 임시지원금으로 1회 지급한다"고 한다. 다른 나라들에 비하자면 액수의 차이가 꽤 크지만, 지원금이 있는 게 없는 것보다는 낫다. 차차 지원금 액수는 더 늘어나지 않을까?

이제 병원들은 서서히 외래진료를 재개하고 있다. 하지만 예전 같은 모습을 회복했을지는 잘 모르겠다. 실제로 이건 시급한 문제다. 평소 병원들은 늘 환자로 인산인해를 이루었다. 하지만 지난 두 달 동안 모든 급성 혹은 만성 환자들이 코로나19 환자들을 위해 참고 기다려야 했다. 자신의 몸이 망가지는 것을 전제로 한 기다림이었다. 예를 들어 화학치료를 받아야 하는 암 환자가 치료받지 않으면 몸 상태가 어떻게 되겠는가? 수술해야 하는 환자가 일정을 미루면 수술할 수 없는 지경에까지 이를 수도 있지 않겠는가? 이런 상황이었다.

한 친구는 내게 여동생이 겪은 일을 적은 편지 한 통을 보내주었다. 그의 여동생은 전염병 이전에 매일 밖에서 태극권 수련을 했는데, 집안에 머무른 지 50일이 넘어가자 갑자기 뇌졸중이 오고 말았다. 110●●에 신고했지만 그녀를 받아주는 병원이 없어서 여러 병원을 전

● 한화로 도시 약 13만 원, 농촌 10만 원.
●● 중국의 경찰 긴급 전화.

전한 후에야 가까스로 모 병원으로 갔지만, 먼저 코로나19에 감염된 것이 아닌지 확인해야 했다. 결과가 나오고 코로나19 환자군에서는 배제되었으나 그때는 이미 최적의 치료 시기를 놓친 후였고, 일주일 후 사망하고 말았다. 그는 말했다. "제가 이 일을 서둘러 알리는 까닭은 마음속의 아픔을 토로하고 싶은 마음도 있지만, 우한의 실권자들에게 경고하기 위해서입니다. 정상적인 의료 질서를 즉각 회복하고 공공질서도 회복해야 합니다. 방역과 질서 두 가지를 모두 확립하지 않는다면, 억울한 희생자는 더 많아질 것입니다! 우리 제수씨의 모친은 담도암으로 음식을 삼킬 수 없을 만큼 통증이 심했으나 받아주는 병원이 없었고, 110과 120˙에 전화해도 받는 사람이 없었습니다. 결국 올해 정월 초이틀 새벽에 돌아가셨습니다." 그는 말했다. "코로나19가 도시 전체에 퍼져 있다는 사실이 원망스럽습니다. 우한의 위생건강위원회가 전염병 상황을 투명하게 공개하지 않아서, 무고한 생명이 희생되었다는 사실이 원망스럽습니다. 도시가 봉쇄되기 전에 아무것도 하지 않은 간부들에게는 어떤 책임도 묻지 않고, 도시가 봉쇄된 지 곧 두 달이 되어가는데 수많은 노령의 만성 환자와 암 환자 그리고 급성 환자에 대해 아무런 조치도 취하지 않고 있으니, 너무나 무서운 일입니다!!!!" 이건 모두 원문 그대로다. 쉼표와 마침표까지 그대로 실었다.

곁에 있는 사람이 연이어 세상을 떠난다는 건 실로 공포스러운 경

˙ 중국의 응급 의료센터 전화.

험이다. 치료받을 곳이 없다는 것은 현재 급성 혹은 만성 환자들이 직면한 문제이고, 매우 현실적인 문제이다. 나는 이 문제에 관해 의사 친구에게 물었다. "어떤 환자든 병원에 오면 우선 채혈해서 코로나19가 아닌지부터 검사하는 거야? 그다음에야 다른 병을 진찰받을 수 있고?" 의사 친구는 말했다. "코로나19에 감염되지 않은 환자들을 받아서 진료하려고, 우리 병원에서는 안전 문제를 위해 두 곳의 완충 구역을 만들었어. 만일 코로나19에 감염되었을 가능성이 계속 의심된다면 격리병실로 입원하고, 그럴 가능성이 없다면 완충병실로 입원하는 거지. 우리는 모든 환자에 대해서 핵산검사, 흉부 CT 및 항체검사를 진행해. 만일 가족이 함께 있어야 할 상황이라면, 그 가족들에 대해서도 흉부 CT와 항체검사를 진행하고, 코로나19에 감염되지 않았을 경우에만 곁에 머물 수 있게 하지. 심근경색과 뇌졸중 환자의 경우에는 코로나19 검사 결과를 기다리지 않고 바로 우리 병원의 신경외과 선생님과 심혈관 전문 선생님이 응급실로 가서 치료하셔." 애석하게도 편지를 쓴 사람의 여동생은 이때까지 기다리지 못했다.

의료진들도 그들만의 걱정이 있다. 현재 전염병이 완전히 안정되진 않은 시기이기 때문에, 환자가 감염자가 아닐지 여전히 불안하다. 너무나 많은 의료진들의 희생이 그들에게 상처와 공포가 되었기 때문이다. 결국 이 부분이 관건인 듯하다. 의사 친구는 "코로나 환자를 가려내지 못하면, 입원 후 다른 환자들에게도 감염시킬 테니 우리의 책임이 더 크지. 50일 넘게 우한을 봉쇄하면서 만들어낸 성과를 한순간에 무너뜨릴 수 있으니까"라고 말했다. 보라, 이 문제 역시 상당히 심각하다.

의사 친구는 의사와 환자의 관계가 바로 또 경색될 것 같다고 했다. 왜일까? 검사가 늘어나면 환자가 내야 할 돈도 많아지기 때문이다. 친구는 말했다. "사람들이 코로나19 치료에 만족하는 건 정부가 돈을 대기 때문이야. 형편이 어려운 가정에 천 위안이란 큰 액수잖아. 몇 가지만 검사해도 바로 천 위안 가까이 되는데 바로 입원할 수도 없으면, 여기서 생긴 분노가 바로 일선 응급실 의사들에게 올 거야. 지금 환자들이 응급실에서 진료받는 것도 외래진료나 마찬가지인데, 우한시는 입원해야만 의료보험을 적용해주거든. 응급실에서 드는 돈은 현재는 환자들이 스스로 지불해야 해. 만일 정부에서 정산해준다면, 우리는 거의 욕먹지 않겠지. 환자들이 부담하면 의사들이 욕을 뒤집어쓰는 거고." 게다가 여전히 병원에는 인력이 부족하다고 했다. "질병 초기에 의료진들이 많이 감염되었고, 대부분 아직 완전히 회복하지 못한 상태라 다들 집에서 요양중이야."

인민들의 고난과 의료진들의 고충이 눈앞에 펼쳐져 있다. 지금 상황의 심각성은 코로나19 절정기에 조금도 뒤지지 않는다. 수면 위로 드러난 문제들도 해결하기가 쉽지 않다. 전문가들이 대책을 건의하여 정부와 함께 문제를 해결할 방법을 찾아주길 기대한다. 예를 들면 어떤 병에 걸렸든, 코로나19와 관련된 모든 검사에 대한 비용은 일률적으로 무료로 해주면 어떨까?

들불이
모든 것을 태우진 못하며
봄바람에 생명은 다시 살아난다

봉쇄 60일째다. 상상해본 적 없는 날들이다.

어젯밤에 비가 꽤 내렸는데, 오늘은 하늘이 다시 맑아지고 있다. 전염병이 발생하지 않은 단지에서는 순차적으로 내부를 개방해서 오늘은 창밖에서 아이들의 웃음소리가 들려왔다. 정말 오랜만에 듣는 소리다. 단지 밖으로 나가는 것도 허락되었다. 다만 시간 제한이 있다. 시장에 가서 물건을 살 때도 역시 사람이 몰리지 않도록 하자는 의견이 나왔다. 예를 들면 노인들은 오전에 물건을 사고, 젊은 사람들은 오후에 사는 식이다. 줄을 설 때도 서로 간의 거리를 1.5미터씩 두자는 등의 의견들이 나왔다. 활동 반경이 서서히 넓어지고 있다. 침묵 속에 두 달을 보낸 우한에 여유와 활기가 생기기 시작했다. 물론 예전의 생동감을 회복하기까지는 시간이 더 걸리겠지만, 밖에 나갈 수 있는 기회만 있다면 그걸로 좋다.

도시를 개방한다는 공지가 아직 정식으로 내려오지는 않았지만, 문의 틈새는 갈수록 넓어지고 있다. 성 안팎의 사람들을 위한 우한시의 통행 지침도 이미 떨어졌다.

'문의 및 신청' 원칙에 따라 신청만 하면 승인된다. 성 안의 주민들은 건강 QR코드가 '녹색 QR코드'•면 통행 가능하고 다른 수속은 필요하지 않다. 다른 성의 건강 QR코드를 갖고 있는 타 지역 사람들이 우한시 내의 방역 검문소를 지날 때는 QR코드를 제시하면 된다. 즉 건강 QR코드를 확인하고 체온이 정상이면 통행 가능하다. 다른 건강 증명(건강 QR코드 신청이 불가능한 경우 제외)이나 통행 증명, 우한시의 신청승인서, 혹은 접수증명서, 차량통행증 등은 필요치 않다.

무척 기쁜 소식이다. 내 힘든 날들도 곧 끝나간다. 피부병이 난 우리집 노견도 동물병원에 진료 예약을 해서 내일 데려가기로 했다. 세상이 환해진 느낌이다. 나도 때때로 진료가 필요해서 자주 다니던 중난병원에 상황을 물어보았다. 일반 진료는 아직 다 재개되지 않았지만, 응급실은 정상적으로 운영되고 있었다. 중난병원에서도 초기에

● 녹색 QR코드는 안전함을 의미하고, 노란색 QR코드는 안전하지 않은 지역을 거쳐왔음을 의미하며, 빨간색 QR코드는 확진자, 의심환자, 무증상 감염자와 접촉한 사람을 나타낸다.

적지 않은 의료진이 감염되었는데, 그들 역시 대부분 호전되었다고 한다.

오후에 단지에서 청소를 하는데, 옆동에 사는 동료네 아이인 샤오 Y가 내게 와서 자원봉사자들과 이야기를 좀 나눠줄 수 있겠느냐고 물어보았다. 나는 정중하게 거절했다. 잡일이 너무 많아서 짬이 나지 않았다. 샤오Y는 내게 온 김에 그 봉사단체에 대해 이야기해주었고 나와 샤오Y는 서로의 위챗을 등록했다. 그 계정을 통해 자원봉사자들의 자료를 보고 나는 처음으로 우한에 '그림자 드림팀'이라는 봉사단이 있다는 걸 알았다. 도시가 봉쇄된 첫날부터 그들은 도시를 위해 봉사활동을 해왔다. 회원은 우한 각계각층의 일반 인민들로 구성되어 있고, 현재 그들의 주요 임무는 도시 곳곳에 무료로 사랑의 채소를 옮겨주는 것이다. 나는 그들이 오늘 대량의 의료물자를 캐나다로 보냈다는 소식을 듣고 크게 놀랐다. 초기에 우리가 곤경에 처했을 때, 해외에 있는 화교들은 현지의 의료물자를 거의 싹쓸이해서 국내로 보내주었다. 현재 우리의 상황이 나아지고 물품도 넉넉해지자 국내의 청년들이 해외로 지원물자를 보내기 시작한 것이다. 다만 보낼 수단이 많지 않아 우리가 물품을 받았을 때처럼 넉넉하게 보낼 수 있을지는 모르겠다.

현재 우한의 전염병 상황은 나아지고 있고 병원의 주요 임무는 중증 환자를 치료하는 것이며 신규 확진자 수는 계속 0이다. 물론 이 부분에 관해서는 논쟁의 여지가 있지만 진실은 잘 모르겠다. 다만 지금 중국 외의 국가들은 전염병의 늪에 빠져 있다. 오늘 의사 친구가 이런 소식을 들려주었다. "500명의 중국계 미국인 의사들이 큰 단체를 만들었는데, 일반 의사부터 명의들까지 전부 포함되어 있어." 참여자 대부분은 일선 의사로 그들은 주목할 만한 이슈를 추리고 정리하여 결론을 도출해내고, 질병과 관련된 권위 있는 토론회를 열어 전 세계적으로 함께 코로나19에 대한 이해를 넓혀갈 계획이라고 한다! 의사 친구는 말했다. "중국은 효과적으로 전염병 대처법을 모색해냈고, 전 세계는 그걸 참고할 수 있어. 우리가 그들을 도와준다면, 그들은 화교와 중국인들에 대한 분노를 조금 누그러뜨릴 수 있을 거야. 전쟁을 평화로 바꾸는 거지." 또 말했다. "하버드대학 부속 매사추세츠병원의 방안을 단체대화방에서 봤는데, 미국 의학은 정말 수준이 높아."

이게 내가 오늘 들은 소식 중 가장 놀라고 기뻤던 소식이다. 바이러스는 전 인류의 적이고, 모두 함께 손을 잡고 한 배를 저어가며 함께 고난을 극복해야만 한다. 그게 가장 중요하다. 전 세계의 의사들은 인터넷을 통해 어떤 약물이 더 효과적인지 함께 토론하고, 가장 효과적인 치료 방안은 무엇인지, 전염병 기간에 가장 중요한 일은 무엇이어야 하는지 등을 같이 이야기할 수 있다. 이것이 인류의 위대한 선이다. 특히 우한의 의사들은 경계가 허술한 상황에서 수차례의 공황과 절망을 거쳐 경험을 도출해내는 과정을 겪었기 때문에 다른 의사들보다 체득한 바가 더 많다. 그들이 외부로 자신의 경험을 공유한다면, 가장 믿을 만한 정보가 될 것이다. 나는 이런 의사들이 만든 이 모임이 위대하고 사랑과 인정이 넘친다고 생각한다. 나는 평소에 이 의사 친구가 약간 반미주의 성향이라는 인상을 받았는데, 지금 그가 모든 동료들과 함께 바이러스와 맞서 싸울 때면 이런 정서가 확실히 줄어든 것 같다. 얼마나 좋은 일인가!

이런 날이 오기까지 보통 인민들은 또 어떻게 생활하고 있었을까? 어제 막내오빠와 이야기를 나눴는데, 오빠가 또 올케가 매일 기록하는 일상 이야기를 몇 개 보내주었다. 예전에는 물품 구매에 대해 썼지만 지금은 다른 주제로 바뀌었고, 여기에는 진찰에 관해 기록했다. 모두 두 편이다.

3월 18일

어젯밤에 Z가 치통을 앓다가 한밤중에 통증을 줄여주는 약을 발랐지만 약간만 진정될 뿐이었다. 아침에 일어나 또 약을 바르고 가글을 했지만 상황은 여전히 심각했다. 다행히 마음을 진정시키고 자세히 들여다보니, 치아의 문제가 아니라 잇몸에 염증이 생긴 것이었다. 나는 구내염을 치료하는 스프레이를 본 게 떠올라서 바로 Z에게 약국으로 연락해보라고 했고, 별 탈 없이 스프레이와 해열해독 작용이 있는 중약을 구매할 수 있었다. 위챗으로 결제한 뒤, 나는 바로 단지의 서쪽 입구로 서둘러 나갔고, 근처 약국의 주인이 담벼락 난간 사이로 건네주는 약을 받았다. 정말 편리했다. 약을 받고 마음도 한결 편안해졌다. 지금 병원에 가서 진찰을 받으려면 상당히 힘들어진다. 우선 단지를 나가기가 어렵고, 또 병원에 들어가기도 어렵다. 지금 같은 시기에 가장 두려운 일은 바로 Z 같은 중증 만성 환자에게 갑자기 병원에 가지 않으면 안 되는 증상이 나타나는 것이다.

그런데 서쪽 입구까지 가서 약을 가져오는 과정이 너무나 즐거웠다. 갔다오는 길에 족히 5분은 햇볕을 쬘 수 있기 때문이다. 얼마나 소중한 시간인가! 오늘은 점심과 저녁에 밥 대신 유동식을 먹었다. 오리탕과 피단皮蛋● 같은 요리는 먹으면 든든하고 영양도 만점이다. 약사에게서 사온 스프레이는 자주 사용해야 해서 거의 두 시간에 한 번은 뿌린다. 먹는 약은 오후에서 밤까지 내리 세 번을 마셨고, 복약설명서를 늦게 보는 바람에 내일부터 설명서대로 하루 세 번 먹어야겠다. 그래도 중약이니, 처음에 조금 많이 먹었다고 해도 괜찮겠지. 저녁에는 이미 상태가 많이 좋아져서 오늘밤은 통증 때문에 잠을 못 자지는 않을 것 같다.

3월 19일

집에 갇힌 지 59일째다. Z의 구내염은 많이 나아졌다. 약이 증상에 효과가 있었나보다. 오늘 점심으로는 오리탕에 배추를 몽땅 썰어넣어 먹었다. 이렇게 밥을 말아 먹으면 영양이 풍부하고 맛도 아주 좋은 죽이 된다. 내일이면 예전처럼 밥을 먹을 수 있을 것이다.

L의 남편은 작년에 중풍에 걸렸다. 다행히 중증은 아니고 회복도 잘되었지만, 심리적 압박이 너무 컸던 바람에 근심과 우울이 길게 지속되었다. 그래

● 오리알을 석회 따위가 함유된 진흙과 왕겨에 넣어 삭혀서 노른자는 까맣게, 흰자는 갈색의 젤리 상태로 만든 요리다.

서 이 긴 외출 금지 기간 동안 두 노인이 오랫동안 힘들게 보내야 했다. 저번
에 위챗에서 그녀가 한바탕 하소연했던 일이 떠올랐다. 오늘은 전염병 신규
확진자 수가 0이 되고 다들 기분이 좋을 테니 L도 그럴 듯해 위챗으로 안부
를 물으며 남편의 상황이 좋아졌는지 물어보았다. L의 첫마디는 오늘 신규
확진자 수가 0이라는 것을 보고 한바탕 울어버렸다는 말이었다. 그녀의 반
응이 너무나 격렬해서, 상대적으로 나는 내가 집에만 있다가 바보가 된 게
아닐까 하는 의심이 들었다. 물론 나도 기뻤지만, 나는 금세 아직은 때가 오
지 않았고 처음으로 0을 보았을 뿐이라고 되뇌었다.

내 생각을 이야기하기도 전에 그녀는 하소연을 산더미같이 늘어놓았다. "야
아, 안 되겠어. 아침부터 저녁까지 집에만 갇혀서 이게 뭐야. 남편은 하루종
일 자기 병만 생각하고, 이것저것 의심하고, 아이고, 나 정말 답답해! 매일
집에만 있으니까 병이 재발한 거래. 병원으로 가고 싶어도, 또 매일 거기서
자기 병에 대해서 온갖 안 좋은 생각만 할 거 아냐. 나중에는 잠도 못 자겠
지. 남편 때문에 내가 아주 죽겠어."

나는 중간에 잠시 끼어들어, 이제 서로 의지하며 노년의 길을 함께 걸어가
야 할 시기가 되었고, 후에 더 많은 날들을 이렇게 마음을 가라앉히고 천천
히 걸어가야 할 것이라고 한참을 타일렀다. 반려자만 곁에 있다면, 인생은
춥고 고독하지 않다. 나는 그녀에게 스스로를 유난스러운 부모 혹은 큰누
나가 되었다 생각하고 영감을 철딱서니 없는 아이로 생각해보라고 말했다.
안 되겠으면 하하 웃어버리거나 미친 척하면 그만이라고. 심리적으로 문제
가 있는 사람들에게는 특징이 있다. 그가 탄알이 검은색이라고 말하면, 당

신은 반드시 진지한 얼굴로 검은색이라고 맞장구쳐주어야 한다. 그다음 할 일을 하는 것이다. 도저히 맞장구쳐줄 수가 없다 해도 그에게 설명하려 들지 마라. 그러면 대화가 꼬인다. 말을 줄이거나 아예 말을 하지 않는 방법도 있다. 어쩔 수 없다. 그냥 그런 것이다. 왜냐하면 확실히 상대는 완전히 정상적인 상태는 아니기 때문이다.

올케의 기록을 읽고 있자니 흥미진진하다. "확실히 상대는 완전히 정상적인 상태는 아니"라는 말도 웃겼다.

봉쇄 60일, 기념할 만한 가치가 있는 날이다. 오늘은 특히 많은 사람이 내게 앞으로 계속 일기를 쓸 필요는 없겠다고 말했다. 그들은 나를 공격하는 사람이 너무 많다는 점을 걱정하고 있는 듯하다. 사실 원래는 54편까지만 쓰겠다 마음먹고 친구에게도 딱 트럼프 카드 한 벌이 되겠다며 농담을 했었다. 하지만 54일째가 되었을 때, 멈출 수가 없어서 다시 60일까지 쓰겠다고 했다. 오늘은 친구들이 아무래도 내가 감당해야 할 위험이 너무 크다는 생각을 했나보다. 게다가 오후에 나도 내 웨이보에 와서 공격하는 사람이 확실히 많아졌다는 느낌이 들었다. 친구들도 이 공격의 파도가 어디서 온 건지 알고 있는 거겠지.

몇 해 전 이런 구호가 있었다. "디바帝吧●가 나서면 잡초들은 살아남지 못한다." 당시에는 나도 재미있다고 생각해서 이 글을 몇 번 공

● 원래 이름은 '바이두리이바'로, 바이두에서 회원 수가 많고 가장 인기 있는 커뮤니티 중 한 곳이다. 회원들이 이 커뮤니티의 운영자를 황제로 부르면서 디바로 불리게 되었다.

유하기도 했다. 오늘 오후에 친구들의 단체대화방에 누군가가 웨이보 '디바 공식 계정'의 '명령'을 올렸다. 디바 공식 계정은 나를 겨냥한 수많은 이야기들을 열거하고 있었다. 신기하고 또 신기한 일이었다. 디바의 '바주吧主'● 눈에는 내가 현재 그들의 적으로 보이는 거겠지? 작년에 디바 공식 계정에서 단체로 모여 욕하는 일을 애국 행위라 찬양했을 때, 내가 공개적으로 그들을 비난한 적이 있었고 내 웨이보도 이 일로 인해 차단되었다. 디바는 천만 구독자를 거느린 대형 커뮤니티이다. 나의 이런 실례가 아마 '바주'에게는 용서할 수 없는 일이었을 것이다. 그가 거느리고 있는 것은 천하제일의 조직이고, 이 세상에 그가 이길 수 없는 적수는 없을 테니 말이다. 귀여운 망상이만, 나는 오히려 디바 중 99퍼센트는 이성적인 청년일 거라 믿는다. 이성적인 사람들의 지지가 없었다면, 이 조직이 어떻게 이리 오래갈 수 있었겠는가? "디바가 나서면 잡초들은 살아남지 못한다." 이런 구호는 광고에나 쓰면 제격이겠다.

　지금은 바야흐로 봄이다. 봄은 깨달음을 주고 자신감을 북돋는 계절이다. 그 깨달음과 자신감은 바로 들불이 모든 것을 태우진 못하며 봄바람에 생명은 다시 살아나리라는 데서 온다.●●

● 계정의 운영자를 지칭하는 말.
●● 백거이의 시에서 인용한 문장.

이 모든 의문에
응답하는 사람은 없다

봉쇄 61일째다. 내가 정월 초하루(1월 25일)부터 웨이보에 기록을 올리기 시작했으니, 도시가 봉쇄된 날보다 이틀이 늦다. 그래서 이건 59번째 일기다.

하늘이 참 맑다. 편안한 날씨다. 오후에는 드디어 개를 동물병원으로 보냈다. 피부병이 재발해 온몸이 짓물러서 치료받지 않으면 안 될 상황이었다. 나도 손가락이 다 갈라져서 돌봐주기가 쉽지 않았다. 동물병원에서 곧장 내게 동영상을 보내주었는데, 목욕을 시키니 구정물이 말도 못했다고 한다. 다 씻기고 나서 털을 전부 밀고 치료했다. 이 개는 2003년 성탄절에 태어나서 올해로 만 17세가 되었으니 나이가 꽤 많다. 비슷한 시기에 키웠던 강아지들은 다들 세상을 떠났는데,

이 녀석만은 굳건히 살아서 잘 먹고 잘 논다. 지금은 노안이 와서 시력과 청력이 좋지 않다. 나이든 후로는 피부병이 완치되질 않고 계속 말썽이다. 평소에는 정기적으로 동물병원에 보내 약탕 목욕을 시키고 약을 먹이며 치료해주었지만, 이번에는 너무 오래 치료해주질 못했다. 다행히 전염병 상황이 호전되면서 반려견도 병원에 보내 치료할 수 있게 됐으니 이제야 나도 안심이다.

거리에서는 이미 여러 대의 버스가 시범운행을 시작했고, 지하철 역사도 운행을 준비하기 위해 청소와 소독을 하기 시작했다. 사람들은 이런 소식을 서로 전하며 모두 기쁨에 차 있다. 예전에 매일같이 나오던 그 무서운 숫자는 모두 0이다. 0이 이어진 지도 이미 닷새가 되었다.

막내오빠가 아침부터 단체대화방에 사진을 올렸는데, 오빠네 집 창문 아래의 운동장 풍경이었다. 그 단지에 오늘 사람이 와서 10분 만에 빠르게 머리를 잘라주었다고 했다. 오늘은 날씨가 좋아서, 주민들이 나와 줄을 섰다. 서로 1미터 간격을 두고 서다보니 엄청나게 긴 줄이 만들어졌다. 막내오빠는 사람들이 하루종일 줄 서 있었다고 했다. 이곳은 원래 우한에서 가장 위험도가 높은 단지 중 한 곳이었지만, 지금은 이곳 역시 전염병 확진자가 없는 단지의 명단에 올라와 있다. 막내오빠가 집안에서 보낸 시간은 이미 60일이 넘었다. 오늘은 오빠도 특히 기분좋아 보였다. 막내오빠처럼 이렇게 허약한 사람에게는 두 달 동안 아무런 병도 얻지 않았다는 것 자체가 하늘의 은혜나 다름없다.

춘절 전에 우한을 떠나 외지로 간 사람은 시장의 말을 빌리자면 약 500만 명이다. 최근 본 공지에 따르면 건강 QR코드만 있으면 그들 대부분이 돌아올 수 있다고 한다. 우리집에서 일하시던 가사도우미 아주머니도 내게 이틀이면 집에 올 수 있을 거라고 메시지를 남겼다. 하이난에 머물고 있는 동창들은 매일 해변가를 어슬렁거리는 사진만 계속 보낸다. 원래 다 같이 모여 해산물 요리를 먹기로 약속했는데 말이다. 우리는 집안에 갇히고 그들은 외지에 갇혔으나, 이제는 그들도 편하게 차를 타고 우한으로 돌아올 수 있다.

지금 사람들은 우한을 들어오기는 쉽지만 나가기는 어려운 곳이라고 말한다. 그래서 나는 도시가 봉쇄되기 전에 우한에 들어온 사람들 생각이 났다. 그들이 아직도 여기 있을까? 우한에 체류한 두 달이 아마 그들 인생에서 가장 힘든 시간은 아니었을까? 몇 명이나 될까? 정확하게 통계 내본 사람은 없을 것이다. 오늘 대략 알아보았더니, 그들의 수는 결코 적지 않았고 또 여전히 우한에 남아 있었다. 현재 우한의 모든 교통수단이 개통된 것은 아니다. 비행기와 열차, 고속버스, 심지어 자가용도 도시 밖으로 나갈 수 없다. 우한에 체류하는 그들과 그들 때문에 마음 졸였을 가족들은 겨울이 가고 봄이 오는 이 두 달을 어떻게 보냈을까? 너무도 힘들었을 것이다.

이웃인 샤오Y가 내게 말하길, '그림자 드림팀'의 일원 중에도 고향으로 돌아가지 못한 사람이 둘 있는데 한 사람은 광시성廣西省 난닝南寧 사람으로, 우한에서 전염병이 퍼지는 것을 보고 봉사활동을 하러 왔다가 도시가 봉쇄되면서 돌아가지 못했다. 또 한 사람은 광둥성 사람인데 역시 교통편이 없어서 돌아가지 못하고 있었다. 봉사단체에서 그들의 의식주를 챙겨주었고, 도시가 열린 후에 그들이 돌아갈 차표도 마련해주려고 준비하고 있었다. 늘 내게 전염병 현황을 알려주던 의사 친구도 오늘은 내게 봉쇄 전에 우한으로 출장을 왔다가 이곳에 갇혀서 집으로 돌아가지 못하고 있는 친구가 여럿 있다고 말했다. 이 기다림이 두 달 넘게 이어져서, 지금은 춘분도 지났건만 올 때 입고 왔던 겨울옷조차 아직 갈아입지 못하고 있단다. 한 친구는 베이징에서 회사를 경영하고 있는데, 돌아가질 못하니 회사도 운영할 방법이 없었다.

전염병 창궐 기간 중 불행히도 우한에 발이 묶인 이들은 너무나 소외되었다. 긴 시간 동안 그들을 생각하는 사람은 없었다. 나중에 그들 중 일부가 제대로 먹지도 못하고 지하도에서 노숙하다가 기자에게 발견되어 기사화되기도 했다. 사람들은 그제야 '아, 이런 사람들이 있었구나' '아, 이들의 생활이 정말 처참하구나' 생각하게 되었다. 정부에서도 대책을 마련해 그들에게 머물 장소를 제공해주었다. 그후로 또 이렇게 많은 시간이 흘러갔고, 그들이 지금까지도 우한에 체류중일 거라는 생각은 하지 못했다. 그들은 머물 집이 있는 900만 우한 사람보다 더 절실하게 도시가 열리기를 기다리고 있을 것이다. 가끔은 뜻있는 사람이 조금 더 있다면 정부를 도와 아이디어를 내고 방법을 모색하여 그들을 일찍 집으로 돌려보내는 것이 좋지 않을까 하는 생각도 든다. 예를 들면 그들이 총 몇 명인지 확인한 뒤, 그들의 건강 QR코드를 살펴서 각 성마다 차를 한 대씩 배정하여 각자의 집이 있는 성도로 보낸다. 그리고 그곳의 지정 호텔에서 14일을 격리한 후 돌아가면 되는 것이다. 이 역시 결코 어려운 일이 아니지 않은가. 생각할 수 있다면 실행할 수도 있다. 이건 쉽게 해결할 수 있는 문제이고, 그 많은 사람들을 곤경에서 벗어나게 할 수 있다. 방법이 있는데 왜 시도하지 않는가?

베이징에서 후베이성 사람들이 들어오는 것을 거부했다는 소식이 어제부터 오늘까지 전해졌다. 나는 믿을 수 없었고, 여전히 이 이야기는 설득력이 없다고 생각한다. 건강한 후베이성 사람과 타 지역 사람이 도대체 어떻게 다른지 겉보기에는 알 수 없기 때문이다. 만일 베이징에서 정말로 후베이성 사람이 들어오는 것을 막았다면, 후베이성 사람은 운이 나빴던 것이지 결코 치욕을 당한 것은 아니다. 치욕스러워야 마땅한 것은 이 차별적인 정책을 건의하고 또 받아들인 사람이다. 이는 물론 역사의 치욕이기도 하다. 오랜 시간이 흐른 후에 우리가 과거를 돌아본다면 2020년의 문명 수준이 겨우 이 정도였다고 여기게 될 것이다. 그래서 나는 지금도 이 사실을 믿고 싶지 않다. 하지만 기록할 가치는 있다고 생각한다.

오늘은 나쁜 소식도 있었다. 며칠 전 우한에서 봉사활동을 하던 의료진 중 광시에서 온 젊은 간호사가 병원에서 갑자기 혼절했다. 다행히 당시 현장에 의사들이 많아서 신속히 응급조치를 했고 그녀를 구조할 수 있었다. 이 일은 언론에도 보도되었고, 우리는 그녀가 구사일생으로 살아났다는 사실에 기뻐했다. 하지만 저녁에 의사 친구가 그녀의 부고를 전해주었다. 방역의 최전선에서 생을 마감한 것이다. 그녀의 이름은 량샤오샤梁小霞로 올해 스물여덟 살이다. 그녀는 영원히 우리의 기억 속에 남을 것이다. 그녀의 안식을 바란다.

최근 들어 책임을 묻는 목소리가 너무 약해져서, 나조차도 이 일에 소홀해졌다. 기자들의 심층 취재도 갈수록 줄어들다가 이제는 거의 없다시피 한다. 저녁에 「사라진 41편의 전염병 보도」라는 글을 보았는데, 마지막 문장이 이러했다. "깊은 곳에 숨겨진 고통을 헤집고, 사회의 어두운 곳에 있는 고통을 받아들이며, 언론은 제한된 힘으로 진상을 밝히고 밝은 빛을 향해 나아가야 한다. 일부 보도가 비록 오늘 잠시 사라지겠지만, 역사의 원고에는 반드시 그들의 자리가 있을 것이다." 나는 문득 이렇게 추측해보았다. 갑자기 나에 대한 공격이 폭증한 일과 기사 삭제가 동시에 일어난 일일까?

하지만 나는 책임을 물어야 할 당위성에 대해서는 사회 전체가 합의했다고 믿고 싶다. 만일 이렇게 중대한 일에 책임을 묻지 않는다면, 정부가 어떻게 이 사태를 인민들에게 설명할 수 있겠는가. 나도 계속 이 일을 주시하고 있다. 자세히 들여다보니, 관련자들은 이치대로라면 몇 명이든 자발적으로 물러나야 한다. 사스 때처럼 말이다. 하지만 지금까지 후베이성에서는 한 명도 그런 사람이 없었다. 정말 대단한 인간들이다. 재미있는 것은 전에는 공무원들은 전문가에게, 전문가들은 공무원에게 책임을 떠넘겼다는 점이다. 현재는 국내 상황이 좋아지자, 모두가 미국으로 책임을 떠넘길 수 있게 되었다. 며칠 전 경제학자인 화성華生의 글을 보았는데 아주 흥미로웠다. 그는 글에서 우한에 '디프 스로트deep throat'●가 있다고 언급했다. 이 '디프 스로트'가 아니었다면, 전염병 상황은 더 늦게 폭로되었을 거라는 것이다. 정확하게 말하자면, 이 '디프 스로트'가 바로 진짜 호루라기를 부는 사람이다. 이 글을 보는 동안 머릿속에서 〈잠복潛伏〉●●의 한 장면이 떠올랐다. 며칠 전 친구에게 그 '디프 스로트'가 누구인지 정말 알고 싶다고 말했다. 친구도 마찬가지라고 했다. 이 사람의 이야기는 소설로 써도 되겠다.

친구가 내게 보내준 위챗의 글 중에 난징대학교 두쥔페이杜駿飛 교수가 쓴 글을 발견했다. 두교수는 사회학 박사로 그의 글은 종종 긴요한 문제들을 끄집어낸다. 그는 이 글에서 일곱 가지 문제를 제기했다.

1. 일선 병원에서 전염병을 발견한 뒤, 왜 네트워크로 바로 보고하지 않았는가?

2. 전문가 팀이 우한에 도착한 후, 정말로 사람 간 전염이 되는 상황을 파악하지 못했는가?

● 익명의 제보자. 자신이 일하는 조직의 불법이나 비리에 관한 정보를 익명으로 폭로하는 내부고발자를 뜻한다.
●● 스파이활동을 주제로 한 중국 드라마.

3. 전염병 창궐이 알려진 후, 관련 기관에서 정말로 정보를 유출한 사람을 우선적으로 처리하려 했는가?

4. 모두가 책임지려 하지 않았을 때, 대중에게 사실을 알릴 자격이 정말로 중난산 원사에게만 있었는가?

5. 우한의 전염병 상황이 심각해질 때, 관리자들은 의료자원이 부족할 것이라는 점을 미리 예상할 수 없었나?

6. 전염병과 공황이 함께 퍼지고 있을 때, 도시를 봉쇄하는 것만이 최선의 선택이었나?

7. 도시를 봉쇄한 후에 확진자들을 의료자원이 절박하게 모자라지 않은 다른 성으로 적절하게 배분할 수는 없었나?

사실 두교수에게는 분명 더 많은 의문점이 있었을 것이다. 일곱번째 질문 후에도 그는 아래로 번호를 쭉 남겨놓았다. 아직 질문이 끝나지 않았다는 말이다. 실제로 우한에 있는 우리는 이보다 더 많은 질문을 던질 수 있다. 하지만 이 모든 의문에 응답하는 사람은 거의 없다.

오늘이 나의 59번째 기록이다. 전부터 말했듯 나는 60번째 일기까지 쓰고 기록을 멈출 것이다. 내일이 마지막 기록이다. 적지 않은 독자들이 내 기록을 보기 위해 취침 시간을 미루다가 생체리듬이 엉망이 되었다고 말한다. 내일 하루만 기다리면 그후에는 기다릴 필요가 없을 것이다. 하지만 나는 진심으로 그들의 기다림에 감사하다.

한 가지 더 말하고 싶은 것은, 이건 전염병 상황 속의 한 개인의 기록이고 순전히 개인의 기억이라는 점이다. 게다가 처음에 나는 이 기록을 '일기'라고 생각하지도 않았다. '일기'라는 두 글자도 내가 한 말이 아니다. 다만 하루에 한 편씩 기록을 남기면서 다른 사람들이 이걸 '일기'라 부르기 시작했고, 나도 딱히 이의가 없었다. 애초에 이 글은 약속한 원고를 완성하기 위한 기록에서 시작되었다. 생각지 못한 사이에 이렇게 여기까지 왔으니, 나야말로 초심을 잃었다.

나는
훌륭하게
싸웠다

봉쇄 62일째. 내 60번째 기록이자 마지막 기록이다.

묘하게도 오늘 공고문을 보았는데, 우한 이외의 지역은 이미 봉쇄가 전부 해제되었고 녹색 코드만 있으면 자유롭게 통행이 가능하다. 그리고 우한시는 4월 8일에 봉쇄가 해제될 예정이다. 우한은 곧 다시 생동감 넘치는 모습으로 변신할 것이다. 나는 원래 도시가 다시 열릴 때까지 기록을 남기겠다고 말했다. 그러나 나중에 도시 개방은 도시를 봉쇄했던 것처럼 그렇게 긴급하게 이루어지는 일이 아니라는 걸 알았다. 그건 더딘 과정이었다. 한 단지씩 한 구역씩 봉쇄가 해제되었다. 그래서 나는 전염병 상황이 나아지고 모두가 일하게 될 무렵이면 기록을 멈춰도 되겠다는 생각을 했다. 나는 친구들에게도 이런 생각

을 이야기했고, 대부분이 지지해주었다. 그래서 이 일기는 당초 계획
했던 54편에서 60편까지 늘어났다. 이 마지막 기록을 도시를 개방한
다는 소식과 함께 쓰게 될 줄은 생각지도 못했다. 이건 기념할 만한
일이다. 그리고 내 기록이 정월 초하루에 시작해서 도시를 개방한다
는 공고가 내려진 날까지 이어졌다는 것도 완벽하다. 우리 큰오빠는
3월 14일에 확진자 수와 매일의 감소폭을 계산해서 4월 8일에는 봉
쇄가 해제될 수도 있겠다는 말을 했다. 그런데 계산이 정확히 맞았다.
큰오빠도 신기해하며 "서툴게 계산한 건데 내가 우한의 봉쇄 해제 날
짜를 맞혔네"라고 말했다.

오늘 점심때는 하늘이 아주 맑고 밝더니, 오후에는 갑자기 어두워
지며 비까지 내렸다. 우리집 가사도우미 아주머니는 내게 연락해서
내일이면 우한에 돌아올 수 있을 것이라고 했다. 순간 마음이 놓였다.
아주머니의 요리 솜씨가 좋아서, 예전에는 동료들이 자주 우리집에
밥을 먹으러 오곤 했다. 시내에서 자유롭게 이동할 수 있게 되면, 아
마 동료들이 또 밥을 먹으러 올 것이다. 나의 힘든 생활도 끝나간다.

광시에서 온 량간호사의 일은 오늘 내가 반드시 정확하게 설명해
야겠다. 어젯밤에 이 기록을 쓰고 있는데 의사 친구에게 문자메시지
를 받았다. 그 문자메시지는 그의 친구들 사이에서 주고받은 대화를
캡처한 것이었다. 맨 위에 이렇게 쓰여 있었다. "쓰러졌던 광시 출신의
간호사가 오늘 저녁에 우리 병원에서 세상을 떠났다. 그녀 역시 한 어
머니의 딸이었다. 나이는 겨우 스물여덟. 다시는 돌아올 수 없는 길

을 건넌 그녀는 우한을 위해 생을 바쳤다." 의사 친구는 탄식했고, 나도 마음이 아팠다. 예전에 여자 간호사가 응급구조를 받은 일이 여러 언론을 통해 보도된 적이 있다. 나는 이 소식이 정확한 것인지 확실히 알아보기 위해 친구가 보낸 캡처 사진을 셰허병원의 한 의사에게 보내 확인을 부탁했다. 그는 내게 이렇게 답장을 보냈다. "뇌사입니다. 정말 안타깝네요." 나는 의학적 지식이 너무나 부족해서, 이 말이 내 질문에 대한 확실한 답인 줄 알았다. 그래서 나는 량간호사를 이렇게 소리소문 없이 보낼 수는 없기에, 반드시 이 일을 기록해서 사람들이 영원히 그녀를 기억하도록 해야겠다는 생각에 어제 일기에 적은 것이다. 오늘 많은 사람이 이에 의문을 제기했고, 인터넷에서는 소문을 반박하는 이야기도 나왔다. 나는 오후에 다시 한번 두 명의 의사에게 물어보았다. 두 의사는 모두 내게 한참 동안 뇌사에 대해 전문적인 설명을 해준 뒤 사과문을 올리는 게 좋겠다고 조언해주었다. 나도 동의했다. 그래서 량간호사의 가족들에게 진심으로 용서를 구하며 모든 독자들에게도 사과의 뜻을 전한다. 이 역시 량간호사의 목숨에 우리 모두가 관심을 갖고 있다는 의미다. 문자메시지에서 "그녀는 우한을 위해 생을 바쳤다"고 말한 사람처럼 말이다. 그녀가 하루빨리 깨어날 수 있기를 바란다. 나와 내 의사 친구들이 그녀와 관련된 모든 일에 관심을 기울일 것이다. 그리고 나를 일깨워준 모두에게 감사하다.

어제 한 친구가 글 한 편을 보내주며 글쓴이가 내게 "우한 시민들과 연대 서명에 참여하여, 당신이 미국의 개가 아니라는 걸 증명해보라"

며 소리치고 있다고 했다. 글의 제목을 보니, 유치하고 저속해서 웃어야 할지 울어야 할지 모를 정도였다. 글쓴이의 이름은 밝히지 않겠다. 박사라고 하던데, 이런 필력으로 논문은 어떻게 쓴 건지 모르겠다. 이 사람의 학력도 혹시 베이징대학교가 아닌지, 학부 수업을 이수한 게 사실인지 궁금해졌다. 일반적으로 학부를 졸업했다면, 이렇게까지 품격이 떨어지지는 않을 텐데. 그 글을 아직 다 보지도 않았는데, 또다른 소식이 전해졌다. 관리자가 글쓴이를 찾아내 이런 행위를 제지했다는 소식이었다. 친구는 웃으며 말했다. "증명할 기회가 사라졌네." 사실 난 지금까지도 무슨 일이 일어나고 있는 건지 완전히 파악하지 못하겠다.

고무적인 것은, 중국과 미국의 정치인들이 서로를 질책하며 신나게 원망해댈 때 양국의 의사들은 오히려 연합해서 어떻게 하면 환자들을 구할 수 있을지 의논하고, 어떤 약물이 사망률을 줄이는 데 효과적이며 어떤 치료 방법이 더 유효한지 토론중이라는 것이다. 방역과 격리방식에 대해서도 토론했다. 우한의 전염병 상황이 심각했을 때, 화교들이 매대의 마스크를 싹쓸이해서 본국으로 보내는 바람에 지금 미국의 의사들은 마스크와 다른 방역물자가 턱없이 부족한 상황에 처해 있다. 한 화교 친구는 미국 의료진에게 정말 미안하다고 했다. 하지만 의사들은 이 문제를 어떻게 해결할지에 대해서만 의논했다. 이들은 정치적 편견도, 국경도 초월하여 서로에게 경험을 구하고 실마리가 될 의견을 공유했다. 의술을 행하는 사람의 인자한 마음과 사랑이 느껴졌다. 인류에 대한 사랑, 그리고 인간에 대한 사랑 말이다. 나는 직업이 다르면 사물을 대하는 태도와 일을 하는 방식도 당연히 달라진다고 생각한다. 나는 의사들의 직업정신과 마음가짐을 존경한다.

비록 오늘이 마지막 기록이지만, 그렇다고 내가 더이상 아무것도 쓰지 않겠다는 의미는 결코 아니다. 내 웨이보는 여전히 나의 무대이고, 나는 예전처럼 웨이보에 내 생각을 표현할 것이다. 그리고 책임을 추궁하는 일 역시 포기하지 않을 것이다. 많은 이들이 댓글에서 정부는 책임을 묻지 않을 것이고, 이 일에는 희망이 보이지 않는다고 말한다. 정부가 결국 책임을 물을지는 나도 모르겠다. 하지만 정부가 어떻게 생각하든 두 달 넘게 집안에 갇혀 있었던 우한 시민으로서, 우한의 비극적인 날들을 직접 목격한 사람으로서, 우리에게는 억울하게 세상을 떠난 이들을 위해 정의를 세워야 할 책임과 의무가 있다. 잘못과 책임이 있는 사람은 스스로 감당해야 할 것이다. 만일 우리가 책임 묻는 일을 포기한다면, 우리가 이 시간들을 잊어버린다면, 어느 날 창카이의 절망조차 기억하지 못한다면, 그렇게 된다면 나는 이렇게 외칠 것이다. 우한 사람들이여, 당신들은 재난뿐만 아니라 치욕까지 짊어져야 할 것이다. 망각의 치욕 말이다! 설령 누군가 이 글을 없애버리고 싶어한다 해도 그건 절대 불가능하다. 나는 한자 한자 그들을 역사 속 치욕의 기둥에 새겨넣을 것이다.

특히 매일 나를 찾아와 공격했던 극좌분자들에게 감사하고 싶다. 그들의 격려가 없었다면 나처럼 게으른 사람은 아마 진작에 쓰는 걸

그만두었거나, 사흘은 물고기를 잡고 이틀은 그물을 말리느라 이렇게 기록을 많이 남기지 못했을 것이다. 게다가 내가 이렇게 마음 가는 대로 쓴 기록을 그래봤자 얼마나 많은 사람이 찾아와 읽었겠는가? 내가 특히 기뻤던 것은 그들이 나를 공격할 때 그들의 가문을 총동원하다시피 했다는 점이다. 대원 모두가 집결해서 거의 모두가 글을 썼다. 하지만 독자들이 본 것은 무엇인가? 그들의 난잡한 논리와 기형적인 사상, 왜곡된 관점, 저열한 문장, 그리고 저급한 인품이다. 결국 그들은 매일같이 자신의 단점을 폭로하면서 변태적인 가치관을 전시한 셈이다. 사람들은 그 순간 깨달았을 것이다. 응? 이 극좌파 인플루언서들이란 이런 사람들이었구나!

그래, 이게 바로 그들의 진면목이다. 내게 메시지를 남긴 그 '고등학생'의 문장과 사고의 수준이 아마 그들의 최고 수준일 것이다. 사실 예전에 누군가가 이미 극좌파들에 대해 정확하게 정리한 적이 있는데, 인터넷에서도 분명 찾을 수 있을 것이다. 근래 몇 해 동안 극좌파는 그토록 저열한 수준으로 마치 코로나19처럼 조금씩 우리 사회를 감염시켰고, 특히 공직자들의 보살핌 아래 활동하면서 엄청나게 빠른 속도로 수많은 공직자들을 감염시켰다. 그 바이러스에 감염된 사람들은 마찬가지로 그들을 비호하게 되었고, 그들의 세력이 하루가 다르게 커지도록 도왔다. 무서울 게 없을 정도로 규모가 커지고 마피아 같은 조직까지 갖추면서, 인터넷 세계 전체에서 그들은 의견이 맞지 않는 사람을 언제든 제멋대로 모욕했다. 바로 그렇기 때문에 내가 극좌는 중국과 인민에 재앙을 가져오는 존재임을 재차 강조했던 것이다! 그들은 개혁개방의 가장 큰 걸림돌이다! 극좌파가 세력을 휘둘러 이 바이러스가 전 사회를 감염시키도록 내버려둔다면, 개혁은 분명히 실패할 것이고 중국에는 미래가 없을 것이다.

이 밖에 마지막 기록이니 나도 당연히 몇 마디 감사 인사를 해야겠다. 많은 독자들의 지지와 격려에 감사하다. 수많은 댓글과 글을 보며 아, 이렇게 많은 분이 나와 같은 생각을 가졌구나, 내 뒤는 결코 텅 비지 않았구나, 한 봉우리 한 봉우리 큰 산이 있었구나 하는 생각에 매번 감동했다. 또 얼샹에게도 감사 전한다. 내 웨이보가 차단되었을 때, 그녀는 내게 큰 도움을 주었다. 얼샹이 없었다면, 나는 아마도 일기를 계속 기록하기 어려웠을 것이다. 이 밖에도 '차이신'과 '진리터우탸오'에도 감사하고 싶다. 이들 역시 내가 어디에도 글을 올릴 곳이 없었을 때, 무대를 제공해주었다. 이런 도움들도 다른 각도에서 보자면 내게 커다란 심리적 위안이 되었다. 덕분에 나는 기나긴 봉쇄 기간 동안 조금도 외롭지 않았다.

나는 훌륭하게 싸웠고
달릴 길을 다 달렸으며
믿음을 지켰습니다.●

● 『공동번역성서』 신약성서 디모데후서 제4장 7절.

우한,
이곳은

우한, 이곳은 줄곧 사람들에게 '강의 도시'로 불려왔다. 이런 이름을 갖게 된 것은, 도시가 중국의 가장 긴 강인 양쯔강 인근에 있기 때문이다. 그러나 사실 우한은 '호수의 도시'이기도 하다. '천호지성千湖之省'●이라는 후베이성의 성도이고, 우한을 둘러싸고 있는 호수가 적어도 100여 개는 되기 때문이다. 이 호수들은 우한의 몸 위에 매달려 있는 빛나는 보석 혹은 옥패와 같아서 바람이 불어올 때면 그것들이 부딪치며 울리는 소리가 들릴지도 모른다. 오랫동안 우한에 머물러온 노인들은 들을 수 있다. 그건 강의 파도와 호수의 물결이 바람의 장난에

● 천 개의 호수를 가진 성이라는 뜻.

호응하며 만들어내는 소리다.

더 오래된 시절로 거슬러올라가면, 우한은 초나라 땅에 속해 있었다. 그런 연유로 우한 사람들도 자신이 거주하고 있는 이곳을 '초나라 하늘 초나라 땅'이라 부르는 걸 좋아한다. 우한 사람들은 초나라 사람들을 숭배한다. 초나라 사람들은 무예를 숭상하며 구속받지 않는 낭만과 자유를 즐겼는데, 그런 기질이 우한 사람들과 아주 잘 맞기 때문이다. 물론 우한 사람들의 몸에 초나라 사람의 유전자가 남아 있기 때문에, 스스로가 초나라 사람이라는 데 자긍심을 느끼고 있다고도 말할 수 있을 것이다.

대도시라는 개념이 생긴 이래로, 우한은 중국에서 늘 유명한 도시였다. 내가 헤아려보니, 우한의 지명도는 아마 베이징, 난징, 시안, 상하이, 톈진, 광저우 이 여섯 도시 다음일 것 같다. 앞의 세 도시는 예로부터 나라의 수도로서 문화적 의미가 깊은 곳이고, 뒤에 있는 세 도시는 바다와 인접해 있어 상대적으로 경제가 발달한 도시다. 우한은 수도도 아니었고, 바다에 인접해 있지도 않다. 그저 양쯔강 중류에 가깝게 위치해 있고, 우한이 속한 후베이성은 국경의 어떤 성과도 경계가 맞닿아 있지 않은 내륙이다. 그러니 우한의 명성이 여섯 도시 다음인 것은 당연하고 또 어쩔 수 없는 일이다.

하지만 동서남북으로 뻗은 중국의 대지에서 우한이 '중원'을 지킨다는 건 상당히 좋은 일이다. 우한의 길은 방사선처럼 동서남북 방향으로 뻗어 전국 각지로 이어진다. 닭 모양의 백지●에 그려본다면, 마치 태양이 햇볕을 골고루 비춰주는 모습이다. 우한이 바로 그 태양이다.

중국의 중심에 위치한 우한은 확실히 교통이 편리하다. 우한 사람들은 도시 밖으로 나갈 때도 큰 거리감을 느끼지 못한다. 어디로 나가든 거리가 엇비슷하기 때문이다. 특히 최근에 고속철도와 고속도로가 개통되면서, 우한에서는 북쪽으로 올라가든 남쪽으로 내려가든 동서로 움직이든 대부분의 도시에 철도로 약 네 시간 정도면 도착할 수 있게 되었다. 우한 사람들에게 자동차 여행은 더 편리하다. 일부 지역은 당일치기도 문제없다. 이는 우한 사람들의 최고 자랑거리다. 나라의 중심을 지키고 있기 때문에, 우한에는 '구성통구九省通衢'●●라는 별칭도 있다.

예전에 누군가 우한(주로 한커우)을 '동방의 시카고'라 칭했다. 번화하고 발전한 모습이 미국의 시카고와 비슷하다는 뜻이었지만, 이 말은 점점 사라졌다. 현재 우한 사람들은 다시 '동방의 시카고'를 꿈꾸고 있다. 다만 몇 번을 이렇게 외쳐보아도 아무 반응이 없어서, 이제는 부르지 않는다. 나는 시카고에 가본 적이 없다보니 우한과 시카고의 유사점과 차이점은 잘 모른다.

우한이 진주라면 우한의 중심을 통과하는 양쯔강은 진주를 꿴 줄이다. 양쯔강의 가장 큰 지류인 한강漢江은 우한의 중심 지역에 있는

● 중국 사람들은 중국의 지도가 수탉 모양을 닮았다고 말한다.
●● 아홉 개의 성으로 통하는 길이라는 의미이다.

구이산龜山●의 발아래에서 양쯔강과 합쳐진다. 이 두 강줄기가 우한의 땅을 세 개의 큰 진, 즉 한커우, 우창, 한양의 삼진으로 나눈다. 이 삼진은 모두 강 인근에 있고 강류를 따라 굽어 있다. 그런 이유로 우한 사람들에게는 방향감각이 없다. 만일 누군가 길을 묻는다면, 우한 사람들의 대답은 대부분 '높은 곳' 혹은 '낮은 곳' 둘 중 하나일 것이다. '위로 가세요' 혹은 '아래로 가세요'라는 의미이다. 높은 곳과 위쪽은 양쯔강의 상류 방향을 가리키고, 낮은 곳과 아래는 양쯔강의 하류 방향을 가리킨다. 강물은 이렇게나 우한 사람들에게 깊은 영향을 미쳤고, 우한 사람들은 아무렇게나 방향을 가리켜도 강물의 흐름을 꿰뚫어 본다.

예전에 우한의 삼진 중 한커우는 상업지구였고, 우창은 문화지구, 한양은 공업지구로 세 곳의 특색이 각기 뚜렷했다.

가장 북적이고 번화한 곳들은 거의 대부분 강북의 한커우에 있다. 장한루江漢路, 류두차오六渡橋 및 명성이 자자한 한정제漢正街까지 전부 그곳에 모여 있다. 생각해보면 예전에는 우창과 한양의 사람들이 물건을 살 게 있으면 자동차나 배를 타고 한커우로 건너가곤 했다. 지금은 우창과 한양의 상업시설도 이미 발달했지만, 사람들은 여전히 한커우의 물건이 저렴하고 좋다는 인식을 버리지 못하고 강북으로 가서 물건 사는 걸 좋아한다.

● '거북'산이라는 뜻이다.

왁자지껄한 한커우에 비해 강남의 우창은 과거에 아주 적막한 곳이었다. 사람들의 이목을 가장 끌었던 것은 수많은 명문 학교와 수준 높은 연구기관들이었다. 나의 모교, 역사가 깊고 풍경이 아름다운 우한대학교도 우창에 있다. 그 지명도와 학부의 수준은 전국의 명문 학교들 중에서도 비중 있는 위치를 차지해왔다. 시장의 법칙에 따라 현재 우창 곳곳에도 수많은 체인점이 생겨났고, 한커우에 비해 상대적으로 적막했던 분위기는 이제 찾아볼 수 없다.

늘 공업지구로 남아 있던 한양은 지금까지도 한커우와 우창이라는 두 큰 진의 동생 역할을 하고 있다. 한양은 양쯔강과 한강 사이에 있고, 늘 고요하고 이름이 크게 나지 않는 곳이다. 가장 많이 알려진 것은 지난 세기에 이곳에 처음으로 한양 무기공장이 들어선 일이다. 그래서 군복무한 사람들이라면 모두가 '메이드 인 한양'을 알고 있다. 한양은 지금도 공산품으로 유명하다. 우한은 최근 몇 년 동안 현대화된 최신 공업지구를 개발하고 있는데, 이 역시 한양에 세워질 예정이다.

삼진의 이런 분위기는 어느 한 해에 결정된 것이 아니고, 아마 장지동張之洞●이 후베이성을 다스리던 때부터 시작되었을 것이다. 지금은 세월의 흐름에 따라 삼진도 현대화되며 많은 것이 변했지만, 이런 특색은 여전히 뚜렷하게 남아 있다. 역사의 흔적은 시간의 흐름에 따라 옅어지겠지만 말이다.

● 청나라 시대의 정치가로 후베이의 총독이었다.

우한 같은 경치를 가진 도시는 드물다. 풍요로운 장한평원이 사방을 둘러싸고 있어 주변이 광활하고 평평하게 펼쳐져 있고, 그 사이를 미려한 풍경의 수많은 호수가 채우며 도시를 맑고 상쾌하게 만들어준다. 두 큰 강, 양쯔강과 한강이 도시의 중심에서 거대한 한줄기로 합쳐지고, 작은 언덕들은 바둑돌을 뿌려놓은 것처럼 강과 하천 양쪽에 포진해 있다. 현대적인 느낌이 강한 도시에 산수가 어우러지고 강호의 요새 같은 풍경도 있다. 푸른 산과 푸른 물, 버드나무가 늘어선 강둑과 호수 위를 나는 갈매기가 고층건물, 다리와 케이블카, 돛대 같은 높은 탑, 역동적인 대형 스크린과 어우러져 있다. 대자연은 우한에 뛰어난 풍경을 선사해주었고, 조금만 더 정성을 기울여 계획을 세우고 합리적으로 개발한다면, 우한은 세계에서 가장 아름다운 도시 중 한 곳이 될 것이다.

여러 유명한 대도시처럼 우한 역시 상업도시일 뿐만 아니라 산업기지이자 과학 연구의 기지이다. 이곳에는 파란만장한 과거와 피와 눈물의 역사가 있고, 조계였을 당시의 치욕과 저항의 전설이 있으며, 건설 붐과 문화대혁명에 대한 농담이 있다. 영웅도 있고 매춘부도 있으며, 물처럼 흘러가는 차량과 네온사인에 잠 못 이루는 밤이 있고, 화려한 호텔과 시끌시끌한 시장도 있다. 푸른 나무와 붉은 담장이 있지만 오염된 환경이 있으며, 평화와 아름다움도 있지만 빈부 격차도 있다. 요컨대 현대 도시들이 누리고 있는 번영과 발전, 그리고 대도시가 직면한 모든 도시 문제가 바로 여기, 우한에 있다.

옮긴이 **조유리**

숙명여자대학교 가족자원경영학과와 중어중문학과를 졸업하고, 중국 하얼빈의 흑룡강대학교에서 수학했다. 옮긴 책으로『세계를 제패한 하이얼의 비밀』『자공의 설득학』『자주 혼자인 당신에게』등이 있다.

우한일기
코로나19로 봉쇄된 도시의 기록

1판 1쇄 2020년 12월 24일
1판 2쇄 2021년   1월 11일

지은이 팡팡 | 옮긴이 조유리

기획·책임편집 이연실 | 편집 원보름 이원주
디자인 이효진 | 저작권 한문숙 김지영 이영은
마케팅 정민호 양서연 박지영 안남영
홍보 김희숙 김상만 이소정 이미희 함유지 김현지 박지원
제작 강신은 김동욱 임현식 | 제작처 영신사

펴낸곳 (주)문학동네 | 펴낸이 염현숙
출판등록 1993년 10월 22일 제406-2003-000045호
주소 10881 경기도 파주시 회동길 210
전자우편 editor@munhak.com
대표전화 031) 955-8888 | 팩스 031) 955-8855
문의전화 031) 955-2655(마케팅) 031) 955-2561(편집)
문학동네카페 http://cafe.naver.com/mhdn | 트위터 @munhakdongne
북클럽문학동네 http://bookclubmunhak.com

ISBN 978-89-546-7646-5 03820

www.munhak.com

○

『우한일기』는 바이러스와의 전쟁에 대한 내부자의 이야기이다. 팡팡은 우리 곁에 산재한 매일의 불의를 포착하고 작은 실수와 태만이 어떻게 거대한 비극으로 이어지는지 집요하게 추적한다. 그리고 전 세계 언론의 헤드라인을 떠들썩하게 장식하는 세계적인 유행병으로만 다뤄지던 코로나19를 인간의 삶의 영역으로 끌고들어와 가만히 성찰한다.

팡팡은 선동가도, 반체제 인사도 아니다. 그러나 이 작가는 단호하게 말한다.

"코로나19 창궐 초기 중국 정부의 안이한 대응, 그리고 신종 바이러스와 싸우는 중국의 경험에 대해 불신하고 경멸한 서구권 국가의 오만함으로 인해 인류 전체는 큰 타격을 입었다."

이것은 단순하지만 강력한 메시지이다. 베이징의 중난하이 지도부의 안뜰에서도, 백악관 복도에서도 결코 간과해서는 안 될 시대의 메시지이다. _〈파이낸셜 타임스〉

○

『우한일기』에서 팡팡은 봉쇄가 시작될 때의 충격과 공포를 포착한다. 음식, 반려견, 수면, 친구 같은 일상적인 것들에 관해서도 썼다. 울음소리와 고통, 자신이 믿었던 조국에 대한 애증에 대해서도 이야기하며, 집안에 갇혀 지내는 이들에게 카타르시스를 선사했다. 또 팡팡은 코로나19 창궐과 관련해 주춤거리며 미적지근하게 대응한 중국의 불편한 진실을 밝혔다. 그녀의 글은 검열당했고 삭제당했으나 팡팡은 자신의 일을 계속했다. 순순히 입 닫고 살아갈 수도 있었을 봉쇄 기간 동안 팡팡은 일고의 망설임도 없이 대범한 문장을 써내려갔다. _〈뉴욕 타임스〉

○

○

팡팡의 『우한일기』는 우리 곁의 작고 작은 것들을 기록하였으나, 비극적이고 부조리한 76일간의 도시 봉쇄를 다룬 매우 중요한 문서다. 이 기록은 신종 코로나바이러스가 어떻게 확산되었는지, 그리고 전 세계가 신종 코로나바이러스를 막기 위해 무엇을 했는지, 그리고 또 하지 않았는지를 밝히는 데 매우 중요한 역할을 한다. 또한 국가가 초기의 실수를 은폐하려는 상황에서 우한 사람들이 어떤 고통을 겪었으며 결국 어떻게 인내했는지를 알려준다.
_'NPR'

○

우한에 거주하는 소설가 팡팡은 올해 초 코로나19가 창궐한 후 봉쇄 기간 동안 아주 가까운 거리에서 우한의 이웃들을 관찰하며 그들이 무엇을 느꼈는지에 관해 이야기를 들려준다. 신종 코로나바이러스를 둘러싸고 중국 내에서도 뜬구름 잡는 듯한 논란과 추상적 이론이 난무하는 가운데, 팡팡의 『우한일기』는 구체적이고 피부에 와닿는 현실감각을 선사할 것이다.
〈워싱턴 포스트〉

○

희망이 없음에도 계속 싸워나가는 사회적 약자들을 그려냈던 팡팡은 자신의 개성과 신념을 확장해 『우한일기』를 펴냈다. 팡팡의 독백은 코로나19로 인한 사망자 수가 폭증하는 가운데 좌절과 슬픔의 출구를 찾으려는 독자들에게 큰 공감을 이끌어냈다.
_〈인디펜던트〉

○